The Pit

Alexander Kuprin

Яма

Александр Куприн

ISBN: 978-1-61895-203-5

ЯМА

Знаю, что многие найдут эту повесть безнравственной и неприличной, тем не менее от всего сердца посвящаю ее матерям и юношеству.

А. К.

Часть первая

I

Давным-давно, задолго до железных дорог, на самой дальней окраине большого южного города жили из рода в род ямщики — казенные и вольные. Оттого и вся эта местность называлась Ямской слободой, или просто Ямской, Ямками, или, еще короче, Ямой. Впоследствии, когда паровая тяга убила конный извоз, лихое ямщичье племя понемногу растеряло свои буйные замашки и молодецкие обычаи, перешло к другим занятиям, распалось и разбрелось. Но за Ямой на много лет — даже до сего времени — осталась темная слава, как о месте развеселом, пьяном, драчливом и в ночную пору небезопасном.

Как-то само собою случилось, что на развалинах тех старинных, насиженных гнезд, где раньше румяные разбитные солдатки и чернобровые сдобные ямские вдовы тайно торговали водкой и свободной любовью, постепенно стали вырастать открытые публичные дома, разрешенные начальством, руководимые официальным надзором и подчиненные нарочитым суровым правилам. К концу XIX столетия обе улицы Ямы — Большая Ямская и Малая Ямская — оказались занятыми сплошь, и по ту и по другую сторону, исключительно домами терпимости. Частных домов осталось не больше пяти-шести, но и в них помещаются трактиры, портерные и мелочные лавки, обслуживающие надобности ямской проституции.

Образ жизни, нравы и обычаи почти одинаковы во всех тридцати с лишком заведениях, разница только в плате, взимаемой за кратковременную любовь, а следовательно, и в некоторых внешних мелочах: в подборе более или менее красивых женщин, в сравнительной нарядности костюмов, в пышности помещения и роскоши обстановки.

Самое шикарное заведение — Треппеля, при въезде на Большую Ямскую, первый дом налево. Это старая фирма. Теперешний владелец ее носит совсем другую фамилию и состоит гласным городской думы и даже членом управы. Дом двухэтажный, зеленый с белым, выстроен в ложнорусском, ёрническом, ропетовском стиле, с коньками, резными наличниками, петухами и деревянными полотенцами, окаймленными деревянными же кружевами; ковер с белой дорожкой на лестнице; в передней чучело медведя, держащее в протянутых лапах деревянное блюдо для визитных карточек; в танцевальном зале паркет, на окнах

1

малиновые шелковые тяжелые занавеси и тюль, вдоль стен белые с золотом стулья и зеркала в золоченых рамах; есть два кабинета с коврами, диванами и мягкими атласными пуфами; в спальнях голубые и розовые фонари, канаусовые одеяла и чистые подушки; обитательницы одеты в открытые бальные платья, опушенные мехом, или в дорогие маскарадные костюмы гусаров, пажей, рыбачек, гимназисток, и большинство из них — остзейские немки, — крупные, белотелые, грудастые красивые женщины. У Треппеля берут за визит три рубля, а за всю ночь — десять.

Три двухрублевых заведения — Софьи Васильевны, «Старо-Киевский» и Анны Марковны — несколько поплоше, победнее. Остальные дома по Большой Ямской — рублевые; они еще хуже обставлены. А на Малой Ямской, которую посещают солдаты, мелкие воришки, ремесленники и вообще народ серый и где берут за время пятьдесят копеек и меньше, совсем уж грязно и скудно: пол в зале кривой, облупленный и занозистый, окна завешены красными кумачовыми кусками; спальни, точно стойла, разделены тонкими перегородками, не достающими до потолка, а на кроватях, сверх сбитых сенников, валяются скомканные кое-как, рваные, темные от времени, пятнистые простыни и дырявые байковые одеяла; воздух кислый и чадный, с примесью алкогольных паров и запаха человеческих извержений; женщины, одетые в цветное ситцевое тряпье или в матросские костюмы, по большей части хриплы или гнусавы, с полупровалившимися носами, с лицами, хранящими следы вчерашних побоев и царапин и наивно раскрашенными при помощи послюненной красной коробочки от папирос.

Круглый год, всякий вечер, — за исключением трех последних дней страстной недели и кануна благовещения, когда птица гнезда не вьет и стриженая девка косы не заплетает, — едва только на дворе стемнеет, зажигаются перед каждым домом, над шатровыми резными подъездами, висячие красные фонари. На улице точно праздник — пасха: все окна ярко освещены, веселая музыка скрипок и роялей доносится сквозь стекла, беспрерывно подъезжают и уезжают извозчики. Во всех домах входные двери открыты настежь, и сквозь них видны с улицы: крутая лестница, и узкий коридор вверху, и белое сверканье многогранного рефлектора лампы, и зеленые стены сеней, расписанные швейцарскими пейзажами. До самого утра сотни и тысячи мужчин подымаются и спускаются по этим лестницам. Здесь бывают все: полуразрушенные, слюнявые старцы, ищущие искусственных возбуждений, и мальчики — кадеты и гимназисты — почти дети; бородатые отцы семейств, почтенные столпы общества в золотых очках, и молодожены, и влюбленные женихи, и почтенные профессоры с громкими именами, и воры, и убийцы, я либеральные адвокаты, и строгие блюстители нравственности — педагоги, и передовые писатели — авторы горячих, страстных статей о женском равноправии, и сыщики, и шпионы, и беглые каторжники, и офицеры, и студенты, и социал-демократы, и анархисты, и наемные патриоты; застенчивые и наглые, больные и здоровые, познающие впервые женщину, и старые развратники, истрепанные всеми видами порока; ясноглазые красавцы и уроды, злобно исковерканные природой, глухонемые, слепые, безносые, с дряблыми, отвислыми телами, с зловонным дыханием, плешивые, трясущиеся, покрытые паразитами — брюхатые, геморроидальные обезьяны. Приходят свободно и просто, как в ресторан или на вокзал, сидят, курят, пьют, судорожно притворяются веселыми, танцуют, выделывая гнусные телодвижения, имитирующие акт половой любви. Иногда внимательно и долго, иногда с грубой поспешностью выбирают любую женщину и знают наперед, что никогда не встретят отказа. Нетерпеливо платят вперед деньги и на публичной кровати, еще не остывшей от тела предшественника, совершают бесцельно самое великое и прекрасное из мировых таинств — таинство зарождения новой жизни. И женщины с равнодушной готовностью, с однообразными словами, с заученными профессиональными движениями удовлетворяют, как машины, их желаниям, чтобы тотчас же после них, в ту же ночь, с теми же словами, улыбками и жестами принять третьего, четвертого, десятого мужчину, нередко уже ждущего своей очереди в общем зале.

Так проходит вся ночь. К рассвету Яма понемногу затихает, и светлое утро застает ее безлюдной, просторной, погруженной в сон, с накрепко закрытыми дверями, с глухими ставнями на окнах. А перед вечером женщины проснутся и будут готовиться к следующей ночи.

И так без конца, день за днем, месяцы и годы, живут они в своих публичных гаремах странной, неправдоподобной жизнью, выброшенные обществом, проклятые семьей, жертвы общественного темперамента, клоаки для избытка городского сладострастия, оберегательницы семейной чести — четыреста глупых, ленивых, истеричных, бесплодных женщин.

II

Два часа дня. Во второстепенном, двухрублевом заведении Анны Марковны все погружено в сон. Большая квадратная зала с зеркалами в золоченых рамах, с двумя десятками плюшевых стульев, чинно расставленных вдоль стен, с олеографическими картинами Маковского «Боярский пир» и «Купанье», с хрустальной люстрой посредине — тоже спит и в тишине и полумраке кажется непривычно задумчивой, строгой, странно-печальной. Вчера здесь, как и каждый вечер, горели огни, звенела разудалая музыка, колебался синий табачный дым, носились, вихряя бедрами и высоко вскидывая ногами вверх, пары мужчин и женщин. И вся улица сияла снаружи красными фонарями над подъездами и светом из окон и кипела до утра людьми и экипажами.

Теперь улица пуста. Она торжественно и радостно горит в блеске летнего солнца. Но в зале спущены все гардины, и оттого в ней темно, прохладно и так особенно нелюдимо, как бывает среди дня в пустых театрах, манежах и помещениях суда.

Тускло поблескивает фортепиано своим черным, изогнутым, глянцевитым боком, слабо светятся желтые, старые, изъеденные временем, разбитые, щербатые клавиши. Застоявшийся, неподвижный воздух еще хранит вчерашний запах; пахнет духами, табаком, кислой сыростью большой нежилой комнаты, потом нездорового и нечистого женского тела, пудрой, борно-тимоловым мылом и пылью от желтой мастики, которой был вчера натерт паркет. И со странным

3

очарованием примешивается к этим запахам запах увядающей болотной травы. Сегодня троица. По давнему обычаю, горничные заведения ранним утром, пока их барышни еще спят, купили на базаре целый воз осоки и разбросали ее длинную, хрустящую под ногами, толстую траву повсюду: в коридорах, в кабинетах, в зале. Они же зажгли лампады перед всеми образами. Девицы, по традиции, не смеют этого делать своими оскверненными за ночь руками.

А дворник украсил резной, в русском стиле, подъезд двумя срубленными березками. Так же и во всех домах около крылец, перил и дверей красуются снаружи белые тонкие стволики с жидкой умирающей зеленью.

Тихо, пусто и сонно во всем доме. Слышно, как на кухне рубят к обеду котлеты. Одна из девиц, Любка, босая, в сорочке, с голыми руками, некрасивая, в веснушках, но крепкая и свежая телом, вышла во внутренний двор. У нее вчера вечером было только шесть временных гостей, но на ночь с ней никто не остался, и оттого она прекрасно, сладко выспалась одна, совсем одна, на широкой постели. Она рано встала, в десять часов, и с удовольствием помогла кухарке вымыть в кухне пол и столы. Теперь она кормит жилами и обрезками мяса цепную собаку Амура. Большой рыжий пес с длинной блестящей шерстью и черной мордой то скачет на девушку передними лапами, туго натягивая цепь и храпя от удушья, то, весь волнуясь спиной и хвостом, пригибает голову к земле, морщит нос, улыбается, скулит и чихает от возбуждения. А она, дразня его мясом, кричит на него с притворной строгостью:

— Ну, ты, болван! Я т-тебе дам! Как смеешь?

Но она от души рада волнению и ласке Амура, и своей минутной власти над собакой, и тому, что выспалась и провела ночь без мужчины, и троице, по смутным воспоминаниям детства, и сверкающему солнечному дню, который ей так редко приходится видеть.

Все ночные гости уже разъехались. Наступает самый деловой, тихий, будничный час.

В комнате хозяйки пьют кофе. Компания из пяти человек. Сама хозяйка, на чье имя записан дом, — Анна Марковна. Ей лет под шестьдесят. Она очень мала ростом, но кругло-толста: ее можно себе представить, вообразив снизу вверх три мягких студенистых шара — большой, средний и маленький, втиснутых друг в друга без промежутков; это — ее юбка, торс и голова. Странно: глаза у нее блекло-голубые, девичьи, даже детские, но рот старческий, с отвисшей бессильно, мокрой нижней малиновой губой. Ее муж — Исай Саввич — тоже маленький, седенький, тихонький, молчаливый старичок. Он у жены под башмаком; был швейцаром в этом же доме еще в ту пору, когда Анна Марковна служила здесь экономкой. Он самоучкой, чтобы быть чем-нибудь полезным, выучился играть на скрипке и теперь по вечерам играет танцы, а также траурный марш для загулявших приказчиков, жаждущих пьяных слез.

Затем две экономки — старшая и младшая. Старшая — Эмма Эдуардовна. Она — высокая, полная шатенка, лет сорока шести, с жирным зобом из трех подбородков. Глаза у нее окружены черными геморроидальными кругами. Лицо расширяется грушей, от лба вниз, к щекам, и землистого цвета; глаза маленькие, черные; горбатый нос, строго подобранные губы; выражение лица спокойно-властное. Ни для кого в доме не тайна, что через год, через два Анна Марковна,

4

удаляясь на покой, продаст ей заведение со всеми правами и обстановкой, причем часть получит наличными, а часть — в рассрочку по векселю. Поэтому девицы чтут ее наравне с хозяйкой и побаиваются. Провинившихся она собственноручно бьет, бьет жестоко, холодно и расчетливо, не меняя спокойного выражения лица. Среди девиц у нее всегда есть фаворитка, которую она терзает своей требовательной любовью и фантастической ревностью. И это гораздо тяжелее, чем побои.

Другую — зовут Зося. Она только что выбилась из рядовых барышень. Девицы покамест еще называют ее безлично, льстиво и фамильярно «экономочкой». Она худощава, вертлява, чуть косенькая, с розовым цветом лица и прической барашком; обожает актеров, преимущественно толстых комиков. К Эмме Эдуардовне она относится с подобострастием.

Наконец пятое лицо — местный околоточный надзиратель Кербеш. Это атлетический человек; он лысоват, у него рыжая борода веером, ярко-синие сонные глаза и тонкий, слегка хриплый, приятный голос. Всем известно, что он раньше служил по сыскной части и был грозою жуликов благодаря своей страшной физической силе и жестокости при допросах.

У него на совести несколько темных дел. Весь город знает, что два года тому назад он женился на богатой семидесятилетней старухе, а в прошлом году задушил ее; однако ему как-то удалось замять это дело. Да и остальные четверо тоже видели кое-что в своей пестрой жизни. Но, подобно тому как старинные бретеры не чувствовали никаких угрызений совести при воспоминании о своих жертвах, так и эти люди глядят на темное и кровавое в своем прошлом, как на неизбежные маленькие неприятности профессий.

Пьют кофе с жирными топлеными сливками, околоточный — с бенедиктином. Но он, собственно, не пьет, а только делает вид, что делает одолжение.

— Так как же, Фома Фомич? — спрашивает искательно хозяйка. — Это же дело выеденного яйца не стоит... Ведь вам только слово сказать...

Кербеш медленно втягивает в себя полрюмки ликера, слегка разминает языком по нёбу маслянистую, острую, крепкую жидкость, проглатывает ее, запивает не торопясь кофеем и потом проводит безымянным пальцем левой руки по усам вправо и влево.

— Подумайте сами, мадам Шойбес, — говорит он, глядя на стол, разводя руками и щурясь, — подумайте, какому риску я здесь подвергаюсь! Девушка была обманным образом вовлечена в это... в как его... ну, словом, в дом терпимости, выражаясь высоким слогом. Теперь родители разыскивают ее через полицию. Хорошо-с. Она попадает из одного места в другое, из пятого в десятое... Наконец след находится у вас, и главное, — подумайте! — в моем околотке! Что я могу поделать?

— Господин Кербеш, но ведь она же совершеннолетняя, — говорит хозяйка.

— Оне совершеннолетние, — подтверждает Исай Саввич. — Оне дали расписку, что по доброй воле...

Эмма Эдуардовна произносит басом, с холодной уверенностью:

— Ей-богу, она здесь как за родную дочь.

— Да ведь я не об этом говорю, — досадливо морщится околоточный. — Вы вникните в мое положение... Ведь это служба. Господи, и без того неприятностей не оберешься!

Хозяйка вдруг встает, шаркает туфлями к дверям и говорит, мигая околоточному ленивым, невыразительным блекло-голубым глазом:

— Господин Кербеш, я попрошу вас поглядеть на наши переделки. Мы хотим немножко расширить помещение.

— А-а! С удовольствием...

Через десять минут оба возвращаются, не глядя друг на друга. Рука Кербеша хрустит в кармане новенькой сторублевой. Разговор о совращенной девушке более не возобновляется. Околоточный, поспешно допивая бенедиктин, жалуется на нынешнее падение нравов:

— Вот у меня сын гимназист — Павел. Приходит, подлец, и заявляет: «Папа, меня ученики ругают, что ты полицейский, и что служишь на Ямской, и что берешь взятки с публичных домов». Ну, скажите, ради бога, мадам Шойбес, это же не нахальство?

— Ай-ай-ай!.. И какие тут взятки?.. Вот и у меня тоже...

— Я ему говорю: «Иди, негодяй, и заяви директору, чтобы этого больше не было, иначе папа на вас на всех донесет начальнику края». Что же вы думаете? Приходит и говорит: «Я тебе больше не сын, — ищи себе другого сына». Аргумент! Ну, и всыпал же я ему по первое число! Ого-го! Теперь со мной разговаривать не хочет. Ну, я ему еще покажу!

— Ах, и не рассказывайте, — вздыхает Анна Марковна, отвесив свою нижнюю малиновую губу и затуманив свои блеклые глаза. — Мы нашу Берточку, — она в гимназии Флейшера, — мы нарочно держим ее в городе, в почтенном семействе. Вы понимаете, все-таки неловко. И вдруг она из гимназии приносит такие слова и выражения, что я прямо аж вся покраснела.

— Ей-богу, Анночка вся покраснела, — подтверждает Исай Саввич.

— Покраснеешь! — горячо соглашается околоточный. — Да, да, да, я вас понимаю. Но, боже мой, куда мы идем! Куда мы только идем! Я вас спрашиваю, чего хотят добиться эти революционеры и разные там студенты, или... как их там? И пусть пеняют на самих себя. Повсеместно разврат, нравственность падает, нет уважения к родителям. Расстреливать их надо.

— А вот у нас был третьего дня случай, — вмешивается суетливо Зося. — Пришел один гость, толстый человек...

— Не канцай, — строго обрывает ее на жаргоне публичных домов Эмма Эдуардовна, которая слушала околоточного, набожно кивая склоненной набок головой. — Вы бы лучше пошли распорядились завтраком для барышень.

— И ни на одного человека нельзя положиться, — продолжает ворчливо хозяйка. — Что ни прислуга, то стерва, обманщица. А девицы только и думают, что о своих любовниках. Чтобы только им свое удовольствие иметь. А о своих обязанностях и не думают.

Неловкое молчание. В дверь стучат. Тонкий женский голос говорит по ту сторону дверей:

— Экономочка! Примите деньги и пожалуйте мне марочки. Петя ушел.

Околоточный встает и оправляет шашку.

6

— Однако пора и на службу. Всего лучшего, Анна Марковна. Всего хорошего, Исай Саввич.

— Может, еще рюмочку, на дорожку? — тычется над столом подслеповатый Исай Саввич.

— Благодарю-с. Не могу. Укомплектован. Имею честь!..

— Спасибо вам за компанию. Заходите.

— Ваши гости-с. До свиданья.

Но в дверях он останавливается на минуту и говорит многозначительно:

— А все-таки мой совет вам: вы эту девицу лучше сплавьте куда-нибудь заблаговременно. Конечно, ваше дело, но как хороший знакомый — предупреждаю-с.

Он уходит. Когда его шаги затихают на лестнице и хлопает за ним парадная дверь, Эмма Эдуардовна фыркает носом и говорит презрительно:

— Фараон! Хочет и здесь и там взять деньги...

Понемногу все расползаются из комнаты. В доме темно. Сладко пахнет полуувядшей осокой. Тишина.

III

До обеда, который подается в шесть часов вечера, время тянется бесконечно долго и нестерпимо однообразно. Да и вообще этот дневной промежуток — самый тяжелый и самый пустой в жизни дома. Он отдаленно похож по настроению на те вялые, пустые часы, которые переживаются в большие праздники в институтах и в других закрытых женских заведениях, когда подруги разъехались, когда много свободы и много безделья и целый день царит светлая, сладкая скука. В одних нижних юбках и в белых сорочках, с голыми руками, иногда босиком, женщины бесцельно слоняются из комнаты в комнату, все немытые, непричесанные, лениво тычут указательным пальцем в клавиши старого фортепиано, лениво раскладывают гаданье на картах, лениво перебраниваются и с томительным раздражением ожидают вечера.

Любка после завтрака снесла Амуру остатки хлеба и обрезки ветчины, но собака скоро надоела ей. Вместе с Нюрой она купила барбарисовых конфет и подсолнухов, и обе стоят теперь за забором, отделяющим дом от улицы, грызут семечки, скорлупа от которых остается у них на подбородках и на груди, и равнодушно судачат обо всех, кто проходит по улице: о фонарщике, наливающем керосин в уличные фонари, о городовом с разносной книгой под мышкой, об экономке из чужого заведения, перебегающей через дорогу в мелочную лавочку...

Нюра — маленькая, лупоглазая, синеглазая девушка; у нее белые, льняные волосы, синие жилки на висках. В лице у нее есть что-то тупое и невинное, напоминающее белого пасхального сахарного ягненочка. Она жива, суетлива, любопытна, во все лезет, со всеми согласна, первая знает все новости, и если говорит, то говорит так много и так быстро, что у нее летят брызги изо рта и на красных губах вскипают пузыри, как у детей.

Напротив, из пивной, на минуту выскакивает курчавый, испитой, бельмистый парень, услужающий, и бежит в соседний трактир.

— Прохор Иванович, а Прохор Иванович, — кричит Нюра, — не хотите ли, подсолнухами угощу?

— Заходите к нам в гости, — подхватывает Люба.

Нюра фыркает и добавляет сквозь давящий ее смех:

— На теплые ноги!

Но парадная дверь открывается, в ней показывается грозная и строгая фигура старшей экономки.

— Пфуй! Что это за безобразие? — кричит она начальственно. — Сколько раз вам повторять, что нельзя выскакивать на улицу днем и еще — пфуй! — в одном белье. Не понимаю, как это у вас нет никакой совести. Порядочные девушки, которые сами себя уважают, не должны вести себя так публично. Кажется, слава богу, вы не в солдатском заведении, а в порядочном доме. Не на Малой Ямской.

Девицы возвращаются в дом, забираются на кухню и долго сидят там на табуретах, созерцая сердитую кухарку Прасковью, болтая ногами и молча грызя семечки.

В комнате у Маленькой Маньки, которую еще называют Манькой Скандалисткой и Манькой Беленькой, собралось целое общество. Сидя на краю кровати, она и другая девица, Зоя, высокая, красивая девушка, с круглыми бровями, с серыми глазами навыкате, с самым типичным белым, добрым лицом русской проститутки, играют в карты, в «шестьдесят шесть». Ближайшая подруга Маньки Маленькой, Женя, лежит за их спинами на кровати навзничь, читает растрепанную книжку «Ожерелье королевы», сочинение г. Дюма, и курит. Во всем заведении она единственная любительница чтения и читает запоем и без разбора. Но, против ожидания, усиленное чтение романов с приключениями вовсе не сделало ее сентиментальной и не раскислило ее воображения. Более всего ей нравится в романах длинная, хитро задуманная и ловко распутанная интрига, великолепные поединки, перед которыми виконт развязывает банты у своих башмаков в знак того, что он не намерен отступить ни на шаг от своей позиции, и после которых маркиз, проткнувши насквозь графа, извиняется, что сделал отверстие в его прекрасном новом камзоле; кошельки, наполненные золотом, небрежно разбрасываемые налево и направо главными героями, любовные приключения и остроты Генриха IV, — словом, весь этот пряный, в золоте и кружевах, героизм прошедших столетий французской истории. В обыденной жизни она, наоборот, трезва умом, насмешлива, практична и цинично зла. По отношению к другим девицам заведения она занимает такое же место, какое в закрытых учебных заведениях принадлежит первому силачу, второгоднику, первой красавице в классе — тиранствующей и обожаемой. Она — высокая, худая брюнетка, с прекрасными карими, горящими глазами, маленьким гордым ртом, усиками на верхней губе и со смуглым нездоровым румянцем на щеках.

Не выпуская изо рта папироски и щурясь от дыма, она то и дело переворачивает страницы намусленным пальцем. Ноги у нее до колен голые, огромные ступни самой вульгарной формы: ниже больших пальцев резко выдаются внаружу острые, некрасивые, неправильные желваки.

Здесь же, положив ногу на ногу, немного согнувшись, с шитьем в руках, сидит

Тамара, тихая, уютная, хорошенькая девушка, слегка рыжеватая, с тем темным и блестящим оттенком волос, который бывает у лисы зимою на хребте. Настоящее ее имя Гликерия, или Лукерия по-простонародному. Но уже давнишний обычай домов терпимости — заменять грубые имена Матрен, Агафий, Сиклитиний звучными, преимущественно экзотическими именами. Тамара когда-то была монахиней или, может быть, только послушницей в монастыре, и до сих пор в лице ее сохранилась бледная опухлость и пугливость, скромное и лукавое выражение, которое свойственно молодым монахиням. Она держится в доме особняком, ни с кем не дружит, никого не посвящает в свою прошлую жизнь. Но, должно быть, у нее, кроме монашества, было еще много приключений: что-то таинственное, молчаливое и преступное есть в ее неторопливом разговоре, в уклончивом взгляде ее густо- и темно-золотых глаз из-под длинных опущенных ресниц, в ее манерах, усмешках и интонациях скромной, но развратной святоши. Однажды вышел такой случай, что девицы чуть не с благоговейным ужасом услыхали, что Тамара умеет бегло говорить по-французски и по-немецки. В ней есть какая-то внутренняя сдержанная сила. Несмотря на ее внешнюю кротость и сговорчивость, все в заведении относятся к ней с почтением и осторожностью: и хозяйка, и подруги, и обе экономки, и даже швейцар, этот истинный султан дома терпимости, всеобщая гроза и герой.

— Прикрыла, — говорит Зоя и поворачивает козырь, лежавший под колодой, рубашкой кверху. — Выхожу с сорока, хожу с туза пик, пожалуйте, Манечка, десяточку. Кончила. Пятьдесят семь, одиннадцать, шестьдесят восемь. Сколько у тебя?

— Тридцать, — говорит Манька обиженным голосом, надувая губы, — ну да, тебе хорошо, ты все ходы помнишь. Сдавай... Ну, так что же дальше, Тамарочка? — обращается она к подруге. — Ты говори, я слушаю.

Зоя стасовывает старые, черные, замаслившиеся карты и дает Мане снять, потом сдает, поплевав предварительно на пальцы.

Тамара в это время рассказывает Мане тихим голосом, не отрываясь от шитья.

— Вышивали мы гладью, золотом, напрестольники, воздухи, архиерейские облачения... травками, цветами, крестиками. Зимой сидишь, бывало, у окна, — окошки маленькие, с решетками, — свету немного, маслицем пахнет, ладаном, кипарисом, разговаривать нельзя было: матушка была строгая. Кто-нибудь от скуки затянет великопостный ирмос... «Вонми небо и возглаголю и воспою...» Хорошо пели, прекрасно, и такая тихая жизнь, и запах такой прекрасный, снежок за окном, ну вот точно во сне...

Женя опускает истрепанный роман себе на живот, бросает папиросу через Зоину голову и говорит насмешливо:

— Знаем мы вашу тихую жизнь. Младенцев в нужники выбрасывали. Лукавый-то все около ваших святых мест бродит.

— Сорок объявляю. Сорок шесть у меня было! Кончила! — возбужденно восклицает Манька Маленькая и плещет ладонями. — Открываю три.

Тамара, улыбаясь на слова Жени, отвечает с едва заметной улыбкой, которая почти не растягивает губы, а делает в их концах маленькие, лукавые, двусмысленные углубления, совсем как у Монны Лизы на портрете Леонардо да Винчи.

— Плетут много про монахинь-то мирские... Что же, если я бывал грех...

— Не согрешишь — не покаешься, — вставляет серьезно Зоя и мочит палец во рту.

— Сидишь, вышиваешь, золото в глазах рябит, а от утреннего стояния так вот спину и ломит, и ноги ломит. А вечером опять служба. Постучишься к матушке в келию: «Молитвами святых отец наших господи помилуй нас». А матушка из келий так баском ответит: «Аминь».

Женя смотрит на нее несколько времени пристально, покачивает головой и говорит многозначительно:

— Странная ты девушка, Тамара. Вот гляжу я на тебя и удивляюсь. Ну, я понимаю, что эти дуры, вроде Соньки, любовь крутят. На то они и дуры. А ведь ты, кажется, во всех золах печена, во всех щелоках стирана, а тоже позволяешь себе этакие глупости. Зачем ты эту рубашку вышиваешь?

Тамара не торопясь перекалывает поудобнее ткань на своем колене булавкой, заглаживает наперстком шов и говорит, не поднимая сощуренных глаз, чуть склонив голову набок:

— Надо что-нибудь делать. Скучно так. В карты я не играю и не люблю.

Женя продолжает качать головой.

— Нет, странная ты девушка, право, странная. От гостей ты всегда имеешь больше, чем мы все. Дура, чем копить деньги, на что ты их тратишь? Духи покупаешь по семи рублей за склянку. Кому это нужно? Вот теперь набрала на пятнадцать рублей шелку. Это ведь ты Сеньке своему?

— Конечно, Сенечке.

— Тоже нашла сокровище. Вор несчастный. Приедет в заведение, точно полководец какой. Как еще он не бьет тебя. Воры, они это любят. И обирает небось?

— Больше чем я захочу, я не дам, — кротко отвечает Тамара и перекусывает нитку.

— Вот этому-то я удивляюсь. С твоим умом, с твоей красотой я бы себе такого гостя захороводила, что на содержание бы взял. И лошади свои были бы и брильянты.

— Что кому нравится, Женечка. Вот и ты тоже хорошенькая и милая девушка, и характер у тебя такой независимый и смелый, а вот застряли мы с тобой у Анны Марковны.

Женя вспыхивает и отвечает с непритворной горечью:

— Да! Еще бы! Тебе везет!.. У тебя все самые лучшие гости. Ты с ними делаешь, что хочешь, а у меня все — либо старики, либо грудные младенцы. Не везет мне. Одни сопливые, другие желторотые. Вот больше всего я мальчишек не люблю. Придет, гаденыш, трусит, торопится, дрожит, а сделал свое дело, не знает, куда глаза девать от стыда. Корчит его от омерзения. Так и дала бы по морде. Прежде чем рубль дать, он его в кармане в кулаке держит, горячий весь рубль-то, даже потный. Молокосос! Ему мать на французскую булку с колбасой дает гривенник, а он на девку сэкономил. Был у меня на днях один кадетик. Так я нарочно, назло ему говорю: «На тебе, миленький, на тебе карамелек на дорогу, пойдешь обратно в корпус — пососешь». Так он сперва обиделся, а потом взял. Я

10

потом нарочно подглядела с крыльца: как вышел, оглянулся, и сейчас карамельку в рот. Поросенок!

— Ну, со стариками еще хуже, — говорит нежным голосом Манька Маленькая и лукаво заглядывает на Зою, — как ты думаешь, Зоинька?

Зоя, которая уже кончила играть и только что хотела зевнуть, теперь никак не может раззеваться. Ей хочется не то сердиться, не то смеяться. У ней есть постоянный гость, какой-то высокопоставленный старичок с извращенными эротическими привычками. Над его визитами к ней потешается все заведение.

Зое удается, наконец, раззеваться.

— Ну вас к чертовой матери, — говорит она сиплым, после зевка, голосом, — будь он проклят, старая анафема!

— А все-таки хуже всех, — продолжает рассуждать Женя, — хуже твоего директора, Зоинька, хуже моего кадета, хуже всех — ваши любовники. Ну что тут радостного: придет пьяный, ломается, издевается, что-то такое хочет из себя изобразить, но только ничего у него не выходит. Скажите, пожалуйста: маль-чи-шеч-ка. Хам хамом, грязный, избитый, вонючий, все тело в шрамах, только одна ему хвала: шелковая рубашка, которую ему Тамарка вышьет. Ругается, сукин сын, по-матерному, драться лезет. Тьфу! Нет, — вдруг воскликнула она веселым задорным голосом, — кого люблю верно и нелицемерно, во веки веков, так это мою Манечку, Маньку Беленькую, Маньку Маленькую, мою Маньку Скандалисточку.

И неожиданно, обняв за плечи и грудь Маню, она притянула ее к себе, повалила на кровать и стала долго и сильно целовать ее волосы, глаза, губы. Манька с трудом вырвалась от нее с растрепанными светлыми, тонкими, пушистыми волосами, вся розовая от сопротивления и с опущенными влажными от стыда и смеха глазами.

— Оставь, Женечка, оставь. Ну что ты, право... Пусти!

Маня Маленькая — самая кроткая и тихая девушка во всем заведении. Она добра, уступчива, никогда не может никому отказать в просьбе, и невольно все относятся к ней с большой нежностью. Она краснеет по всякому пустяку и в это время становится особенно привлекательна, как умеют быть привлекательны очень нежные блондинки с чувствительной кожей. Но достаточно ей выпить три-четыре рюмки ликера-бенедиктина, который она очень любит, как она становится неузнаваемой и выделывает такие скандалы, что всегда требуется вмешательство экономок, швейцара, иногда даже полиции. Ей ничего не стоит ударить гостя по лицу или бросить ему в глаза стакан, наполненный вином, опрокинуть лампу, обругать хозяйку. Женя относится к ней с каким-то странным, нежным покровительством и грубым обожанием.

— Барышни, обедать! Обедать, барышни! — кричит, пробегая вдоль коридора, экономка Зося. На бегу она открывает дверь в Манину комнату и кидает торопливо:

— Обедать, обедать, барышни!

Идут опять на кухню, все также в нижнем белье, все немывшиеся, в туфлях и босиком. Подают вкусный борщ со свиной кожицей и с помидорами, котлеты и пирожное: трубочки со сливочным кремом. Но ни у кого нет аппетита благодаря сидячей жизни и неправильному сну, а также потому, что большинство девиц, как

11

институтки в праздник, уже успели днем послать в лавочку за халвой, орехами, рахат-лукумом, солеными огурцами и тянучками и этим испортили себе аппетит. Одна только Нина, маленькая, курносая, гнусавая деревенская девушка, всего лишь два месяца назад обольщенная каким-то коммивояжером и им же проданная в публичный дом, ест за четверых. У нее все еще не пропал чрезмерный, запасливый аппетит простолюдинки.

Женя, которая лишь брезгливо поковыряла котлетку и съела половину трубочки, говорит ей тоном лицемерного участия:

— Ты бы, Феклуша, скушала бы и мою котлетку. Кушай, милая, кушай, не стесняйся, тебе надо поправляться. А знаете, барышни, что я вам скажу, — обращается она к подругам, — ведь у нашей Феклуши солитер, а когда у человека солитер, то он всегда ест за двоих: половину за себя, половину за глисту.

Нина сердито сопит и отвечает неожиданным для ее роста басом и в нос:

— Никаких у меня нет глистов. Это у вас есть глисты, оттого вы такая худая.

И она невозмутимо продолжает есть и после обеда чувствует себя сонной, как удав, громко рыгает, пьет воду, икает и украдкой, если никто не видит, крестит себе рот по старой привычке.

Но вот уже в коридорах и комнатах слышится звонкий голос Зоси:

— Одеваться, барышни, одеваться. Нечего рассиживаться... На работу...

Через несколько минут во всех комнатах заведения пахнет паленым волосом, борно-тимоловым мылом, дешевым одеколоном. Девицы одеваются к вечеру.

IV

Настали поздние сумерки, а за ними теплая темная ночь, но еще долго, до самой полуночи, тлела густая малиновая заря. Швейцар заведения Симеон зажег все лампы по стенам залы и люстру, а также красный фонарь над крыльцом. Симеон был сухопарый, сутуловатый, молчаливый и суровый человек, с прямыми широкими плечами, брюнет, шадровитый, с вылезшими от оспы плешинками бровями и усами и с черными, матовыми, наглыми глазами. Днем он бывал свободен и спал, а ночью сидел безотлучно в передней под рефлектором, чтобы раздевать и одевать гостей и быть готовым на случай всякого беспорядка.

Пришел тапер — высокий, белобрысый деликатный молодой человек с бельмом на правом глазу. Пока не было гостей, он с Исай Саввичем потихоньку разучивали «pas d'Espagne[1]» — танец, начинавший входить в то время в моду. За каждый танец, заказанный гостями, они получали тридцать копеек за легкий танец и по полтиннику за кадриль. Но одну половину из этой цены брала себе хозяйка, Анна Марковна, другую же музыканты делили поровну. Таким образом тапер получал только четверть из общего заработка, что, конечно, было несправедливо, потому что Исай Саввич играл самоучкой и отличался деревянным слухом. Таперу приходилось постоянно его натаскивать на новые

---

[1] Падеспань (франц.).

мотивы, поправлять и заглушать его ошибки громкими аккордами. Девицы с некоторой гордостью рассказывали гостям о тапере, что он был в консерватории и шел все время первым учеником, но так как он еврей и к тому же заболел глазами, то ему не удалось окончить курса. Все они относились к нему очень бережно и внимательно, с какой-то участливой, немножко приторной жалостливостью, что весьма вяжется с внутренними закулисными нравами домов терпимости, где под внешней грубостью и щегольством похабными словами живет такая же слащавая, истеричная сентиментальность, как и в женских пансионах и, говорят, в каторжных тюрьмах.

Все уже были одеты и готовы к приему гостей в доме Анны Марковны и томились бездельем и ожиданием. Несмотря на то, что большинство женщин испытывало к мужчинам, за исключением своих любовников, полное, даже несколько брезгливое равнодушие, в их душах перед каждым вечером все-таки оживали и шевелились смутные надежды: неизвестно, кто их выберет, не случится ли чего-нибудь необыкновенного, смешного или увлекательного, не удивит ли гость своей щедростью, не будет ли какого-нибудь чуда, которое перевернет всю жизнь? В этих предчувствиях и надеждах было нечто похожее на те волнения, которые испытывает привычный игрок, пересчитывающий перед отправлением в клуб свои наличные деньги. Кроме того, несмотря на свою бесполость, они все-таки не утеряли самого главного, инстинктивного стремления женщин — нравиться.

И правда, иногда приходили в дом совсем диковинные лица и происходили сумбурные, пестрые события. Являлась вдруг полиция вместе с переодетыми сыщиками и арестовывала каких-нибудь приличных на вид, безукоризненных джентльменов и уводила их, толкая в шею. Порою завязывались драки между пьяной скандальной компанией и швейцарами изо всех заведений, сбегавшимися на выручку товарищу швейцару, — драка, во время которой разбивались стекла в окнах и фортепианные деки, когда выламывались, как оружие, ножки у плюшевых стульев, кровь заливала паркет в зале и ступеньки лестницы, и люди с проткнутыми боками и проломленными головами валились в грязь у подъезда, к звериному, жадному восторгу Женьки, которая с горящими глазами, со счастливым смехом лезла в самую гущу свалки, хлопала себя по бедрам, бранилась и науськивала, в то время как ее подруги визжали от страха и прятались под кровати.

Случалось, приезжал со стаей прихлебателей какой-нибудь артельщик или кассир, давно уже зарвавшийся в многотысячной растрате, в карточной игре и безобразных кутежах и теперь дошвыривающий, перед самоубийством или скамьей подсудимых, в угарном, пьяном, нелепом бреду последние деньги. Тогда запирались наглухо двери и окна дома, и двое суток кряду шла кошмарная, скучная, дикая, с выкриками и слезами, с надругательством над женским телом, русская оргия, устраивались райские ночи, во время которых уродливо кривлялись под музыку нагишом пьяные, кривоногие, волосатые, брюхатые мужчины и женщины с дряблыми, желтыми, обвисшими, жидкими телами, пили и жрали, как свиньи, в кроватях и на полу, среди душной, проспиртованной атмосферы, загаженной человеческим дыханием и испарениями нечистой кожи.

Изредка появлялся в заведении цирковый атлет, производивший в невысоких помещениях странно-громоздкое впечатление, вроде лошади, введенной в комнату, китаец в синей кофте, белых чулках и с косой, негр из кафешантана в смокинге и клетчатых панталонах, с цветком в петлице и в крахмальном белье, которое, к удивлению девиц, не только не пачкалось от черной кожи, но казалось еще более ослепительно-блестящим.

Эти редкие люди будоражили пресыщенное воображение проституток, возбуждали их истощенную чувственность и профессиональное любопытство, и все они, почти влюбленные, ходили за ними следом, ревнуя и огрызаясь друг на друга.

Был случай, что Симеон впустил в залу какого-то пожилого человека, одетого по-мещански. Ничего не было в нем особенного: строгое, худое лицо с выдающимися, как желваки, костистыми, злобными скулами, низкий лоб, борода клином, густые брови, один глаз заметно выше другого. Войдя, он поднес ко лбу сложенные для креста пальцы, но, пошарив глазами по углам и не найдя образа, нисколько не смутился, опустил руку, плюнул и тотчас же с деловым видом подошел к самой толстой во всем заведении девице — Катьке.

— Пойдем! — скомандовал он коротко и мотнул решительно головой на дверь.

Но во время его отсутствия всезнающий Симеон с таинственным и даже несколько гордым видом успел сообщить своей тогдашней любовнице Нюре, а она шепотом, с ужасом в округлившихся глазах, рассказала подругам по секрету о том, что фамилия мещанина — Дядченко и что он прошлой осенью вызвался, за отсутствием палача, совершить казнь над одиннадцатью бунтовщиками и собственноручно повесил их в два утра. И — как это ни чудовищно — не было в этот час ни одной девицы во всем заведении, которая не почувствовала бы зависти к толстой Катьке и не испытала бы жуткого, терпкого, головокружительного любопытства. Когда Дядченко через полчаса уходил со своим степенным и суровым видом, все женщины безмолвно, разинув рты, провожали его до выходной двери и потом следили за ним из окон, как он шел по улице. Потом кинулись в комнату одевавшейся Катьки и засыпали ее расспросами. Глядели с новым чувством, почти с изумлением на ее голые, красные, толстые руки, на смятую еще постель, на бумажный старый, засаленный рубль, который Катька показала им, вынув его из чулка. Катька ничего не могла рассказать — «мужчина как мужчина, как все мужчины», — говорила она со спокойным недоумением, но когда узнала, кто был ее гостем, то вдруг расплакалась, сама не зная почему.

Этот человек, отверженный из отверженных, так низко упавший, как только может представить себе человеческая фантазия, этот добровольный палач, обошелся с ней без грубости, но с таким отсутствием хоть бы намека на ласку, с таким пренебрежением и деревянным равнодушием, как обращаются не с человеком, даже не с собакой или лошадью, и даже не с зонтиком, пальто или шляпой, а как с каким-то грязным предметом, в котором является минутная неизбежная потребность, но который по миновании надобности становится чуждым, бесполезным и противным. Всего ужаса этой мысли толстая Катька не могла объять своим мозгом откормленной индюшки и потому плакала, — как и ей самой казалось, — беспричинно и бестолково.

Бывали и другие происшествия, взбалтывавшие мутную, грязную жизнь этих бедных, больных, глупых, несчастных женщин. Бывали случаи дикой, необузданной ревности с пальбой из револьвера и отравлением; иногда, очень редко, расцветала на этом навозе нежная, пламенная и чистая любовь; иногда женщины даже покидали при помощи любимого человека заведение, но почти всегда возвращались обратно. Два или три раза случалось, что женщина из публичного дома вдруг оказывалась беременной, и это всегда бывало, по внешности, смешно и позорно, но в глубине события — трогательно.

И как бы то ни было, каждый вечер приносил с собою такое раздражающее, напряженное, пряное ожидание приключений, что всякая другая жизнь, после дома терпимости, казалась этим ленивым, безвольным женщинам пресной и скучной.

V

Окна раскрыты настежь в душистую темноту вечера, и тюлевые занавески слабо колышутся взад и вперед от незаметного движения воздуха. Пахнет росистой травой из чахлого маленького палисадника перед домом, чуть-чуть сиренью и вянущим березовым листом от троицких деревцов у подъезда. Люба в синей бархатной кофте с низко вырезанной грудью и Нюра, одетая, как «бэбэ», в розовый широкий сак до колен, с распущенными светлыми волосами и с кудряшками на лбу, лежат, обнявшись, на подоконнике и поют потихоньку очень известную между проститутками злободневную песню про больницу. Нюра тоненько, в нос, выводит первый голос, Люба вторит ей глуховатым альтом:

Понедельник наступает,
Мне на выписку идти,
Доктор Красов не пускает...

Во всех домах отворенные окна ярко освещены, а перед подъездами горят висячие фонари. Обеим девушкам отчетливо видна внутренность залы в заведении Софьи Васильевны, что напротив: желтый блестящий паркет, темно-вишневые драпри на дверях, перехваченные шнурами, конец черного рояля, трюмо в золоченой раме и то мелькающие в окнах, то скрывающиеся женские фигуры в пышных платьях и их отражения в зеркалах. Резное крыльцо Треппеля, направо, ярко озарено голубоватым электрическим светом из большого матового шара.

Вечер тих и тепел. Где-то далеко-далеко, за линией железной дороги, за какими-то черными крышами и тонкими черными стволами деревьев, низко, над темной землей, в которой глаз не видит, а точно чувствует могучий зеленый весенний тон, рдеет алым золотом, прорезавшись сквозь сизую мглу, узкая, длинная полоска поздней зари. И в этом неясном дальнем свете, в ласковом воздухе, в запахах наступающей ночи была какая-то тайная, сладкая, сознательная печаль, которая бывает так нежна в вечера между весной и летом. Плыл неясный шум города, слышался скучающий гнусавый напев гармонии, мычание коров, сухо шаркали чьи-то подошвы, и звонко стучала окованная палочка о плиты тротуара, лениво и неправильно погромыхивали колеса извозчичьей пролетки, катившейся шагом по Яме, и все эти звуки сплетались красиво и мягко в задумчивой дремоте

15

вечера. И свистки паровозов на линии железной дороги, обозначенной в темноте зелеными и красными огоньками, раздавались с тихой, певучей осторожностью.

Вот сиделочка прихо-одит,

Булку с сахаром несет...

Булку с сахаром несет,

Всем поровну раздает.

— Прохор Иванович! — вдруг окликает Нюра кудрявого слугу из пивной, который легким черным силуэтом перебегает через дорогу. — А Прохор Иваныч!

— Ну вас! — сипло огрызается тот. — Чего еще?

— Вам велел кланяться один ваш товарищ. Я его сегодня видела.

— Какой такой товарищ?

— Такой хорошенький! Брюнетик симпатичный... Нет, а вы спросите лучше, где я его видела?

— Ну где? — Прохор Иванович приостанавливается на минуту.

— А вот где: у нас на гвозде, на пятой полке, где дохлые волки.

— Ат! Дура еловая.

Нюра хохочет визгливо на всю Яму и валится на подоконник, брыкая ногами в высоких черных чулках. Потом, перестав смеяться, она сразу делает круглые удивленные глаза и говорит шепотом:

— А знаешь, девушка, ведь он в позапрошлом годе женщину одну зарезал, Прохор-то. Ей-богу.

— Ну? До смерти?

— Нет, не до смерти. Выкачалась, — говорит Нюра, точно с сожалением. — Однако два месяца пролежала в Александровской. Доктора говорили, что если бы на вот-вот столечко повыше, — то кончено бы. Амба!

— За что же он ее?

— А я знаю? Может быть, деньги от него скрывала или изменила. Любовник он у ей был — кот.

— Ну и что же ему за это?

— А ничего. Никаких улик не было. Была тут общая склока. Человек сто дралось. Она тоже в полицию заявила, что никаких подозрений не имеет. Но Прохор сам потом хвалился: я, говорит, в тот раз Дуньку не зарезал, так в другой раз дорежу. Она, говорит, от моих рук не уйдет. Будет ей амба!

Люба вздрагивает всей спиной.

— Отчаянные они, эти коты! — произносит она тихо, с ужасом в голосе.

— Страсть до чего! Я, ты знаешь, с нашим Симеоном крутила любовь целый год. Такой ирод, подлец! Живого места на мне не было, вся в синяках ходила. И не то, чтобы за что-нибудь, а просто так, пойдет утром со мной в комнату, запрется и давай меня терзать. Руки выкручивает, за груди щиплет, душить начнет за горло. А то целует-целует, да как куснет за губы, так кровь аж и брызнет... я заплачу, а ему только этого и нужно. Так зверем на меня и кинется, аж задрожит. И все деньги от меня отбирал, ну вот все до копеечки. Не на что было десятка папирос купить. Он ведь скупой, Симеон-то, все на книжку, на книжку относит... Говорит, что, как соберет тысячу рублей, — в монастырь уйдет.

— Ну?

— Ей-богу. Ты посмотри у него в комнатке: круглые сутки, днем и ночью, лампадка горит перед образами. Он очень до бога усердный... Только я думаю, что он оттого такой, что тяжелые грехи на нем. Убийца он.

— Да что ты?

— Ах, да ну его, бросим о нем, Любочка. Ну, давай дальше:

Пойду в хаптеку, куплю я ха-ду,

Сама себя я хатравлю, —

заводит Нюра тоненьким голоском.

Женя ходит взад и вперед по зале, подбоченившись, раскачиваясь на ходу и заглядывая на себя во все зеркала. На ней надето короткое атласное оранжевое платье с прямыми глубокими складками на юбке, которая мерно колеблется влево и вправо от движения ее бедер. Маленькая Манька, страстная любительница карточной игры, готовая играть с утра до утра не переставая, дуется в «шестьдесят шесть» с Пашей, причем обе женщины для удобства сдачи оставили между собою пустой стул, а взятки собирают себе в юбки, распяленные между коленями. На Маньке коричневое, очень скромное платье, с черным передником и плоеным черным нагрудником; этот костюм очень идет к ее нежной белокурой головке и маленькому росту, молодит ее и делает похожей на гимназистку предпоследнего класса.

Ее партнерша Паша — очень странная и несчастная девушка. Ей давно бы нужно быть не в доме терпимости, а в психиатрической лечебнице из-за мучительного нервного недуга, заставляющего ее исступленно, с болезненной жадностью отдаваться каждому мужчине, даже самому противному, который бы ее ни выбрал. Подруги издеваются над нею и несколько презирают ее за этот порок, точно как за какую-то измену корпоративной вражде к мужчинам. Нюра очень похоже передразнивает ее вздохи, стоны, выкрики и страстные слова, от которых она никогда не может удержаться в минуты экстаза и которые бывают слышны через две или три перегородки в соседних комнатах. Про Пашу ходит слух, что она вовсе не по нужде и не соблазном или обманом попала в публичный дом, а поступила в него сама, добровольно, следуя своему ужасному ненасытному инстинкту. Но хозяйка дома и обе экономки всячески балуют Пашу и поощряют ее безумную слабость, потому что благодаря ей Паша идет нарасхват и зарабатывает вчетверо, впятеро больше любой из остальных девушек, — зарабатывает так много, что в бойкие праздничные дни ее вовсе не выводят к гостям «посерее» или отказывают им под предлогом Пашиной болезни, потому что постоянные хорошие гости обижаются, если им говорят, что их знакомая девушка занята с другим. А таких постоянных гостей у Паши пропасть; многие совершенно искренно, хотя и по-скотски, влюблены в нее, и даже не так давно двое почти одновременно звали ее на содержание: грузин — приказчик из магазина кахетинских вин — и какой-то железнодорожный агент, очень гордый и очень бедный дворянин высокого роста, с махровыми манжетами, с глазом, замененным черным кружком на резинке. Паша, пассивная во всем, кроме своего безличного сладострастия, конечно, пошла бы за всяким, кто позвал бы ее, но администрация дома зорко оберегает в ней свои интересы. Близкое безумие уже сквозит в ее миловидном лице, в ее полузакрытых глазах, всегда улыбающихся какой-то хмельной, блаженной, кроткой, застенчивой и непристойной улыбкой, в ее томных, размягченных, мокрых губах, которые она постоянно облизывает, в ее коротком тихом смехе — смехе идиотки. И вместе с тем она — эта истинная жертва общественного темперамента — в обиходной жизни очень добродушна, уступчива, совершенная бессребреница и очень стыдится своей чрезмерной страстности. К подругам она нежна, очень любит целоваться и обниматься с ними и спать в одной постели, но ею все как будто бы немного брезгуют.

— Манечка, душечка, миленькая, — говорит умильно Паша, дотрогиваясь до Маниной руки, — погадай мне, золотая моя деточка.

— Ну-у, — надувает Маня губы, точно ребенок. — Поигра-аем еще.

— Манечка, хорошенькая, пригоженькая, золотцо мое, родная, дорогая...

Маня уступает и раскладывает колоду у себя на коленях. Червонный дом выходит, небольшой денежный интерес и свидание в пиковом доме при большой компании с трефовым королем.

Паша всплескивает радостно руками:

— Ах, это мой Леванчик! Ну да, он обещал сегодня прийти. Конечно, Леванчик.

— Это твой грузин?

— Да, да, мой грузинчик. Ох, какой он приятный. Так бы никогда его от себя не отпустила. Знаешь, он мне в последний раз что сказал? «Если ты будешь еще жить в публичном доме, то я сделаю и тэбэ смэрть и сэбэ сделаю смэрть». И так глазами на меня сверкнул.

Женя, которая остановилась вблизи, прислушивается к ее словам и спрашивает высокомерно:

— Это кто это так сказал?

— А мой грузинчик Леван. И тебе смерть, и мне смерть.

— Дура. Ничего он не грузинчик, а просто армяшка. Сумасшедшая ты дура.

— Ан нет, грузин. И довольно странно с твоей стороны...

— Говорю тебе — армяшка. Мне лучше знать. Дура!

— Чего же ты ругаешься, Женя? Я же тебя первая не ругала.

— Еще бы ты первая стала ругаться. Дура! Не все тебе равно, кто он такой? Влюблена ты в него, что ли?

— Ну и влюблена!

— Ну и дура. А в этого, с кокардой, в кривого, тоже влюблена?

— Так что же? Я его очень уважаю. Он очень солидный.

— И в Кольку-бухгалтера? И в подрядчика? И в Антошку-картошку? И в актера толстого? У-у, бесстыдница! — вдруг вскрикивает Женя. — Не могу видеть тебя без омерзения. Сука ты! Будь я на твоем месте такая разнесчастная, я бы лучше руки на себя наложила, удавилась бы на шнурке от корсета. Гадина ты!

Паша молча опускает ресницы на глаза, налившиеся слезами. Маня пробует заступиться за нее.

— Что уж это ты так, Женечка... Зачем ты на нее так...

— Эх, все вы хороши! — резко обрывает ее Женя. — Никакого самолюбия!.. Приходит хам, покупает тебя, как кусок говядины, нанимает, как извозчика, по таксе, для любви на час, а ты и раскисла: «Ах, любовничек! Ах, неземная страсть!» Тьфу!

Она гневно поворачивается к ним спиною и продолжает свою прогулку по диагонали залы, покачивая бедрами и щурясь на себя в каждое зеркало.

В это время Исаак Давидович, тапер, все еще бьется с неподатливым скрипачом.

— Не так, не так, Исай Саввич. Вы бросьте скрипку на минуточку. Прислушайтесь немножко ко мне. Вот мотив.

Он играет одним пальцем и напевает тем ужасным козлиным голосом, каким обладают все капельмейстеры, в которые он когда-то готовился:

— Эс-там, эс-там, зс-тиам-тиам. Ну теперь повторяйте за мною первое колено за первый раз... Ну... ейн, цвей...

За их репетицией внимательно следят: сероглазая, круглолицая, круглобровая, беспощадно намазавшаяся дешевыми румянами и белилами Зоя, которая облокотилась на фортепиано, и Вера, жиденькая, с испитым лицом, в костюме жокея: в круглой шапочке с прямым козырьком, в шелковой полосатой, синей с белым, курточке, в белых, обтянутых туго рейтузах и в лакированных сапожках с желтыми отворотами. Вера и в самом деле похожа на жокея, с своим узким лицом, на котором очень блестящие голубые глаза, под спущенной на лоб лихой гривкой, слишком близко посажены к горбатому, нервному, очень красивому носу. Когда, наконец, после долгих усилий, музыканты слаживаются, низенькая Вера подходит к рослой Зое той мелкой, связанной походкой, с оттопыренным задом и локтями на отлете, какой ходят только женщины в мужских костюмах, и делает ей, широко разводя вниз руками, комический мужской поклон. И они с большим удовольствием начинают носиться по зале.

Прыткая Нюра, всегда первая объявляющая все новости, вдруг соскакивает с подоконника и кричит, захлебываясь от волнения и торопливости:

— К Треппелю... подъехали... лихач... с электричеством... Ой, девоньки... умереть на месте... на оглоблях электричество.

Все девицы, кроме гордой Жени, высовываются из окон. Около треппелевского подъезда действительно стоит лихач. Его новенькая щегольская пролетка блестит свежим лаком, на концах оглобель горят желтым светом два крошечных электрических фонарика, высокая белая лошадь нетерпеливо мотает красивой головой с голым розовым пятном на храпе, перебирает на месте ногами и прядет тонкими ушами; сам бородатый, толстый кучер сидит на козлах, как изваяние, вытянув прямо вдоль колен руки.

— Вот бы прокатиться! — взвизгивает Нюра. — Дяденька-лихач, а дяденька-лихач, — кричит она, перевешиваясь через подоконник, — прокатай бедную девчоночку... Прокатай за любовь...

Но лихач смеется, делает чуть заметное движение пальцами, и белая лошадь тотчас же, точно она только этого и дожидалась, берет с места доброй рысью, красиво заворачивает назад и с мерной быстротой уплывает в темноту вместе с пролеткой и широкой спиной кучера.

— Пфуй! Безобразие! — раздается в комнате негодующий голос Эммы Эдуардовны. — Ну где это видано, чтобы порядочные барышни позволяли себе вылезать на окошко и кричать на всю улицу. О, скандал! И все Нюра, и всегда эта ужасная Нюра!

Она величественна в своем черном платье, с желтым дряблым лицом, с темными мешками под глазами, с тремя висящими дрожащими подбородками. Девицы, как провинившиеся пансионерки, чинно рассаживаются по стульям вдоль стен, кроме Жени, которая продолжает созерцать себя во всех зеркалах. Еще два извозчика подъезжают напротив, к дому Софьи Васильевны. Яма начинает оживляться. Наконец еще одна пролетка грохочет по мостовой, и шум ее сразу обрывается у подъезда Анны Марковны.

Швейцар Симеон помогает кому-то раздеться в передней. Женя заглядывает туда, держась обеими руками за дверные косяки, но тотчас же оборачивается назад и на ходу пожимает плечами и отрицательно трясет головой.

— Не знаю, какой-то совсем незнакомый, — говорит она вполголоса. — Никогда у нас не был. Какой-то папашка, толстый, в золотых очках и в форме.

Эмма Эдуардовна командует голосом, звучащим, как призывная кавалерийская труба:

— Барышни, в залу! В залу, барышни!

Одна за другой надменными походками выходят в залу: Тамара с голыми белыми руками и обнаженной шеей, обвитой ниткой искусственного жемчуга, толстая Катька с мясистым четырехугольным лицом и низким лбом — она тоже декольтирована, но кожа у нее красная и в пупырышках; новенькая Нина, курносая и неуклюжая, в платье цвета зеленого попугая; другая Манька — Манька Большая или Манька Крокодил, как ее называют, и — последней — Сонька Руль, еврейка, с некрасивым темным лицом и чрезвычайно большим носом, за который она и получила свою кличку, но с такими прекрасными большими глазами, одновременно кроткими и печальными, горящими и влажными, какие среди женщин всего земного шара бывают только у евреек.

VI

Пожилой гость в форме благотворительного ведомства вошел медленными, нерешительными шагами, наклоняясь при каждом шаге немного корпусом вперед и потирая кругообразными движениями свои ладони, точно умывая их. Так как все женщины торжественно молчали, точно не замечая его, то он пересек залу и опустился на стул рядом с Любой, которая согласно этикету только подобрала немного юбку, сохраняя рассеянный и независимый вид девицы из порядочного дома.

— Здравствуйте, барышня; — сказал он.

— Здравствуйте, — отрывисто ответила Люба.

— Как вы поживаете?

— Спасибо, благодарю вас. Угостите покурить.

— Извините — некурящий.

— Вот так-так. Мужчина и вдруг не курит. Ну так угостите лафитом с лимонадом. Ужас как люблю лафит с лимонадом.

Он промолчал.

— У, какой скупой, папашка! Вы где это служите? Вы — чиновники?

— Нет, я учитель. Учу немецкому языку.

— А я вас где-то видела, папочка. Ваша физиономия мне знакома. Где я с вами встречалась?

— Ну уж не знаю, право. На улице разве.

— Может быть, и на улице... Вы хотя бы апельсином угостили. Можно спросить апельсин?

Он опять замолчал, озираясь кругом. Лицо у него заблестело, и прыщи на лбу стали красными. Он медленно оценивал всех женщин, выбирая себе подходящую и в то же время стесняясь своим молчанием. Говорить было совсем не о чем; кроме того, равнодушная назойливость Любы раздражала его. Ему нравилась своим большим коровьим телом толстая Катя, но, должно быть, — решал он в уме, — она очень холодна в любви, как все полные женщины, и к тому же некрасива лицом. Возбуждала его также и Вера своим видом мальчишки и крепкими ляжками, плотно охваченными белым трико, и Беленькая Маня, так похожая на невинную гимназистку, и Женя со своим энергичным, смуглым, красивым лицом. Одну минуту он совсем уж было остановился на Жене, но только дернулся на стуле и не решился: по ее развязному, недоступному и небрежному виду и по тому, как она искренно не обращала на него никакого внимания, он догадывался, что она — самая избалованная среди всех девиц заведения, привыкшая, чтобы на нее посетители шире тратились, чем на других. А педагог был человек расчетливый, обремененный большим семейством и истощенной, исковерканной его мужской требовательностью женой, страдавшей множеством женских болезней. Преподавая в женской гимназии и в институте, он постоянно жил в каком-то тайном сладострастном бреду, и только немецкая выдержка, скупость и трусость помогали ему держать в узде свою вечно возбужденную похоть. Но раза два-три в год он с невероятными лишениями выкраивал из своего нищенского бюджета пять или десять рублей, отказывая себе в любимой вечерней кружке пива и выгадывая на конках, для чего ему приходилось делать громадные концы по городу пешком. Эти деньги он отделял на женщин и тратил их медленно, со вкусом, стараясь как можно более продлить и удешевить наслаждение. И за свои деньги он хотел очень многого, почти невозможного: его немецкая сентиментальная душа смутно жаждала невинности, робости, поэзии в белокуром образе Гретхен, но, как мужчина, он мечтал, хотел и требовал, чтобы его ласки приводили женщину в восторг, и трепет, и в сладкое изнеможение.

Впрочем, того же самого добивались все мужчины — даже самые лядащие, уродливые, скрюченные и бессильные из них, — и древний опыт давно уже научил женщин имитировать голосом и движениями самую пылкую страсть, сохраняя в бурные минуты самое полнейшее хладнокровие.

— Хоть по крайности закажите музыкантам сыграть полечку. Пусть барышни потанцуют, — попросила ворчливо Люба.

Это было ему с руки. Под музыку, среди толкотни танцев, было гораздо удобнее решиться встать, увести из залы одну из девиц, чем сделать это среди общего молчания и чопорной неподвижности.

— А сколько это стоит? — спросил он осторожно.

— Кадриль — полтинник, а такие танцы — тридцать копеек. Так можно?

— Ну что ж... пожалуйста... Мне не жаль... — согласился он, притворяясь щедрым. — Кому здесь сказать?

— А вон, музыкантам.

— Отчего же... я с удовольствием... Господин музыкант, пожалуйста, что-нибудь из легких танцев, — сказал он, кладя серебро на фортепиано.

— Что прикажете? — спросил Исай Саввич, пряча деньги в карман. — Вальс, польку, польку-мазурку?

— Ну... что-нибудь такое...

— Вальс, вальс! — закричала с своего места Вера, большая любительница танцевать.

— Нет, польку!.. Вальс!.. Венгерку!.. Вальс! — потребовали другие.

— Пускай играют польку, — решила капризным тоном Люба. — Исай Саввич, сыграйте, пожалуйста, полечку. Это мой муж, и он для меня заказывает, — прибавила она, обнимая за шею педагога. — Правда, папочка?

Но он высвободился из-под ее руки, втянув в себя голову, как черепаха, и она без всякой обиды пошла танцевать с Нюрой. Кружились и еще три пары. В танцах все девицы старались держать талию как можно прямее, а голову как можно неподвижнее, с полным безучастием на лицах, что составляло одно из условий хорошего тона заведения. Под шумок учитель подошел к Маньке Маленькой.

— Пойдемте? — сказал он, подставляя руку калачиком.

— Поедемте, — ответила она смеясь.

Она привела его в свою комнату, убранную со всей кокетливостью спальни публичного дома средней руки: комод, покрытый вязаной скатертью, и на нем зеркало, букет бумажных цветов, несколько пустых бонбоньерок, пудреница, выцветшая фотографическая карточка белобрысого молодого человека с гордо-изумленным лицом, несколько визитных карточек; над кроватью, покрытой пикейным розовым одеялом, вдоль стены прибит ковер с изображением турецкого султана, нежащегося в своем гареме, с кальяном во рту; на стенах еще несколько фотографий франтоватых мужчин лакейского и актерского типа; розовый фонарь, свешивающийся на цепочках с потолка; круглый стол под ковровой скатертью, три венских стула, эмалированный таз и такой же кувшин в углу на табуретке, за кроватью.

— Угости, милочка, лафитом с лимонадом, — попросила, по заведенному обычаю, Манька Маленькая, расстегивая корсаж.

— Потом, — сурово ответил педагог. — Это от тебя самой будет зависеть. И потом: какой же здесь у вас может быть лафит? Бурда какая-нибудь.

— У нас хороший лафит, — обидчиво возразила девушка. — Два рубля бутылка. Но если ты такой скупой, купи хоть пива. Хорошо?

— Ну, пива, это можно.

— А мне лимонаду и апельсинов. Да?

— Лимонаду бутылку — да, а апельсинов — нет. Потом, может быть, я тебя даже и шампанским угощу, все от тебя будет зависеть. Если постараешься.

— Так я спрошу, папашка, четыре бутылки пива и две лимонаду? Да? И для меня хоть плиточку шоколаду. Хорошо? Да?

— Две бутылки пива, бутылку лимонаду и больше ничего. Я не люблю, когда со мной торгуются. Если надо, я сам потребую.

— А можно мне одну подругу пригласить?

— Нет уж, пожалуйста, без всяких подруг.

Манька высунулась из двери в коридор и крикнула звонко:

— Экономочка! Две бутылки пива и для меня бутылку лимонаду.

Пришел Симеон с подносом и стал с привычной быстротой откупоривать бутылки. Следом за ним пришла экономка Зося.

— Ну вот, как хорошо устроились. С законным браком! — поздравила она.

— Папаша, угости экономочку пивом, — попросила Манька. — Кушайте, экономочка.

— Ну, в таком случае за ваше здоровье, господин. Что-то лицо мне ваше точно знакомо?

Немец пил пиво, обсасывая и облизывая усы, и нетерпеливо ожидал, когда уйдет экономка. Но она, поставив свой стакан и поблагодарив, сказала:

— Позвольте, господин, получить с вас деньги. За пиво, сколько следует, и за время. Это и для вас лучше и для нас удобнее.

Требование денег покоробило учителя, потому что совершенно разрушало сентиментальную часть его намерений. Он рассердился:

— Что это, в самом деле, за хамство! Кажется, я бежать не собираюсь отсюда. И потом разве вы не умеете разбирать людей? Видите, что к вам пришел человек порядочный, в форме, а не какой-нибудь босяк. Что за назойливость такая!

Экономка немного сдалась.

— Да вы не обижайтесь, господин. Конечно, за визит вы сами барышне отдадите. Я думаю, не обидите, она у нас девочка славная. А уж за пиво и лимонад потрудитесь заплатить. Мне тоже хозяйке надо отчет отдавать. Две бутылки пива, по пятидесяти — рубль и лимонад тридцать — рубль тридцать.

— Господи, бутылка пива пятьдесят копеек! — возмутился немец. — Да я в любой портерной достану его за двенадцать копеек.

— Ну и идите в портерную, если там дешевле, — обиделась Зося. — А если вы пришли в приличное заведение, то это уже казенная цена — полтинник. Мы ничего лишнего не берем. Вот так-то лучше. Двадцать копеек вам сдачи?

— Да, непременно сдачи, — твердо подчеркнул учитель. — И прошу вас, чтобы больше никто не входил.

— Нет, нет, нет, что вы, — засуетилась около двери Зося. — Располагайтесь, как вам будет угодно, в полное свое удовольствие. Приятного вам аппетита.

Манька заперла за нею дверь на крючок и села немцу на одно колено, обняв его голой рукой.

— Ты давно здесь? — спросил он, прихлебывая пиво. Он чувствовал смутно, что то подражание любви, которое сейчас должно произойти, требует какого-то душевного сближения, более интимного знакомства, и поэтому, несмотря на свое нетерпение, начал обычный разговор, который ведется почти всеми мужчинами наедине с проститутками и который заставляет их лгать почти механически, лгать без огорчения, увлечения или злобы, по одному престарому трафарету.

— Недавно, всего третий месяц.

— А сколько тебе лет?

— Шестнадцать, — соврала Маленькая Манька, убавив себе пять лет.

— О, такая молоденькая! — удивился немец и стал, нагнувшись и кряхтя, снимать сапоги. — Как же ты сюда попала?

— А меня один офицер лишил невинности там... у себя на родине. А мамаша у меня ужас какая строгая. Если бы она узнала, она бы меня собственными руками задушила. Ну вот я и убежала из дому и поступила сюда...

— А офицера-то ты любила, который первый-то?

— Коли не любила бы, то не пошла бы к нему. Он, подлец, жениться обещал, а потом добился, чего ему нужно, и бросил.

— Что же, тебе стыдно было в первый раз?

— Конечно, что стыдно... Ты как, папашка, любишь со светом или без света? Я фонарь немножко притушу. Хорошо?

— А что же, ты здесь не скучаешь? Как тебя зовут?

— Маней. Понятно, что скучаю. Какая наша жизнь!

Немец поцеловал ее крепко в губы и опять спросил:

— А мужчин ты любишь? Бывают мужчины, которые тебе приятны? Доставляют удовольствие?

— Как не бывать, — засмеялась Манька. — Я особенно люблю вот таких, как ты, симпатичных, толстеньких.

— Любишь? А? Отчего любишь?

— Да уж так люблю. Вы тоже симпатичный.

Немец соображал несколько секунд, задумчиво отхлебывая пиво. Потом сказал то, что почти каждый мужчина говорит проститутке в эти минуты, предшествующие случайному обладанию ее телом:

— Ты знаешь, Марихен, ты мне тоже очень нравишься. Я бы охотно взял тебя на содержание.

— Вы женат, — возразила она, притрогиваясь к его кольцу.

— Да, но, понимаешь, я не живу с женой, она нездорова, не может исполнять супружеских обязанностей.

— Бедная! Если бы она узнала, куда ты, папашка, ходишь, она бы, наверно, плакала.

— Оставим это. Так знаешь, Мари, я себе все время ищу вот такую девочку, как ты, такую скромную и хорошенькую. Я человек состоятельный, я бы тебе нашел квартиру со столом, с отоплением, с освещением. И на булавки сорок рублей в месяц. Ты бы пошла?

— Отчего не пойти, пошла бы.

Он поцеловал ее взасос, но тайное опасение быстро проскользнуло в его трусливом сердце.

— А ты здорова? — спросил он враждебным, вздрагивающим голосом.

— Ну да, здорова. У нас каждую субботу докторский осмотр.

Через пять минут она ушла от него, пряча на ходу в чулок заработанные деньги, на которые, как на первый почин, она предварительно поплевала, по суеверному обычаю. Ни о содержании, ни о симпатичности не было больше речи. Немец остался недоволен холодностью Маньки и велел позвать к себе экономку.

— Экономочка, вас мой муж к себе требует! — сказала Маня, войдя в залу и поправляя волосы перед зеркалом.

Зося ушла, потом вернулась и вызвала в коридор Пашу. Потом вернулась в залу уже одна.

— Ты что это, Манька Маленькая, не угодила своему кавалеру? — спросила она со смехом. — Жалуется на тебя: «Это, говорит, не женщина, а бревно какое-то деревянное, кусок лёду». Я ему Пашку послала.

— Э, противный какой! — сморщилась Манька и отплюнулась. — Лезет с разговорами. Спрашивает: ты чувствуешь, когда я тебя целую? Чувствуешь приятное волнение? Старый пес. На содержание, говорит, возьму.

— Все они это говорят, — заметила равнодушно Зоя.

Но Женя, которая с утра была в злом настроении, вдруг вспыхнула.

— Ах он, хам этакий, хамло несчастное! — воскликнула она, покраснев и энергично упершись руками в бока. — Да я бы взяла его, поганца старого, за ухо, да подвела бы к зеркалу и показала бы ему его гнусную морду. Что? Хорош? А как ты еще будешь лучше, когда у тебя слюни изо рта потекут, и глаза перекосишь, и начнешь ты захлебываться и хрипеть, и сопеть прямо женщине в лицо. И ты хочешь за свой проклятый рубль, чтобы я перед тобой в лепешку растрепалась и чтобы от твоей мерзкой любви у меня глаза на лоб полезли? Да по морде бы его, подлеца, по морде! До крови!

— О, Женя! Перестань же! Пфуй! — остановила ее возмущенная ее грубым тоном щепетильная Эмма Эдуардовна.

— Не перестану! — резко оборвала она. Но сама замолчала и гневно отошла прочь с раздувающимися ноздрями и с огнем в потемневших красивых глазах.

VII

Зал понемногу наполнялся. Пришел давно знакомый всей Яме Ванька-Встанька — высокий, худой, красноносый седой старик, в форме лесного кондуктора, в высоких сапогах, с деревянным аршином, всегда торчащим из бокового кармана. Целые дни и вечера проводил он завсегдатаем в бильярдной при трактире, вечно вполпьяна, рассыпая свои шуточки, рифмы и приговорочки, фамильярничая со швейцаром, с экономками и девушками. В домах к нему относились все — от хозяйки до горничных — с небрежной, немного презрительной, но без злобы, насмешечкой. Иногда он бывал и не без пользы: передавал записочки от девиц их любовникам, мог сбегать на рынок или в аптеку. Нередко благодаря своему развязно привешенному языку и давно угасшему самолюбию втирался в чужую компанию и увеличивал ее расходы, а деньги, взятые при этом взаймы, он не уносил на сторону, а тут же тратил на женщин — разве-разве оставлял себе мелочь на папиросы. И его добродушно, по привычке, терпели.

— Вот и Ванька-Встанька пришел, — доложила Нюра, когда он, уже успев поздороваться дружески за ручку со швейцаром Симеоном, остановился в дверях залы, длинный, в форменной фуражке, лихо сбитой набекрень. — Ну-ка, Ванька-Встанька, валяй!

— Имею честь представиться, — тотчас же закривлялся Ванька-Встанька, по-военному прикладывая руку к козырьку, — тайный почетный посетитель местных благоугодных заведений, князь Бутылкин, граф Наливкин, барон Тпрутинкевич-

Фьютинковский. Господину Бетховену! Господину Шопену! — поздоровался он с музыкантами. — Сыграйте мне что-нибудь из оперы «Храбрый и славный генерал Анисимов, или Суматоха в колидоре». Политической экономочке Зосе мое почтение. А-га! Только на пасху целуетесь? Запишем-с. У-ти, моя Тамалочка, мусисюпинькая ти моя!

Так, с шутками и со щипками, он обошел всех девиц и, наконец, уселся рядом с толстой Катей, которая положила ему на ногу свою толстую ногу, оперлась о свое колено локтем, а на ладонь положила подбородок и равнодушно и пристально стала смотреть, как землемер крутил себе папиросу.

— И как тебе не надоест, Ванька-Встанька? Всегда ты вертишь свою козью ногу.

Ванька-Встанька сейчас же задвигал бровями и кожей черепа и заговорил стихами:

> Папироска, друг мой тайный,
> Как тебя мне не любить?
> Не по прихоти случайной
> Стали все тебя курить.

— Ванька-Встанька, а ведь ты скоро подохнешь, — сказала равнодушно Катька.

— И очень просто.

— Ванька-Встанька, скажи еще что-нибудь посмешнее стихами, — просила Верка.

И он сейчас же, послушно, встав в смешную позу, начал декламировать:

> Много звезд на небе ясном,
> Но их счесть никак нельзя,
> Ветер шепчет, будто можно,
> А совсем никак нельзя.
> Расцветают лопухи,
> Поют птицы петухи.

Балагуря таким образом, Ванька-Встанька просиживал в залах заведения целые вечера и ночи. И по какому-то странному душевному сочувствию девицы считали его почти своим; иногда оказывали ему маленькие временные услуги и даже покупали ему на свой счет пиво и водку.

Через некоторое время после Ваньки-Встаньки ввалилась большая компания парикмахеров, которые в этот день были свободны от работ. Они были шумны, веселы, но даже и здесь, в публичном доме, не прекращали своих мелочных счетов и разговоров об открытых и закрытых бенефисах, о хозяевах, о женах хозяев. Все это были люди в достаточной степени развращенные, лгуны, с большими надеждами на будущее, вроде, например, поступления на содержание к какой-нибудь графине. Они хотели как можно шире использовать свой довольно тяжелый заработок и потому решили сделать ревизию положительно во всех домах Ямы, только к Треппелю не решились зайти, так как там было слишком для них шикарно. Но у Анны Марковны они сейчас же заказали себе кадриль и плясали ее, особенно пятую фигуру, где кавалеры выделывают соло, совершенно как настоящие парижане, даже заложив большие пальцы в проймы жилетов. Но остаться с девицами они не захотели, а обещали прийти потом, когда закончат всю ревизию публичных домов.

И еще приходили и уходили какие-то чиновники, курчавые молодые люди в лакированных сапогах, несколько студентов, несколько офицеров, которые страшно боялись уронить свое достоинство в глазах владетельницы и гостей публичного дома. Понемногу в зале создалась такая шумная, чадная обстановка, что никто уже там не чувствовал неловкости. Пришел постоянный гость, любовник Соньки Руль, который приходил почти ежедневно и целыми часами сидел около своей возлюбленной, глядел на нее томными восточными глазами, вздыхал, млел и делал ей сцены за то, что она живет в публичном доме, что грешит против субботы, что ест трефное мясо и что отбилась от семьи и великой еврейской церкви.

По обыкновению, — а это часто случалось, — экономка Зося подходила к нему под шумок и говорила, кривя губы:

— Ну, что вы так сидите, господин? Зад себе греете? Шли бы заниматься с девочкой.

Оба они, еврей и еврейка, были родом из Гомеля и, должно быть, были созданы самим богом для нежной, страстной, взаимной любви, но многие обстоятельства, как, например, погром, происшедший в их городе, обеднение, полная растерянность, испуг, на время разлучили их. Однако любовь была настолько велика, что аптекарский ученик Нейман с большим трудом, усилиями и унижениями сумел найти себе место ученика в одной из местных аптек и разыскал любимую девушку. Он был настоящим правоверным, почти фанатическим евреем. Он знал, что Сонька была продана одному из скупщиков живого товара ее же матерью, знал много унизительных, безобразных подробностей о том, как ее перепродавали из рук в руки, и его набожная, брезгливая, истинно еврейская душа корчилась и содрогалась при этих мыслях, но тем не менее любовь была выше всего. И каждый вечер он появлялся в зале Анны Марковны. Если ему удавалось с громадным лишением вырезать из своего нищенского дохода какой-нибудь случайный рубль, он брал Соньку в ее комнату, но это вовсе не бывало радостью ни для него, ни для нее: после мгновенного счастья — физического обладания друг другом — они плакали, укоряли друг друга, ссорились с характерными еврейскими театральными жестами, и всегда после этих визитов Сонька Руль возвращалась в залу с набрякшими, покрасневшими веками глаз.

Но чаще всего у него не было денег, и он просиживал около своей любовницы целыми вечерами, терпеливо и ревниво дожидаясь ее, когда Соньку случайно брал гость. И когда она возвращалась обратно и садилась с ним рядом, то он незаметно, стараясь не обращать на себя общего внимания и не поворачивая головы в ее сторону, все время осыпал ее упреками. И в ее прекрасных, влажных, еврейских глазах всегда во время этих разговоров было мученическое, но кроткое выражение.

Приехала большая компания немцев, служащих в оптическом магазине, приехала партия приказчиков, из рыбного и гастрономического магазина Керешковского, приехали двое очень известных на Ямках молодых людей, — оба

27

лысые, с редкими, мягкими, нежными волосами вокруг лысин — Колька-бухгалтер и Мишка-певец, так называли в домах их обоих. Их так же, как Карла Карловича из оптического магазина и Володьку из рыбного, встречали очень радушно, с восторгами, криками и поцелуями, льстя их самолюбию. Шустрая Нюрка выскакивала в переднюю и, осведомившись, кто пришел, докладывала возбужденно, по своему обыкновению:

— Женька, твой муж пришел!

или:

— Манька Маленькая, твой любовник пришел!

И Мишка-певец, который вовсе не был певцом, а владельцем аптекарского склада, сейчас же, как вошел, запел вибрирующим, пресекающимся, козлиным голосом:

Чу-у-уют пра-а-а-авду!

Ты ж заря-я-я-я... —

что он проделывал в каждое свое посещение Анны Марковны.

Почти беспрерывно играли кадриль, вальс, польку и танцевали. Приехал и Сенька — любовник Тамары — но, против обыкновения, он не важничал, «не разорялся», не заказывал Исай Саввичу траурного марша и не угощал шоколадом девиц... Почему-то он был сумрачен, хромал на правую ногу и старался как можно меньше обращать на себя внимание: должно быть, его профессиональные дела находились в это время в плохом обороте. Он одним движением головы, на ходу, вызвал Тамару из зала и исчез с ней в ее комнате. Приехал также и актер Эгмонт-Лаврецкий, бритый, высокий, похожий на придворного лакея своим вульгарным и нагло-презрительным лицом.

Приказчики из гастрономического магазина танцевали со всем усердием молодости и со всей чинностью, которую рекомендует самоучитель хороших нравов Германа Гоппе. В этом смысле и девицы отвечали их намерениям. У тех и у других считалось особенно приличным и светским танцевать как можно неподвижнее, держа руки опущенными вниз и головы поднятыми вверх и склоненными, с некоторым гордым и в то же время утомленным и расслабленным видом. В антрактах, между фигурами, нужно было со скучающим и небрежным видом обмахиваться платками... Словом, все они делали вид, будто принадлежат к самому изысканному обществу, и если танцуют, то делают это, только снисходя до маленькой товарищеской услуги. Но все-таки танцевали так усердно, что с приказчиков Керешковского пот катился ручьями.

Случилось уже два-три скандала в разных домах. Какой-то человек, весь окровавленный, у которого лицо, при бледном свете лунного серпа, казалось от крови черным, бегал по улице, ругался и, нисколько не обращая внимания на свои раны, искал шапку, потерянную в драке. На Малой Ямской подрались штабные писаря с матросской командой. Усталые таперы и музыканты играли как в бреду, сквозь сон, по механической привычке. Это было на исходе ночи.

Совершенно неожиданно в заведение Анны Марковны вошло семеро студентов, приват-доцент и местный репортер.

28

VIII

Все они, кроме репортера, провели целый день, с самого утра, вместе, справляя маевку со знакомыми барышнями. Катались на лодках по Днепру, варили на той стороне реки, в густом горько-пахучем лозняке, полевую кашу, купались — мужчины и женщины поочередно — в быстрой теплой воде, пили домашнюю запеканку, пели звучные малороссийские песни и вернулись в город только поздним вечером, когда темная бегучая широкая река так жутко и весело плескалась о борта их лодок, играя отражениями звезд, серебряными зыбкими дорожками от электрических фонарей и кланяющимися огнями баканов. И когда вышли на берег, то у каждого горели ладони от весел, приятно ныли мускулы рук и ног, и во всем теле была блаженная бодрая усталость.

Потом они проводили барышень по домам и у калиток и подъездов прощались с ними долго и сердечно со смехом и такими размашистыми рукопожатиями, как будто бы действовали рычагом насоса.

Весь день прошел весело и шумно, даже немного крикливо и чуть-чуть утомительно, но по-юношески целомудренно, не пьяно и, что особенно редко случается, без малейшей тени взаимных обид или ревности, или невысказанных огорчений. Конечно, такому благодушному настроению помогало солнце, свежий речной ветерок, сладкие дыхания трав и воды, радостное ощущение крепости и ловкости собственного тела при купании и гребле и сдерживающее влияние умных, ласковых, чистых и красивых девушек из знакомых семейств.

Но, почти помимо их сознания, их чувственность — не воображение, а простая, здоровая, инстинктивная чувственность молодых игривых самцов — зажигалась от нечаянных встреч их рук с женскими руками и от товарищеских услужливых объятий, когда приходилось помогать барышням входить в лодку или выскакивать на берег, от нежного запаха девичьих одежд, разогретых солнцем, от женских кокетливо-испуганных криков на реке, от зрелища женских фигур, небрежно полулежащих с наивной нескромностью в зеленой траве, вокруг самовара, от всех этих невинных вольностей, которые так обычны и неизбежны на пикниках, загородных прогулках и речных катаниях, когда в человеке, в бесконечной глубине его души, тайно пробуждается от беспечного соприкосновения с землей, травами, водой и солнцем древний, прекрасный, свободный, но обезображенный и напуганный людьми зверь.

И потому в два часа ночи, едва только закрылся уютный студенческий ресторан «Воробьи» и все восьмеро, возбужденные алкоголем и обильной пищей, вышли из прокуренного, чадного подземелья наверх, на улицу, в сладостную, тревожную темноту ночи, с ее манящими огнями на небе и на земле, с ее теплым, хмельным воздухом, от которого жадно расширяются ноздри, с ее ароматами, скользившими из невидимых садов и цветников, то у каждого из них пылала голова и сердце тихо и томно таяло от неясных желаний. Весело и гордо было ощущать после отдыха новую, свежую силу во всех мышцах, глубокое дыхание легких, красную упругую кровь в жилах, гибкую послушность всех членов. И — без слов, без мыслей, без сознания — влекло в эту ночь бежать без одежд по сонному лесу, обнюхивать торопливо следы чьих-то ног в росистой траве, громким кличем призывать к себе самку.

Но расстаться было теперь очень трудно. Целый день, проведенный вместе, сбил всех в привычное, цепкое стадо. Казалось, что если хоть один уйдет из компании, то нарушится какое-то наладившееся равновесие, которое потом невозможно будет восстановить. И потому они медлили и топтались на тротуаре, около выхода из трактирного подземелья, мешая движению редких прохожих. Обсуждали лицемерно, куда бы еще поехать, чтоб доконать ночь. В сад Тиволи оказывалось очень далеко, да к тому же еще за входные билеты платить, и цены в буфете возмутительные, и программа давно окончилась. Володя Павлов предлагал ехать к нему: у него есть дома дюжина пива и немного коньяку. Но всем показалось скучным идти среди ночи на семейную квартиру, входить на цыпочках по лестнице и говорить все время шепотом.

— Вот что, брательники... Поедемте-ка лучше к девочкам, это будет вернее, — сказал решительно старый студент Лихонин, высокий, сутуловатый, хмурый и бородатый малый. По убеждениям он был анархист-теоретик, а по призванию — страстный игрок на бильярде, на бегах и в карты, — игрок с очень широким, фатальным размахом. Только накануне он выиграл в купеческом клубе около тысячи рублей в макао, и эти деньги еще жгли ему руки.

— А что ж? И верно, — поддержал кто-то. — Айда, товарищи?!

— Стоит ли? Ведь это на всю ночь заводиловка... — с фальшивым благоразумием и неискренней усталостью отозвался другой.

А третий сказал сквозь притворный зевок:

— Поедемте лучше, господа, по домам... а-а-а... спатиньки... Довольно на сегодня.

— Во сне шубы не сошьешь, — презрительно заметил Лихонин. — Герр профессор, вы едете?

Но приват-доцент Ярченко уперся и казался по-настоящему рассерженным, хотя, быть может, он и сам не знал, что пряталось у него в каком-нибудь темном закоулке души.

— Оставь меня в покое, Лихонин. По-моему, господа, это прямое и явное свинство — то, что вы собираетесь сделать. Кажется, так чудесно, мило и просто провели время, — так нет, вам непременно надо, как пьяным скотам, полезть в помойную яму. Не поеду я.

— Однако, если мне не изменяет память, — со спокойной язвительностью сказал Лихонин, — припоминаю, что не далее как прошлой осенью мы с одним будущим Моммсеном лили где-то крюшон со льдом в фортепиано, изображали бурятского бога, плясали танец живота и все такое прочее?..

Лихонин говорил правду. В свои студенческие годы и позднее, будучи оставленным при университете, Ярченко вел самую шалую и легкомысленную жизнь. Во всех трактирах, кафешантанах и других увеселительных местах хорошо знали его маленькую, толстую, кругленькую фигурку, его румяные, отдувшиеся, как у раскрашенного амура, щеки и блестящие, влажные, добрые глаза, помнили его торопливый, захлебывающийся говор и визгливый смех.

Товарищи никогда не могли постигнуть, где он находил время для занятий наукой, но тем не менее все экзамены и очередные работы он сдавал отлично и с первого курса был на виду у профессоров. Теперь Ярченко начинал понемногу отходить от прежних товарищей и собутыльников. У него только что завелись необходимые связи с профессорским кругом, на будущий год ему предлагали чтение лекций по римской истории, и нередко в разговоре он уже употреблял ходкое среди приват-доцентов выражение: «Мы, ученые!» Студенческая фамильярность, принудительное компанейство, обязательное участие во всех сходках, протестах и демонстрациях становились для него невыгодными, затруднительными и даже просто скучными. Но он знал цену популярности среди молодежи и потому не решался круто разорвать с прежним кружком. Слова Лихонина, однако, задели его.

— Ах, боже мой, мало ли что мы делали, когда были мальчишками? Воровали сахар, пачкали штанишки, отрывали жукам крылья, — заговорил Ярченко, горячась и захлебываясь. — Но всему есть предел и мера. Я вам, господа, не смею, конечно, подавать советов и учить вас, но надо быть последовательными. Все мы согласны, что проституция — одно из величайших бедствий человечества, а также согласны, что в этом зле виноваты не женщины, а мы, мужчины, потому что спрос родит предложение. И, стало быть, если, выпив лишнюю рюмку вина, я все-таки, несмотря на свои убеждения, еду к проституткам, то я совершаю тройную подлость: перед несчастной глупой женщиной, которую я подвергаю за свой поганый рубль самой унизительной форме рабства, перед человечеством, потому что, нанимая на час или на два публичную женщину для своей скверной похоти, я этим оправдываю и поддерживаю проституцию, и, наконец, это подлость перед своей собственной совестью и мыслью. И перед логикой.

— Фью-ю! — свистнул протяжно Лихонин и проскандировал унылым тоном, кивая в такт опущенной набок головой. — Понес философ наш обычный вздор: веревка — вервие простое.

— Конечно, нет ничего легче, как паясничать, — сухо отозвался Ярченко. — А по-моему, нет в печальной русской жизни более печального явления, чем эта расхлябанность и растленность мысли. Сегодня мы скажем себе: «Э! Все равно, поеду я в публичный дом или не поеду — от одного раза дело не ухудшится, не улучшится». А через пять лет мы будет говорить: «Несомненно, взятка — страшная гадость, но, знаете, дети... семья...» И точно так же через десять лет мы, оставшись благополучными русскими либералами, будем вздыхать о свободе личности и кланяться в пояс мерзавцам, которых презираем, и околачиваться у них в передних. «Потому что, знаете ли, — скажем мы, хихикая, — с волками жить, по-волчьи выть». Ей-богу, недаром какой-то министр назвал русских студентов будущими столоначальниками!

— Или профессорами, — вставил Лихонин.

— Но самое главное, — продолжал Ярченко, пропустив мимо ушей эту шпильку, — самое главное то, что я вас всех видел сегодня на реке и потом там... на том берегу... с этими милыми, славными девушками. Какие вы все были внимательные, порядочные, услужливые, но едва только вы простились с ними, вас уже тянет к публичным женщинам. Пускай каждый из вас представит себе на минутку, что все мы были в гостях у его сестер и прямо от них поехали в Яму... Что? Приятно такое предположение?

— Да, но должны же существовать какие-нибудь клапаны для общественных страстей? — важно заметил Борис Собашников, высокий, немного надменный и манерный молодой человек, которому короткий китель, едва прикрывавший толстый зад, модные, кавалерийского фасона брюки, пенсне на широкой черной ленте и фуражка прусского образца придавали фатоватый вид. — Неужели порядочнее пользоваться ласками своей горничной или вести за углом интригу с чужой женой? Что я могу поделать, если мне необходима женщина!

— Эх, очень обходима! — досадливо сказал Ярченко и слабо махнул рукой.

Но тут вмешался студент, которого в товарищеском кружке звали Рамзесом. Это был изжелта-смуглый горбоносый человек маленького роста; бритое лицо его казалось треугольным благодаря широкому, начинавшему лысеть двумя взлысинами лбу, впалым щекам и острому подбородку. Он вел довольно странный для студента образ жизни. В то время, когда его коллеги занимались вперемежку политикой, любовью, театром и немножко наукой, Рамзес весь ушел в изучение всевозможных гражданских исков и претензий, в крючкотворные тонкости имущественных, семейных, земельных и иных деловых процессов, в запоминание и логический разбор кассационных решений. Совершенно добровольно, ничуть не нуждаясь в деньгах, он прослужил один год клерком у нотариуса, другой — письмоводителем у мирового судьи, а весь прошлый год, будучи на последнем курсе, вел в местной газете хронику городской управы и нес скромную обязанность помощника секретаря в управлении синдиката сахарозаводчиков. И когда этот самый синдикат затеял известный процесс против одного из своих членов, полковника Баскакова, пустившего в продажу против договора избыток сахара, то Рамзес в самом начале предугадал и очень тонко мотивировал именно то решение, которое вынес впоследствии по этому делу сенат.

Несмотря на его сравнительную молодость, к его мнениям прислушивались, — правда, немного свысока, — довольно известные юристы. Никто из близко знавших Рамзеса не сомневался, что он сделает блестящую карьеру, да и сам Рамзес вовсе не скрывал своей уверенности в том, что к тридцати пяти годам он сколотит себе миллион исключительно одной практикой, как адвокат-цивилист. Его нередко выбирали товарищи в председатели сходок и в курсовые старосты, но от этой чести Рамзес неизменно уклонялся, отговариваясь недостатком времени. Однако он не избегал участия в товарищеских третейских судах, и его доводы — всегда неотразимо логичные — обладали удивительным свойством оканчивать дела миром, к обоюдному удовольствию судящихся сторон. Он так же, как и Ярченко, знал хорошо цену популярности среди учащейся молодежи, и если даже поглядывал на людей с некоторым презрением, свысока, то никогда, ни одним движением своих тонких, умных, энергичных губ этого не показывал.

— Никто вас и не тянет, Гаврила Петрович, непременно совершать грехопадение, — сказал Рамзес примирительно. — К чему этот пафос и эта меланхолия, когда дело обстоит совсем просто? Компания молодых русских джентльменов хочет скромно и дружно провести остаток ночи, повеселиться, попеть и принять внутрь несколько галлонов вина и пива. Но все теперь закрыто, кроме этих самых домов. Ergo![2]..

— Следовательно, поедем веселиться к продажным женщинам? К

---

[2] Следовательно!.. (лат.)

проституткам? В публичный дом? — насмешливо и враждебно перебил его Ярченко.

— А хотя бы? Одного философа, желая его унизить, посадили за обедом куда-то около музыкантов. А он, садясь, сказал: «Вот верное средство сделать последнее место первым». И, наконец, я повторяю: если ваша совесть не позволяет вам, как вы выражаетесь, покупать женщину, то вы можете приехать туда и уехать, сохраняя свою невинность во всей ее цветущей неприкосновенности.

— Вы передергиваете, Рамзес, — возразил с неудовольствием Ярченко. — Вы мне напоминаете тех мещан, которые еще затемно собрались глазеть на смертную казнь, и говорят: мы здесь ни при чем, мы против смертной казни, это все прокурор и палач.

— Пышно сказано и отчасти верно, Гаврила Петрович. Но именно к нам это сравнение может и не относиться. Нельзя, видите ли, лечить какую-нибудь тяжкую болезнь заочно, не видавши самого больного. А ведь все мы, которые сейчас здесь стоим на улице и мешаем прохожим, должны будем когда-нибудь в своей деятельности столкнуться с ужасным вопросом о проституции, да еще какой проституции — русской! Лихонин, я, Боря Собашников и Павлов — как юристы, Петровский и Толпыгин — как медики. Правда, у Вельтмана особенная специальность — математика. Но ведь будет же он педагогом, руководителем юношества и, черт побери, даже отцом! А уж если пугать букой, то лучше всего самому на нее прежде посмотреть. Наконец и вы сами, Гаврила Петрович, — знаток мертвых языков и будущее светило гробокопательства, — разве для вас не важно и не поучительно сравнение хотя бы современных публичных домов с какими-нибудь помпейскими лупанарами или с институтом священной проституции в Фивах и в Ниневии?..

— Браво, Рамзес, великолепно! — взревел Лихонин. — И что тут долго толковать, ребята? Берите профессора под жабры и сажайте на извозчика!

Студенты, смеясь и толкаясь, обступили Ярченко, схватили его под руки, обхватили за талию. Всех их одинаково тянуло к женщинам, но ни у кого, кроме Лихонина, не хватало смелости взять на себя почин. Но теперь все это сложное, неприятное и лицемерное дело счастливо свелось к простой, легкой шутке над старшим товарищем. Ярченко и упирался, и сердился, и смеялся, стараясь вырваться. Но в это время к возившимся студентам подошел рослый черноусый городовой, который уже давно глядел на них зорко и неприязненно.

— Господа стюденты, прошу не скопляться. Невозможно! Проходите, куда шли.

Они двинулись гурьбою вперед. Ярченко начинал понемногу смягчаться.

— Господа, я, пожалуй, готов с вами поехать... Не подумайте, однако, что меня убедили софизмы египетского фараона Рамзеса... Нет, просто мне жаль разбивать компанию... Но я ставлю одно условие: мы там выпьем, поврем, посмеемся и все прочее... но чтобы ничего больше, никакой грязи... Стыдно и обидно думать, что мы, цвет и краса русской интеллигенции, раскиснем и пустим слюни от вида первой попавшейся юбки.

— Клянусь! — сказал Лихонин, поднимая вверх руку.

— Я за себя ручаюсь, — сказал Рамзес.

— И я! И я! Ей-богу, господа, дадимте слово... Ярченко прав, — подхватили другие.

Они расселись по двое и по трое на извозчиков, которые уже давно, зубоскаля и переругиваясь, вереницей следовали за ними, и поехали. Лихонин для верности сам сел рядом с приват-доцентом, обняв его за талию, а на колени к себе и соседу посадил маленького Толпыгина, розового миловидного мальчика, у которого, несмотря на его двадцать три года, еще белел на щеках детский — мягкий и светлый — пух.

— Станция у Дорошенки! — крикнул Лихонин вслед отъезжавшим извозчикам. — У Дорошенки остановка, — повторил он, обернувшись назад.

У ресторана Дорошенки все остановились, вошли в общую залу и столпились около стойки. Все были сыты, и никому не хотелось ни пить, ни закусывать. Но у каждого оставался еще в душе темный след сознания, что вот сейчас они собираются сделать нечто ненужно-позорное, собираются принять участие в каком-то судорожном, искусственном и вовсе не веселом веселье. И у каждого было стремление довести себя через опьянение до того туманного и радужного состояния, когда всё — все равно и когда голова не знает, что делают руки и ноги и что болтает язык. И, должно быть, не одни студенты, а все случайные и постоянные посетители Ямы испытывали в большей или меньшей степени трение этой внутренней душевной занозы, потому что Дорошенко торговал исключительно только поздним вечером и ночью, и никто у него не засиживался, а так только заезжали мимоходом, на перепутье.

Пока студенты пили коньяк, пиво и водку, Рамзес все приглядывался к самому дальнему углу ресторанного зала, где сидели двое: лохматый, седой крупный старик и против него, спиной к стойке, раздвинув по столу локти и опершись подбородком на сложенные друг на друга кулаки, сгорбился какой-то плотный, низко остриженный господин в сером костюме. Старик перебирал струны лежавших перед ним гуслей и тихо напевал сиплым, но приятным голосом:

Долина моя, долинушка,
Раздолье широ-о-о-окое.

— Позвольте-ка, ведь это наш сотрудник, — сказал Рамзес и пошел здороваться с господином в сером костюме. Через минуту он подвел его к стойке и познакомил с товарищами.

— Господа, позвольте вам представить моего соратника по газетному делу. Сергей Иванович Платонов. Самый ленивый и самый талантливый из газетных работников.

Все перезнакомились с ним, невнятно пробурчав свои фамилии.

— И поэтому выпьем, — сказал Лихонин.

Ярченко же спросил с утонченной любезностью, которая никогда его не покидала:

— Позвольте, позвольте, ведь я же с вами немного знаком, хотя и заочно. Не вы ли были в университете, когда профессор Приклонский защищал докторскую диссертацию?

— Я, — ответил репортер.

— Ах, это очень приятно, — мило улыбнулся Ярченко и для чего-то еще раз крепко пожал Платонову руку. — Я читал потом ваш отчет: очень точно, обстоятельно и ловко составлено... Не будете ли добры?.. За ваше здоровье!

— Тогда позвольте и мне, — сказал Платонов. — Онуфрий Захарыч, налейте нам еще... раз, два, три, четыре... девять рюмок коньяку...

— Нет, уж так нельзя... вы — наш гость, коллега, — возразил Лихонин.

— Ну, какой же я ваш коллега, — добродушно засмеялся репортер. — Я был только на первом курсе и то только полгода, вольнослушателем. Получите, Онуфрий Захарыч. Господа, прошу...

Кончилось тем, что через полчаса Лихонин и Ярченко ни за что не хотели расстаться с репортером и потащили его с собой в Яму. Впрочем, он и не сопротивлялся.

— Если я вам не в тягость, я буду очень рад, — сказал он просто. — Тем более что у меня сегодня сумасшедшие деньги. «Днепровское слово» заплатило мне гонорар, а это такое же чудо, как выиграть двести тысяч на билет от театральной вешалки. Виноват, я сейчас...

Он подошел к старику, с которым раньше сидел, сунул ему в руку какие-то деньги и ласково попрощался с ним.

— Куда я еду, дедушка, туда тебе ехать нельзя, завтра опять там же встретимся, где и сегодня. Прощай!

Все вышли из ресторана. В дверях Боря Собашников, всегда немного фатоватый и без нужды высокомерный, остановил Лихонина и отозвал его в сторону.

— Удивляюсь я тебе, Лихонин, — сказал он брезгливо. — Мы собрались своей тесной компанией, а тебе непременно нужно было затащить какого-то бродягу. Черт его знает, кто он такой!

— Оставь, Боря, — дружелюбно ответил Лихонин. — Он парень теплый.

IX

— Ну, уж это, господа, свинство! — говорил ворчливо Ярченко на подъезде заведения Анны Марковны. — Если уж поехали, то по крайности надо было ехать в приличный, а не в какую-то трущобу. Право, господа, пойдемте лучше рядом, к Треппелю, там хоть чисто и светло.

— Пожалуйте, пожалуйте, синьор, — настаивал Лихонин, отворяя с придворной учтивостью дверь перед приват-доцентом, кланяясь и простирая вперед руку. — Пожалуйте.

— Да ведь мерзость... У Треппеля хоть женщины покрасивее.

Рамзес, шедший сзади, сухо рассмеялся.

— Так, так, так, Гаврила Петрович. Будем продолжать в том же духе. Осудим голодного воришку, который украл с лотка пятачковую булку, но если директор банка растратил чужой миллион на рысаков и сигары, то смягчим его участь.

— Простите, не понимаю этого сравнения, — сдержанно ответил Ярченко. — Да по мне все равно; идемте.

— И тем более, — сказал Лихонин, пропуская вперед приват-доцента, — тем более что этот дом хранит в себе столько исторических преданий. Товарищи! Десятки студенческих поколений смотрят на нас с высоты этих вешалок, и, кроме того, в силу обычного права, дети и учащиеся здесь платят половину, как в паноптикуме. Не так ли, гражданин Симеон?

Симеон не любил, когда приходили большими компаниями, — это всегда пахло скандалом в недалеком будущем; студентов же он вообще презирал за их мало понятный ему язык, за склонность к легкомысленным шуткам, за безбожие и, главное — за то, что они постоянно бунтуют против начальства и порядка. Недаром же в тот день, когда на Бессарабской площади казаки, мясоторговцы, мучники и рыбники избивали студентов, Симеон, едва узнав об этом, вскочил на проезжавшего лихача и, стоя, точно полицеймейстер, в пролетке, помчался на место драки, чтобы принять в ней участие. Уважал он людей солидных, толстых и пожилых, которые приходили в одиночку, по секрету, заглядывали опасливо из передней в залу, боясь встретиться со знакомыми, и очень скоро и торопливо уходили, щедро давая на чай. Таких он всегда величал «ваше превосходительство».

И потому, снимая легкое серое пальто с Ярченко, он мрачно и многозначительно огрызнулся на шутку Лихонина:

— Я здесь не гражданин, а вышибала.

— С чем имею честь поздравить, — с вежливым поклоном ответил Лихонин.

В зале было много народу. Оттанцевавшие приказчики сидели около своих дам, красные и мокрые, быстро обмахиваясь платками; от них крепко пахло старой козлиной шерстью. Мишка-певец и его друг бухгалтер, оба лысые, с мягкими, пушистыми волосами вокруг обнаженных черепов, оба с мутными, перламутровыми, пьяными глазами, сидели друг против друга, облокотившись на мраморный столик, и все покушались запеть в унисон такими дрожащими и скачущими голосами, как будто бы кто-то часто-часто колотил их сзади по шейным позвонкам:

Чу-у-уют пра-а-в-ду,

а Эмма Эдуардовна и Зося изо всех сил уговаривали их не безобразничать. Ванька-Встанька мирно дремал на стуле, свесив вниз голову, положив одну длинную ногу на другую и обхватив сцепленными руками острое колено.

Девицы сейчас же узнали некоторых из студентов и побежали им навстречу.

— Тамарочка, твой муж пришел — Володенька. И мой муж тоже! Мишка! — взвизгнула Нюра, вешаясь на шею длинному, носастому, серьезному Петровскому.

— Здравствуй, Мишенька. Что так долго не приходил? Я за тобой соскучилась.

Ярченко с чувством неловкости озирался по сторонам.

— Нам бы как-нибудь... Знаете ли... отдельный кабинетик, — деликатно сказал он подошедшей Эмме Эдуардовне. — И дайте, пожалуйста, какого-нибудь красного вина... Ну там еще кофе... Вы сами знаете.

Ярченко всегда внушал прислуге и метрдотелям доверие своей щегольской одеждой и вежливым, но барским обхождением. Эмма Эдуардовна охотно закивала головой, точно старая, жирная цирковая лошадь.

— Можно, можно... Пройдите, господа, сюда, в гостиную. Можно, можно... Какого ликеру? У нас только бенедиктин. Так бенедиктину? Можно, можно... И барышням позволите войти?

— Если уж это так необходимо? — развел руками со вздохом Ярченко.

И тотчас же девушки одна за другой потянулись в маленькую гостиную с серой плюшевой мебелью и голубым фонарем. Они входили, протягивали всем поочередно непривычные к рукопожатиям, негнущиеся ладони, называли коротко, вполголоса, свое имя: Маня, Катя, Люба... Садились к кому-нибудь на колени, обнимали за шею и, по обыкновению, начинали клянчить:

— Студентик, вы такой красивенький... Можно мне спросить апельцынов?

— Володенька, купи мне конфет! Хорошо?

— А мне шоколаду.

— Толстенький! — ластилась одетая жокеем Вера к приват-доценту, карабкаясь к нему на колени, — у меня есть подруга одна, только она больная и не может выходить в залу. Я ей снесу яблок и шоколаду? Позволяешь?

— Ну уж это выдумки про подругу! А главное, не лезь ты ко мне со своими нежностями. Сиди, как сидят умные дети, вот здесь, рядышком на кресле, вот так. И ручки сложи!

— Ах, когда я не могу!.. — извивалась от кокетства Вера, закатывая глаза под верхние веки. — Когда вы такие симпатичные.

А Лихонин на это профессиональное попрошайничество только важно и добродушно кивал головой, точно Эмма Эдуардовна, и твердил, подражая ее немецкому акценту:

— Мощно, мощно, мощно...

— Так я скажу, дуся, лакею, чтобы он отнес моей подруге сладкого и яблок? — приставала Вера.

Такая навязчивость входила в круг их негласных обязанностей. Между девушками существовало даже какое-то вздорное, детское, странное соревнование в умении «высадить гостя из денег», — странное потому, что они не получали от этого никакого барыша, кроме разве некоторого благоволения экономки или одобрительного слова хозяйки. Но в их мелочной, однообразной, привычно-праздной жизни было вообще много полуребяческой, полуистерической игры.

Симеон принес кофейник, чашки, приземистую бутылку бенедиктина, фрукты и конфеты в стеклянных вазах и весело и легко захлопал пивными и винными пробками.

— А вы что же не пьете? — обратился Ярченко к репортеру Платонову. — Позвольте... Я не ошибаюсь? Сергей Иванович, кажется?

— Так.

— Позвольте предложить вам, Сергей Иванович, чашку кофе. Это освежает. Или, может быть, выпьем с вами вот этого сомнительного лафита?

— Нет, уж вы разрешите мне отказаться. У меня свой напиток... Симеон, дайте мне...

— Коньяку! — поспешно крикнула Нюра.

— И с грушей! — так же быстро подхватила Манька Беленькая.

— Слушаю, Сергей Иванович, сейчас, — неторопливо, но почтительно отозвался Симеон и, нагнувшись и крякнув, звонко вырвал пробку из бутылочного горла.

— В первый раз слышу, что в Яме подают коньяк! — с удивлением произнес Лихонин. — Сколько я ни спрашивал, мне всегда отказывали.

— Может быть, Сергей Иваныч знает такое петушиное слово? — пошутил Рамзес.

— Или состоит здесь на каком-нибудь особом почётном положении? — колко, с подчеркиванием вставил Борис Собашников.

Репортёр вяло, не поворачивая головы, покосился на Собашникова, на нижний ряд пуговиц его короткого франтовского кителя, и ответил с растяжкой:

— Ничего нет почетного в том, что я могу пить как лошадь и никогда не пьянею, но зато я ни с кем и не ссорюсь и никого не задираю. Очевидно, эти хорошие стороны моего характера здесь достаточно известны, а потому мне оказывают доверие.

— Ах, молодчинище! — радостно воскликнул Лихонин, которого восхищала в репортёре какая-то особенная, ленивая, немногословная и в то же время самоуверенная небрежность. — Вы и со мной поделитесь коньяком?

— Очень, очень рад, — приветливо ответил Платонов и вдруг поглядел на Лихонина со светлой, почти детской улыбкой, которая скрасила его некрасивое, скуластое лицо. — Вы мне тоже сразу понравились. И когда я увидел вас еще там, у Дорошенки, я сейчас же подумал, что вы вовсе не такой шершавый, каким кажетесь.

— Ну вот и обменялись любезностями, — засмеялся Лихонин. — Но удивительно, что мы именно здесь ни разу с вами не встречались. По-видимому, вы таки частенько бываете у Анны Марковны?

— Даже весьма.

— Сергей Иваныч у нас самый главный гость! — наивно взвизгнула Нюра. — Сергей Иваныч у нас вроде брата!

— Дура! — остановила ее Тамара.

— Это мне странно, — продолжал Лихонин. — Я тоже — завсегдатай. Во всяком случае, можно только позавидовать общей к вам симпатии.

— Местный староста! — сказал, скривив сверху вниз губы, Борис Собашников, но сказал настолько вполголоса, что Платонов, если бы захотел, мог бы притвориться, что он ничего не расслышал. Этот репортёр давно уже возбуждал в Борисе какое-то слепое и колючее раздражение. Это еще ничего, что он был не из своего стада. Но Борис, подобно многим студентам (а также и офицерам, юнкерам и гимназистам), привык к тому, что посторонние «штатские» люди, попадавшие случайно в кутящую студенческую компанию, всегда держали себя в ней несколько зависимо и подобострастно, льстили учащейся молодежи, удивлялись ее смелости, смеялись ее шуткам, любовались ее самолюбованием, вспоминали со вздохом подавленной зависти свои студенческие годы. А в Платонове не только не было этого привычного виляния хвостом перед молодежью, но, наоборот, чувствовалось какое-то рассеянное, спокойное и вежливое равнодушие.

Кроме того, сердило Собашникова — и сердило мелкой ревнивой досадой — то простое и вместе предупредительное внимание, которое репортёру оказывали в заведении все, начиная со швейцара и кончая мясистой, молчаливой Катей. Это внимание сказывалось в том, как его слушали, в той торжественной бережности, с которой Тамара наливала ему рюмку, и в том, как Манька Беленькая заботливо чистила для него грушу, и в удовольствии Зои, поймавшей ловко брошенный ей репортёром через стол портсигар, в то время как она напрасно просила папиросу у двух заговорившихся соседей, и в том, что ни одна из девиц не выпрашивала у него ни шоколаду, ни фруктов, и в их живой благодарности за его маленькие услуги и угощение. «Кот!» — злобно решил было про себя Собашников, но и сам себе не поверил: уж очень был некрасив и небрежно одет репортер и, кроме того, держал себя с большим достоинством.

Платонов опять сделал вид, что не расслышал дерзости, сказанной студентом. Он только нервно скомкал в пальцах салфетку и слегка отшвырнул ее от себя. И опять его веки дрогнули в сторону Бориса Собашникова.

— Да, я здесь, правда, свой человек, — спокойно продолжал он, медленными кругами двигая рюмку по столу. — Представьте себе: я в этом самом доме обедал изо дня в день ровно четыре месяца.

— Нет? Серьезно? — удивился и засмеялся Ярченко.

— Совсем серьезно. Тут очень недурно кормят, между прочим. Сытно и вкусно, хотя чересчур жирно.

— Но как же это вы?..

— А так, что я подготовлял дочку Анны Марковны, хозяйки этого гостеприимного дома, в гимназию. Ну и выговорил себе условие, чтобы часть месячной платы вычитали мне за обеды.

— Что за странная фантазия! — сказал Ярченко. — И это вы добровольно? Или... Простите, я боюсь показаться вам нескромным... может быть, в это время... крайняя нужда?..

— Вовсе нет. Анна Марковна с меня содрала раза в три дороже, чем это стоило бы в студенческой столовой. Просто мне хотелось пожить здесь поближе, потеснее, так сказать, войти интимно в этот мирок.

— А-а! Я, кажется, начинаю понимать! — просиял Ярченко. — Наш новый друг, — извините за маленькую фамильярность, — по-видимому, собирает бытовой материал? И, может быть, через несколько лет мы будем иметь удовольствие прочитать...

— Тррргагедию из публичного дома! — вставил громко, по-актерски, Борис Собашников.

В то время, когда репортер отвечал Ярченку, Тамара тихо встала со своего места, обошла стол и, нагнувшись над Собашниковым, сказала ему шепотом на ухо:

— Миленький, хорошенький, вы бы лучше этого господина не трогали. Ей-богу, для вас же будет лучше.

— Чтой-та? — высокомерно взглянул на нее студент, поправляя двумя расставленными пальцами пенсне. — Он — твой любовник? Кот?

— Клянусь вам чем хотите, он ни разу в жизни ни с одной из нас не оставался. Но, повторяю, вы его не задирайте.

— Ну да! Ну конечно! — возразил Собашников, презрительно кривляясь. — У него такая прекрасная защита, как весь публичный дом. И, должно быть, все вышибалы с Ямской — его близкие друзья и приятели.

— Нет, не то, — возразила ласковым шепотом Тамара. — А то, что он возьмет вас за воротник и выбросит в окно, как щенка. Я такой воздушный полет однажды уже видела. Не дай бог никому. И стыдно, и опасно для здоровья.

— Пошла вон, сволочь! — крикнул Собашников, замахиваясь на нее локтем.

— Иду, миленький, — кротко ответила Тамара и отошла от него своей легкой походкой.

Все на мгновение обернулись к студенту.

— Не буянь, барбарис! — погрозил ему пальцем Лихонин. — Ну, ну, говорите, — попросил он репортера, — все это так интересно, что вы рассказываете.

— Нет, я ничего не собираю, — продолжал спокойно и серьезно репортер. — А материал здесь действительно огромный, прямо подавляющий, страшный... И страшны вовсе не громкие фразы о торговле женским мясом, о белых рабынях, о проституции, как о разъедающей язве больших городов, и так далее и так далее... старая, всем надоевшая шарманка! Нет, ужасны будничные, привычные мелочи, эти деловые, дневные, коммерческие расчеты, эта тысячелетняя наука любовного обхождения, этот прозаический обиход, устоявшийся веками. В этих незаметных пустяках совершенно растворяются такие чувства, как обида, унижение, стыд. Остается сухая профессия, контракт, договор, почти что честная торговлишка, ни хуже, ни лучше какой-нибудь бакалейной торговли. Понимаете ли, господа, в этом-то весь и ужас, что нет никакого ужаса! Мещанские будни — и только. Да еще привкус закрытого учебного заведения с его наивностью, грубостью, сентиментальностью и подражательностью.

— Это верно, — подтвердил Лихонин, а репортер продолжал, глядя задумчиво в свою рюмку:

— Читаем мы в публицистике, в передовых статьях разные вопли суетливых душ. И женщины-врачи тоже стараются по этой части и стараются довольно противно. «Ах, регламентация! Ах, аболиционизм! Ах, живой товар! Крепостное положение! Хозяйки, эти жадные гетеры! Эти гнусные выродки человечества, сосущие кровь проституток!..» Но ведь криком никого не испугаешь и не проймешь. Знаете, есть поговорочка: визгу много, а шерсти мало. Страшнее всяких страшных слов, в сто раз страшнее, какой-нибудь этакий маленький прозаический штришок, который вас вдруг точно по лбу ошарашит. Возьмите хотя бы здешнего швейцара Симеона. Уж, кажется, по-вашему, ниже некуда спуститься: вышибала в публичном доме, зверь, почти наверно — убийца, обирает проституток, делает км «черный глаз», по здешнему выражению, то есть просто-напросто бьет. А знаете ли, на чем мы с ним сошлись и подружились? На пышных подробностях архиерейского служения, на каноне честного Андрея, пастыря Критского, на творениях отца преблаженного Иоанна Дамаскина. Религиозен — необычайно! Заведу его, бывало, и он со слезами на глазах поет мне: «Приидите, последнее целование дадимте, братие, усопшему...» Из чина погребения мирских человек. Нет, вы подумайте: ведь только в одной русской душе могут ужиться такие противоречия!

— Да. Такой помолится-помолится, потом зарежет, а потом умоет руки и поставит свечу перед образом, — сказал Рамзес.

— Именно. Я ничего не знаю более жуткого, чем это соединение вполне искренней набожности с природным тяготением к преступлению. Признаться ли вам? Я, когда разговариваю один на один с Симеоном, — а говорим мы с ним подолгу и неторопливо так, часами, — я испытываю минутами настоящий страх. Суеверный страх! Точно вот я стою в сумерках на зыбкой дощечке, наклонившись над каким-то темным зловонным колодцем, и едва-едва различаю, как там, на дне,

40

копошатся гады. А ведь он по-настоящему набожен и, я уверен, пойдет когда-нибудь в монахи и будет великим постником и молитвенником, и, черт его знает, каким уродливым образом переплетется в его душе настоящий религиозный экстаз с богохульством, с кощунством, с какой-нибудь отвратительной страстью, с садизмом или еще с чем-нибудь вроде этого?

— Однако вы не щадите объекта ваших наблюдений, — сказал Ярченко и осторожно показал глазами на девиц.

— Э, все равно. У нас с ним теперь прохладные отношения.

— Почему так? — спросил Володя Павлов, поймавший конец разговора.

— Да так... не стоит и рассказывать... — уклончиво улыбнулся репортер. — Пустяк... Давайте-ка сюда вашу рюмку, господин Ярченко.

Но торопливая Нюра, у которой ничто не могло удержаться во рту, вдруг выпалила скороговоркой:

— Потому что Сергей Иваныч ему по морде дали... Из-за Нинки. К Нинке пришел один старик... И остался на ночь... А у Нинки был красный флаг... И старик все время ее мучил... А Нинка заплакала и убежала.

— Брось, Нюра, скучно, — сказал, сморщившись, Платонов.

— Одепне! (отстань) — строго приказала на жаргоне домов терпимости Тамара.

Но разбежавшуюся Нюру невозможно было остановить.

— А Нинка говорит: я, говорит, ни за что с ним не останусь, хоть режьте меня на куски... всю, говорит, меня слюнями обмочил. Ну старик, понятно, пожаловался швейцару, а швейцар, понятно, давай Нинку бить. А Сергей Иваныч в это время писал мне письмо домой, в провинцию, и как услышал, что Нинка кричит...

— Зоя, зажми ей рот! — сказал Платонов.

— Так сейчас вскочил и... ап!.. — И Нюрин поток мгновенно прервался, заткнутый ладонью Зои.

Все засмеялись, только Борис Собашников под шумок пробормотал с презрительным видом:

— Oh, chevalier sans peur et sans réproche![3]

Он уже был довольно сильно пьян, стоял, прислонившись к стене, в вызывающей позе, с заложенными в карманы брюк руками, и нервно жевал папиросу.

— Это какая же Нинка? — спросил с любопытством Рамзес. — Она здесь?

— Нет, ее нету. Такая маленькая, курносая девчонка. Наивная и очень сердитая. — Репортер вдруг внезапно и искренно расхохотался. — Извините... это я так... своим мыслям, — объяснил он сквозь смех. — Я сейчас очень живо вспомнил этого старика, как он в испуге бежал по коридору, захватив верхнюю одежду и башмаки... Такой почтенный старец, с наружностью апостола, я даже знаю, где он служит. Да и вы все его знаете. Но всего курьезнее было, когда он, наконец, в зале почувствовал себя в безопасности. Понимаете: сидит на стуле, надевает панталоны, никак не попадет ногой, куда следует, и орет на весь дом: «Безобразие! Гнусный притон! Я вас выведу на чистую воду!.. Завтра же в двадцать

---

[3] О, рыцарь без страха и упрека! (франц.)

41

четыре часа!..» Знаете ли, это соединение жалкой беспомощности с грозными криками было так уморительно, что даже мрачный Симеон рассмеялся... Ну вот, кстати о Симеоне... Я говорю, что жизнь поражает, ставит в тупик своей диковинной путаницей и неразберихой. Можно насказать тысячу громких слов о сутенерах, а вот именно такого Симеона ни за что не придумаешь. Так разнообразна и пестра жизнь! Или еще возьмите здешнюю хозяйку Анну Марковну. Эта кровопийца, гиена, мегера и так далее... — самая нежная мать, какую только можно себе представить. У нее одна дочь — Берта, она теперь в пятом классе гимназии. Если бы вы видели, сколько осторожного внимания, сколько нежной заботы затрачивает Анна Марковна, чтобы дочь не узнала как-нибудь случайно о ее профессии. И всё — для Берточки, всё — ради Берточки. И сама при ней не смеет даже разговаривать, боится за свой лексикон бандерши и бывшей проститутки, глядит ей в глаза, держит себя рабски, как старая прислуга, как глупая, преданная нянька, как старый, верный, опаршивевший пудель. Ей уж давно пора уйти на покой, потому что и деньги есть, и занятие ее здесь тяжелое и хлопотное, и годы ее уже почтенные. Так ведь нет: надо еще лишнюю тысячу, а там и еще и еще — всё для Берточки. А у Берточки лошади, у Берточки англичанка, Берточку каждый год возят за границу, у Берточки на сорок тысяч брильянтов — черт их знает, чьи они, эти брильянты? И ведь я не только уверен, но я твердо знаю, что для счастия этой самой Берточки, нет, даже не для счастия, а предположим, что у Берточки сделается на пальчике заусеница, — так вот, чтобы эта заусеница прошла, — вообразите на секунду возможность такого положения вещей! — Анна Марковна, не сморгнув, продаст на растление наших сестер и дочерей, заразит нас всех и наших сыновей сифилисом. Что? Вы скажете — чудовище? А я скажу, что ею движет та же великая, неразумная, слепая, эгоистическая любовь, за которую мы все называем наших матерей святыми женщинами.

— Легче на поворотах! — заметил сквозь зубы Борис Собашников.

— Простите: я не сравнивал людей, а только обобщал первоисточник чувства. Я мог бы привести для примера и самоотверженную любовь матерей-животных. Но вижу, что затеял скучную материю. Лучше бросим.

— Нет, вы договорите, — возразил Лихонин. — Я чувствую, что у вас была цельная мысль.

— И очень простая. Давеча профессор спросил меня, не наблюдаю ли я здешней жизни с какими-нибудь писательскими целями. И я хотел только сказать, что я умею видеть, но именно не умею наблюдать. Вот я привел вам в пример Симеона и бандершу. Я не знаю сам, почему, но я чувствую, что в них таится какая-то ужасная, непреоборимая действительность жизни, но ни рассказать ее, ни показать ее я не умею, — мне не дано этого. Здесь нужно великое уменье взять какую-нибудь мелочишку, ничтожный, бросовый штришок, и получится страшная правда, от которой читатель в испуге забудет закрыть рот. Люди ищут ужасного в словах, в криках, в жестах. Ну вот, например, читаю я описание какого-нибудь погрома, или избиения в тюрьме, или усмирения. Конечно, описываются городовые, эти слуги произвола, эти опричники современности, шагающие по колено в крови, или как там еще пишут в этих случаях? Конечно, возмутительно, и больно, и противно, но все это — умом, а не сердцем. Но вот я иду утром по

Лебяжьей улице, вижу — собралась толпа, в середине девочка пяти лет, — оказывается, отстала от матери и заблудилась, или, быть может, мать ее бросила. А перед девочкой на корточках городовой. Расспрашивает, как ее зовут, да откуда, да как зовут папу, да как зовут маму. Вспотел, бедный, от усилия, шапка на затылке, огромное усатое лицо такое доброе, и жалкое, и беспомощное, а голос ласковый-преласковый. Наконец, что вы думаете? Так как девчонка вся переволновалась, и уже осипла от слез, и всех дичится — он, этот самый «имеющийся постовой городовой», вытягивает вперед два своих черных, заскорузлых пальца, указательный и мизинец, и начинает делать девочке козу! «Ро-о-гами забоду, ногами затопу!..» И вот, когда я глядел на эту милую сцену и подумал, что через полчаса этот самый постовой будет в участке бить ногами в лицо и в грудь человека, которого он до сих пор ни разу в жизни не видал и преступление которого для него совсем неизвестно, то — вы понимаете! — мне стало невыразимо жутко и тоскливо. Не умом, а сердцем. Такая чертовская путаница эта жизнь. Выпьем, Лихонин, коньяку?

— Хотите на ты? — предложил вдруг Лихонин.

— Хорошо. Только без поцелуйчиков, правда? Будь здоров, мой милый... Или вот еще пример. Читаю я, как один французский классик описывает мысли и ощущения человека, приговоренного к смертной казни. Громко, сильно, блестяще описывает, а я читаю и... ну, никакого впечатления: ни волнения, ни возмущения — одна скука. Но вот на днях попадается мне короткая хроникерская заметка о том, как где-то во Франции казнили убийцу. Прокурор, который присутствовал при последнем туалете преступника, видит, что тот надевает башмаки на босу ногу, и — болван! — напоминает: «А чулки-то?» А тот посмотрел на него и говорит так раздумчиво: «Стоит ли?» Понимаете: эти две коротеньких реплики меня как камнем по черепу! Сразу раскрылся передо мною весь ужас и вся глупость насильственной смерти... Или вот еще о смерти. Умер один мой приятель, пехотный капитан, — пьяница, бродяга и душевнейший человек в мире. Мы его звали почему-то электрическим капитаном. Я был поблизости, и мне пришлось одевать его для последнего парада. Я взял его мундир и стал надевать к нему эполеты. Там, знаете, в ушко эполетных пуговиц продевается шнурок, а потом два конца этого шнурка просовываются сквозь две дырочки под воротником и изнутри, с подкладки, завязываются. И вот проделал я всю эту процедуру, завязываю шнурок петелькой, и, знаете, все у меня никак не выходит петля: то чересчур некрепко связана, то один конец слишком короток. Копошусь я над этой ерундой, и вдруг мне в голову приходит самая удивительно простая мысль, что гораздо проще и скорее завязать узлом — ведь все равно никто развязывать не будет. И сразу я всем своим существом почувствовал смерть. До тех пор я видел остекленевшие глаза капитана, щупал его холодный лоб и все как-то не осязал смерти, а подумал об узле — и всего меня пронизало и точно пригнуло к земле простое и печальное сознание о невозвратимой, неизбежной погибели всех наших слов, дел и ощущений, о гибели всего видимого мира... И таких маленьких, но поразительных мелочей я мог бы привести сотню... Хотя бы о том, что такое люди испытывали на войне... Но я хочу свести свою мысль к одному. Все мы проходам мимо этих характерных мелочей равнодушно, как слепые, точно не видя, что они валяются у нас под ногами. А придет художник, и разглядит, и подберет. И вдруг

43

так умело повернет на солнце крошечный кусочек жизни, что все мы ахнем. «Ах, боже мой! Да ведь это я сам — сам! — лично видел. Только мне просто не пришло в голову обратить на это пристального внимания». Но наши русские художники слова — самые совестливые и самые искренние во всем мире художники — почему-то до сих пор обходили проституцию и публичный дом. Почему? Право, мне трудно ответить на это. Может быть, по брезгливости, по малодушию, из-за боязни прослыть порнографическим писателем, наконец просто из страха, что наша кумовская критика отожествит художественную работу писателя с его личной жизнью и пойдет копаться в его грязном белье. Или, может быть, у них не хватает ни времени, ни самоотверженности, ни самообладания вникнуть с головой в эту жизнь и подсмотреть ее близко-близко, без предубеждения, без громких фраз, без овечьей жалости, во всей ее чудовищной простоте и будничной деловитости. Ах, какая бы это получилась громадная, потрясающая и правдивая книга.

— Пишут же! — нехотя заметил Рамзес.

— Пишут, — в тон ему скучно повторил Платонов. — Но все это или ложь, или театральные эффекты для детей младшего возраста, или хитрая символика, понятная лишь для мудрецов будущего. А самой жизни никто еще не трогал. Один большой писатель — человек с хрустально чистой душой и замечательным изобразительным талантом — подошел однажды к этой теме, и вот все, что может схватить глаз внешнего, отразилось в его душе, как в чудесном зеркале. Но лгать и пугать людей он не решился. Он только поглядел на жесткие, как у собаки, волосы швейцара и подумал: «А ведь и у него, наверно, была мать». Скользнул своим умным, точным взглядом по лицам проституток и запечатлел их. Но того, чего он не знал, он не посмел написать. Замечательно, что этот же писатель, обаятельный своей честностью и правдивостью, приглядывался не однажды и к мужику. Но он почувствовал, что и язык, и склад мысли, и душа народа для него темны и непонятны... И он с удивительным тактом, скромно обошел душу народа стороной, а весь запас своих прекрасных наблюдений преломил сквозь глаза городских людей. Я нарочно об этом упомянул. У нас, видите ли, пишут о сыщиках, об адвокатах, об акцизных надзирателях, о педагогах, о прокурорах, о полиции, об офицерах, о сладострастных дамах, об инженерах, о баритонах, — и пишут, ей-богу, совсем хорошо — умно, тонко и талантливо. Но ведь все эти люди — сор, и жизнь их не жизнь, а какой-то надуманный, призрачный, ненужный бред мировой культуры. Но вот есть две странных действительности — древних, как само человечество: проститутка и мужик. И мы о них ничего не знаем, кроме каких-то сусальных, пряничных, ёрнических изображений в литературе. Я вас спрашиваю: что русская литература выжала из всего кошмара проституции? Одну Сонечку Мармеладову. Что она дала о мужике, кроме паскудных, фальшивых народнических пасторалей? Одно, всего лишь одно, но зато, правда, величайшее в мире произведение, — потрясающую трагедию, от правдивости которой захватывает дух и волосы становятся дыбом. Вы знаете, о чем я говорю...

— «Коготок увяз...» — тихо подсказал Лихонин.

— Да, — ответил репортер и с благодарностью, ласково поглядел на студента.

— Ну, что касается Сонечки, то ведь это абстрактный тип, — заметил уверенно Ярченко. — Так сказать, психологическая схема...

44

Платонов, который до сих пор говорил точно нехотя, с развальцей, вдруг загорячился:

— Сто раз слышал это суждение, сто раз! И вовсе это неправда. Под грубой и похабной профессией, под матерными словами, под пьяным, безобразным видом — и все-таки жива Сонечка Мармеладова! Судьба русской проститутки — о, какой это трагический, жалкий, кровавый, смешной и глупый путь! Здесь все совместилось: русский бог, русская широта и беспечность, русское отчаяние в падении, русская некультурность, русская наивность, русское терпение, русское бесстыдство. Ведь все они, которых вы берете в спальни, — поглядите, поглядите на них хорошенько, — ведь все они — дети, ведь им всем по одиннадцати лет. Судьба толкнула их на проституцию, и с тех пор они живут в какой-то странной, феерической, игрушечной жизни, не развиваясь, не обогащаясь опытом, наивные, доверчивые, капризные, не знающие, что скажут и что сделают через полчаса — совсем как дети. Эту светлую и смешную детскость я видел у самых опустившихся, самых старых девок, заезженных и искалеченных, как извозчичьи клячи. И не умирает в них никогда эта бессильная жалость, это бесполезное сочувствие к человеческому страданию... Например...

Платонов обвел всех сидящих медленным взором и, вдруг махнувши рукой, сказал усталым голосом:

— А впрочем... к черту! Я сегодня наговорился лет на десять... И все это ни к чему.

— Но, в самом деле, Сергей Иванович, отчего бы вам не попробовать все это описать самому? — спросил Ярченко. — У вас так живо сосредоточено внимание на этом вопросе.

— Пробовал! — с невеселой усмешкой ответил Платонов. — Но ничего не выходит. Начну писать и сейчас же заплутаюсь в разных «что», «который», «был». Эпитеты выходят пошлыми. Слова простывают на бумаге. Какая-то жвачка. Знаете ли, здесь однажды проездом был Терехов... Тот... известный... Я пришел к нему и стал рассказывать ему многое-многое о здешней жизни, чего я вам не говорю из боязни наскучить. Я просил его воспользоваться моим материалом. Он выслушал меня с большим вниманием, и вот что он сказал буквально: «Не обижайтесь, Платонов, если я вам скажу, что нет почти ни одного человека из встречаемых мною в жизни, который не совал бы мне тем для романов и повестей или не учил бы меня, о чем надо писать. Тот материал, что вы мне сейчас сообщили, прямо необъятен по своему смыслу и весу. Но что я с ним поделаю? Чтобы написать такую колоссальную книгу, о какой вы думаете, мало чужих слов, хотя бы и самых точных, мало даже наблюдений, сделанных с записной книжечкой и карандашиком. Надо самому вжиться в эту жизнь, не мудрствуя лукаво, без всяких задних писательских мыслей. Тогда выйдет страшная книга». Слова его меня обескуражили и в то же время окрылили. С этих пор я верю, что не теперь, не скоро, лет через пятьдесят, но придет гениальный и именно русский писатель, который вберет в себя все тяготы и всю мерзость этой жизни и выбросит их нам в виде простых, тонких и бессмертно-жгучих образов. И все мы скажем: «Да ведь это всё мы сами видели и знали, но мы и предположить не могли, что это так ужасно!» В этого грядущего художника я верю всем сердцем.

— Аминь! — сказал серьезно Лихонин. — Выпьем за него.

45

— А, ей-богу, — вдруг отозвалась Манька Маленькая. — Хотя бы кто-нибудь написал по правде, как живем мы здесь, б.... разнесчастные...

В дверь постучали, и тотчас же вошла Женя в своем блестящем оранжевом платье.

X

Она непринужденно, с независимым видом первого персонажа в доме поздоровалась со всеми мужчинами и села около Сергея Ивановича, позади его стула. Она только что освободилась от того самого немца в форме благотворительного общества, который рано вечером остановил свой выбор на Мане Беленькой, а потом переменил ее, по рекомендации экономки, на Пашу. Но задорная и самоуверенная красота Жени, должно быть, сильно уязвила его блудливое сердце, потому что, прошлявшись часа три по каким-то пивным заведениям и ресторанам и набравшись там мужества, он опять вернулся в дом Анны Марковны, дождался, пока от Жени не ушел ее временный гость — Карл Карлович из оптического магазина, — и взял ее в комнату.

На безмолвный — глазами — вопрос Тамары Женя с отвращением поморщилась, содрогнулась спиною и утвердительно кивнула головой.

— Ушел... Бррр!..

Платонов с чрезвычайным вниманием приглядывался к Жене. Ее он отличал среди прочих девушек и почти уважал за крутой, неподатливый и дерзко-насмешливый характер. И теперь, изредка оборачиваясь назад, он по ее горящим прекрасным глазам, по ярко и неровно рдевшему на щеках нездоровому румянцу, по искусанным запекшимся губам чувствовал, что в девушке тяжело колышется и душит ее большая, давно назревшая злоба. И тогда же он подумал (и впоследствии часто вспоминал об этом), что никогда он не видел Женю такой блестяще-красивой, как в эту ночь. Он заметил также, что все бывшие в кабинете мужчины, за исключением Лихонина, глядят на нее — иные откровенно, другие — украдкой и точно мельком, — с любопытством и затаенным желанием. Красота этой женщины вместе с мыслью о ее ежеминутной, совсем легкой доступности волновала их воображение.

— С тобой что-то такое творится, Женя, — сказал тихо Платонов.

Она ласково, чуть-чуть провела пальцами по его руке.

— Не обращай внимания. Так... наши бабские дела... Тебе будет неинтересно.

Но тотчас же, повернувшись к Тамаре, она страстно и быстро заговорила что-то на условном жаргоне, представляющем дикую смесь из еврейского, цыганского к румынского языков и из воровских и конокрадских словечек.

— Не звони метли́чка, ме́тлик фартовы, — прервала ее Тамара и с улыбкой показала глазами на репортера.

Платонов действительно понял. Женя с негодованием рассказывала о том, что за сегодняшний вечер и ночь благодаря наплыву дешевой публики несчастную Пашу брали в комнату больше десяти раз — и всё разные мужчины. Только сейчас с ней сделался истерический припадок, закончившийся обмороком. И вот, едва приведя Пашу в чувство и отпоив ее валерьяновыми каплями на рюмке спирта, Эмма Эдуардовна опять послала ее в зал. Женя попробовала было заступиться за подругу, но экономка обругала заступницу и пригрозила ей наказанием.

— О чем это она? — в недоумении спросил Ярченко, высоко подымая брови.

— Не беспокойтесь... ничего особенного... — ответила Женя еще взволнованным голосом. — Так... наш маленький семейный вздор... Сергей Иваныч, можно мне вашего вина?

Она налила себе полстакана и выпила коньяк залпом, широко раздувая тонкие ноздри.

Платонов молча встал и пошел к двери.

— Не стоит, Сергей Иваныч. Бросьте... — остановила его Женя.

— Да нет, отчего же? — возразил репортер. — Я сделаю самую простую и невинную вещь, возьму Пашу сюда, а если придется — так и уплачу за нее. Пусть полежит здесь на диване и хоть немного отдохнет... Нюра, живо сбегай за подушкой!

Едва закрылась дверь за его широкой, неуклюжей фигурой в сером платье, как тотчас же Борис Собашников заговорил с презрительной резкостью:

— На кой черт, господа, мы затащили в свою компанию этого фрукта с улицы? Очень-нужно связываться со всякой рванью. Черт его знает, кто он такой, — может быть, даже шпик? Кто может ручаться? И всегда ты так, Лихонин.

— Ну какая тебе, Боря, опасность от шпика? — добродушно возразил Лихонин.

— Это не Лихонин, а я его познакомил со всеми, — сказал Рамзес. — Я его знаю за вполне порядочного человека и за хорошего товарища.

— Э! Чепуха! Хороший товарищ выпить на чужой счет. Разве вы сами не видите, что это самый обычный тип завсегдатая при публичном доме, и всего вероятнее, что он просто здешний кот, которому платят проценты за угощение, в которое он втравливает посетителей.

— Оставь, Боря. Глупо, — укоризненно заметил Ярченко.

Но Боря не мог оставить. У него была несчастная особенность: опьянение не действовало ему ни на ноги, ни на язык, но приводило его в мрачное, обидчивое настроение и толкало на ссоры. А Платонов давно уже раздражал его своим небрежно-искренним, уверенным и серьезным тоном, так мало подходящим к отдельному кабинету публичного дома. Но еще больше сердило Собашникова то кажущееся равнодушие, с которым репортер пропускал его злые вставки в разговор.

— И потом, каким он тоном позволяет себе говорить в нашем обществе! — продолжал кипятиться Собашников. — Какой-то апломб, снисходительность, профессорский тон... Паршивый трехкопеечный писака! Бутербродник!

Женя, которая все время пристально глядела на студента, весело и злобно играя блестящими темными глазами, вдруг захлопала в ладоши.

— Вот так! Браво, студентик! Браво, браво, браво!.. Так его, хорошенько!.. В самом деле, что это за безобразие! Вот он придет сюда, — я ему все это повторю.

— Пож-жалуйста! С-сколько угодно! — по-актерски процедил Собашников, делая вокруг рта высокомерно-брезгливые складки. — Я сам повторю то же самое.

— Вот это — молодчина, за это люблю! — воскликнула радостно и зло Женя, ударив кулаком о стол. — Сразу видно сову по полету, доброго молодца по соплям!

Маня Беленькая и Тамара с удивлением посмотрели на Женю, но, заметив лукавые огоньки, прыгавшие в ее глазах, и ее нервно подрагивавшие ноздри, обе поняли и улыбнулись.

Маня Беленькая, смеясь, укоризненно покачала головой. Такое лицо всегда бывало у Жени, когда ее буйная душа чуяла, что приближается ею же самой вызванный скандал.

— Не ершись, Боренька, — сказал Лихонин. — Здесь все равны.

Пришла Нюра с подушкой и положила ее на диван.

— Это еще зачем? — прикрикнул на нее Собашников. — П'шла, сейчас же унеси вон. Здесь не ночлежка.

— Ну, оставь ее, голубчик. Что тебе? — возразила сладким голосом Женя и спрятала подушку за спину Тамары. — Погоди, миленький, вот я лучше с тобой посижу.

Она обошла кругом стола, заставила Бориса сесть на стул и сама взобралась к нему на колени. Обвив его шею рукой, она прижалась губами к его рту так долго и так крепко, что у студента захватило дыхание. Совсем вплотную около своих глаз он увидел глаза женщины — странно большие, темные, блестящие, нечеткие и неподвижные. На какую-нибудь четверть секунды, на мгновение ему показалось, что в этих неживых глазах запечатлелось выражение острой, бешеной ненависти; и холод ужаса, какое-то смутное предчувствие грозной, неизбежной беды пронеслось в мозгу студента. С трудом оторвав от себя гибкие Женины руки и оттолкнув ее, он сказал, смеясь, покраснев и часто дыша:

— Вот так темперамент. Ах ты Мессалина Пафнутьевна!.. Тебя, кажется, Женькой звать? Хорошенькая, шельма.

Вернулся Платонов с Пашей. На Пашу жалко и противно было смотреть. Лицо у нее было бледно, с синим отечным отливом, мутные полузакрытые глаза улыбались слабой, идиотской улыбкой, открытые губы казались похожими на две растрепанные красные мокрые тряпки, и шла она какой-то робкой, неуверенной походкой, точно делая одной ногой большой шаг, а другой — маленький. Она послушно подошла к дивану и послушно улеглась головой на подушку, не переставая слабо и безумно улыбаться. Издали было видно, что ей холодно.

— Извините, господа, я разденусь, — сказал Лихонин и, сняв с себя пиджак, набросил его на плечи проститутке. — Тамара, дай ей шоколада и вина.

Борис Собашников опять картинно стал в углу, в наклонном положении, заложив нога за ногу и задрав кверху голову. Вдруг он сказал среди общего молчания самым фатовским тоном, обращаясь прямо к Платонову:

— Э... послушайте... как вас?.. Это, должно быть, и есть ваша любовница? Э? — И он концом сапога показал по направлению лежавшей Паши.

— Что-о? — спросил протяжно Платонов, сдвигая брови.

— Или вы ее любовник — это все равно... Как эта должность здесь у вас называется? Ну, вот те самые, которым женщины вышивают рубашки и с которыми делятся своим честным заработком?.. Э?..

Платонов поглядел на него тяжелым, напряженным взглядом сквозь прищуренные веки.

— Слушайте, — сказал он тихо, хриплым голосом, медленно и веско расставляя слова. — Это уже не в первый раз сегодня, что вы лезете со мной на ссору. Но, во-первых, я вижу, что, несмотря на ваш трезвый вид, вы сильно и скверно пьяны, а во-вторых, я щажу вас ради ваших товарищей. Однако предупреждаю, если вы еще вздумаете так говорить со мною, то снимите очки.

— Что за чушь? — воскликнул Борис и поднял кверху плечи и фыркнул носом. — Какие очки? Почему очки? — Но машинально, двумя вытянутыми пальцами, он поправил дужку пенсне на переносице.

— Потому что я вас ударю, и осколки могут попасть в глаз, — равнодушно сказал репортер.

Несмотря на неожиданность такого оборота ссоры, никто не рассмеялся. Только Манька Беленькая удивленно ахнула и всплеснула руками. Женя с жадным нетерпением перебегала глазами от одного к другому.

— Ну, положим! Я и сам так дам сдачи, что не обрадуешься! — грубо, совсем по-мальчишески, выкрикнул Собашников. — Только не стоит рук марать обо всякого... — он хотел прибавить новое ругательство, но не решился, — со всяким... И вообще, товарищи, я здесь оставаться больше не намерен. Я слишком хорошо воспитан, чтобы панибратствовать с подобными субъектами.

Он быстро и гордо пошел к дверям.

Ему приходилось пройти почти вплотную около Платонова, который краем глаза, по-звериному, следил за каждым его движением. На один момент у студента мелькнуло было в уме желание неожиданно, сбоку, ударить Платонова и отскочить — товарищи, наверно, разняли бы их и не допустили до драки. Но он тотчас же, почти не глядя на репортера, каким-то глубоким, бессознательным инстинктом, увидел и почувствовал эти широкие кисти рук, спокойно лежавшие на столе, эту упорно склоненную вниз голову с широким лбом и все неуклюже-ловкое, сильное тело своего врага, так небрежно сгорбившееся и распустившееся на стуле, но готовое каждую секунду к быстрому и страшному толчку. И Собашников вышел в коридор, громко захлопнув за собой дверь.

— Баба с возу, кобыле легче, — насмешливо, скороговоркой сказала вслед ему Женя. — Тамарочка, налей мне еще коньяку.

Но встал с своего места длинный студент Петровский и счел нужным вступиться за Собашникова.

— Вы как хотите, господа, это дело вашего личного взгляда, но я принципиально ухожу вместе с Борисом. Пусть он там неправ и так далее, мы можем выразить ему порицание в своей интимной компании, но раз нашему товарищу нанесли обиду — я не могу здесь оставаться. Я ухожу.

— Ах ты, боже мой! — И Лихонин досадливо и нервно почесал себе висок. — Борис же все время вел себя в высокой степени пошло, грубо и глупо. Что это за такая корпоративная честь, подумаешь? Коллективный уход из редакций, из политических собраний, из публичных домов. Мы не офицеры, чтобы прикрывать глупость каждого товарища.

— Все равно, как хотите, но я ухожу из чувства солидарности! — сказал важно Петровский и вышел.

— Будь тебе земля пухом! — послала ему вдогонку Женя.

Но как извилисты и темны пути человеческой души! Оба они — и Собашников и Петровский — поступили в своем негодовании довольно искренно, но первый только наполовину, а второй всего лишь на четверть. У Собашникова, несмотря на его опьянение и гнев, все-таки стучалась в голову заманчивая мысль, что теперь ему удобнее и легче перед товарищами вызвать потихоньку Женю и уединиться с нею. А Петровский, совершенно с тою же целью и имея в виду ту же Женю, пошел вслед за Борисом, чтобы взять у него взаймы три рубля. В общей зале они поладили между собою, а через десять минут в полуотворенную дверь кабинета просунула свое косенькое, розовое, хитрое лицо экономка Зося.

— Женечка, — позвала она, — иди, там тебе белье принесли, посчитай. А тебя, Нюра, актер просит прийти к нему на минуточку, выпить шампанского. Он с Генриеттой и с Маней Большой.

Быстрая и нелепая ссора Платонова с Борисом долго служила предметом разговора. Репортер всегда в подобных случаях чувствовал стыд, неловкость, жалость и терзания совести. И, несмотря на то, что все оставшиеся были на его стороне, он говорил со скукой в голосе:

— Господа, ей-богу, я лучше уйду. К чему я буду расстраивать ваш кружок? Оба мы были виноваты. Я уйду. О счете не беспокойтесь, я уже все уплатил Симеону, когда ходил за Пашей.

Лихонин вдруг взъерошил волосы и решительно встал.

— Да нет, черт побери, я пойду и приволоку его сюда. Честное слово, они оба славные ребята — и Борис и Васька. Но еще молоды и на свой собственный хвост лают. Я иду за ними и ручаюсь, что Борис извинится.

Он ушел, но вернулся через пять минут.

— Упокояются, — мрачно сказал он и безнадежно махнул рукой. — Оба.

XI

В это время в кабинет вошел Симеон с подносом, на котором стояли два бокала с игристым золотым вином и лежала большая визитная карточка.

— Позвольте успросить, кто здесь будет Гаврила Петрович господин Ярченко? — сказал он, оглядывая сидевших.

— Я! — отозвался Ярченко.

— Пожалуйте-с. Господин актер прислали.

Ярченко взял визитную карточку, украшенную сверху громадной маркизской короной, и прочитал вслух:

Евмений Полуэктович
ЭГМОНТ-ЛАВРЕЦКИЙ.

Драматический артист столичных театров

— Замечательно, — сказал Володя Павлов, — что все русские Гаррики носят такие странные имена, вроде Хрисанфов, Фетисов, Мамантов и Епимахов.

— И кроме того, самые известные из них обязательно или картавят, или пришепетывают, или заикаются, — прибавил репортер.

— Да, но замечательнее всего то, что я совсем не имею высокой чести знать этого артиста столичных театров. Впрочем, здесь на обороте что-то еще написано. Судя по почерку, писано человеком сильно пьяным и слабо грамотным.

«Пю» — не пью, а пю, — пояснил Ярченко. — «Пю за здоровье светила русской науки Гаврила Петровича Ярченко, которого случайно увидел, проходя мимо по колидору. Желал бы чокнуться лично. Если не помните, то вспомните Народный театр, Бедность не порок и скромного артиста, игравшего Африкана».

— Да, это верно, — сказал Ярченко. — Мне как-то навязали устроить этот благотворительный спектакль в Народном театре. Смутно мелькает у меня в памяти и какое-то бритое гордое лицо, но... Как быть, господа?

Лихонин ответил добродушно:

— А волоките его сюда. Может быть, он смешной?

— А вы? — обратился приват-доцент к Платонову.

— Мне все равно. Я его немножко знаю. Сначала будет кричать: «Кельнер, шампанского!», потом расплачется о своей жене, которая — ангел, потом скажет патриотическую речь и, наконец, поскандалит из-за счета, но не особенно громко. Да ничего, он занятный.

— Пусть идет, — сказал Володя Павлов из-за плеча Кати, сидевшей, болтая ногами, у него на коленях.

— А ты, Вельтман?

— Что? — встрепенулся студент. Он сидел на диване спиною к товарищам около лежавшей Паши, нагнувшись над ней, и давно уже с самым дружеским, сочувственным видом поглаживал ее то по плечам, то по волосам на затылке, а она уже улыбалась ему своей застенчиво-бесстыдной и бессмысленно-страстной улыбкой сквозь полуопущенные и трепетавшие ресницы. — Что? В чем дело? Ах, да, можно ли сюда актера? Ничего не имею против. Пожалуйста...

Ярченко послал через Симеона приглашение, и актер пришел и сразу же начал обычную актерскую игру. В дверях он остановился, в своем длинном сюртуке, сиявшем шелковыми отворотами, с блестящим цилиндром, который он держал левой рукой перед серединой груди, как актер, изображающий на театре пожилого светского льва или директора банка. Приблизительно этих лиц он внутренно и представлял себе.

— Будет ли мне позволено, господа, вторгнуться в вашу тесную компанию? — спросил он жирным, ласковым голосом, с полупоклоном, сделанным несколько набок.

Его попросили, и он стал знакомиться. Пожимая руки, он оттопыривал вперед локоть и так высоко подымал его, что кисть оказывалась гораздо ниже. Теперь это уже был не директор банка, а этакий лихой, молодцеватый малый, спортсмен и кутила из золотой молодежи. Но его лицо — с взъерошенными дикими бровями и с обнаженными безволосыми веками — было вульгарным, суровым и низменным лицом типичного алкоголика, развратника и мелко жестокого человека. Вместе с ним пришли две его дамы: Генриетта — самая старшая по годам девица в заведении Анны Марковны, опытная, все видевшая и ко всему притерпевшаяся, как старая лошадь на приводе у молотилки, обладательница густого баса, но еще красивая женщина — и Манька Большая, или Манька Крокодил. Генриетта еще с прошлой ночи не расставалась с актером, бравшим ее из дома в гостиницу.

Усевшись рядом с Ярченко, он сейчас же заиграл новую роль — он сделался чем-то вроде старого добряка-помещика, который сам был когда-то в университете и теперь не может глядеть на студентов без тихого отеческого умиления.

— Поверьте, господа, что душой отдыхаешь среди молодежи от всех этих житейских дрязг, — говорил он, придавая своему жесткому и порочному лицу по-актерски преувеличенное и неправдоподобное выражение растроганности. — Эта вера в святой идеал, эти честные порывы!.. Что может быть выше и чище нашего русского студенчества?.. Кельнер! Шампанскава-а! — заорал он вдруг оглушительно и треснул кулаком по столу.

Лихонин и Ярченко не захотели остаться у него в долгу. Началась попойка. Бог знает каким образом в кабинете очутились вскоре Мишка-певец и Колька-бухгалтер, которые сейчас же запели своими скачущими голосами:

Чу-у-у-уют пра-а-а-авду,
Ты ж, заря-я-я-я, скоре-е-ее..

Появился и проснувшийся Ванька-Встанька. Опустив умильно набок голову и сделав на своем морщинистом, старом лице Дон-Кихота узенькие, слезливые, сладкие глазки, он говорил убедительно-просящим тоном:

— Господа студенты... угостили бы старичка... Ей-богу, люблю образование... Дозвольте!

Лихонин всем был рад, но Ярченко сначала — пока ему не бросилось в голову шампанское — только поднимал кверху свои коротенькие черные брови с боязливым, удивленным и наивным видом. В кабинете вдруг сделалось тесно, дымно, шумливо и душно. Симеон с грохотом запер снаружи болтами ставни. Жен-щины, только что отделавшись от визита или в промежутке между танцами, заходили в комнату, сидели у кого-нибудь на коленях, курили, пели вразброд, пили вино, целовались, и опять уходили, и опять приходили. Приказчики от Керешковского, обиженные тем, что девицы больше уделяли внимания кабинету, чем залу, затеяли было скандал и пробовали вступить со студентами в задорное объяснение, но Симеон в один миг укротил их двумя-тремя властными словами, брошенными как будто бы мимоходом.

Вернулась из своей комнаты Нюра и немного спустя вслед за ней Петровский. Петровский с крайне серьезным видом заявил, что он все это время ходил по улице, обдумывая происшедший инцидент, и, наконец, пришел к заключению, что товарищ Борис был действительно неправ, но что есть и смягчающее его вину обстоятельство — опьянение. Пришла потом и Женя, но одна: Собашников заснул в ее комнате.

У актера оказалась пропасть талантов. Он очень верно подражал жужжанию мухи, которую пьяный ловит на оконном стекле, и звукам пилы; смешно представлял, став лицом в угол, разговор нервной дамы по телефону, подражал пению граммофонной пластинки и, наконец, чрезвычайно живо показал мальчишку-персиянина с ученой обезьяной. Держась рукой за воображаемую цепочку и в то же время оскаливаясь, приседая, как мартышка, часто моргая веками и почесывая себе то зад, то волосы на голове, он пел гнусавым, однотонным и печальным голосом, коверкая слова:

Малядой кизак на война пишол,
Малядой баришня под забором валаится,
Айна, айна, ай-на-на-на, ай-на на-на-на.

В заключение он взял на руки Маню Беленькую, завернул ее бортами сюртука и, протянув руку и сделав плачущее лицо, закивал головой, склоненной набок, как это делают черномазые грязные восточные мальчишки, которые шляются по всей России в длинных старых солдатских шинелях, с обнаженной, бронзового цвета грудью, держа за пазухой кашляющую, облезлую обезьянку.

— Ты кто такой? — строго спросила толстая Катя, знавшая и любившая эту шутку.

— Сербиян, барина-а-а, — жалобно простонал в нос актер. — Подари что-нибудь, барина-а-а.

— А как твою обезьянку зовут?

— Матрешка-а-а... Он, барина, голодни-и-ий... он кушай хочи-и-ить.

— А паспорт у тебя есть?

— Ми сербия-а-ан. Дай что-нибудь, барина-а-а...

Актер оказался совсем не лишним. Он произвел сразу много шуму и поднял падавшее настроение. И поминутно он кричал зычным голосом: «Кельнер! Шампанскава-а-а!» — хотя привыкший к его манере Симеон очень мало обращал внимания на эти крики.

Началась настоящая русская громкая и непонятная бестолочь. Розовый, белокурый, миловидный Толпыгин играл на пианино сегидилью из «Кармен», а Ванька-Встанька плясал под нее камаринского мужика. Подняв кверху узкие плечи, весь искособочившись, растопырив пальцы опущенных вниз рук, он затейливо перебирал на месте длинными, тонкими ногами, потом вдруг пронзительно ухал, вскидывался и выкрикивал в такт своей дикой пляски:

Ух! Пляши, Матвей,

Не жалей лаптей!..

— Эх, за одну выходку четвертной мало! — приговаривал он, встряхивая длинными седеющими волосами.

— Чу-у-уют пра-а-а-авду! — ревели два приятеля, с трудом подымая отяжелевшие веки под мутными, закисшими глазами.

Актер стал рассказывать похабные анекдоты, высыпая их как из мешка, и женщины визжали от восторга, сгибались пополам от смеха и отваливались на спинки кресел. Вельтман, долго шептавшийся с Пашей, незаметно, под шумок, ускользнул из кабинета, а через несколько минут после него ушла и Паша, улыбаясь своей тихой, безумной и стыдливой улыбкой.

Да и все остальные студенты, кроме Лихонина, один за другим, кто потихоньку, кто под каким-нибудь предлогом, исчезали из кабинета и подолгу не возвращались. Володе Павлову захотелось поглядеть на танцы, у Толпыгина разболелась голова, и он попросил Тамару провести его умыться, Петровский, тайно перехватив у Лихонина три рубля, вышел в коридор и уже оттуда послал экономку Зосю за Манькой Беленькой. Даже благоразумный и брезгливый Рамзес не смог справиться с тем пряным чувством, какое в нем возбуждала сегодняшняя странная яркая и болезненная красота Жени. У него оказалось на нынешнее утро какое-то важное, неотложное дело, надо было поехать домой и хоть два часика поспать. Но, простившись с товарищами, он, прежде чем выйти из кабинета, быстро и многозначительно указал Жене глазами на дверь. Она поняла, медленно, едва заметно, опустила ресницы в знак согласия, и когда опять их подняла, то Платонова, который, почти не глядя, видел этот немой разговор, поразило то выражение злобы и угрозы в ее глазах, с каким она проводила спину уходившего Рамзеса. Выждав пять минут, она встала, сказала: «Извините, я сейчас», — и вышла, раскачивая своей оранжевой короткой юбкой.

— Что же? Теперь твоя очередь, Лихонин? — спросил насмешливо репортер.

— Нет, брат, ошибся! — сказал Лихонин и прищелкнул языком. — И не то, что я по убеждению или из принципа... Нет! Я, как анархист, исповедываю, что чем хуже, тем лучше... Но, к счастию, я игрок и весь свой темперамент трачу на игру, поэтому во мне простая брезгливость говорит гораздо сильнее, чем это самое неземное чувство. Но удивительно, как совпали наши мысли. Я только что хотел тебя спросить о том же.

— Я — нет. Иногда, если сильно устану, я ночую здесь. Беру у Исая Саввича ключ от его комнатки и сплю на диване. Но все девицы давно уже привыкли к тому, что я — существо третьего пола.

— И неужели... никогда?..

— Никогда.

— Уж что верно, то верно! — воскликнула Нюра. — Сергей Иваныч как святой отшельник.

— Раньше, лет пять тому назад, я и это испытал, — продолжал Платонов. — Но, знаете, уж очень это скучно и противно. Вроде тех мух, которых сейчас представлял господин артист. Слепились на секунду на подоконнике, а потом в каком-то дурацком удивлении почесали задними лапками спину и разлетелись навеки. А разводить здесь любовь?.. Так для этого я герой не их романа. Я некрасив, с женщинами робок, стеснителен и вежлив. А они здесь жаждут диких страстей, кровавой ревности, слез, отравлений, побоев, жертв, — словом, истеричного романтизма. Да оно и понятно. Женское сердце всегда хочет любви, а о любви им говорят ежедневно разными кислыми, слюнявыми словами. Невольно хочется в любви перцу. Хочется уже не слов страсти, а трагически-страстных поступков. И поэтому их любовниками всегда будут воры, убийцы, сутенеры и другая сволочь. А главное, — прибавил Платонов, — это тотчас же испортило бы мне все дружеские отношения, которые так славно наладились.

— Будет шутить! — недоверчиво возразил Лихонин. — Что же тебя заставляет здесь дневать и ночевать? Будь ты писатель — дело другого рода. Легко найти объяснение: ну, собираешь типы, что ли... наблюдаешь жизнь... Вроде того профессора-немца, который три года прожил с обезьянами, чтобы изучить их язык и нравы. Но ведь ты сам сказал, что писательством не балуешься?

— Не то, что не балуюсь, а просто не умею, не могу.

— Запишем. Теперь предположим другое — что ты являешься сюда как проповедник лучшей, честной жизни, вроде этакого спасителя погибающих душ. Знаешь, как на заре христианства иные святые отцы вместо того, чтобы стоять на столпе тридцать лет или жить в лесной пещере, шли на торжища в дома веселья, к блудницам и скоморохам. Но ведь ты не так?

— Не так.

— Зачем же, черт побери, ты здесь толчешься? Я чудесно же вижу, что многое тебе самому противно, и тяжело, и больно. Например, эта дурацкая ссора с Борисом или этот лакей, бьющий женщину, да и вообще постоянное созерцание всяческой грязи, похоти, зверства, пошлости, пьянства. Ну, да раз ты говоришь, — я тебе верю, что блуду ты не предаешься. Но тогда мне еще непонятнее твой modus vivendi[4], выражаясь штилем передовых статей.

Репортер ответил не сразу.

— Видишь ли, — заговорил он медленно, с расстановками, точно в первый раз вслушиваясь в свои мысли и взвешивая их. — Видишь ли, меня притягивает и интересует в этой жизни ее... как бы это выразиться?.. ее страшная, обнаженная правда. Понимаешь ли, с нее как будто бы сдернуты все условные покровы. Нет ни лжи, ни лицемерия, ни ханжества, нет никаких сделок ни с общественным мнением, ни с навязчивым авторитетом предков, ни с своей совестью. Никаких иллюзий, никаких прикрас! Вот она — я! Публичная женщина, общественный сосуд, клоака для стока избытка городской похоти. Иди ко мне любой, кто хочет, — ты не встретишь отказа, в этом моя служба. Но за секунду этого сладострастия впопыхах — ты заплатишь деньгами, отвращением, болезнью и позором. И все. Нет ни одной стороны человеческой жизни, где бы основная, главная правда сияла с такой чудовищной, безобразной голой яркостью, без всякой тени человеческого лганья и самообеления.

— Ну, положим! Эти женщины врут, как зеленые лошади. Поди-ка поговори с ней о ее первом падении. Такого наплетет.

— А ты не спрашивай. Какое тебе дело? Но если они и лгут, то лгут совсем как дети. А ведь ты сам знаешь, что дети — это самые первые, самые милые вралишки и в то же время самый искренний на свете народ. И замечательно, что и те и другие, то есть и проститутки и дети, лгут только нам — мужчинам — и взрослым. Между собой они не лгут — они лишь вдохновенно импровизируют. Но нам они лгут потому, что мы сами этого от них требуем, потому что мы лезем в их совсем чуждые нам души со своими глупыми приемами и расспросами, потому, наконец, что они нас втайне считают большими дураками и бестолковыми притворщиками. Да вот хочешь, я тебе сейчас пересчитаю по пальцам все случаи, когда проститутка непременно лжет, и ты сам убедишься, что к лганью ее побуждает мужчина.

— Ну, ну, посмотрим.

— Первое: она беспощадно красится, даже иногда и в ущерб себе. Отчего? Оттого, что каждый прыщавый юнкер, которого так тяготит его половая зрелость, что он весною глупеет, точно тетерев на току, и какой-нибудь жалкий чинодрал из управы благочиния, муж беременной жены и отец девяти младенцев, — ведь оба они приходят сюда вовсе не с благоразумной и простой целью оставить здесь избыток страсти. Он, негодяй, пришел насладиться, ему — этакому эстету! — видите ли, нужна красота. А все эти девицы, эти дочери простого, незатейливого великого русского народа, как смотрят на эстетику? «Что сладко — то вкусно, что

---

[4] Образ жизни (лат.).

красно — то красиво». И вот, на, изволь, получай себе красоту из сурьмы, белил и румян.

Это раз. Второе то, что этот же распрекрасный кавалер, мало того, что хочет красоты, — нет, ему подай еще подобие любви, чтобы в женщине от его ласк зажегся бы этот самый «агонь безу-умнай са-та-ра-са-ти!», о которой поется в идиотских романсах. А! Ты этого хочешь? На! И женщина лжет ему лицом, голосом, вздохами, стонами, телодвижениями. И он сам ведь в глубине души знает про этот профессиональный обман, но — подите же! — все-таки обольщается: «Ах, какой я красивый мужчина! Ах, как меня женщины любят! Ах, в какое я их привожу исступление!..» Знаете, бывает, что человеку с самой отчаянной наглостью, самым неправдоподобным образом льстят в глаза, и он сам это отлично видит и знает, но — черт возьми! — какое-то сладостное чувство все-таки обмасливает душу. Так и здесь. Спрашивается: чей же почин во лжи?

А вот вам, Лихонин, еще и третий пункт. Вы его сами подсказали. Больше всего они лгут, когда их спрашивают: «Как дошла ты до жизни такой?» Но какое же право ты имеешь ее об этом спрашивать, черт бы тебя побрал?! Ведь она не лезет же в твою интимную жизнь? Она же не интересуется твоей первой «святой» любовью или невинностью твоих сестер и твоей невесты. Ага! Ты платишь деньги? Чудесно! Бандерша, и вышибала, и полиция, и медицина, и городская управа блюдут твои интересы. Прекрасно! Тебе гарантировано вежливое и благопристойное поведение со стороны нанятой тобою для любви проститутки, и личность твоя неприкосновенна... хотя бы даже в самом прямом смысле, в смысле пощечины, которую ты, конечно, заслуживаешь своими бесцельными и, может быть, даже мучительными расспросами. Но ты за свои деньги захотел еще и правды? Ну уж этого тебе никогда не учесть и не проконтролировать. Тебе расскажут именно такую шаблонную историю, какую ты — сам человек шаблона и пошляк — легче всего переваришь. Потому что сама по себе жизнь или чересчур обыденна и скучна для тебя, или уж так чересчур неправдоподобна, как только умеет быть неправдоподобной жизнь. И вот тебе вечная средняя история об офицере, о приказчике, о ребенке и о престарелом отце, который там, в провинции, оплакивает заблудшую дочь и умоляет ее вернуться домой. Но заметь, Лихонин, все, что я говорю, к тебе не относится. В тебе, честное слово, я чувствую искреннюю и большую душу... Давай выпьем за твое здоровье?

Они выпили.

— Говорить ли дальше? — продолжал нерешительно Платонов. — Скучно?

— Нет, нет, прошу тебя, говори.

— Лгут они еще и лгут особенно невинно тем, кто перед ними красуется на политических конях. Тут они со всем, с чем хочешь, соглашаются. Я ей сегодня скажу: «Долой современный буржуазный строй! Уничтожим бомбами и кинжалами капиталистов, помещиков и бюрократию!» Она горячо согласится со мною. Но завтра лабазник Ноздрунов будет орать, что надо перевешать всех социалистов, передрать всех студентов и разгромить всех жидов, причащающихся христианской кровью. И она радостно согласится и с ним. Но если к тому же еще вы воспламените ее воображение, влюбите ее в себя, то она за вами пойдет всюду, куда хотите: на погром, на баррикаду, на воровство, на убийство. Но и дети ведь так же податливы. А они, ей-богу, дети, милый мой Лихонин...

В четырнадцать лет ее растлили, а в шестнадцать она стала патентованной проституткой, с желтым билетом и с венерической болезнью. И вот вся ее жизнь обведена и отгорожена от вселенной какой-то причудливой, слепой и глухой стеною. Обрати внимание на ее обиходный словарь — тридцать — сорок слов, не более, — совсем как у ребенка или дикаря: есть, пить, спать, мужчина, кровать, хозяйка, рубль, любовник, доктор, больница, белье, городовой — вот и все. Ее умственное развитие, ее опыт, ее интересы так и остаются на детском уровне до самой смерти, совершенно так же, как у седой и наивной классной дамы, с десяти лет не переступавшей институтского порога, как у монашенки, отданной ребенком в монастырь. Словом, представь себе дерево настоящей крупной породы, но выращенное в стеклянном колпаке, в банке из-под варенья. И именно к этой детской стороне их быта я и отношу их вынужденную ложь — такую невинную, бесцельную и привычную... Но зато какая страшная, голая, ничем не убранная, откровенная правда в этом деловом торге о цене ночи, в этих десяти мужчинах в вечер, в этих печатных правилах, изданных отцами города, об употреблении раствора борной кислоты и о содержании себя в чистоте, в еженедельных докторских осмотрах, в скверных болезнях, на которые смотрят так же легко и шутливо, так же просто и без страдания, как на насморк, в глубоком отвращении этих женщин к мужчинам, — таком глубоком, что все они, без исключения, возмещают его лесбийским образом и даже ничуть этого не скрывают. Вот вся их нелепая жизнь у меня как на ладони, со всем ее цинизмом, уродливой и грубой несправедливостью, но нет в ней той лжи и того притворства перед людьми и перед собою, которые опутывают все человечество сверху донизу. Подумай, милый Лихонин, сколько нудного, длительного, противного обмана, сколько ненависти в любом брачном сожительстве в девяносто девяти случаях из ста. Сколько слепой, беспощадной жестокости — именно не животной, а человеческой, разумной, дальновидной, расчетливой жестокости — в святом материнском чувстве, и смотри, какими нежными цветами разубрано это чувство! А все эти ненужные, шутовские профессии, выдуманные культурным человеком для охраны моего гнезда, моего куска мяса, моей женщины, моего ребенка, эти разные надзиратели, контролеры, инспекторы, судьи, прокуроры, тюремщики, адвокаты, начальники, чиновники, генералы, солдаты и еще сотни и тысячи названий. Все они обслуживают человеческую жадность, трусость, порочность, рабство, узаконенное сладострастие, леность — нищенство! Да, вот оно, настоящее слово: человеческое нищенство! А какие пышные слова! Алтарь отечества, христианское сострадание к ближнему, прогресс, священный долг, священная собственность, святая любовь. Тьфу! Ни одному красивому слову я теперь не верю, а тошно мне с этими лгунишками, трусами и обжорами до бесконечности! Нищенки!.. Человек рожден для великой радости, для беспрестанного творчества, в котором он — бог, для широкой, свободной, ничем не стесненной любви ко всему: к дереву, к небу, к человеку, к собаке, к милой, кроткой, прекрасной земле, ах, особенно к земле с ее блаженным материнством, с ее утрами и ночами, с ее прекрасными ежедневными чудесами. А человек так изолгался, испопрошайничался и унизился!.. Эх, Лихонин, тоска!

— Я, как анархист, отчасти понимаю тебя, — сказал задумчиво Лихонин. Он как будто бы слушал и не слушал репортера. Какая-то мысль тяжело, в первый раз, рождалась у него в уме. — Но одного не постигаю. Если уж так тебе осмердело человечество, то как ты терпишь, да еще так долго, вот это все, — Лихонин обвел стол круглым движением руки, — самое подлое, что могло придумать человечество?

— А я и сам не знаю, — сказал простодушно Платонов. — Видишь ли, я — бродяга и страстно люблю жизнь. Я был токарем, наборщиком, сеял и продавал табак, махорку-серебрянку, плавал кочегаром по Азовскому морю, рыбачил на Черном — на Дубининских промыслах, грузил арбузы и кирпич на Днепре, ездил с цирком, был актером, — всего и не упомню. И никогда меня не гнала нужда. Нет, только безмерная жадность к жизни и нестерпимое любопытство. Ей-богу, я хотел бы на несколько дней сделаться лошадью, растением или рыбой или побыть женщиной и испытать роды; я бы хотел пожить внутренней жизнью и посмотреть на мир глазами каждого человека, которого встречаю. И вот я беспечно брожу по городам и весям, ничем не связанный, знаю и люблю десятки ремесл и радостно плыву всюду, куда угодно судьбе направить мой парус... Так-то вот я и набрел на публичный дом, и чем больше в него вглядываюсь, тем больше во мне растет тревога, непонимание и очень большая злость. Но и этому скоро конец. Как перевалит дело на осень — опять ай-даа! Поступлю на рельсопрокатный завод. У меня приятель есть один, он устроит... Постой, постой, Лихонин... Послушай актера... Это акт третий.

Эгмонт-Лаврецкий, до сих пор очень удачно подражавший то поросенку, которого сажают в мешок, то ссоре кошки с собакой, стал понемногу раскисать и опускаться. На него уже находил очередной стих самообличения, в припадке которого он несколько раз покушался поцеловать у Ярченко руку. Веки у него покраснели, вокруг бритых колючих губ углубились плаксивые морщины, и по голосу было слышно, что его нос и горло уже переполнялись слезами.

— Служу в фарсе! — говорил он, бия себя в грудь кулаком. — Кривляюсь в полосатых кальсонах на потеху сытой толпе! Угасил свой светильник, зарыл в землю талант, как раб ленивый! А пре-ежде, — заблеял он трагически, — пре-ежде-е-е! Спросите в Новочеркасске, спросите в Твери, в Устюжне, в Звенигородке, в Крыжополе. Каким я был Жадовым и Белугиным, как я играл Макса, какой образ я создал из Вельтищева — это была моя коронная ро-оль. Надин-Перекопский начинал со мной у Сумбекова! С Никифоровым-Павленко служил. Кто сделал имя Легунову-Почайнину? Я! А тепе-ерь...

Он всхлипнул носом и полез целовать приват-доцента.

— Да! Презирайте меня, клеймите меня, честные люди. Паясничаю, пьянствую... Продал и разлил священный елей! Сижу в вертепе с продажным товаром. А моя жена... святая, чистая, голубка моя!.. О, если бы она знала, если бы только она знала! Она трудится, у нее модный магазин, у нее пальцы — эти ангельские пальцы — истыканы иголкой, а я! О, святая женщина! И я — негодяй! — на кого я тебя меняю! О, ужас! — Актер схватил себя за волосы. — Профессор, дайте я поцелую вашу ученую руку. Вы один меня понимаете. Поедемте, я вас познакомлю с ней, вы увидите, какой это ангел!.. Она ждет меня, она не спит ночей, она складывает ручки моим малюткам и вместе с ними шепчет: «Господи, спаси и сохрани папу».

— Врешь ты все, актер! — сказала вдруг пьяная Манька Беленькая, глядя с ненавистью на Эгмонта-Лаврецкого. — Ничего она не шепчет, а преспокойно спит с мужчиной на твоей кровати.

— Молчи, б....! — завопил исступленно актер и, схватив за горло бутылку, высоко поднял ее над головой. — Держите меня, иначе я размозжу голову этой стерве. Не смей осквернять своим поганым языком...

— У меня язык не поганый, я причастие принимаю, — дерзко ответила женщина. — А ты, дурак, рога носишь. Ты сам шляешься по проституткам, да еще хочешь, чтобы тебе жена не изменяла. И нашел же, болван, место, где слюну вожжой распустить. Зачем ты детей-то приплел, папа ты злосчастный! Ты на меня не ворочай глазами и зубами не скрипи. Не запугаешь! Сам ты б....!

Потребовалось много усилий и красноречия со стороны Ярченки, чтобы успокоить актера и Маньку Беленькую, которая всегда после бенедиктина лезла на скандал. Актер под конец обширно и некрасиво, по-старчески, расплакался и рассморкался, ослабел, и Генриетта увела его к себе.

Всеми уже овладело утомление. Студенты один за другим возвращались из спален, и врозь от них с равнодушным видом приходили их случайные любовницы. И правда, и те и другие были похожи на мух, самцов и самок, только что разлетевшихся с оконного стекла. Они зевали, потягивались, и с их бледных от бессонницы, нездорово лоснящихся лиц долго не сходило невольное выражение тоски и брезгливости. И когда они, перед тем как разъехаться, прощались друг с другом, то в их глазах мелькало какое-то враждебное чувство, точно у соучастников одного и того же грязного и ненужного преступления.

— Ты куда сейчас? — вполголоса спросил у репортера Лихонин.

— А, право, сам не знаю. Хотел было переночевать в кабинете у Исай Саввича, но жаль потерять такое чудесное утро. Думаю выкупаться, а потом сяду на пароход и поеду в Липский монастырь к одному знакомому пьяному чернецу. А что?

— Я тебя попрошу остаться немного и пересидеть остальных. Мне нужно сказать тебе два очень важных слова.

— Идет.

Последний ушел Ярченко. Он ссылался на головную боль и усталость. Но едва он вышел из дома, как репортер схватил за руку Лихонина и быстро потащил его в стеклянные сени подъезда.

— Смотри! — сказал он, указывая на улицу.

И сквозь оранжевое стекло цветного окошка Лихонин увидел приват-доцента, который звонил к Треппелю. Через минуту дверь открылась, и Ярченко исчез за ней.

— Как ты узнал? — спросил с удивлением Лихонин.

— Пустяки. Я видел его лицо и видел, как его руки гладили Веркино трико. Другие поменьше стеснялись. А этот стыдлив.

— Ну, так пойдем, — сказал Лихонин. — Я тебя недолго задержу.

XII

Из девиц остались в кабинете только две: Женя, пришедшая в ночной кофточке, и Люба, которая уже давно спала под разговор, свернувшись калачиком в большом плюшевом кресле. Свежее веснушчатое лицо Любы приняло кроткое, почти детское выражение, а губы как улыбнулись во сне, так и сохранили легкий отпечаток светлой, тихой и нежной улыбки. Сине и едко было в кабинете от густого табачного дыма, на свечах в канделябрах застыли оплывшие бородавчатые струйки; залитый кофеем и вином, заброшенный апельсинными корками стол казался безобразным.

Женя сидела с ногами на диване, обхватив колени руками. И опять Платонова поразил мрачный огонь ее глубоких глаз, точно запавших под темными бровями, грозно сдвинутыми сверху вниз, к переносью.

— Я потушу свечи, — сказал Лихонин.

Утренний полусвет, водянистый и сонный, наполнил комнату сквозь щели ставен. Слабыми струйками курились потушенные фитили свечей. Слоистыми голубыми пеленами колыхался табачный дым, но солнечный луч, прорезавшийся сквозь сердцеобразную выемку в ставне, пронизал кабинет вкось веселым, пыльным, золотым мечом и жидким горячим золотом расплескался на обоях стены.

— Так-то лучше, — сказал Лихонин, садясь. — Разговор будет короткий, но... черт его знает... как к нему приступить.

Он рассеянно поглядел на Женю.

— Так я уйду? — сказала она равнодушно.

— Нет, ты посиди, — ответил за Лихонина репортер. — Она не помешает, — обратился он к студенту и слегка улыбнулся. — Ведь разговор будет о проституции? Не так ли?

— Ну, да... вроде...

— И отлично. Ты к ней прислушайся. Мнения у нее бывают необыкновенно циничного свойства, но иногда чрезвычайной вескости.

Лихонин крепко потер и помял ладонями свое лицо, потом сцепил пальцы с пальцами и два раза нервно хрустнул ими. Видно было, что он волновался и сам стеснялся того, что собирался сказать.

— Ах, да не все ли равно! — вдруг воскликнул он сердито. — Ты вот сегодня говорил об этих женщинах... Я слушал... Правда, нового ты ничего мне не сказал. Но — странно — я почему-то, точно в первый раз за всю мою беспутную жизнь, поглядел на этот вопрос открытыми глазами... Я спрашиваю тебя, что же такое, наконец, проституция? Что она? Блажной бред больших городов или это вековечное историческое явление? Прекратится ли она когда-нибудь? Или она умрет только со смертью всего человечества? Кто мне ответит на это?

Платонов смотрел на него пристально, слегка, по привычке, щурясь. Его интересовало, какою главною мыслью так искренно мучится Лихонин.

— Когда она прекратится — никто тебе не скажет. Может быть, тогда, когда осуществятся прекрасные утопии социалистов и анархистов, когда земля станет общей и ничьей, когда любовь будет абсолютно свободна и подчинена только

60

своим неограниченным желаниям, а человечество сольется в одну счастливую семью, где пропадет различие между твоим и моим, и наступит рай на земле, и человек опять станет нагим, блаженным и безгрешным. Вот разве тогда...

— А теперь? Теперь? — спрашивает Лихонин с возраставшим волнением. — Глядеть сложа ручки? Моя хата с краю? Терпеть, как неизбежное зло? Мириться, махнуть рукой? Благословить?

— Зло это не неизбежное, а непреоборимое. Да не все ли тебе равно? — спросил Платонов с холодным удивлением. — Ты же ведь анархист?

— Какой я к черту анархист. Ну да, я анархист, потому что разум мой, когда я думаю о жизни, всегда логически приводит меня к анархическому началу. И я сам думаю в теории: пускай люди людей бьют, обманывают и стригут, как стада овец, — пускай! — насилие породит рано или поздно злобу. Пусть насилуют ребенка, пусть топчут ногами творческую мысль, пусть рабство, пусть проституция, пусть воруют, глумятся, проливают кровь... Пусть! Чем хуже, тем лучше, тем ближе к концу. Есть великий закон, думаю я, одинаковый как для неодушевленных предметов, так и для всей огромной, многомиллионной и многолетней человеческой жизни: сила действия равна силе противодействия. Чем хуже, тем лучше. Пусть накопляется в человечестве зло и месть, пусть они растут и зреют, как чудовищный нарыв — нарыв во весь земной шар величиной. Ведь лопнет же он когда-нибудь! И пусть будет ужас и нестерпимая боль. Пусть гной затопит весь мир. Но человечество или захлебнется в нем и погибнет, или, переболев, возродится к новой, прекрасной жизни.

Лихонин жадно выпил чашку черного холодного кофе и продолжал пылко:

— Да. Так именно я и многие другие теоретизируем, сидя в своих комнатах за чаем с булкой и с вареной колбасой, причем ценность каждой отдельной человеческой жизни — это так себе, бесконечно малое число в математической формуле. Но увижу я, что обижают ребенка, и красная кровь мне хлынет в голову от бешенства. И когда я погляжу, погляжу на труд мужика или рабочего, меня кидает в истерику от стыда за мои алгебраические выкладки. Есть — черт его побери! — есть что-то в человеке нелепое, совсем не логичное, но что в сей раз сильнее человеческого разума. Вот и сегодня... Почему я сейчас чувствую себя так, как будто бы я обокрал спящего, или обманул трехлетнего ребенка, или ударил связанного? И почему мне сегодня кажется, что я сам виноват в зле проституции, — виноват своим молчанием, своим равнодушием, своим косвенным попустительством? Что мне делать, Платонов? — воскликнул студент со скорбью в голосе.

Платонов промолчал, щуря на него узенькие глаза. Но Женя неожиданно сказала язвительным тоном:

— А ты сделай так, как сделала одна англичанка... Приезжала к нам тут одна рыжая старая халда. Должно быть, очень важная, потому что с целой свитой приезжала... всё какие-то чиновники... А до нее приезжал пристава помощник с околоточным Кербешем. Помощник так прямо и предупредил: «Если вы, стервы, растак-то и растак-то, хоть одно грубое словечко или что, так от вашего заведения камня на камне не оставлю, а всех девок перепорю в участке и в тюрьме сгною!» Ну и приехала эта грымза. Лоташила-лоташила что-то по-иностранному, все рукой на небо показывала, а потом раздала нам всем по пятачковому евангелию и уехала. Вот и вы бы так, миленький.

Платонов громко рассмеялся. Но, увидев наивное и печальное лицо Лихонина, который точно не понимал и даже не подозревал насмешки, он сдержал смех и сказал серьезно:

— Ничего не сделаешь, Лихонин. Пока будет собственность, будет и нищета. Пока существует брак, не умрет и проституция. Знаешь ли ты, кто всегда будет поддерживать и питать проституцию? Это так называемые порядочные люди, благородные отцы семейств, безукоризненные мужья, любящие братья. Они всегда найдут почтенный повод узаконить, нормировать и обандеролить платный разврат, потому что они отлично знают, что иначе он хлынет в их спальни и детские. Проституция для них — оттяжка чужого сладострастия от их личного, законного алькова. Да и сам почтенный отец семейства не прочь втайне предаться любовному дебошу. Надоест же, в самом деле, все одно и то же: жена, горничная и дама на стороне. Человек в сущности животное много и даже чрезвычайно многобрачное. И его петушиным любовным инстинктам всегда будет сладко развертываться в этаком пышном рассаднике, вроде Треппеля или Анны Марковны. О, конечно, уравновешенный супруг или счастливый отец шестерых взрослых дочерей всегда будет орать об ужасе проституции. Он даже устроит при помощи лотереи и любительского спектакля общество спасения падших женщин или приют во имя святой Магдалины. Но существование проституции он благословит и поддержит.

— Магдалинские приюты! — с тихим смехом, полным давней, непереболевшей ненависти, повторила Женя.

— Да, я знаю, что все эти фальшивые мероприятия — чушь и сплошное надругательство, — перебил Лихонин. — Но пусть я буду смешон и глуп — и я не хочу оставаться соболезнующим зрителем, который сидит на завалинке, глядит на пожар и приговаривает: «Ах, батюшки, ведь горит... ей-богу, горит! Пожалуй, и люди ведь горят!», а сам только причитает и хлопает себя по ляжкам.

— Ну да, — сказал сурово Платонов, — ты возьмешь детскую спринцовку и пойдешь с нею тушить пожар?

— Нет! — горячо воскликнул Лихонин. — Может быть, — почем знать? Может быть, мне удастся спасти хоть одну живую душу... Об этом я и хотел тебя попросить, Платонов, и ты должен помочь мне... Только умоляю тебя, без насмешек, без расхолаживания...

— Ты хочешь взять отсюда девушку? Спасти? — внимательно глядя на него, спросил Платонов. Он теперь понял, к чему клонился весь этот разговор.

— Да... я не знаю... я попробую, — неуверенно ответил Лихонин.

— Вернется назад, — сказал Платонов.

— Вернется, — убежденно повторила Женя.

Лихонин подошел к ней, взял ее за руки и заговорил дрожащим шепотом:

— Женечка... может быть, вы... А? Ведь не в любовницы зову... как друга... Пустяки, полгода отдыха... а там какое-нибудь ремесло изучим... будем читать...

Женя с досадой выхватила из его рук свои.

— Ну тебя в болото! — почти крикнула она. — Знаю я вас! Чулки тебе штопать? На керосинке стряпать? Ночей из-за тебя не спать, когда ты со своими коротковолосыми будешь болты болтать? А как ты заделаешься доктором, или адвокатом, или чиновником, так меня же в спину коленом: пошла, мол, на улицу, публичная шкура, жизнь ты мою молодую заела. Хочу на порядочной жениться, на чистой, на невинной...

— Я как брат... Я без этого... — смущенно лепетал Лихонин.

— Знаю я этих братьев. До первой ночи... Брось и не говори ты мне чепухи! Скучно слушать.

— Подожди, Лихонин, — серьезно начал репортер. — Ведь ты и на себя взвалишь непосильный груз. Я знавал идеалистов-народников, которые принципиально женились на простых крестьянских девках. Так они и думали: натура, чернозем, непочатые силы... А этот чернозем через год обращался в толстенную бабищу, которая целый день лежит на постели и жует пряники или унижет свои пальцы копеечными кольцами, растопырит их и любуется. А то сидит на кухне, пьет с кучером сладкую наливку и разводит с ним натуральный роман. Смотрите, здесь хуже будет!

Все трое замолчали. Лихонин был бледен и утирал платком мокрый лоб.

— Нет, черт возьми! — крикнул он вдруг упрямо. — Не верю я вам! Не хочу верить! Люба! — громко позвал он заснувшую девушку. — Любочка!

Девушка проснулась, провела ладонью по губам в одну сторону и в другую, зевнула и смешно, по-детски, улыбнулась.

— Я не спала, я все слышала, — сказала она. — Только самую-самую чуточку задремала.

— Люба, хочешь ты уйти отсюда со мною? — спросил Лихонин и взял ее за руку. — Но совсем, навсегда уйти, чтобы больше уже никогда не возвращаться ни в публичный дом, ни на улицу?

Люба вопросительно, с недоумением поглядела на Женю, точно безмолвно ища у нее объяснения этой шутки.

— Будет вам, — сказала она лукаво. — Вы сами еще учитесь. Куда же вам девицу брать на содержание.

— Не на содержание, Люба... Просто хочу помочь тебе... Ведь не сладко же тебе здесь, в публичном доме-то!

— Понятно, не сахар! Если бы я была такая гордая, как Женечка, или такая увлекательная, как Паша... а я ни за что здесь не привыкну...

— Ну и пойдем, пойдем со мной!.. — убеждал Лихонин. — Ты ведь, наверно, знаешь какое-нибудь рукоделье, ну там шить что-нибудь, вышивать, метить?

— Ничего я не знаю! — застенчиво ответила Люба, и засмеялась, и покраснела, и закрыла локтем свободной руки рот. — Что у нас, по-деревенскому, требуется, то знаю, а больше ничего не знаю. Стряпать немного умею... у попа жила — стряпала.

— И чудесно! И превосходно! — обрадовался Лихонин. — Я тебе пособлю, откроешь столовую... Понимаешь, дешевую столовую... Я рекламу тебе сделаю... Студенты будут ходить! Великолепно!..

— Будет смеяться-то! — немного обидчиво возразила Люба и опять искоса вопросительно посмотрела на Женю.

— Он не шутит, — ответила Женя странно дрогнувшим голосом. — Он вправду, серьезно.

— Вот тебе честное слово, что серьезно! Вот ей-богу! — с жаром подхватил студент и для чего-то даже перекрестился на пустой угол.

— А в самом деле, — сказала Женя, — берите Любку. Это не то, что я. Я как старая драгунская кобыла с норовом. Меня ни сеном, ни плетью не переделаешь. А Любка — девочка простая и добрая. И к жизни нашей еще не привыкла. Что ты, дурища, пялишь на меня глаза? Отвечай, когда тебя спрашивают. Ну? Хочешь или нет?

— А что же? Если они не смеются, а взаправду... А ты что, Женечка, мне посоветуешь?..

— Ах, дерево какое! — рассердилась Женя. — Что же, по-твоему, лучше: с проваленным носом на соломе сгнить? Под забором издохнуть, как собаке? Или сделаться честной? Дура! Тебе бы ручку у него поцеловать, а ты кобенишься.

Наивная Люба и в самом деле потянулась губами к руке Лихонина, и это движение всех рассмешило и чуть-чуть растрогало.

— И прекрасно! И волшебно! — суетился обрадованный Лихонин. — Иди и сейчас же заяви хозяйке, что ты уходишь отсюда навсегда. И вещи забери самые необходимые. Теперь не то, что раньше, теперь девушка, когда хочет, может уйти из публичного дома.

— Нет, так нельзя, — остановила его Женя, — что она уйти может — это так, это верно, но неприятностей и крику не оберешься. Ты вот что, студент, сделай. Тебе десять рублей не жаль?

— Конечно, конечно... Пожалуйста.

— Пусть Люба скажет экономке, что ты ее берешь на сегодня к себе на квартиру. Это уж такса — десять рублей. А потом, ну хоть завтра, приезжай за ее билетом и за вещами. Ничего, мы это дело обладим кругло. А потом ты должен пойти в полицию с ее билетом и заявить, что вот такая-то Любка нанялась служить у тебя за горничную и что ты желаешь переменить ее бланк на настоящий паспорт. Ну, Любка, живо! Бери деньги и марш. Да, смотри, с экономкой-то будь половче, а то она, сука, по глазам прочтет. Да и не забудь, — крикнула она уже вдогонку Любе, — румяны-то с морды сотри. А то извозчики будут пальцами показывать.

Через полчаса Люба и Лихонин садились у подъезда на извозчика. Женя и репортер стояли на тротуаре.

— Глупость ты делаешь большую, Лихонин, — говорил лениво Платонов, — но чту и уважаю в тебе славный порыв. Вот мысль — вот и дело. Смелый ты и прекрасный парень.

— Со вступлением! — смеялась Женя. — Смотрите, на крестины-то не забудьте позвать.

— Не дождетесь! — хохотал Лихонин, размахивая фуражкой.

Они уехали. Репортер поглядел на Женю и с удивлением увидал в ее смягчившихся глазах слезы.

— Дай бог, дай бог, — шептала она.

— Что с тобою сегодня было, Женя? — спросил он ласково. — Что? Тяжело тебе? Не помогу ли я тебе чем-нибудь?

Она повернулась к нему спиной и нагнулась над резным перилом крыльца.

— Как тебе написать, если нужно будет? — спросила она глухо.

— Да просто. В редакцию «Отголосков». Такому-то. Мне живо передадут.

— Я... я... я... — начала было Женя, но вдруг громко, страстно разрыдалась и закрыла руками лицо, — я напишу тебе...

И, не отнимая рук от лица, вздрагивая плечами, она взбежала на крыльцо и скрылась в доме, громко захлопнув за собою дверь.

Часть вторая

I

До сих пор еще, спустя десять лет, вспоминают бывшие обитатели Ямков тот обильный несчастными, грязными, кровавыми событиями год, который начался рядом пустяковых маленьких скандалов, а кончился тем, что администрация в один прекрасный день взяла и разорила дотла старинное, насиженное, ею же созданное гнездо узаконенной проституции, разметав его остатки по больницам, тюрьмам и улицам большого города. До сих пор еще немногие, оставшиеся в живых, прежние, вконец одряхлевшие хозяйки и жирные, хриплые, как состарившиеся мопсы, бывшие экономки вспоминают об этой общей гибели со скорбью, ужасом и глупым недоумением.

Точно картофель из мешка, посыпались драки, грабежи, болезни, убийства и самоубийства, и, казалось, никто в этом не был виновен. Просто-напросто все злоключения сами собой стали учащаться, наворачиваться друг на друга, шириться и расти, подобно тому, как маленький снежный комочек, толкаемый ногами ребят, сам собою, от прилипающего к нему талого снега, становится все больше, больше вырастает выше человеческого роста и, наконец, одним последним небольшим усилием свергается в овраг и скатывается вниз огромной лавиной. Старые хозяйки и экономки, конечно, никогда не слыхали о роке, но внутренне, душою, они чувствовали его таинственное присутствие в неотвратимых бедах того ужасного года.

И, правда, повсюду в жизни, где люди связаны общими интересами, кровью, происхождением или выгодами профессии в тесные, обособленные группы, — там непременно наблюдается этот таинственный закон внезапного накопления, нагромождения событий, их эпидемичность, их странная преемственность и связность, их непонятная длительность. Это бывает, как давно заметила народная мудрость, в отдельных семьях, где болезнь или смерть вдруг нападает на близких неотвратимым, загадочным чередом. «Беда одна не ходит». «Пришла беда — отворяй ворота». Это замечается также в монастырях, банках, департаментах, полках, учебных заведениях и других общественных учреждениях, где, подолгу не изменяясь, чуть не десятками лет, жизнь течет ровно, подобно болотистой речке, и вдруг, после какого-нибудь совсем не значительного случая, начинаются переводы, перемещения, исключения из службы, проигрыши, болезни. Члены общества, точно сговорившись, умирают, сходят с ума, проворовываются, стреляются или вешаются, освобождается вакансия за вакансией, повышения следуют за повышениями, вливаются новые элементы, и, смотришь, через два года нет на месте никого из прежних людей, все новое, если только учреждение не распалось окончательно, не расползлось вкось. И не та ли же самая удивительная судьба постигает громадные общественные, мировые организации — города, государства, народы, страны и, почем знать, может быть, даже целые планетные миры?

Нечто, подобное этому непостижимому року, пронеслось и над Ямской слободой, приведя ее к быстрой и скандальной гибели. Теперь вместо буйных Ямков осталась мирная, будничная окраина, в которой живут огородники, кошатники, татары, свиноводы и мясники с ближних боен. По ходатайству этих почтенных людей, даже самое название Ямской слободы, как позорящее обывателей своим прошлым, переименовано в Голубевку, в честь купца Голубева, владельца колониального и гастрономического магазина, ктитора местной церкви.

Первые подземные толчки этой катастрофы начались в разгаре лета, во время ежегодной летней ярмарки, которая в этом году была сказочно блестяща. Ее необычайному успеху, многолюдству и огромности заключенных на ней сделок способствовали многие обстоятельства: постройка в окрестностях трех новых сахарных заводов и необыкновенно обильный урожай хлеба и в особенности свекловицы; открытие работ по проведению электрического трамвая и канализации; сооружение новой дороги на расстояние в семьсот пятьдесят верст; главное же — строительная горячка, охватившая весь город, все банки и другие финансовые учреждения и всех домовладельцев. Кирпичные заводы росли на окраине города, как грибы. Открылась грандиозная сельскохозяйственная выставка. Возникли два новых пароходства, и они вместе со старинными, прежними, неистово конкурировали друг с другом, перевозя груз и богомольцев. В конкуренции они дошли до того, что понизили цены за рейсы с семидесяти пяти копеек для третьего класса до пяти, трех, двух и даже одной копейки. Наконец, изнемогая в непосильной борьбе, одно из пароходных обществ предложило всем пассажирам третьего класса даровой проезд. Тогда его конкурент тотчас же к даровому проезду присовокупил еще полбулки белого хлеба. Но самым большим и значительным предприятием этого года было оборудование обширного речного порта, привлекшее к себе сотни тысяч рабочих и стоившее бог знает каких денег.

Надо еще прибавить, что город в это время справлял тысячелетнюю годовщину своей знаменитой лавры, наиболее чтимой и наиболее богатой среди известных монастырей России. Со всех концов России, из Сибири, от берегов Ледовитого океана, с крайнего юга, с побережья Черного и Каспийского морей, собрались туда бесчисленные богомольцы на поклонение местным святыням, лаврским угодникам, почивающим глубоко под землею, в известковых пещерах. Достаточно того сказать, что монастырь давал приют и кое-какую пищу сорока тысячам человек ежедневно, а те, которым не хватало места, лежали по ночам вповалку, как дрова, на обширных дворах и улицах лавры.

Это было какое-то сказочное лето. Население города увеличилось чуть ли не втрое всяким пришлым народом. Каменщики, плотники, маляры, инженеры, техники, иностранцы, земледельцы, маклеры, темные дельцы, речные моряки, праздные бездельники, туристы, воры, шулеры — все они переполнили город, и ни в одной, самой грязной, сомнительной гостинице не было свободного номера.

За квартиры платились бешеные цены. Биржа играла широко, как никогда ни до, ни после этого лета. Деньги миллионами так и текли ручьями из одних рук в другие, а из этих в третьи. Создавались в один час колоссальные богатства, но зато многие прежние фирмы лопались, и вчерашние богачи обращались в нищих. Самые простые рабочие купались и грелись в этом золотом потоке. Портовые грузчики, ломовики, дрогали, катали, подносчики кирпичей и землекопы до сих пор еще помнят, какие суточные деньги они зарабатывали в это сумасшедшее лето. Любой босяк при разгрузке барж с арбузами получал не менее четырех-пяти рублей в сутки. И вся эта шумная чужая шайка, одурманенная легкими деньгами, опьяненная чувственной красотой старинного, прелестного города, очарованная сладостной теплотой южных ночей, напоенных вкрадчивым ароматом белой акации, — эти сотни тысяч ненасытных, разгульных зверей во образе мужчин всей своей массовой волей кричали: «Женщину!»

В один месяц возникло в городе несколько десятков новых увеселительных заведений — шикарных Тиволи, Шато-де-Флеров, Олимпий, Альказаров и так далее, с хором и с опереткой, много ресторанов и портерных, с летними садиками, и простых кабачков — вблизи строящегося порта. На каждом перекрестке открывались ежедневно «фиалочные заведения» — маленькие дощатые балаганчики, в каждом из которых под видом продажи кваса торговали собою, тут же рядом за перегородкой из шелевок, по две, по три старых девки, и многим матерям и отцам тяжело и памятно это лето по унизительным болезням их сыновей, гимназистов и кадетов. Для приезжих, случайных гостей потребовалась прислуга, и тысячи крестьянских девушек потянулись из окрестных деревень в город. Неизбежно, что спрос на проституцию стал необыкновенно высоким. И вот, из Варшавы, Лодзи, Одессы, Москвы и даже из Петербурга, даже из-за границы наехало бесчисленное множество иностранок, кокоток русского изделия, самых обыкновенных рядовых проституток и шикарных француженок и венок. Властно сказалось развращающее влияние сотен миллионов шальных денег. Этот водопад золота как будто захлестнул, завертел и потопил в себе весь город. Число краж и убийств возросло с поражающей быстротой. Полиция, собранная в усиленных размерах, терялась и сбивалась с ног. Но впоследствии, обкормившись обильными взятками, она стала походить на сытого удава, поневоле сонного и ленивого. Людей убивали ни за что ни про что, так себе. Случалось, просто подходили среди бела дня где-нибудь на малолюдной улице к человеку и спрашивали: «Как твоя фамилия?» — «Федоров». — «Ага, Федоров? Так получай!» — и распарывали ему живот ножом. Так в городе и прозвали этих шалунов «подкалывателями», и были между ними имена, которыми как будто бы гордилась городская хроника: Полищуки, два брата (Митька и Дундас), Володька Грек, Федор Миллер, капитан Дмитриев, Сивохо, Добровольский, Шпачек и многие другие.

И днем и ночью на главных улицах ошалевшего города стояла, двигалась и орала толпа, точно на пожаре. Почти невозможно было описать, что делалось тогда на Ямках. Несмотря на то, что хозяйки увеличили более чем вдвое состав своих пациенток и втрое увеличили цены, их бедные, обезумевшие девушки не успевали удовлетворять требованиям пьяной шальной публики, швырявшей деньгами, как щепками. Случалось, что в переполненном народом зале, где было тесно, как на базаре, каждую девушку дожидалось по семи, восьми, иногда даже по десяти человек. Было поистине какое-то сумасшедшее, пьяное, припадочное время!

С него-то и начались все злоключения Ямков, приведшие их к гибели. А вместе с Ямками погиб и знакомый нам дом толстой старой бледноглазой Анны Марковны.

II

Пассажирский поезд весело бежал с юга на север, пересекая золотые хлебные поля и прекрасные дубовые рощи, с грохотом проносясь по железным мостам над светлыми речками, оставляя после себя крутящиеся клубы дыма.

В купе второго класса, даже при открытом окне, стояла страшная духота и было жарко. Запах серного дыма першил в горле. Качка и жара совсем утомили пассажиров, кроме одного, веселого, энергичного, подвижного еврея, прекрасно одетого, услужливого, общительного и разговорчивого. Он ехал с молодой женщиной, и сразу было видно, особенно по ней, что они молодожены: так часто ее лицо вспыхивало неожиданной краской при каждой, самой маленькой нежности мужа. А когда она подымала свои ресницы, чтобы взглянуть на него, то глаза ее сияли, как звезды, и становились влажными. И лицо ее было так прекрасно, как бывают только прекрасны лица у молодых влюбленных еврейских девушек, — все нежно-розовое, с розовыми губами, прелестно-невинно очерченными, и с глазами такими черными, что на них нельзя было различить зрачка от райка.

Не стесняясь присутствия трех посторонних людей, он поминутно расточал ласки, и, надо сказать, довольно грубые, своей спутнице. С бесцеремонностью обладателя, с тем особенным эгоизмом влюбленного, который как будто бы говорит всему миру: «Посмотрите, как мы счастливы, — ведь это и вас делает счастливыми, не правда ли?» — он то гладил ее по ноге, которая упруго и рельефно выделялась под платьем, то щипал ее за щеку, то щекотал ей шею своими жесткими, черными, завитыми кверху усами... Но хотя он и сверкал от восторга, однако что-то хищное, опасливое, беспокойное мелькало в его часто моргавших глазах, в подергивании верхней губы и в жестком рисунке его бритого, выдвинувшегося вперед квадратного подбородка, с едва заметным угибом посредине.

Против этой влюбленной парочки помещались трое пассажиров: отставной генерал, сухонький, опрятный старичок, нафиксатуаренный, с начесанными наперед височками; толстый помещик, снявший свой крахмальный воротник и все-таки задыхавшийся от жары и поминутно вытиравший мокрое лицо мокрым платком, и молодой пехотный офицер. Бесконечная разговорчивость Семена Яковлевича (молодой человек уже успел уведомить соседей, что его зовут Семен Яковлевич Горизонт) немного утомляла и раздражала пассажиров, точно жужжание мухи, которая в знойный летний день ритмически бьется об оконное стекло закрытой душной комнаты. Но он все-таки умел подымать настроение:

показывал фокусы, рассказывал еврейские анекдоты, полные тонкого, своеобразного юмора. Когда его жена уходила на платформу освежиться, он рассказывал такие вещи, от которых генерал расплывался в блаженную улыбку, помещик ржал, колыхая черноземным животом, а подпоручик, только год выпущенный из училища, безусый мальчик, едва сдерживая смех и любопытство, отворачивался в сторону, чтобы соседи не видели, что он краснеет.

Жена ухаживала за Горизонтом с трогательным, наивным вниманием: вытирала ему лицо платком, обмахивала его веером, поминутно поправляла ему галстук. И лицо его в эти минуты становилось смешно-надменным и глупо-самодовольным.

— А позвольте узнать, — спросил, вежливо покашливая, сухонький генерал. — Позвольте узнать, почтеннейший, чем вы изволите заниматься?

— Ах, боже мой! — с милой откровенностью возразил Семен Яковлевич. — Ну, чем может заниматься в наше время бедный еврей? Я себе немножко коммивояжер и комиссионер. В настоящее время я далек от дела. Вы, хе! хе! хе! сами понимаете, господа. Медовый месяц, — не красней, Сарочка, — это ведь не по три раза в год повторяется. Но потом мне придется очень много ездить и работать. Вот мы приедем с Сарочкой в город, нанесем визиты ее родственникам, и потом опять в путь. На первый вояж я думаю взять с собой жену. Знаете, вроде свадебного путешествия. Я представитель Сидриса и двух английских фирм. Не угодно ли поглядеть: вот со мной образчики...

Он очень быстро достал из маленького красивого, желтой кожи, чемодана несколько длинных картонных складных книжечек и с ловкостью портного стал разворачивать их, держа за один конец, отчего створки их быстро падали вниз с легким треском.

— Посмотрите, какие прекрасные образцы: совсем не уступают заграничным. Обратите внимание. Вот, например, русское, а вот английское трико или вот кангар и шевиот. Сравните, пощупайте, и вы убедитесь, что русские образцы почти не уступают заграничным. А ведь это говорит о прогрессе, о росте культуры. Так что совсем напрасно Европа считает нас, русских, такими варварами.

Итак, мы нанесем наши семейные визиты, посмотрим ярмарку, побываем себе немножко в Шато-де-Флер, погуляем, пофланируем, а потом на Волгу, вниз до Царицына, на Черное море, по всем курортам и опять к себе на родину, в Одессу.

— Прекрасное путешествие, — сказал скромно подпоручик.

— Что и говорить, прекрасное, — согласился Семен Яковлевич, — но нет розы без шипов. Дело коммивояжера чрезвычайно трудное и требует многих знаний, и не так знаний дела, как знаний, как бы это сказать... человеческой души. Другой человек и не хочет дать заказа, а ты его должен уговорить, как слона, и до тех пор уговариваешь, покамест он не почувствует ясности и справедливости твоих слов. Потому что я берусь только исключительно за дела совершенно чистые, в которых нет никаких сомнений. Фальшивого или дурного дела я не возьму, хотя бы мне за это предлагали миллионы. Спросите где угодно, в любом магазине, который торгует сукнами или подтяжками Глуар, — я тоже представитель этой фирмы, — или пуговицами Гелиос, — вы спросите только, кто такой Семен Яковлевич Горизонт, — и вам каждый ответит: «Семен Яковлевич, — это не человек, а золото, это человек бескорыстный, человек брильянтовой честности». — И Горизонт уже

69

разворачивал длинные коробки с патентованными подтяжками и показывал блестящие картонные листики, усеянные правильными рядами разноцветных пуговиц.

— Бывают большие неприятности, когда место избито, когда до тебя являлось много вояжеров. Тут ничего не сделаешь: даже тебя совсем не слушают, только махают себе руками. Но это только для других. Я — Горизонт! Я сумею его уговорить, как верблюда от господина Фальцфейна из Новой Аскании. Но еще неприятнее бывает, когда сойдутся в одном городе два конкурента по одному и тому же делу. Да и еще хуже бывает, когда какой-нибудь шмаровоз и сам не сможет ничего и тебе же дело портит. Тут на всякие хитрости пускаешься: напоишь его пьяным или пустишь куда-нибудь по ложному следу. Нелегкое ремесло! Кроме того, у меня еще есть одно представительство — это вставные глаза и зубы. Но дело невыгодное. Я хочу его бросить. Да и всю эту работу подумываю оставить. Я понимаю, хорошо порхать, как мотылек, человеку молодому, в цвете сил, но раз имеешь жену, а может быть и целую семью... — Он игриво похлопал по ноге женщину, отчего та сделалась пунцовой и необыкновенно похорошела. — Ведь нас, евреев, господь одарил за все наши несчастья плодородием... то хочется иметь какое-нибудь собственное дело, хочется, понимаете, усесться на месте, чтобы была и своя хата, и своя мебель, и своя спальня, и кухня. Не так ли, ваше превосходительство?

— Да... да... э-э... Да, конечно, конечно, — снисходительно отозвался генерал.

— И вот я взял себе за Сарочкой небольшое приданое. Что значит небольшое приданое?! Такие деньги, на которые Ротшильд и поглядеть не захочет, в моих руках уже целый капитал. Но надо сказать, что и у меня есть кое-какие сбережения. Знакомые фирмы дадут мне кредит. Если господь даст, мы таки себе будем кушать кусок хлеба с маслицем и по субботам вкусную рыбу-фиш.

— Прекрасная рыба: щука по-жидовски! — сказал задыхающийся помещик.

— Мы откроем себе фирму «Горизонт и сын». Не правда ли, Сарочка, «и сын»? И вы, надеюсь, господа, удостоите меня своими почтенными заказами? Как увидите вывеску «Горизонт и сын», то прямо и вспомните, что вы однажды ехали в вагоне вместе с молодым человеком, который адски оглупел от любви и от счастья.

— Об-бязательно! — сказал помещик.

И Семен Яковлевич сейчас же обратился к нему:

— Но я тоже занимаюсь и комиссионерством. Продать имение, купить имение, устроить вторую закладную — вы не найдете лучшего специалиста, чем я, и притом самого дешевого. Могу вам служить, если понадобится, — и он протянул с поклоном помещику свою визитную карточку, а кстати уже вручил по карточке и двум его соседям.

Помещик полез в боковой карман и тоже вытащил карточку.

«Иосиф Иванович Венгженовский», — прочитал вслух Семен Яковлевич. — Очень, очень приятно! Так вот, если я вам понадоблюсь...

— Отчего же? Может быть... — сказал раздумчиво помещик. — Да что: может быть, в самом деле, нас свел благоприятный случай! Я ведь как раз еду в К. насчет продажи одной лесной дачи. Так, пожалуй, вы того, наведайтесь ко мне. Я всегда останавливаюсь в Гранд-отеле. Может быть, и сладим что-нибудь.

— О! Я уже почти уверен, дражайший Иосиф Иванович, — воскликнул радостный Горизонт и слегка кончиками пальцев потрепал осторожно по коленке Венгженовского. — Уж будьте покойны: если Горизонт за что-нибудь взялся, то вы будете благодарить, как родного отца, ни более ни менее!

Через полчаса Семен Яковлевич и безусый подпоручик стояли на площадке вагона и курили.

— Вы часто, господин поручик, бываете в К.? — спросил Горизонт.

— Представьте себе, только в первый раз. Наш полк стоит в Чернобобе. Сам я родом из Москвы.

— Ай, ай, ай! Как это вы так далеко забрались?

— Да так уж пришлось. Не было другой вакансии при выпуске.

— Да ведь Чернобоб же — это дыра! Самый паскудный городишко во всей Подолии.

— Правда, но уж так пришлось.

— Значит, теперь молодой господин офицер едет в К., чтобы немножко себе развлечься?

— Да. Я думаю там остановиться денька на два, на три. Еду я, собственно, в Москву. Получил двухмесячный отпуск, но интересно было бы по дороге поглядеть город. Говорят, очень красивый.

— Ох! Что вы мне будете говорить? Замечательный город! Ну, совсем европейский город. Если бы вы знали, какие улицы, электричество, трамваи, театры! А если бы вы знали, какие кафешантаны! Вы сами себе пальчики оближете. Непременно, непременно советую вам, молодой человек, сходите в Шато-де-Флер, в Тиволи, а также проезжайте на остров. Это что-нибудь особенное. Какие женщины, ка-ак-кие женщины!

Поручик покраснел, отвел глаза и спросил дрогнувшим голосом:

— Да, мне приходилось слышать. Неужели так красивы?

— Ой! Накажи меня бог! Поверьте мне, там вовсе нет красивых женщин.

— То есть как это?

— А так: там только одни красавицы. Вы понимаете, какое счастливое сочетание кровей: польская, малорусская и еврейская. Как я вам завидую, молодой человек, что вы свободный и одинокий. В свое время я таки показал бы там себя! И замечательнее всего, что необыкновенно страстные женщины. Ну прямо как огонь! И знаете, что еще? — спросил он вдруг многозначительным шепотом.

— Что?! — испуганно спросил подпоручик.

— Замечательно то, что нигде — ни в Париже, ни в Лондоне, — поверьте, это мне рассказывали люди, которые видели весь белый свет, — никогда нигде таких утонченных способов любви, как в этом городе, вы не встретите. Это что-нибудь особенное, как говорят наши еврейчики. Такие выдумывают штуки, которые никакое воображение не может себе представить. С ума можно сойти!

— Да неужели? — тихо проговорил подпоручик, у которого захлестнуло дыхание.

— Да накажи меня бог! А впрочем, позвольте, молодой человек! Вы сами понимаете. Я был холостой, и, конечно, понимаете, всякий человек грешен... Теперь уж, конечно, не то. Записался в инвалиды. Но от прежних дней у меня осталась замечательная коллекция. Подождите, я вам сейчас покажу ее. Только, пожалуйста, смотрите осторожнее.

Горизонт боязливо оглянулся налево и направо и извлек из кармана узенькую длинную сафьяновую коробочку, вроде тех, в которых обыкновенно хранятся игральные карты, и протянул ее подпоручику.

— Вот, поглядите. Только прошу осторожнее.

Подпоручик принялся перебирать одну за другой карточки простой фотографии и цветной, на которых во всевозможных видах изображалась в самых скотских образах, в самых неправдоподобных положениях та внешняя сторона любви, которая иногда делает человека неизмеримо ниже и подлее павиана. Горизонт заглядывал ему через плечо, подталкивал локтем и шептал:

— Скажите, разве это не шик? Это же настоящий парижский и венский шик!

Подпоручик пересмотрел всю коллекцию от начала до конца. Когда он возвращал ящичек обратно, то рука у него дрожала, виски и лоб были влажны, глаза помутнели и по щекам разлился мраморно-пестрый румянец.

— А знаете что? — вдруг воскликнул весело Горизонт. — Мне все равно: я человек закабаленный. Я, как говорили в старину, сжег свои корабли... сжег все, чему поклонялся. Я уже давно искал случая, чтобы сбыть кому-нибудь эти карточки. За ценой я не особенно гонюсь. Я возьму только половину того, что они мне самому стоили. Не желаете ли приобрести, господин офицер?

— Что же... Я и есть... Почему же?.. Пожалуй...

— И прекрасно! По случаю такого приятного знакомства я возьму по пятьдесят копеек за штуку. Что, дорого? Ну, нехай, бог с вами! Вижу, вы человек дорожный, не хочу вас грабить: так и быть по тридцать. Что? Тоже не дешево?! Ну, по рукам. Двадцать пять копеек штука! Ой! Какой вы несговорчивый! По двадцать! Потом сами меня будете благодарить! И потом знаете что? Я когда приезжаю в К., то всегда останавливаюсь в гостинице «Эрмитаж». Вы меня там очень просто можете застать или рано утречком, или часов около восьми вечера. У меня есть масса знакомых прехорошеньких дамочек. Так я вас познакомлю. И понимаете, не за деньги. О нет. Просто им приятно и весело провести время с молодым, здоровым, красивым мужчиной, вроде вас. Денег не надо никаких абсолютно. Да что там! Они сами охотно заплатят за вино, за бутылку шампанского. Так помните же: «Эрмитаж», Горизонт. А если не это, то все равно помните!.. Может быть, я вам буду полезен. А карточки — это такой товар, такой товар, что он никогда у вас не залежится. Любители дают по три рубля за экземпляр. Ну, это, конечно, люди богатые, старички. И потом, вы знаете, — Горизонт нагнулся к самому уху офицера, прищурил один глаз и произнес лукавым шепотом, — знаете, многие дамы обожают эти карточки. Ведь вы человек молодой, красивый: сколько у вас еще будет романов!

Получив деньги и тщательно пересчитав их, Горизонт еще имел нахальство протянуть и пожать руку подпоручику, который не смел на него поднять глаз, и, оставив его на площадке, как ни в чем не бывало, вернулся в коридор вагона.

Это был необыкновенно общительный человек. По дороге к своему купе он остановился около маленькой прелестной трехлетней девочки, с которой давно уже издали заигрывал и строил ей всевозможные смешные гримасы. Он опустился перед ней на корточки, стал ей делать козу и сюсюкающим голосом расспрашивал:

— А сто, куда зе балисня едет? Ой, ой, ой! Такая больсая! Едет одна, без мамы? Сама себе купила билет и едет одна? Ай! Какая нехоросая девочка. А где же у девочки мама?

В это время из купе показалась высокая, красивая, самоуверенная женщина и сказала спокойно:

— Отстаньте от ребенка. Что за гадость привязываться к чужим детям!

Горизонт вскочил на ноги и засуетился:

— Мадам! Я не мог удержаться... Такой чудный, такой роскошный и шикарный ребенок! Настоящий купидон! Поймите, мадам, я сам отец, у меня у самого дети... Я не мог удержаться от восторга!..

Но дама повернулась к нему спиной, взяла девочку за руку и пошла с ней в купе, оставив Горизонта расшаркиваться и бормотать комплименты и извинения.

Несколько раз в продолжение суток Горизонт заходил в третий класс, в два вагона, разделенные друг от друга чуть ли не целым поездом. В одном вагоне сидели три красивые женщины в обществе чернобородого, молчаливого, сумрачного мужчины. С ним Горизонт перекидывался странными фразами на каком-то специальном жаргоне. Женщины глядели на него тревожно, точно желая и не решаясь о чем-то спросить. Раз только, около полудня, одна из них позволила себе робко произнести:

— Так это правда? То, что вы говорили о месте?.. Вы понимаете: у меня как-то сердце тревожится!

— Ах! Что вы, Маргарита Ивановна! Уж раз я сказал, то это верно, как в государственном банке. Послушайте, Лазер, — обратился он к бородатому, — сейчас будет станция. Купите барышням разных бутербродов, каких они пожелают. Поезд стоит двадцать пять минут.

— Я бы хотела бульону, — несмело произнесла маленькая блондинка, с волосами, как спелая рожь, и с глазами, как васильки.

— Милая Бэла, все, что вам угодно! На станции я пойду и распоряжусь, чтобы вам принесли бульону с мясом и даже с пирожками. Вы не беспокойтесь, Лазер, я все это сам сделаю.

В другом вагоне у него был целый рассадник женщин, человек двенадцать или пятнадцать, под предводительством старой толстой женщины с огромными, устрашающими, черными бровями. Она говорила басом, а ее жирные подбородки, груди и животы колыхались под широким капотом в такт тряске вагона, точно яблочное желе. Ни старуха, ни молодые женщины не оставляли ни малейшего сомнения относительно своей профессии.

Женщины валялись на скамейках, курили, играли в карты, в шестьдесят шесть, пили пиво. Часто их задирала мужская публика вагона, и они отругивались бесцеремонным языком, сиповатыми голосами. Молодежь угощала их папиросами и вином.

Горизонт был здесь совсем неузнаваем: он был величественно-небрежен и свысока-шутлив. Зато в каждом слове, с которым к нему обращались его клиентки, слышалось подобострастное заискивание. Он же, осмотрев их всех — эту странную смесь румынок, евреек, полек и русских — и удостоверясь, что все в порядке, распоряжался насчет бутербродов и величественно удалялся. В эти минуты он очень был похож на гуртовщика, который везет убойный скот по железной дороге и на станции заходит поглядеть на него и задать корму. После этого он возвращался в свое купе и опять начинал миндальничать с женой, и еврейские анекдоты, точно горох, сыпались из его рта.

При больших остановках он выходил в буфет для того только, чтобы распорядиться о своих клиентках. Сам же он говорил соседям:

— Вы знаете, мне все равно, что трефное, что кошерное. Я не признаю никакой разницы. Но что я могу поделать с моим желудком! На этих станциях черт знает какой гадостью иногда накормят. Заплатишь каких-нибудь три-четыре рубля, а потом на докторов пролечишь сто рублей. Вот, может быть, ты, Сарочка, — обращался он к жене, — может быть, сойдешь на станцию скушать что-нибудь? Или я тебе пришлю сюда?

Сарочка, счастливая его вниманием, краснела, сияла ему благодарными глазами и отказывалась.

— Ты очень добрый, Сеня, но только мне не хочется. Я сыта.

Тогда Горизонт доставал из дорожной корзинки курицу, вареное мясо, огурцы и бутылку палестинского вина, не торопясь, с аппетитом закусывал, угощал жену, которая ела очень жеманно, оттопырив мизинчики своих прекрасных белых рук, затем тщательно заворачивал остатки в бумагу и не торопясь аккуратно укладывал их в корзинку.

Вдали, далеко впереди паровоза, уже начали поблескивать золотыми огнями купола колоколен. Мимо купе прошел кондуктор и сделал Горизонту какой-то неуловимый знак. Тот сейчас же вышел вслед за кондуктором на площадку.

— Сейчас контроль пройдет, — сказал кондуктор, — так уж вы будьте любезны постоять здесь с супругой на площадке третьего класса.

— Ну, ну, ну! — согласился Горизонт.

— А теперь пожалуйте денежки, по уговору.

— Сколько же тебе?

— Да как уговорились: половину приплаты, два рубля восемьдесят копеек.

— Что?! — вскипел вдруг Горизонт. — Два рубля восемьдесят копеек?! Что я сумасшедший тебе дался? На тебе рубль, и то благодари бога!

— Простите, господин! Это даже совсем несообразно: ведь уговаривались мы с вами?

— Уговаривались, уговаривались!.. На тебе еще полтинник и больше никаких. Что это за нахальство! А я еще заявлю контролеру, что безбилетных возишь. Ты, брат, не думай! Не на такого напал!

Глаза у кондуктора вдруг расширились, налились кровью.

— У! Жидова! — зарычал он. — Взять бы тебя, подлеца, да под поезд!

Но Горизонт тотчас же петухом налетел на него:

— Что?! Под поезд?! А ты знаешь, что за такие слова бывает?! Угроза действием! Вот я сейчас пойду и крикну «караул!» и поверну сигнальную ручку, — и он с таким решительным видом схватился за рукоятку двери, что кондуктор только махнул рукой и плюнул.

— Подавись ты моими деньгами, жид пархатый!

Горизонт вызвал из купе свою жену:

— Сарочка! Пойдем посмотрим на платформу: там виднее. Ну, так красиво, — просто, как на картине!

74

Сара покорно пошла за ним, поддерживая неловкой рукой новое, должно быть, впервые надетое платье, изгибаясь и точно боясь прикоснуться к двери или к стене.

Вдали, в розовом праздничном тумане вечерней зари, сияли золотые купола и кресты. Высоко на горе белые стройные церкви, казалось, плавали в этом цветистом волшебном мареве. Курчавые леса и кустарники сбежали сверху и надвинулись над самым оврагом. А отвесный белый обрыв, купавший свое подножье в синей реке, весь, точно зелеными жилками и бородавками, был изборожден случайными порослями. Сказочно прекрасный древний город точно сам шел навстречу поезду.

Когда поезд остановился, Горизонт приказал носильщикам отнести вещи в первый класс и велел жене идти за ним следом. А сам задержался в выходных дверях, чтобы пропустить обе свои партии. Старухе, наблюдавшей за дюжиной женщин, он коротко бросил на ходу:

— Так помните, мадам Берман! Гостиница «Америка», Иванюковская, двадцать два!

А чернобородому мужчине он сказал:

— Не забудьте, Лазер, накормить девушек обедом и сведите их куда-нибудь в кинематограф. Часов в одиннадцать вечера ждите меня. Я приеду поговорить. А если кто-нибудь будет вызывать меня экстренно, то вы знаете мой адрес: «Эрмитаж». Позвоните. Если же там меня почему-нибудь не будет, то забегите в кафе к Рейману или напротив, в еврейскую столовую. Я там буду кушать рыбу-фиш. Ну, счастливого пути!

III

Все рассказы Горизонта о его коммивояжерстве были просто наглым и бойким лганьем. Все эти образчики портновских материалов, подтяжки Глуар и пуговицы Гелиос, искусственные зубы и вставные глаза служили только щитом, прикрывавшим его настоящую деятельность, а именно торговлю женским телом. Правда, когда-то, лет десять тому назад, он разъезжал по России представителем сомнительных вин от какой-то неизвестной фирмы, и эта деятельность сообщила его языку ту развязную непринужденность, которой вообще отличаются коммивояжеры. Эта же прежняя деятельность натолкнула его на настоящую профессию. Как-то, едучи в Ростов-на-Дону, он сумел влюбить в себя молоденькую швейку. Эта девушка еще не успела попасть в официальные списки полиции, но на любовь и на свое тело глядела без всяких возвышенных предрассудков. Горизонт, тогда еще совсем зеленый юноша, влюбчивый и легкомысленный, потащил швейку за собою в свои скитания, полные приключений и неожиданностей. Спустя полгода она страшно надоела ему. Она, точно тяжелая обуза, точно мельничный жернов, повисла на шее у этого человека энергии, движения и натиска. К тому же вечные сцены ревности, недоверие, постоянный контроль и слезы... неизбежные последствия долговременной совместной жизни... Тогда он стал исподволь поколачивать свою подругу. В первый раз она изумилась, а со второго раза притихла, стала покорной. Известно, что «женщины любви» никогда не знают середины в любовных отношениях. Они или истеричные лгуньи, обманщицы, притворщицы, с холодно-развращенным умом и извилистой темной душой, или же безгранично самоотверженные, слепо преданные, глупые, наивные животные, которые не знают меры ни в уступках, ни в потере личного достоинства. Швейка принадлежала ко второй категории, и скоро Горизонту удалось без большого труда, убедить ее выходить на улицу торговать собой. И с того же вечера, когда любовница подчинилась ему и принесла домой первые заработанные пять рублей, Горизонт почувствовал к ней безграничное отвращение. Замечательно, что, сколько Горизонт после этого ни встречал женщин, — а прошло их через его руки несколько сотен, — это чувство отвращения и мужского презрения к ним никогда не покидало его. Он всячески издевался над бедной женщиной и истязал ее нравственно, выискивая самые больные места. Она только молчала, вздыхала, плакала и, становясь перед ним на колени, целовала его руки. И эта бессловесная покорность еще более раздражала Горизонта. Он гнал ее от себя. Она не уходила. Он выталкивал ее на улицу, а она через час или два возвращалась назад, дрожащая от холода, в измокшей шляпе, в загнутых полях которой, как в желобах, плескалась дождевая вода. Наконец какой-то темный приятель подал Семену Яковлевичу жесткий и коварный совет, положивший след на всю остальную его жизнедеятельность, — продать любовницу в публичный дом.

По правде сказать, пускаясь в это предприятие, Горизонт в душе почти не верил в его успех. Но, против ожидания, дело скроилось как нельзя лучше. Хозяйка заведения (это было в Харькове) с охотой пошла навстречу его предложению. Она давно и хорошо знала Семена Яковлевича, который забавно играл на рояле, прекрасно танцевал и смешил своими выходками весь зал, а главное, умел с необыкновенной беззастенчивой ловкостью «выставить из монет» любую кутящую компанию. Оставалось только уговорить подругу жизни, и это оказалось самым трудным. Она ни за что не хотела отлипнуть от своего возлюбленного, грозила самоубийством, клялась, что выжжет ему глаза серной кислотой, обещала поехать и пожаловаться полицеймейстеру, — а она действительно знала за Семеном Яковлевичем несколько грязных делишек, пахнувших уголовщиной. Тогда Горизонт переменил тактику. Он сделался вдруг нежным, внимательным другом, неутомимым любовником. Потом внезапно он впал в черную меланхолию. На беспокойные расспросы женщины он только отмалчивался, проговорился сначала как будто случайно, намекнул вскользь на какую-то жизненную ошибку, а потом принялся врать отчаянно и вдохновенно. Он говорил о том, что за ним следит полиция, что ему не миновать тюрьмы, а может быть, даже каторги и виселицы, что ему нужно скрыться на несколько месяцев за границу. А главное, на что он особенно сильно упирал, было какое-то громадное фантастическое дело, в котором ему предстояло заработать несколько сот тысяч рублей. Швейка поверила и затревожилась той бескорыстной, женской, почти святой тревогой, в которой у каждой женщины так много чего-то материнского. Теперь очень нетрудно было убедить ее в том, что ехать с ней вместе Горизонту представляет большую опасность для него и что лучше ей остаться здесь и переждать время, пока дела у любовника не сложатся благоприятно. После этого уговорить ее скрыться, как в самом надежном убежище, в публичном доме, где она могла жить в полной безопасности от полиции и сыщиков, было пустым делом. Однажды утром Горизонт велел одеться ей получше, завить волосы, попудриться, положить немного румян на щеки и повез ее в притон, к своей знакомой. Девушка там произвела благоприятное впечатление, и в тот же день ее паспорт был сменен в полиции на так называемый желтый билет. Расставшись с нею после долгих объятий и слез, Горизонт зашел в комнату хозяйки и получил плату — пятьдесят рублей (хотя он запрашивал двести). Но он и не особенно сокрушался о малой цене; главнее было то, что он нашел, наконец, сам себя, свое призвание и положил краеугольный камень своему будущему благополучию.

Конечно, проданная им женщина так и оставалась навсегда в цепких руках публичного дома. Горизонт настолько основательно забыл ее, что уже через год не мог даже вспомнить ее лица. Но почем знать... может быть, сам перед собою притворялся?

Теперь он был одним из самых главных спекулянтов женским телом на всем юге России. Он имел дела с Константинополем и с Аргентиной, он переправлял целыми партиями девушек из публичных домов Одессы в Киев, киевских перевозил в Харьков, а харьковских — в Одессу. Он же рассовывал по разным второстепенным губернским городам и по уездным, которые побогаче, товар, забракованный или слишком примелькавшийся в больших городах. У него завязалась громаднейшая клиентура, и в числе своих потребителей Горизонт мог бы насчитать немало людей с выдающимся общественным положением: вице-губернаторы, жандармские полковники, видные адвокаты, известные доктора, богатые помещики, кутящие купцы. Весь темный мир: хозяек публичных домов, кокоток-одиночек, своден, содержательниц домов свиданий, сутенеров, выходных актрис и хористок — был ему знаком, как астроному звездное небо. Его изумительная память, которая позволяла ему благоразумно избегать записных книжек, держала в уме тысячи имен, фамилий, прозвищ, адресов, характеристик. Он в совершенстве знал вкусы всех своих высокопоставленных потребителей: одни из них любили необыкновенно причудливый разврат, другие платили бешеные деньги за невинных девушек, третьим надо было выискивать малолетних. Ему приходилось удовлетворять и садические и мазохические наклонности своих клиентов, а иногда обслуживать и совсем противоестественные половые извращения, хотя, надо сказать, что за последнее он брался только в редких случаях, суливших большую несомненную прибыль. Раза два-три ему приходилось отсиживать в тюрьме, но эти высидки шли ему впрок: он не только не терял хищнического нахрапа и упругой энергии в делах, но с каждым годом становился смелее, изобретательнее и предприимчивее. С годами к его наглой стремительности присоединилась огромная житейская деловая мудрость.

Раз пятнадцать за это время он успел жениться и всегда изловчался брать порядочное приданое. Завладев деньгами жены, он в один прекрасный день вдруг исчезал бесследно, а если бывала возможность, то выгодно продавал жену в тайный дом разврата или в шикарное публичное заведение. Случалось, что его разыскивали через полицию родители обманутой жертвы. Но в то время, когда повсюду наводили справки о нем, как о Шперлинге, он уже разъезжал из города в город под фамилией Розенблюма. Во время своей деятельности, вопреки своей завидной памяти, он переменил столько фамилий, что не только позабыл, в каком году он был Натанаэльзоном, а в каком Бакаляром, но даже его собственная фамилия ему начинала казаться одним из псевдонимов.

Замечательно, что он не находил в своей профессии ничего преступного или предосудительного. Он относился к ней так же, как если бы торговал селедками, известкой, мукой, говядиной или лесом. По-своему он был набожен. Если позволяло время, с усердием посещал по пятницам синагогу. Судный день, пасха и кущи неизменно и благоговейно справлялись им всюду, куда бы ни забрасывала его судьба. В Одессе у него оставались старушка мать и горбатая сестра, и он неуклонно высылал им то большие, то маленькие суммы денег, не регулярно, но довольно часто, почти из всех городов: от Курска до Одессы и от Варшавы до Самары. У него уже скопились порядочные денежные сбережения в Лионском Кредите, и он постепенно увеличивал их, никогда не затрогивая процентов. Но жадности или скупости почти совсем был чужд. Его скорее влекли к себе в деле острота, риск и профессиональное самолюбие. К женщинам он был совершенно равнодушен, хотя понимал их и умел ценить, и был в этом отношении похож на хорошего повара, который при тонком понимании дела страдает хроническим отсутствием аппетита. Чтобы уговорить, прельстить женщину, заставить ее сделать все, что он хочет, ему не требовалось никаких усилий: они сами шли на его зов и становились в его руках беспрекословными, послушными и податливыми. В его обращении с ними выработался какой-то твердый, непоколебимый, самоуверенный апломб, которому они так же подчинялись, как инстинктивно подчиняется строптивая лошадь голосу, взгляду и поглаживанию опытного наездника.

Он пил очень умеренно, а без компании совсем не пил. К еде был совершенно равнодушен. Но, конечно, как у всякого человека, у него была своя маленькая слабость: он страшно любил одеваться и тратил на свой туалет немалые деньги. Модные воротнички всевозможных фасонов, галстуки, брильянтовые запонки, брелоки, щегольское нижнее белье и шикарная обувь — составляли его главнейшие увлечения.

С вокзала он прямо поехал в «Эрмитаж». Гостиничные носильщики, в синих блузах и форменных шапках, внесли его вещи в вестибюль. Вслед за ними вошел и он под руку с своей женой, оба нарядные, представительные, а он-таки прямо великолепный, в своем широком, в виде колокола, английском пальто, в новой широкополой панаме, держа небрежно в руке тросточку с серебряным набалдашником в виде голой женщины.

— Не полагается без права жительства, — сказал, глядя на него сверху вниз, огромный, толстый швейцар, храня на лице сонное и неподвижно-холодное выражение.

— Ах, Захар! Опять «не полагается»! — весело воскликнул Горизонт и потрепал гиганта по плечу. — Что такое «не полагается»? Каждый раз вы мне тычете этим самым своим «не полагается». Мне всего только на три дня. Только заключу арендный договор с графом Ипатьевым и сейчас же уеду. Бог с вами!

Живите себе хоть один во всех номерах. Но вы только поглядите, Захар, какую я вам привез игрушку из Одессы! Вы таки будете довольны!

Он осторожным, ловким, привычным движением всунул золотой в руку швейцара, который уже держал ее за спиной приготовленной и сложенной в виде лодочки.

Первое, что сделал Горизонт, водворившись в большом, просторном номере с альковом, это выставил в коридор за двери номера шесть пар великолепных ботинок, сказав прибежавшему на звонок коридорному:

— Немедленно все вычистить! Чтобы блестело, как зеркало! Тебя Тимофей, кажется? Так ты меня должен знать: за мной труд никогда не пропадет. Чтобы блестело, как зеркало!

IV

Горизонт жил в гостинице «Эрмитаж» не более трех суток, и за это время он успел повидаться с тремястами людей. Приезд его как будто оживил большой веселый портовый город. К нему приходили содержательницы контор для найма прислуги, номерные хозяйки и старые, опытные, поседелые в торговле женщинами, сводни. Не так из-за корысти, как из-за профессиональной гордости, Горизонт старался во что бы то ни стало выторговать как можно больше процентов, купить женщину как можно дешевле. Конечно, у него не было расчета в том, чтобы получить десятью — пятнадцатью рублями больше, но одна мысль о том, что конкурент Ямпольский получит при продаже более, чем он, приводила его в бешенство.

После приезда, на другой день, он отправился к фотографу Мезеру, захватив с собою соломенную девушку Бэлу, и снялся с ней в разных позах, причем за каждый негатив получил по три рубля, а женщине дал по рублю. Снимков было двадцать. После этого он поехал к Барсуковой.

Это была женщина, вернее сказать, отставная девка, которые водятся только на юге России, не то полька, не то малороссиянка, уже достаточно старая и богатая для того, чтобы позволить себе роскошь содержать мужа (а вместе с ним и кафешантан), красивого и ласкового полячка. Горизонт и Барсукова встретились, как старые знакомые. Кажется, у них не было ни страха, ни стыда, ни совести, когда они разговаривали друг с другом.

— Мадам Барсукова! Я вам могу предложить что-нибудь особенного! Три женщины: одна большая, брюнетка, очень скромная, другая маленькая, блондинка, но которая, вы понимаете, готова на все, третья — загадочная женщина, которая только улыбается и ничего не говорит, но много обещает и — красавица!

Мадам Барсукова глядела на него и недоверчиво покачивала головой.

— Господин Горизонт! Что вы мне голову дурачите? Вы хотите то же самое со мной сделать, что в прошлый раз?

— Дай бог мне так жить, как я хочу вас обманывать! Но главное не в этом. Я вам еще предлагаю совершенно интеллигентную женщину. Делайте с ней, что хотите. Вероятно, у вас найдется любитель.

Барсукова тонко улыбнулась и спросила:

— Опять жена?

— Нет. Но дворянка.

— Значит, опять неприятности с полицией?

— Ах! Боже мой! Я с вас не беру больших денег: за всех четырех какая-нибудь паршивая тысяча рублей.

— Ну, будем говорить откровенно: пятьсот. Не хочу покупать кота в мешке.

— Кажется, мадам Барсукова, мы с вами не в первый раз имеем дело. Обманывать я вас не буду и сейчас же ее привезу сюда. Только прошу вас не забыть, что вы моя тетка, и в этом направлении, пожалуйста, работайте. Я не пробуду здесь, в городе, более чем три дня.

Мадам Барсукова, со всеми своими грудями, животами и подбородками, весело заколыхалась.

— Не будем торговаться из-за мелочей. Тем более что ни вы меня, ни я вас не обманываем. Теперь большой спрос на женщин. Что вы сказали бы, господин Горизонт, если бы я предложила вам красного вина?

— Благодарю вас, мадам Барсукова, с удовольствием.

— Поговоримте как старые друзья. Скажите, сколько вы зарабатываете в год?

— Ах, мадам, как сказать? Тысяч двенадцать, двадцать приблизительно. Но, подумайте, какие громадные расходы постоянно в поездках.

— Вы откладываете немножко?

— Ну, это пустяки: какие-нибудь две-три тысячи в год.

— Я думала, десять, двадцать...

Горизонт насторожился. Он чувствовал, что его начинают ощупывать, и спросил вкрадчиво:

— А почему это вас интересует?

Анна Михайловна нажала кнопку электрического звонка и приказала нарядной горничной дать кофе с топлеными сливками и бутылку шамбертена. Она знала вкусы Горизонта. Потом она спросила:

— Вы знаете господина Шепшеровича?

Горизонт так и вскрикнул:

— Боже мой! Кто же не знает Шепшеровича! Это — бог, это — гений!

И, оживившись, забыв, что его тянут в ловушку, он восторженно заговорил:

— Представьте себе, что в прошлом году сделал Шепшерович! Он отвез в Аргентину тридцать женщин из Ковно, Вильно, Житомира. Каждую из них он продал по тысяче рублей, итого, мадам, считайте, — тридцать тысяч! Вы думаете на этом Шепшерович успокоился? На эти деньги, чтобы оплатить себе расходы по пароходу, он купил несколько негритянок и рассовал их в Москву, Петербург, Киев, Одессу и в Харьков. Но вы знаете, мадам, это не человек, а орел. Вот кто умеет делать дела!

Барсукова ласково положила ему руку на колено. Она ждала этого момента и сказала дружелюбно:

— Так вот я вам и предлагаю, господин... впрочем, я не знаю, как вас теперь зовут...

— Скажем, Горизонт...

— Вот я вам и предлагаю, господин Горизонт, — не найдется ли у вас невинных девушек? Теперь на них громадный спрос. Я с вами играю в открытую. За деньгами мы не постоим. Теперь это в моде. Заметьте, Горизонт, вам возвратят ваших клиенток совершенно в том же виде, в каком они были. Это, вы понимаете, — маленький разврат, в котором я никак не могу разобраться...

Горизонт потупился, потер голову и сказал:

— Видите ли, у меня есть жена... Вы почти угадали.

— Так. Но почему же почти?

— Мне стыдно сознаться, что она, как бы сказать... она мне невеста...

Барсукова весело расхохоталась.

— Вы знаете, Горизонт, я никак не могла ожидать, что вы такой мерзавец! Давайте вашу жену, все равно. Да неужели вы в самом деле удержались?

— Тысячу? — спросил Горизонт серьезно.

— Ах! Что за пустяки: скажем, тысячу. Но скажите, удастся ли мне с ней справиться?

— Пустяки! — сказал самоуверенно Горизонт. — Предположим, опять вы — моя тетка, и я оставляю у вас жену. Представьте себе, мадам Барсукова, что эта женщина в меня влюблена, как кошка. И если вы скажете ей, что для моего благополучия она должна сделать то-то и то-то, — то никаких разговоров!

Кажется, им больше не о чем было разговаривать. Мадам Барсукова вынесла вексельную бумагу, где она с трудом написала свое имя, отчество и фамилию. Вексель, конечно, был фантастический, но есть связь, спайка, каторжная совесть. В таких делах не обманывают. Иначе грозит смерть. Все равно: в остроге, на улице или в публичном доме.

Затем тотчас же, точно привидение из люка, появился ее сердечный друг, молодой полячок, с высоко закрученными усами, хозяин кафешантана. Выпили вина, поговорили о ярмарке, о выставке, немножко пожаловались на плохие дела. Затем Горизонт телефонировал к себе в гостиницу, вызвал жену. Познакомил ее с теткой и с двоюродным братом тетки и сказал, что таинственные политические дела вызывают его из города. Нежно обнял Сару, прослезился и уехал.

V

С приездом Горизонта (впрочем, бог знает, как его звали: Гоголевич, Гидалевич, Окунев, Розмитальский), словом, с приездом этого человека все переменилось на Ямской улице. Пошли громадные перетасовки. От Треппеля переводили девушек к Анне Марковне, от Анны Марковны — в рублевое заведение и из рублевого — в полтинничное. Повышений не было: только понижения. На каждом перемещении Горизонт зарабатывал от пяти до ста рублей. Поистине, у него была энергия, равная приблизительно водопаду Иматре! Сидя днем у Анны Марковны, он говорил, щурясь от дыма папиросы и раскачивая ногу на ноге:

— Спрашивается... для чего вам эта самая Сонька? Ей не место в порядочном заведении. Ежели мы ее сплавим, то вы себе заработаете сто рублей, я себе двадцать пять. Скажите мне откровенно, она ведь не в спросе?

— Ах, господин Шацкий! Вы всегда сумеете уговорить! Но представьте себе, что я ее жалею. Такая деликатная девушка...

Горизонт на минутку задумался. Он искал подходящей цитаты и вдруг выпалил:

— Падающего толкни! И я уверен, мадам Шайбес, что на нее нет никакого спроса.

Исай Саввич, маленький, болезненный, мнительный старичок, но в нужные минуты очень решительный, поддержал Горизонта:

— И очень просто. На нее действительно нет никакого спроса. Представь себе, Анечка, что ее барахло стоит пятьдесят рублей, двадцать пять рублей получит господин Шацкий, пятьдесят рублей нам с тобой останется. И слава богу, мы с ней развязались! По крайней мере она не будет компрометировать нашего заведения.

Таким-то образом Сонька Руль, минуя рублевое заведение, была переведена в полтинничное, где всякий сброд целыми ночами, как хотел, издевался над девушками. Там требовалось громадное здоровье и большая нервная сила. Сонька однажды задрожала от ужаса ночью, когда Фекла, бабища пудов около шести весу, выскочила на двор за естественной надобностью и крикнула проходившей мимо нее экономке:

— Экономочка! Послушайте: тридцать шестой человек!.. Не забудьте.

К счастью, Соньку беспокоили немного: даже и в этом учреждении она была слишком некрасива. Никто не обращал внимания на ее прелестные глаза, и брали ее только в тех случаях, когда под рукой не было никакой другой. Фармацевт разыскал ее и приходил каждый вечер к ней. Но трусость ли, или специальная еврейская щепетильность, или, может быть, даже физическая брезгливость не позволяла ему взять и увести эту девушку из дома. Он просиживал около нее целые ночи и по-прежнему терпеливо ждал, когда она возвратится от случайного гостя, делал ей сцены ревности и все-таки любил и, торча днем в своей аптеке за прилавком и закатывая какие-нибудь вонючие пилюли, неустанно думал о ней и тосковал.

VI

Сейчас же при входе в загородный кафешантан сияла разноцветными огнями искусственная клумба, с электрическими лампочками вместо цветов, и от нее шла в глубь сада такая же огненная аллея из широких полукруглых арок, сужавшихся к концу. Дальше была широкая, усыпанная желтым песком площадка: налево — открытая сцена, театр и тир, прямо — эстрада для военных музыкантов (в виде раковины) и балаганчики с цветами и пивом, направо — длинная терраса ресторана. Площадку ярко, бледно и мертвенно освещали электрические шары со своих высоких мачт. Об их матовые стекла, обтянутые проволочными сетками, бились тучи ночных бабочек, тени которых — смутные и большие — реяли внизу, на земле. Взад и вперед ходили попарно уже усталою, волочащеюся походкой голодные женщины, слишком легко, нарядно и вычурно одетые, сохраняя на лицах выражение беспечного веселья или надменной, обиженной неприступности.

В ресторане были заняты все столы, — и над ними плыл сплошной стук ножей о тарелки и пестрый, скачущий волнами говор. Пахло сытным и едким кухонным чадом. Посредине ресторана, на эстраде, играли румыны в красных фраках, все смуглые, белозубые, с лицами усатых, напомаженных и прилизанных обезьян. Дирижер оркестра, наклоняясь вперед и манерно раскачиваясь, играл на скрипке и делал публике непристойно-сладкие глаза, — глаза мужчины-проститутки. И все вместе — это обилие назойливых электрических огней, преувеличенно яркие туалеты дам, запахи модных пряных духов, эта звенящая музыка, с произвольными замедлениями темпа, со сладострастными замираниями в переходах, с взвинчиванием в бурных местах, — все шло одно к одному, образуя общую картину безумной и глупой роскоши, обстановку подделки веселого непристойного кутежа.

Наверху, кругом всей залы, шли открытые хоры, на которые, как на балкончики, выходили двери отдельных кабинетов. В одном из таких кабинетов сидело четверо — две дамы и двое мужчин: известная всей России артистка — певица Ровинская, большая красивая женщина с длинными зелеными египетскими глазами и длинным, красным, чувственным ртом, на котором углы губ хищно опускались книзу; баронесса Тефтинг, маленькая, изящная, бледная, — ее повсюду видели вместе с артисткой; знаменитый адвокат Рязанов и Володя Чаплинский, богатый светский молодой человек, комкозитор-дилетант, автор нескольких маленьких романсов и многих злободневных острот, ходивших по городу.

Стены в кабинете были красные с золотым узором. На столе, между зажженными канделябрами, торчали из мельхиоровой вазы, отпотевшей от холода, два белых осмоленных горлышка бутылок, и свет жидким, дрожащим золотом играл в плоских бокалах с вином. Снаружи у дверей дежурил, прислонясь к стене, лакей, а толстый, рослый, важный метрдотель, у которого на всегда оттопыренном мизинце правой руки сверкал огромный брильянт, часто останавливался у этих дверей и внимательно прислушивался одним ухом к тому, что делалось в кабинете.

Баронесса со скучающим бледным лицом лениво глядела сквозь лорнет вниз, на гудящую, жующую, копошащуюся толпу. Среди красных, белых, голубых и палевых женских платьев однообразные фигуры мужчин походили на больших коренастых черных жуков. Ровинская небрежно, но в то же время и пристально глядела вниз на эстраду и на зрителей, и лицо ее выражало усталость, скуку, а может быть, и то пресыщение всеми зрелищами, какие так свойственны знаменитостям. Ее прекрасные длинные, худые пальцы левой руки лежали на малиновом бархате ложи. Редкостной красоты изумруды так небрежно держались на них, что, казалось, вот-вот свалятся, и вдруг она рассмеялась.

— Посмотрите, — сказала она, — какая смешная фигура, или, вернее сказать, какая смешная профессия. Вот, вот на этого, который играет на «семиствольной цевнице».

Все поглядели по направлению ее руки. И в самом деле, картина была довольно смешная. Сзади румынского оркестра сидел толстый, усатый человек, вероятно, отец, а может быть, даже и дедушка многочисленного семейства, и изо всех сил свистел в семь деревянных свистулек, склеенных вместе. Так как ему было, вероятно, трудно передвигать этот инструмент между губами, то он с необыкновенной быстротой поворачивал голову то влево, то вправо.

— Удивительное занятие, — сказала Ровинская. — А ну-ка вы, Чаплинский, попробуйте так помотать головой.

Володя Чаплинский, тайно и безнадежно влюбленный в артистку, сейчас же послушно и усердно постарался это сделать, но через полминуты отказался.

— Это невозможно, — сказал он, — тут нужна или долгая тренировка, или, может быть, наследственные способности. Голова кружится.

Баронесса в это время отрывала лепестки у своей розы и бросала их в бокал, потом, с трудом подавив зевоту, она сказала, чуть-чуть поморщившись:

— Но, боже мой, как скучно развлекаются у вас в К.! Посмотрите: ни смеха, ни пения, ни танцев. Точно какое-то стадо, которое пригнали, чтобы нарочно веселиться!

Рязанов лениво взял свой бокал, отхлебнул немного и ответил равнодушно своим очаровательным голосом:

— Ну, а у вас, в Париже или Ницце, разве веселее? Ведь надо сознаться: веселье, молодость и смех навсегда исчезли из человеческой жизни, да и вряд ли когда-нибудь вернутся. Мне кажется, что нужно относиться к людям терпеливее. Почем знать, может быть для всех, сидящих тут, внизу, сегодняшний вечер — отдых, праздник?

— Защитительная речь, — вставил со своей спокойной манерой Чаплинский.

Но Ровинская быстро обернулась к мужчинам, и ее длинные изумрудные глаза сузились. А это у нее служило признаком гнева, от которого иногда делали глупости и коронованные особы. Впрочем, она тотчас же сдержалась и продолжала вяло:

— Я не понимаю, о чем вы говорите. Я не понимаю даже, для чего мы сюда приехали. Ведь зрелищ теперь совсем нет на свете. Вот я, например, видала бои быков в Севилье, Мадриде и Марсели — представление, которое, кроме отвращения, ничего не вызывает. Видала и бокс и борьбу — гадость и грубость. Пришлось мне также участвовать на охоте на тигра, причем я сидела под балдахином на спине большого умного белого слона... словом, вы это хорошо сами знаете. И от всей моей большой, пестрой, шумной жизни, от которой я состарилась...

— О, что вы, Елена Викторовна! — сказал с ласковым упреком Чаплинский.

— Бросьте, Володя, комплименты! Я сама знаю, что еще молода и прекрасна телом, но, право, иногда мне кажется, что мне девяносто лет. Так износилась душа. Я продолжаю. Я говорю, что за всю мою жизнь только три сильных впечатления врезались в мою душу. Первое — это когда я еще девочкой видела, как кошка кралась за воробьем, и я с ужасом и с интересом следила за ее движениями и за зорким взглядом птицы. До сих пор я и сама не знаю, чему я сочувствовала более:

ловкости ли кошки, или увертливости воробья. Воробей оказался проворнее. Он мгновенно взлетел на дерево и начал оттуда осыпать кошку такой воробьиной бранью, что я покраснела бы от стыда, если бы поняла хоть одно слово. А кошка обиженно подняла хвост трубою и старалась сама перед собою делать вид, что ничего особенного не произошло. В другой раз мне пришлось петь в опере дуэт с одним великим артистом...

— С кем? — спросила быстро баронесса.

— Не все ли равно? К чему имена? И вот, когда мы с ним пели, я вся чувствовала себя во власти гения. Как чудесно, в какую дивную гармонию слились наши голоса! Ах! Невозможно передать этого впечатления. Вероятно, это бывает только раз в жизни. Мне по роли нужно было плакать, и я плакала искренними, настоящими слезами. И когда после занавеса он подошел ко мне и погладил меня своей большой горячей рукой по волосам и со своей обворожительно-светлой улыбкой сказал: «Прекрасно! Первый раз в жизни я так пел»... и вот я, — а я очень гордый человек, — я поцеловала у него руку. А у меня еще стояли слезы в глазах...

— А третье? — спросила баронесса, и глаза ее зажглись злыми искрами ревности.

— Ах, третье, — ответила грустно артистка, — третье проще простого. В прошлогоднем сезоне я жила в Ницце и вот видела на открытой сцене, во Фрежюссе, «Кармен» с участием Сесиль Кеттен, которая теперь, — артистка искренно перекрестилась, — умерла... не знаю, право, к счастью или к несчастью для себя?

Вдруг, мгновенно, ее прелестные глаза наполнились слезами и засияли таким волшебным зеленым светом, каким сияет летними теплыми сумерками вечерняя звезда. Она обернула лицо к сцене, и некоторое время ее длинные нервные пальцы судорожно сжимали обивку барьера ложи. Но когда она опять обернулась к своим друзьям, то глаза уже были сухи и на загадочных, порочных и властных губах блестела непринужденная улыбка.

Тогда Рязанов спросил ее вежливо, нежным, но умышленно спокойным тоном:

— Но ведь, Елена Викторовна, ваша громадная слава, поклонники, рев толпы, цветы, роскошь... Наконец тот восторг, который вы доставляете своим зрителям. Неужели даже это не щекочет ваших нервов?

— Нет, Рязанов, — ответила она усталым голосом, — вы сами не хуже меня знаете, чего это стоит. Наглый интервьюер, которому нужны контрамарки для его знакомых, а кстати, и двадцать пять рублей в конверте. Гимназисты, гимназистки, студенты и курсистки, которые выпрашивают у вас карточки с надписями. Какой-нибудь старый болван в генеральском чине, который громко мне подпевает во время моей арии. Вечный шепот сзади тебя, когда ты проходишь: «Вот она, та самая, знаменитая!» Анонимные письма, наглость закулисных завсегдатаев... да всего и не перечислишь! Ведь, наверное, вас самого часто осаждают судебные психопатки?

— Да, — сказал твердо Рязанов.

— Вот и все. А прибавьте к этому самое ужасное, то, что каждый раз, почувствовав настоящее вдохновение, я тут же мучительно ощущаю сознание, что я притворяюсь и кривляюсь перед людьми... А боязнь успеха соперницы? А вечный страх потерять голос, сорвать его или простудиться? Вечная мучительная возня с горловыми связками? Нет, право, тяжело нести на своих плечах известность.

— Но артистическая слава? — возразил адвокат. — Власть гения! Это ведь истинная моральная власть, которая выше любой королевской власти на свете!

— Да, да, конечно, вы правы, мой дорогой. Но слава, знаменитость сладки лишь издали, когда о них только мечтаешь. Но когда их достиг — то чувствуешь одни их шипы. И зато как мучительно ощущаешь каждый золотник их убыли. И еще я забыла сказать. Ведь мы, артисты, несем каторжный труд. Утром упражнения, днем репетиция, а там едва хватит времени на обед и пора на спектакль. Чудом урвешь часок, чтобы почитать или развлечься вот, как мы с вами. Да и то... развлечение совсем из средних...

Она небрежно и утомленно слегка махнула пальцами руки, лежавшей на барьере.

Володя Чаплинский, взволнованный этим разговором, вдруг спросил:

— Ну, а скажите, Елена Викторовна, чего бы вы хотели, что бы развлекло ваше воображение и скуку?

Она посмотрела на него своими загадочными глазами и тихо, как будто даже немножко застенчиво, ответила:

— В прежнее время люди жили веселее и не знали никаких предрассудков. Вот тогда, мне кажется, я была бы на месте и жила бы полной жизнью. О, древний Рим!

Никто ее не понял, кроме Рязанова, который, не глядя на нее, медленно произнес своим бархатным актерским голосом классическую, всем известную латинскую фразу:

— Ave, Caesar, morituri te salutant![5] 1

— Именно! Я вас очень люблю, Рязанов, за то, что вы умница. Вы всегда схватите мысль на лету, хотя должна сказать, что это не особенно высокое свойство ума. И в самом деле, сходятся два человека, вчерашние друзья, собеседники, застольники, и сегодня один из них должен погибнуть. Понимаете, уйти из жизни навсегда. Но у них нет ни злобы, ни страха. Вот настоящее прекрасное зрелище, которое я только могу себе представить!

— Сколько в тебе жестокости, — сказала раздумчиво баронесса.

— Да, уж ничего не поделаешь! Мои предки были всадниками и грабителями. Однако, господа, не уехать ли нам?

Они все вышли из сада. Володя Чаплинский велел крикнуть свой автомобиль. Елена Викторовна опиралась на его руку. И вдруг она спросила:

— Скажите, Володя, куда вы обыкновенно ездите, когда прощаетесь с так называемыми порядочными женщинами?

Володя замялся. Однако он знал твердо, что лгать Ровинской нельзя.

— М-м-м... Я боюсь оскорбить ваш слух. М-м-м... К цыганам, например... в ночные кабаре...

— А еще что-нибудь? похуже?

— Право, вы ставите меня в неловкое положение. С тех пор как я в вас так безумно влюблен...

---

[5] Да здравствует Цезарь, идущие на смерть приветствуют тебя!

— Оставьте романтику!

— Ну, как сказать... — пролепетал Володя, почувствовав, что он краснеет не только лицом, но телом, спиной, — ну, конечно, к женщинам. Теперь со мною лично этого, конечно, не бывает...

Ровинская злобно прижала к себе локоть Чаплинского.

— В публичный дом?

Володя ничего не ответил. Тогда она сказала:

— Итак, вот сейчас вы нас туда свезете на автомобиле и познакомите нас с этим бытом, который для меня чужд. Но помните, что я полагаюсь на ваше покровительство.

Остальные двое согласились на это, вероятно, неохотно, но Елене Викторовне сопротивляться не было никакой возможности. Она всегда делала все, что хотела. И потом все они слышали и знали, что в Петербурге светские кутящие дамы и даже девушки позволяют себе из модного снобизма выходки куда похуже той, какую предложила Ровинская.

VII

По дороге на Ямскую улицу Ровинская сказала Володе:

— Вы меня повезете сначала в самое роскошное учреждение, потом в среднее, а потом в самое грязное.

— Дорогая Елена Викторовна, — горячо возразил Чаплинский, — я для вас готов все сделать. Говорю без ложного хвастовства, что отдам свою жизнь по вашему приказанию, разрушу свою карьеру и положение по вашему одному знаку... Но я не рискую вас везти в эти дома. Русские нравы — грубые, а то и просто бесчеловечные нравы. Я боюсь, что вас оскорбят резким, непристойным словом или случайный посетитель сделает при вас какую-нибудь нелепую выходку...

— Ах, боже мой, — нетерпеливо прервала Ровинская, — когда я пела в Лондоне, то в это время за мной многие ухаживали, и я не постеснялась в избранной компании поехать смотреть самые грязные притоны Уайтчепля. Скажу, что ко мне там относились очень бережно и предупредительно. Скажу также, что со мной были в это время двое английских аристократов, лорды, оба спортсмены, оба люди необыкновенно сильные физически и морально, которые, конечно, никогда не позволили бы обидеть женщину. Впрочем, может быть, бы, Володя, из породы трусов?..

Чаплинский вспыхнул:

— О нет, нет, Елена Викторовна. Я вас предупреждал только из любви к вам. Но если вы прикажете, то я готов идти, куда хотите. Не только в это сомнительное предприятие, но хоть и на самую смерть.

В это время они уже подъехали к самому роскошному заведению на Ямках — к Треппелю. Адвокат Рязанов сказал, улыбаясь своей обычной иронической улыбкой:

— Итак, начинается обозрение зверинца.

Их провели в кабинет с малиновыми обоями, а на обоях повторялся, в стиле «ампир», золотой рисунок в виде мелких лавровых венков. И сразу Ровинская узнала своей зоркой артистической памятью, что совершенно такие же обои были и в том кабинете, где они все четверо только что сидели.

Вышли четыре остзейские немки. Все толстые, полногрудые блондинки, напудренные, очень важные и почтительные. Разговор сначала не завязывался. Девушки сидели неподвижно, точно каменные изваяния, чтобы изо всех сил притвориться приличными дамами. Даже шампанское, которое потребовал Рязанов, не улучшило настроения. Ровинская первая пришла на помощь обществу, обратившись к самой толстой, самой белокурой, похожей на булку, немке. Она спросила вежливо по-немецки:

— Скажите, — откуда вы родом? Вероятно, из Германии?

— Нет, gnädige Frau[6], я из Риги.

— Что же вас заставляет здесь служить? Надеюсь, — не нужда?

— Конечно, нет, gnädige Frau. Но, понимаете, мой жених Ганс служит кельнером в ресторане-автомате, и мы слишком бедны для того, чтобы теперь жениться. Я отношу мои сбережения в банк, и он делает то же самое. Когда мы накопим необходимые нам десять тысяч рублей, то мы откроем свою собственную пивную, и, если бог благословит, тогда мы позволим себе роскошь иметь детей. Двоих детей. Мальчика и девочку.

— Но послушайте же, meine Fräulein[7], — удивилась Ровинская. — Вы молоды, красивы, знаете два языка...

— Три, мадам, — гордо вставила немка. — Я знаю еще и эстонский. Я окончила городское училище и три класса гимназии.

— Ну вот, видите, видите... — загорячилась Ровинская. — С таким образованием вы всегда могли бы найти место на всем готовом рублей на тридцать. Ну, скажем, в качестве экономки, бонны, старшей приказчицы в хорошем магазине, кассирши... И если ваш будущий жених... Фриц...

— Ганс, мадам...

— Если Ганс оказался бы трудолюбивым и бережливым человеком, то вам совсем нетрудно было бы через три-четыре года стать совершенно на ноги. Как вы думаете?

— Ах, мадам, вы немного ошибаетесь. Вы упустили из виду то, что на самом лучшем месте я, даже отказывая себе во всем, не сумею отложить в месяц более пятнадцати — двадцати рублей, а здесь, при благоразумной экономии, я выгадываю до ста рублей и сейчас же отношу их в сберегательную кассу на книжку. А кроме того, вообразите себе, gnädige Frau, какое унизительное положение быть в доме прислугой! Всегда зависеть от каприза или расположения духа хозяев! И хозяин всегда пристает с глупостями. Пфуй!.. А хозяйка ревнует, придирается и бранится.

— Нет... не понимаю... — задумчиво протянула Ровинская, не глядя немке в лицо, а потупив глаза в пол. — Я много слышала о вашей жизни здесь, в этих... как

---

[6] Сударыня (нем.).

[7] Девушка (нем.).

это называется?.. в домах. Рассказывают что-то ужасное. Что вас принуждают любить самых отвратительных, старых и уродливых мужчин, что вас обирают и эксплуатируют самым жестоким образом...

— О, никогда, мадам... У нас, у каждой, есть своя расчетная книжка, где вписывается аккуратно мой доход и расход. За прошлый месяц я заработала немного больше пятисот рублей. Как всегда, хозяйке две трети за стол, квартиру, отопление, освещение, белье... Мне остается больше чем сто пятьдесят, не так ли? Пятьдесят я трачу на костюмы и на всякие мелочи. Сто сберегаю... Какая же это эксплуатация, мадам, я вас спрашиваю? А если мужчина мне совсем не нравится, — правда, бывают чересчур уж гадкие, — я всегда могу сказаться больной, и вместо меня пойдет какая-нибудь из новеньких...

— Но, ведь... простите, я не знаю вашего имени...

— Эльза.

— Говорят, Эльза, что с вами обращаются очень грубо... иногда бьют... принуждают к тому, чего вы не хотите и что вам противно?

— Никогда, мадам! — высокомерно уронила Эльза. — Мы все здесь живем своей дружной семьей. Все мы землячки или родственницы, и дай бог, чтобы многим так жилось в родных фамилиях, как нам здесь. Правда, на Ямской улице бывают разные скандалы, и драки, и недоразумения. Но это там... в этих... в рублевых заведениях. Русские девушки много пьют и всегда имеют одного любовника. И они совсем не думают о своем будущем.

— Вы благоразумны, Эльза, — сказала тяжелым тоном Ровинская. — Все это хорошо. Ну, а случайная болезнь? Зараза? Ведь это смерть! А как угадать?

— И опять — нет, мадам. Я не пущу к себе в кровать мужчину, прежде чем не сделаю ему подробный медицинский осмотр... Я гарантирована по крайней мере на семьдесят пять процентов.

— Черт! — вдруг горячо воскликнула Ровинская и стукнула кулаком по столу. — Но ведь ваш Альберт...

— Ганс... — кротко поправила немка.

— Простите... Ваш Ганс, наверно, не очень радуется тому, что вы живете здесь и что вы каждый день изменяете ему?

Эльза поглядела на нее с искренним, живым изумлением.

— Ho, gnädige Frau... Я никогда и не изменяла ему! Это другие погибшие девчонки, особенно русские, имеют себе любовников, на которых они тратят свои тяжелые деньги. Но чтобы я когда-нибудь допустила себя до этого? Пфуй!

— Большего падения я не воображала! — сказала брезгливо и громко Ровинская, вставая. — Заплатите, господа, и пойдем отсюда дальше.

Когда они вышли на улицу, Володя взял ее под руку и сказал умоляющим голосом:

— Ради бога, не довольно ли вам одного опыта?

— О, какая пошлость! Какая пошлость!

— Вот я поэтому и говорю, бросим этот опыт.

— Нет, во всяком случае, я иду до конца. Покажите мне что-нибудь среднее, попроще.

Володя Чаплинский, который все время мучился за Елену Викторовну, предложил самое подходящее — зайти в заведение Анны Марковны, до которого всего десять шагов.

Но тут-то их и ждали сильные впечатления. Сначала Симеон не хотел их впускать, и лишь несколько рублей, которые дал ему Рязанов, смягчили его. Они заняли кабинет, почти такой же, как у Треппеля, только немножко более ободранный и полинялый. По приказанию Эммы Эдуардовны согнали в кабинет девиц. Но это было то же самое, что смешать соду и кислоту. А главной ошибкой было то, что пустили туда и Женьку — злую, раздраженную, с дерзкими огнями в глазах. Последней вошла скромная, тихая Тамара со своей застенчивой и развратной улыбкой Монны-Лизы. В кабинете собрался в конце концов почти весь состав заведения. Ровинская уже не рисковала спрашивать — «как дошла ты до жизни такой?» Но надо сказать, что обитательницы дома встретили ее с внешним гостеприимством. Елена Викторовна попросила спеть их обычные канонные песни, и они охотно спели:

> Понедельник наступает,
> Мне на выписку идти,
> Доктор Красов не пускает, —
> Ну, так черт его дери.
> И дальше:
> Бедная, бедная, бедная я —
> Казенка закрыта,
> Болит голова...
> Любовь шармача
> Горяча, горяча,
> А проститутка,
> Как лед, холодна...
> Ха-ха-ха.
> Сошлися они
> На подбор, на подбор:
> Она — проститутка,
> Он — карманный вор...
> Ха-ха-ха!
> Вот утро приходит,
> Он о краже хлопочет,
> Она же на кровати
> Лежит и хохочет...
> Ха-ха-ха!
> Наутро мальчишку
> В сыскную ведут,
> Ее ж, проститутку,
> Товарищи ждут... Ха-ха-ха!
> И еще дальше арестантскую:
> Погиб я, мальчишка,
> Погиб навсегда,
> А годы за годами —

Проходят лета.
И еще:
Не плачь ты, Маруся,
Будешь ты моя,
Как отбуду призыв,
Женюсь на тебя.

Но тут вдруг, к общему удивлению, расхохоталась толстая, обычно молчаливая Катька. Она была родом из Одессы.

— Позвольте и мне спеть одну песню. Ее поют у нас на Молдаванке и на Пересыпи воры и хипесницы в трактирах.

И ужасным басом, заржавленным и неподатливым голосом она запела, делая самые нелепые жесты, но, очевидно, подражая когда-то виденной ею шансонетной певице третьего разбора:

Ах, пойдю я к «дюковку»,
Сядю я за стол,
Сбрасиваю шляпу,
Кидаю под стол.
Спрасиваю милую,
Что ты будишь пить?
А она мне отвечать:
Голова болить.
Я тебе не спрасюю,
Что в тебе болить.
А я тебе спрасюю,
Что ты будешь пить?
Или же пиво, или же вино,
Или же фиалку, или ничего?

И все обошлось бы хорошо, если бы вдруг не ворвалась в кабинет Манька Беленькая в одной нижней рубашке и в белых кружевных штанишках. С нею кутил какой-то купец, который накануне устраивал райскую ночь, и злосчастный бенедиктин, который на девушку всегда действовал с быстротою динамита, привел ее в обычное скандальное состояние. Она уже не была больше «Манька Маленькая» и не «Манька Беленькая», а была «Манька Скандалистка». Вбежав в кабинет, она сразу от неожиданности упала на пол и, лежа на спине, расхохоталась так искренно, что и все остальные расхохотались. Да. Но смех этот был недолог... Манька вдруг уселась на полу и закричала:

— Ура, к нам новые девки поступили!

Это было совсем уже неожиданностью. Еще большую бестактность сделала баронесса. Она сказала:

— Я — патронесса монастыря для падших девушек, и поэтому я, по долгу моей службы, должна собирать сведения о вас.

Но тут мгновенно вспыхнула Женька:

— Сейчас же убирайся отсюда, старая дура! Ветошка! Половая тряпка!.. Ваши приюты Магдалины — это хуже, чем тюрьма. Ваши секретари пользуются нами, как собаки падалью. Ваши отцы, мужья и братья приходят к нам, и мы заражаем их всякими болезнями... Нарочно!.. А они в свою очередь заражают вас. Ваши надзирательницы живут с кучерами, дворниками и городовыми, а нас сажают в карцер за то, что мы рассмеемся или пошутим между собою. И вот, если вы приехали сюда, как в театр, то вы должны выслушать правду прямо в лицо.

Но Тамара спокойно остановила ее:

— Перестань, Женя, я сама... Неужели вы и вправду думайте, баронесса, что мы хуже так называемых порядочных женщин? Ко мне приходит человек, платит мне два рубля за визит или пять рублей за ночь, и я этого ничуть не скрываю ни от кого в мире... А скажите, баронесса, неужели вы знаете хоть одну семейную, замужнюю даму, которая не отдавалась бы тайком либо ради страсти — молодому, либо ради денег — старику? Мне прекрасно известно, что пятьдесят процентов из вас состоят на содержании у любовников, а пятьдесят остальных, из тех, которые постарше, содержат молодых мальчишек. Мне известно также, что многие — ах, как многие! — из вас живут со своими отцами, братьями и даже сыновьями, но вы эти секреты прячете в какой-то потайной сундучок. И вот вся разница между нами. Мы — падшие, но мы не лжем и не притворяемся, а вы все падаете и при этом лжете. Подумайте теперь сами — в чью пользу эта разница?

— Браво, Тамарочка, так их! — закричала Манька, не вставая с полу, растрепанная, белокурая, курчавая, похожая сейчас на тринадцатилетнюю девочку.

— Ну, ну! — подтолкнула и Женька, горя воспламененными глазами.

— Отчего же, Женечка! Я пойду и дальше. Из нас едва-едва одна на тысячу делала себе аборт. А вы все по нескольку раз. Что? Или это неправда? И те из вас, которые это делали, делали не ради отчаяния или жестокой бедности, а вы просто боитесь испортить себе фигуру и красоту — этот ваш единственный капитал. Или вы искали лишь скотской похоти, а беременность и кормление мешали вам ей предаваться!

Ровинская сконфузилась и быстрым шепотом произнесла:

— Faites attention, baronne, que dans sa position cette demoiselle est instruite.

— Figurez-vous, que moi, j'ai aussi remarqué cet étrange visage. Comme si je l'ai déjà vu... est-ce en rêve?.. en demi-délire? ou dans sa petite enfance?

— Ne vous donnez pas la peine de chercher dans vos souvenires, baronne, — вдруг дерзко вмешалась в их разговор Тамара. — Je puis de suite vous venir en aide. Rappelez-vous seulement Kharkoffe, et la chambre d'hôtel de Koniakine, l'entrepreneur Solovieitschik, et le ténor di grazzia... A ce moment vous n'étiez pas encore m-me la baronne de[8] ... Впрочем, бросим французский язык... Вы были простой хористкой и служили со мной вместе.

---

[8] — Обратите внимание, баронесса, в ее положении эта Девушка довольно образованна.
— Представьте, я тоже заметила это странное лицо. Но где я его видела... Во сне?.. В бреду? В раннем детстве?
— Не трудитесь напрягать вашу память, баронесса... Я сейчас приду вам на помощь. Вспомните только Харьков, гостиницу Конякина, антрепренера Соловейчика и одного лирического тенора... В то время вы еще не были баронессой де... (Перев. с франц. автора.)

— Mais dites moi, au nom de dieu, comment vous trouvez vous ici, mademoiselle Marguerite?[9] — О, об этом нас ежедневно расспрашивают. Просто взяла и очутилась...

И с непередаваемым цинизмом она спросила:

— Надеюсь, вы оплатите время, которое мы провели с вами?

— Нет, черт вас побрал бы! — вдруг вскрикнула, быстро поднявшись с ковра, Манька Беленькая.

И вдруг, вытащив из-за чулка два золотых, швырнула их на стол.

— Нате!.. Это я вам даю на извозчика. Уезжайте сейчас же, иначе я разобью здесь все зеркала и бутылки...

Ровинская встала и сказала с искренними теплыми слезами на глазах:

— Конечно, мы уедем, и урок mademoiselle Marguerite пойдет нам в пользу. Время ваше будет оплачено — позаботьтесь, Володя. Однако вы так много пели для нас, что позвольте и мне спеть для вас.

Ровинская подошла к пианино, взяла несколько аккордов и вдруг запела прелестный романс Даргомыжского:

Расстались гордо мы, ни вздохом, ни словами
Упрека ревности тебе не подала...
Мы разошлись навек, но если бы с тобою
Я встретиться могла!..
Ах, если б я хоть встретиться могла!
Без слез, без жалоб я склонилась пред судьбою...
Не знаю, сделав мне так много в жизни зла,
Любил ли ты меня? но если бы с тобою
Я встретиться могла!
Ах, если б я хоть встретиться могла!

Этот нежный и страстный романс, исполненный великой артисткой, вдруг напомнил всем этим женщинам о первой любви, о первом падении, о позднем прощании на весенней заре, на утреннем холодке, когда трава седа от росы, а красное небо красит в розовый цвет верхушки берез, о последних объятиях, так тесно сплетенных, и о том, как не ошибающееся чуткое сердце скорбно шепчет: «Нет, это не повторится, не повторится!» И губы тогда были холодны и сухи, а на волосах лежал утренний влажный туман.

Замолчала Тамара, замолчала Манька Скандалистка, и вдруг Женька, самая неукротимая из всех девушек, подбежала к артистке, упала на колени и зарыдала у нее в ногах.

И Ровинская, сама растроганная, обняла ее за голову и сказала:

— Сестра моя, дай я тебя поцелую!

Женька прошептала ей что-то на ухо.

— Да это — глупости, — сказала Ровинская, — несколько месяцев лечения, и все пройдет.

---

[9] Но скажите, ради бога, как вы очутились здесь, мадемуазель Маргарита? (Перев. с франц. автора.)

— Нет, нет, нет... Я хочу всех их сделать больными. Пускай они все сгниют и подохнут.

— Ах, милая моя, — сказала Ровинская, — я бы на вашем месте этого не сделала.

И вот Женька, эта гордая Женька, стала целовать колени и руки артистки и говорила:

— Зачем же меня люди так обидели?.. Зачем меня так обидели? Зачем? Зачем? Зачем?

Такова власть гения! Единственная власть, которая берет в свои прекрасные руки не подлый разум, а теплую душу человека! Самолюбивая Женька прятала свое лицо в платье Ровинской, Манька Беленькая скромно сидела на стуле, закрыв лицо платком, Тамара, опершись локтем о колено и склонив голову на ладонь, сосредоточенно глядела вниз, а швейцар Симеон, подглядывавший на всякий случай у дверей, таращил глаза от изумления.

Ровинская тихо шептала в самое ухо Женьки:

— Никогда не отчаивайтесь. Иногда все складывается так плохо, хоть вешайся, а — глядь — завтра жизнь круто переменилась. Милая моя, сестра моя, я теперь мировая знаменитость. Но если бы ты знала, сквозь какие моря унижений и подлости мне пришлось пройти! Будь же здорова, дорогая моя, и верь своей звезде.

Она нагнулась к Женьке и поцеловала ее в лоб. И никогда потом Володя Чаплинский, с жутким напряжением следивший за этой сценой, не мог забыть тех теплых и прекрасных лучей, которые в этот момент зажглись в зеленых, длинных, египетских глазах артистки.

Компания невесело уехала, но на минутку задержался Рязанов.

Он подошел к Тамаре, почтительно и нежно поцеловал ее руку и сказал:

— Если возможно, простите нашу выходку... Это, конечно, не повторится. Но если я когда-нибудь вам понадоблюсь, то помните, что я всегда к вашим услугам. Вот моя визитная карточка. Не выставляйте ее на своих комодах, но помните, что с этого вечера я — ваш друг.

И он, еще раз поцеловав руку у Тамары, последним спустился с лестницы.

VIII

В четверг, с самого утра, пошел беспрерывный дождик, и вот сразу позеленели обмытые листья каштанов, акаций и тополей. И вдруг стало как-то мечтательно-тихо и медлительно-скучно. Задумчиво и однообразно.

В это время все девушки собрались, по обыкновению, в комнате у Женьки. Но с ней делалось что-то странное. Она не острила, не смеялась, не читала, как всегда, своего обычного бульварного романа, который теперь бесцельно лежал у нее на груди или на животе, но была зла, сосредоточенно-печальна, и в ее глазах горел желтый огонь, говоривший о ненависти. Напрасно Манька Беленькая, Манька Скандалистка, которая ее обожала, старалась обратить на себя ее внимание — Женька точно ее не замечала, и разговор совсем не ладился. Было тоскливо. А может быть, на всех на них влиял упорный августовский дождик, зарядивший подряд на несколько недель.

Тамара присела на кровать к Женьке, ласково обняла ее и, приблизив рот к самому ее уху, сказала шепотом:

— Что с тобою, Женечка? Я давно вижу, что с тобою делается что-то странное. И Манька это тоже чувствует. Посмотри, как она извелась без твоей ласки. Скажи. Может быть, я сумею чем-нибудь тебе помочь?

Женька закрыла глаза и отрицательно покачала головой. Тамара немного отодвинулась от нее, но продолжала ласково гладить ее по плечу.

— Твое дело, Женечка. Я не смею лезть к тебе в душу. Я только потому спросила, что ты — единственный человек, который...

Женька вдруг решительно вскочила с кровати, схватила за руку Тамару и сказала отрывисто и повелительно:

— Хорошо! Выйдем отсюда на минутку. Я тебе все расскажу. Девочки, подождите нас немного.

В светлом коридоре Женька положила руки на плечи подруги и с исказившимся, внезапно побледневшим лицом сказала:

— Ну, так вот, слушай: меня кто-то заразил сифилисом.

— Ах, милая, бедная моя. Давно?

— Давно. Помнишь, когда у нас были студенты? Еще они затеяли скандал с Платоновым? Тогда я в первый раз узнала об этом. Узнала днем.

— Знаешь, — тихо заметила Тамара, — я об этом почти догадывалась, а в особенности тогда, когда ты встала на колени перед певицей и о чем-то говорила с ней тихо. Но все-таки, милая Женечка, ведь надо бы полечиться.

Женька гневно топнула ногой и разорвала пополам батистовый платок, который она нервно комкала в руках.

— Нет! Ни за что! Из вас я никого не заражу. Ты сама могла заметить, что в последние недели я не обедаю за общим столом и что сама мою и перетираю посуду. Потому же я стараюсь отвадить от себя Маньку, которую, ты сама знаешь, я люблю искренно, по-настоящему. Но этих двуногих подлецов я нарочно заражаю и заражаю каждый вечер человек по десяти, по пятнадцати. Пускай они гниют, пускай переносят сифилис на своих жен, любовниц, матерей, да, да, и на матерей, и на отцов, и на гувернанток, и даже хоть на прабабушек. Пускай они пропадут все, честные подлецы!

Тамара осторожно и нежно погладила Женьку по голове.

— Неужели ты пойдешь до конца, Женечка?...

— Да. И без всякой пощады. Вам, однако, нечего опасаться меня. Я сама выбираю мужчин. Самых глупых, самых красивых, самых богатых и самых важных, но ни к одной из вас я потом их не пущу. О! я разыгрываю перед ними такие страсти, что ты бы расхохоталась, если бы увидела. Я кусаю их, царапаю, кричу и дрожу, как сумасшедшая. Они, дурачье, верят.

— Твое дело, твое дело, Женечка, — раздумчиво произнесла Тамара, глядя вниз, — может быть, ты и права. Почем знать? Но скажи, как ты уклонилась от доктора?

Женька вдруг отвернулась от нее, прижалась лицом к углу оконной рамы и внезапно расплакалась едкими, жгучими слезами — слезами озлобления и мести, и в то же время она говорила, задыхаясь и вздрагивая:

— Потому что... потому что... Потому что бог мне послал особенное счастье: у меня болит там, где, пожалуй, никакому доктору не видать. А наш, кроме того, стар и глуп...

И внезапно каким-то необыкновенным усилием воли Женька так же неожиданно, как расплакалась, так и остановила слезы.

— Пойдем ко мне, Тамарочка, — сказала она. — Конечно, ты не будешь болтать лишнее?

— Конечно, нет.

И они вернулись в комнату Женьки, обе спокойные и сдержанные.

В комнату вошел Симеон. Он, вопреки своей природной наглости, всегда относился с оттенком уважения к Женьке. Симеон сказал:

— Так что, Женечка, к Ванде приехали их превосходительство. Позвольте им уйти на десять минут.

Ванда, голубоглазая, светлая блондинка, с большим красным ртом, с типичным лицом литвинки, поглядела умоляюще на Женьку. Если бы Женька сказала: «Нет», то она осталась бы в комнате, но Женька ничего не сказала и даже умышленно закрыла глаза. Ванда покорно вышла из комнаты.

Этот генерал приезжал аккуратно два раза в месяц, через две недели (так же, как и к другой девушке, Зое, приезжал ежедневно другой почетный гость, прозванный в доме директором).

Женька вдруг бросила через себя старую, затрепанную книжку. Ее коричневые глаза вспыхнули настоящим золотым огнем.

— Напрасно вы брезгуете этим генералом, — сказала она. — Я знавала хуже эфиопов. У меня был один гость — настоящий болван. Он меня не мог любить иначе... иначе... ну, скажем просто, он меня колол иголками в грудь... А в Вильно ко мне ходил ксендз. Он одевал меня во все белое, заставлял пудриться, укладывал в постель. Зажигал около меня три свечки. И тогда, когда я казалась ему совсем мертвой, он кидался на меня.

Манька Беленькая вдруг воскликнула:

— Ты правду говоришь, Женька! У меня тоже был один ёлод. Он меня все время заставлял притворяться невинной, чтобы я плакала и кричала. А вот ты, Женечка, самая умная из нас, а все-таки не угадаешь, кто он был...

— Смотритель тюрьмы?

— Бранд-майор.

Вдруг басом расхохоталась Катя:

— А то у меня был один учитель. Он какую-то арифметику учил, я не помню, какую. Он меня все время заставлял думать, что будто бы я мужчина, а он женщина, и чтобы я его... насильно... И какой дурак! Представьте себе, девушки, он все время кричал: «Я твоя! Я вся твоя! Возьми меня! Возьми меня!»

— Шамашечкины! — сказала решительным и неожиданно низким контральто голубоглазая проворная Верка, — шамашечкины.

— Нет, отчего же? — вдруг возразила ласковая и скромная Тамара. — Вовсе не сумасшедший, а просто, как и все мужчины, развратник. Дома ему скучно, а здесь за свои деньги он может получить какое хочет удовольствие. Кажется, ясно?

96

До сих пор молчавшая Женя вдруг одним быстрым движением села на кровать.

— Все вы дуры! — крикнула она. — Отчего вы им все это прощаете? Раньше я и сама была глупа, а теперь заставляю их ходить передо мной на четвереньках, заставляю целовать мои пятки, и они это делают с наслаждением... Вы все, девочки, знаете, что я не люблю денег, но я обираю мужчин, как только могу. Они, мерзавцы, дарят мне портреты своих жен, невест, матерей, дочерей... Впрочем, вы, кажется, видали фотографии в нашем клозете? Но ведь подумайте, дети мои... Женщина любит один раз, но навсегда, а мужчина, точно борзой кобель... Это ничего, что он изменяет, но у него никогда не остается даже простого чувства благодарности ни к старой, ни к новой любовнице. Говорят, я слышала, что теперь среди молодежи есть много чистых мальчиков. Я этому верю, хотя сама не видела, не встречала. А всех, кого видела, все потаскуны, мерзавцы и подлецы. Не так давно я читала какой-то роман из нашей разнесчастной жизни. Это было почти то же самое, что я сейчас говорю.

Вернулась Ванда. Она медленно, осторожно уселась на край Жениной постели, там, где падала тень от лампового колпака. Из той глубокой, хотя и уродливой душевной деликатности, которая свойственна людям, приговоренным к смерти, каторжникам и проституткам, никто не осмелился ее спросить, как она провела эти полтора часа. Вдруг она бросила на стол двадцать пять рублей и сказала:

— Принесите мне белого вина и арбуз.

И, уткнувшись лицом в опустившиеся на стол руки, она беззвучно зарыдала. И опять никто не позволил себе задать ей какой-нибудь вопрос. Только Женька побледнела от злобы и так прикусила себе нижнюю губу, что на ней потом остался ряд белых пятен.

— Да, — сказала она, — вот теперь я понимаю Тамару. Ты слышишь, Тамара, я перед тобой извиняюсь. Я часто смеялась над тем, что ты влюблена в своего вора Сеньку. А вот я теперь скажу, что из всех мужчин самый порядочный — это вор или убийца. Он не скрывает того, что любит девчонку, и, если нужно, сделает для нее преступление — воровство или убийство. А эти, остальные! Все вранье, ложь, маленькая хитрость, разврат исподтишка. У мерзавца три семьи, жена и пятеро детей. Гувернантка и два ребенка за границей. Старшая дочь от первого жениного брака, и от нее ребенок. И это все, все в городе знают, кроме его маленьких детей. Да и те, может быть, догадываются и перешептываются. И, представьте себе, он — почтенное лицо, уважаемое всем миром... Дети мои, кажется, у нас никогда не было случая, чтобы мы пускались друг с другом в откровенности, а вот я вам скажу, что меня, когда мне было десять с половиной лет, моя собственная мать продала в городе Житомире доктору Тарабукину. Я целовала его руки, умоляла пощадить меня, я кричала ему: «Я маленькая!» А он мне отвечал: «Ничего, ничего: подрастешь». Ну, конечно, боль, отвращенье, мерзость... А он потом это пустил, как ходячий анекдот. Отчаянный крик моей души.

— Ну, говорить, так говорить до конца, — спокойно сказала вдруг Зоя и улыбнулась небрежно и печально. — Меня лишил невинности учитель министерской школы Иван Петрович Сус. Просто позвал меня к себе на квартиру, а жена его в это время пошла на базар за поросенком, — было рождество. Угостил меня конфетами, а потом сказал, что одно из двух: либо я должна его во всем слушаться, либо он сейчас же меня выгонит из школы за дурное поведение. А ведь вы сами знаете, девочки, как мы боимся учителей. Здесь они нам не страшны, потому что мы с ними что хотим, то и делаем, а тогда! Тогда ведь он нам казался более чем царь и бог.

— А меня стюдент. Учил у нас барчуков. Там, где я служила...

— Нет, а я... — воскликнула Нюра, но, внезапно обернувшись назад, к двери, так и осталась с открытым ртом. Поглядев по направлению ее взгляда, Женька всплеснула руками. В дверях стояла Любка, исхудавшая, с черными кругами под глазами и, точно сомнамбула, отыскивала рукою дверную ручку, как точку опоры.

— Любка, дура, что с тобой?! — закричала громко Женька. — Что?!

— Ну, конечно, что: он взял и выгнал меня.

Никто не сказал ни слова. Женька закрыла глаза руками и часто задышала, и видно было, как под кожей ее щек быстро ходят напряженные мускулы скул.

— Женечка, на тебя только вся и надежда, — сказала с глубоким выражением тоскливой беспомощности Любка. — Тебя так все уважают. Поговори, душенька, с Анной Марковной или с Симеоном... Пускай меня примут обратно.

Женька выпрямилась на постели, вперилась в Любку сухими, горящими, но как будто плачущими глазами и спросила отрывисто:

— Ты ела что-нибудь сегодня?

— Нет. Ни вчера, ни сегодня. Ничего.

— Послушай, Женечка, — тихо спросила Ванда, — а что, если я дам ей белого вина? А Верка покамест сбегает на кухню за мясом. А?

— Делай, как знаешь. Конечно, это хорошо. Да поглядите, девчонки, ведь она вся мокрая. Ах, какая дурища! Ну! Живо! Раздевайся! Манька Беленькая или ты, Тамарочка, дайте ей сухие панталоны, теплые чулки и туфли. Ну, теперь, — обратилась она к Любке, — рассказывай, идиотка, все, что с тобой случилось!

IX

В то раннее утро, когда Лихонин так внезапно и, может быть, неожиданно даже для самого себя увез Любку из веселого заведения Анны Марковны, был перелом лета. Деревья еще стояли зелеными, но в запахе воздуха, листьев и травы уже слегка чувствовался, точно издали, нежный, меланхолический и в то же время очаровательный запах приближающейся осени. С удивлением глядел студент на деревья, такие чистые, невинные и тихие, как будто бы бог, незаметно для людей, рассадил их здесь ночью, и деревья сами с удивлением оглядываются вокруг на спокойную голубую воду, как будто еще дремлющую в лужах и канавах и под деревянным мостом, перекинутым через мелкую речку, оглядываются на высокое, точно вновь вымытое небо, которое только что проснулось и в заре, спросонок, улыбается розовой, ленивой, счастливой улыбкой навстречу разгоравшемуся солнцу.

Сердце студента ширилось и трепетало: и от красоты этого блаженного утра, и от радости существования, и от сладостного воздуха, освежавшего его легкие после ночи, проведенной без сна в тесном и накуренном помещении. Но еще более умиляла его красота и возвышенность собственного поступка.

«Да, он поступил, как человек, как настоящий человек, в самом высоком смысле этого слова! Вот и теперь он не раскаивается в том, что сделал. Хорошо им (кому это „им“, Лихонин и сам не понимал как следует), хорошо им говорить об ужасах проституции, говорить, сидя за чаем с булками и колбасой, в присутствии чистых и развитых девушек. А сделал ли кто-нибудь из коллег какой-нибудь действительный шаг к освобождению женщины от гибели? Ну-ка? А то есть еще и такие, что придет к этой самой Сонечке Мармеладовой, наговорит ей турусы на колесах, распишет всякие ужасы, залезет к ней в душу, пока не доведет до слез, и сейчас же сам расплачется и начнет утешать, обнимать, по голове погладит, поцелует сначала в щеку, потом в губы, ну, и известно что! Тьфу! А вот у него, у Лихонина, слово с делом никогда не расходится».

Он обнял Любку за стан и поглядел на нее ласковыми, почти влюбленными глазами, хотя сам подумал сейчас же, что смотрит на нее, как отец или брат.

Любку страшно морил сон, слипались глаза, и она с усилием таращила их, чтобы не заснуть, а на губах лежала та же наивная, детская, усталая улыбка, которую Лихонин заметил еще и там, в кабинете. И из одного угла ее рта слегка тянулась слюна.

— Люба, дорогая моя! Милая, многострадальная женщина! Посмотри, как хорошо кругом! Господи! Вот уже пять лет, как я не видал как следует восхода солнца. То карточная игра, то пьянство, то в университет надо спешить. Посмотри, душенька, вон там заря расцвела. Солнце близко! Это — твоя заря, Любочка! Это начинается твоя новая жизнь. Ты смело обопрешься на мою сильную руку. Я выведу тебя на дорогу честного труда, на путь смелой, лицом к лицу, борьбы с жизнью!

Любка искоса взглянула на него. «Ишь, хмель-то еще играет, — ласково подумала она. — А ничего, — добрый и хороший. Только немножко некрасивый». И, улыбнувшись полусонной улыбкой, она сказала тоном капризного упрека:

— Да-а! Обма-анете небось? Все вы мужчины такие. Вам бы сперва своего добиться, получить свое удовольствие, а потом нуль внимания!

— Я?! О! чтобы я?! — воскликнул горячо Лихонин и даже свободной рукой ударил себя в грудь. — Плохо же ты меня знаешь! Я слишком честный человек, чтобы обманывать беззащитную девушку. Нет! Я положу все свои силы и всю свою душу, чтобы образовать твой ум, расширить твой кругозор, заставить твое бедное, исстрадавшееся сердце забыть все раны и обиды, которые нанесла ему жизнь! Я буду тебе отцом и братом! Я оберегу каждый твой шаг! А если ты полюбишь кого-нибудь истинно чистой, святой любовью, то я благословлю тот день и час, когда вырвал тебя из этого дантова ада!

В продолжение этой пылкой тирады старый извозчик многозначительно, хотя и молча, рассмеялся, и от этого беззвучного смеха тряслась его спина. Старые извозчики очень много слышат, потому что извозчику сидящему спереди, все прекрасно слышно, чего вовсе не подозревают разговаривающие седоки, и многое старые извозчики знают из того, что происходит между людьми. Почему знать, может быть, он слышал не раз и более беспорядочные, более возвышенные речи?

Любке почему-то показалось, что Лихонин на нее рассердился или заранее

99

ревнует ее к воображаемому сопернику. Уж слишком он громко и возбужденно декламировал. Она совсем проснулась, повернула к Лихонину свое лицо, с широко раскрытыми, недоумевающими и в то же время покорными глазами, и слегка прикоснулась пальцами к его правой руке, лежавшей на ее талии.

— Не сердитесь, мой миленький. Я никогда не сменю вас на другого. Вот вам, ей-богу, честное слово! Честное слово, что никогда! Разве я не чувствую, что вы меня хотите обеспечить? Вы думаете, разве я не понимаю? Вы же такой симпатичный, хорошенький, молоденький! Вот если бы вы были старик и некрасивый...

— Ах! Ты не про то! — закричал Лихонин и опять высоким слогом начал говорить ей о равноправии женщин, о святости труда, о человеческой справедливости, о свободе, о борьбе против царящего зла.

Из всех его слов Любка не поняла ровно ни одного. Она все-таки чувствовала себя в чем-то виноватой, и вся как-то съежилась, запечалилась, опустила вниз голову и замолчала. Еще немного, и она, пожалуй, расплакалась бы среди улицы, но, к счастью, они в это время подъехали к дому, где квартировал Лихонин.

— Ну, вот мы и дома, — сказал студент. — Стой, извозчик!

А когда расплатился, то не удержался, чтобы не произнести патетически, с рукой, театрально протянутой вперед, прямо перед собой:

И в дом мой смело и спокойно
Хозяйкой полною войди!

И опять непонятная пророческая улыбка съежила старческое коричневое лицо извозчика.

X

Комната, в которой жил Лихонин, помещалась в пятом с половиной этаже. С половиной потому, что есть такие пяти-шести и семиэтажные доходные дома, битком набитые и дешевые, сверху которых возводятся еще жалкие клоповники из кровельного железа, нечто вроде мансард, или, вернее, скворечников, в которых страшно холодно зимой, а летом жарко, точно на тропиках. Любка с трудом карабкалась наверх. Ей казалось, что вот-вот, еще два шага, и она свалится прямо на ступени лестницы и беспробудно заснет. А Лихонин между тем говорил:

— Дорогая моя! Я вижу, вы устали. Но ничего. Обопритесь на меня. Мы идем всё вверх! Всё выше и выше! Не это ли символ всех человеческих стремлений? Подруга моя, сестра моя, обопрись на мою руку!

Тут бедной Любке стало еще хуже. Она и так еле-еле поднималась одна, а ей пришлось еще тащить на буксире Лихонина, который чересчур отяжелел. И это бы еще ничего, что он был грузен, но ее понемногу начинало раздражать его многословие. Так иногда раздражает непрестанный, скучный, как зубная боль, плач грудного ребенка, пронзительное верещанье канарейки или если кто беспрерывно и фальшиво свистит в комнате рядом.

Наконец они добрались до комнаты Лихонина. Ключа в двери не было. Да обыкновенно ее никогда и не запирали на ключ. Лихонин толкнул дверь, и они вошли. В комнате было темно, потому что занавески были спущены. Пахло мышами, керосином, вчерашним борщом, заношенным постельным бельем, старым табачным дымом. В полутьме кто-то, кого не было видно, храпел оглушительно и разнообразно.

Лихонин приподнял штору. Обычная обстановка бедного холостого студента: провисшая, неубранная кровать со скомканным одеялом, хромой стол и на нем подсвечник без свечи, несколько книжек на полу и на столе, окурки повсюду, а напротив кровати, вдоль другой стены — старый-престарый диван, на котором сейчас спал и храпел, широко раскрыв рот, какой-то чернокудрый и черноусый молодой человек. Ворот его рубахи был расстегнут, и сквозь ее прореху можно было видеть грудь и черные волосы, такие густые и курчавые, какие бывают только у карачаевских барашков.

— Нижерадзе! Эй, Нижерадзе, вставай! — крикнул Лихонин и толкнул спящего в бок. — Князь!

— М-м-м...

— Вставай, я тебе говорю, ишак кавказский, идиот осетинский!

— М-м-м...

— Да будет проклят твой род в лице предков и потомков! Да будут они изгнаны с высот прекрасного Кавказа! Да не увидят они никогда благословенной Грузии! Вставай, подлец! Вставай, дромадер аравийский! Кинтошка!..

Но вдруг, совсем неожиданно для Лихонина, вмешалась Любка. Она взяла его за руку и сказала робко:

— Миленький, зачем же его мучить? Может быть, он спать хочет, может быть, он устал? Пускай поспит. Уж лучше я поеду домой. Вы мне дадите полтинник на извозчика? Завтра вы опять ко мне приедете. Правда, душенька?

Лихонин смутился. Таким странным ему показалось вмешательство этой молчаливой, как будто сонной девушки. Конечно, он не сообразил того, что в ней говорила инстинктивная, бессознательная жалость к человеку, который недоспал, или, может быть, профессиональное уважение к чужому сну. Но удивление было только мгновенное. Ему стало почему-то обидно. Он поднял свесившуюся до полу руку лежащего, между пальцами которой так и осталась потухшая папироса, и, крепко встряхнув ее, сказал серьезным, почти строгим голосом:

— Слушай же, Нижерадзе, я тебя, наконец, серьезно прошу. Пойми же, черт тебя побери, что я не один, а с женщиной. Свинья!

Случилось точно чудо: лежавший человек вдруг вскочил, точно какая-то пружина необыкновенной мощности мгновенно раскрутилась под ним. Он сел на диване, быстро потер ладонями глаза, лоб, виски, увидал женщину, сразу сконфузился и пробормотал, торопливо застегивая косоворотку:

— Это ты, Лихонин? А я тут тебя дожидался, дожидался и заснул. Попроси незнакомого товарища, чтобы она отвернулась на минутку.

Он поспешно натянул на себя серую студенческую тужурку и взлохматил обеими пятернями свои роскошные черные кудри. Любка, со свойственным всем женщинам кокетством, в каком бы возрасте и положении они ни находились, подошла к осколку зеркала, висевшему на стене, поправить прическу. Нижерадзе искоса, вопросительно, одним движением глаз показал на нее Лихонину.

— Ничего. Не обращай внимания, — ответил тот вслух. — А впрочем, выйдем отсюда. Я тебе сейчас же все расскажу. Извините, Любочка, я только на одну минуту. Сейчас вернусь, устрою вас, а затем испарюсь, как дым.

— Да вы не беспокойте себя, — возразила Любка, — мне и здесь, на диване, будет хорошо. А вы устраивайтесь себе на кровати.

— Нет, это уж не модель, ангел мой! У меня здесь есть один коллега. Я к нему и пойду ночевать. Сию минуту я вернусь.

Оба студента вышли в коридор.

— Что сей сон значит? — спросил Нижерадзе, широко раскрывая свои восточные, немножко бараньи глаза. — Откуда это прелестное дитя, этот товарищ в юбке?

Лихонин многозначительно покрутил головой и сморщился. Теперь, когда поездка, свежий воздух, утро и деловая, будничная, привычная обстановка почти совсем отрезвили его, он начал ощущать в душе смутное чувство какой-то неловкости, ненужности своего внезапного поступка и в то же время что-то вроде бессознательного раздражения и против самого себя и против увезенной им женщины. Он уже предчувствовал тягость совместной жизни, множество хлопот, неприятностей и расходов, двусмысленные улыбки или даже просто бесцеремонные расспросы товарищей, наконец серьезную помеху во время государственных экзаменов. Но, едва заговорив с Нижерадзе, он сразу устыдился своего малодушия и, начав вяло, к концу опять загарцевал на героическом коне.

— Видишь ли, князь, — сказал он, в смущении вертя пуговицу на тужурке товарища и не глядя ему в глаза, — ты ошибся. Это вовсе не товарищ в юбке, а это... просто я сейчас был с коллегами, был... то есть не был, а только заехал на минутку с товарищами на Ямки, к Анне Марковне.

— С кем? — спросил, оживившись, Нижерадзе.

— Ну, не все ли тебе равно, князь? Был Толпыгин, Рамзес, приват-доцент один — Ярченко, Боря Собашников и другие... не помню. Катались на лодке целый вечер, потом нырнули в кабачару, а уж потом, как свиньи, на Ямки. Я, ты знаешь, человек очень воздержанный. Я только сидел и насасывался коньяком, как губка, с одним знакомым репортером. Ну, а прочие все грехопаднули. И вот поутру отчего-то я совсем размяк. Так мне стало грустно и жалко глядеть на этих несчастных женщин. Подумал я и о том, что вот наши сестры пользуются нашим вниманием, любовью, покровительством, наши матери окружены благоговейным обожанием. Попробуй кто-нибудь сказать им грубое слово, толкнуть, обидеть, — ведь мы горло готовы перегрызть каждому! Не правда ли?

— М-м?.. — протянул не то вопросительно, не то выжидательно грузин и скосил глаза вбок.

— Ну вот, я и подумал: а ведь каждую из этих женщин любой прохвост, любой мальчишка, любой развалившийся старец может взять себе на минуту или на ночь, как мгновенную прихоть, и равнодушно еще в лишний, тысяча первый раз осквернить и опоганить в ней то, что в человеке есть самое драгоценное — любовь... Понимаешь, надругаться, растоптать ногами, заплатить за визит и уйти спокойно, ручки в брючки, посвистывая. А ужаснее всего, что это все вошло уже у них в привычку: и ей все равно, и ему все равно. Притупились чувства, померкла душа. Так ведь? А ведь в каждой из них погибает и прекрасная сестра и святая мать. А? Не правда ли?

— Н-на?.. — промычал Нижерадзе и опять отвел глаза в сторону.

— Я и подумал: к чему слова и лишние восклицания? К черту лицемерные речи на съездах. К черту аболиционизм, регламентацию (ему вдруг невольно пришли на ум недавние слова репортера) и все эти раздачи священных книг в заведениях и магдалинские приюты! Вот я возьму и поступлю как настоящий честный человек, вырву девушку из омута, внедрю ее в настоящую твердую почву, успокою ее, ободрю, приласкаю.

— Гм! — крякнул Нижерадзе, усмехнувшись.

— Эх, князь! У тебя всегда сальности на уме. Ты же понимаешь, что я не о женщине говорю, а о человеке, не о мясе, а о душе.

— Хорошо, хорошо, душа мой, дальше!

— А дальше то, что я как задумал, так и сделал. Взял ее сегодня от Анны Марковны и привез покамест к себе. А там что бог даст. Научу ее сначала читать, писать, потом открою для нее маленькую кухмистерскую или, скажем, бакалейную лавочку. Думаю, товарищи мне не откажутся помочь. Сердце человеческое, братец мой, князь, всякое сердце в согреве, в тепле нуждается. И вот посмотри: через год, через два я возвращу обществу хорошего, работящего, достойного члена, с девственной душой, открытой для всяких великих возможностей... Ибо она отдавала только тело, а душа ее чиста и невинна.

— Це, це, це, — почмокал языком князь.

— Что это значит, ишак тифлисский?

— А купишь ей швейную машинку?

— Почему именно швейную машинку? Не понимаю.

— Всегда, душа мой, так в романах. Как только герой спас бедное, но погибшее создание, сейчас же он ей заводит швейную машинку.

— Перестань говорить глупости, — сердито отмахнулся от него рукой Лихонин. — Паяц!

Грузин вдруг разгорячился, засверкал черными глазами, и в голосе его сразу послышались кавказские интонации.

— Нет, не глупости, душа мой! Тут одно из двух, и все с один и тот же результат. Или ты с ней сойдешься и через пять месяцев выбросишь ее на улицу, и она вернется опять в публичный дом или пойдет на панель. Это факт! Или ты с ней не сойдешься, а станешь ей навязывать ручной или головной труд и будешь стараться развивать ее невежественный, темный ум, и она от скуки убежит от тэбэ и опять очутится либо на панели, либо в публичном доме. Это тоже факт! Впрочем, есть еще третья комбинация. Ты будешь о ней заботиться, как брат, как рыцарь Ланчелот, а она тайком от тебя полюбит другого. Душа мой, поверь мне, что женшына, покамэст она женшына, так она — женшына. И без любви жить не может. Тогда она сбежит от тебя к другому. А другой поиграется немножко с ее телом, а через три месяца выбросит ее на улицу или в публычный дом.

Лихонин глубоко вздохнул. Где-то глубоко, не в уме, а в сокровенных, почти неуловимых тайниках сознания промелькнуло у него что-то похожее на мысль о том, что Нижерадзе прав. Но он быстро овладел собою, встряхнул головой и, протянув руку князю, произнес торжественно:

— Обещаю тебе, что через полгода ты возьмешь свои слова обратно и в знак извинения, чурчхела ты эриванская, бадриджан армавирский, поставишь мне дюжину кахетинского.

— Ва! Идет! — Князь с размаху ударил ладонью по руке Лихонина. — С удовольствием. А если по-моему, то — ты.

— То я. Однако до свиданья, князь. Ты у кого ночуешь?

— Я здесь же, по этому коридору, у Соловьева. А ты, конечно, как средневековый рыцарь, положишь обоюдоострый меч между собой и прекрасной Розамундой? Да?

— Глупости. Я сам было хотел у Соловьева переночевать. А теперь пойду побожу по улицам и заверну к кому-нибудь: к Зайцевичу или к Штрумпу. Прощай, князь!

— Постой, постой! — позвал его Нижерадзе, когда он отошел на несколько шагов. — Самое главное я тебе забыл сказать: Парцан провалился!

— Вот как? — удивился Лихонин и тотчас же длинно, глубоко и сладко зевнул.

— Да. Но ничего страшного нет: только одно хранение брошюрятины. Отсидит не больше года.

— Ничего, он хлопец крепкий, не раскиснет.

— Крепкий, — подтвердил князь.

— Прощай!

— До свиданья, рыцарь Грюнвальдус.

— До свиданья, жеребец кабардинский.

XI

Лихонин остался один. В полутемном коридоре пахло керосиновым чадом догоравшей жестяной лампочки и запахом застоявшегося дурного табака. Дневной свет тускло проникал только сверху, из двух маленьких стеклянных рам, проделанных в крыше над коридором.

Лихонин находился в том одновременно расслабленном и приподнятом настроении, которое так знакомо каждому человеку, которому случалось надолго выбиться из сна. Он как будто бы вышел из пределов обыденной человеческой жизни, и эта жизнь стала для него далекой и безразличной, но в то же время его мысли и чувства приобрели какую-то спокойную ясность и равнодушную четкость, и в этой хрустальной нирване была скучная и томительная прелесть.

Он стоял около своего номера, прислонившись к стене, и точно ощущал, видел и слышал, как около него л под ним спят несколько десятков людей, спят последним крепким утренним сном, с открытыми ртами, с мерным глубоким дыханием, с вялой бледностью на глянцевитых от сна лицах, и в голове его пронеслась давнишняя, знакомая еще с детства мысль о том, как страшны спящие люди, — гораздо страшнее, чем мертвецы.

Потом он вспомнил о Любке. Его подвальное, подпольное, таинственное «я» быстро-быстро шепнуло о том, что надо было бы зайти в комнату и поглядеть, удобно ли девушке, а также сделать некоторые распоряжения насчет утреннего чая, но он сам сделал перед собой вид, что вовсе и не думал об этом, и вышел на улицу.

Он шел, вглядываясь во все, что встречали его глаза, с новым для себя, ленивым и метким любопытством, и каждая черта рисовалась ему до такой степени рельефной, что ему казалось, будто он ощупывает ее пальцами... Вот прошла баба. У нее через плечо коромысло, а на обоих концах коромысла по большому ведру с молоком; лицо у нее немолодое, с сетью морщинок на висках и с двумя глубокими бороздами от ноздрей к углам рта, но ее щеки румяны и, должно быть, тверды на ощупь, а карие глаза лучатся бойкой хохлацкой усмешкой. От движения тяжелого коромысла и от плавной поступи ее бедра раскачиваются ритмично то влево, то вправо, и в их волнообразных движениях есть грубая, чувственная красота.

«Бедовая бабенка, и прожила она пеструю жизнь», — подумал Лихонин. И вдруг, неожиданно для самого себя, почувствовал и неудержимо захотел эту совсем незнакомую ему женщину, некрасивую и немолодую, вероятно, грязную и вульгарную, но все же похожую, как ему представилось, на крупное яблоко антоновку-падалку, немного подточенное червем, чуть-чуть полежалое, но еще сохранившее яркий цвет и душистый винный аромат.

Перегоняя его, пронесся пустой черный погребальный катафалк; две лошади в запряжке, а две привязаны сзади, к задним колонкам. Факельщики и гробовщики, уже с утра пьяные, с красными звероподобными лицами, с порыжелыми цилиндрами на головах, сидели беспорядочной грудой на своих форменных ливреях, на лошадиных сетчатых попонах, на траурных фонарях и ржавыми, сиплыми голосами орали какую-то нескладную песню. «Должно быть, к выносу торопятся, а пожалуй, уже и закончили, — подумал Лихонин, — веселые ребята!» На бульваре он остановился и присел на низенькую деревянную, крашенную зеленым скамейку. Два ряда мощных столетних каштанов уходили вдаль, сливаясь где-то далеко в одну прямую зеленую стрелу. На деревьях уже висели колючие крупные орехи. Лихонин вдруг вспомнил, что в самом начале весны он сидел именно на этом бульваре и именно на этом самом месте. Тогда был тихий, нежный, пурпурно-дымчатый вечер, беззвучно засыпавший, точно улыбающаяся усталая девушка. Тогда могучие каштаны, с листвой широкой внизу и узкой кверху, сплошь были усеяны гроздьями цветов, растущих светлыми, розовыми, тонкими шишками прямо к небу, точно кто-то по ошибке взял и прикрепил на все каштаны, как на люстры, розовые елочные рождественские свечи. И вдруг с необычайной остротой Лихонин почувствовал, — каждый человек неизбежно рано или поздно проходит через эту полосу внутреннего чувства, — что вот уже зреют орехи, а тогда были розовые цветущие свечечки, и что будет еще много весен и много цветов, но той, что прошла, никто и ничто не в силах ему возвратить. Грустно глядя в глубь уходящей густой аллеи, он вдруг заметил, что сентиментальные слезы щиплют ему глаза.

105

Он встал и пошел дальше, приглядываясь ко всему встречному с неустанным, обостренным и в то же время спокойным вниманием, точно он смотрел на созданный богом мир в первый раз. Мимо него прошла по мостовой артель каменщиков, и все они преувеличенно ярко и цветисто, точно на матовом стекле камер-обскуры, отразились в его внутреннем зрении. И старший рабочий, с рыжей бородой, свалявшейся набок, и с голубыми строгими глазами; и огромный парень, у которого левый глаз затек и от лба до скулы и от носа до виска расплывалось пятно черно-сизого цвета; и мальчишка с наивным, деревенским лицом, с разинутым ртом, как у птенца, безвольным, мокрым; и старик, который, припоздавши, бежал за артелью смешной козлиной рысью; и их одежды, запачканные известкой, их фартуки и их зубила — все это мелькнуло перед ним неодушевленной вереницей — цветной, пестрой, но мертвой лентой кинематографа.

Ему пришлось пересекать Ново-Кишиневский базар. Вдруг вкусный жирный запах чего-то жареного заставил его раздуть ноздри. Лихонин вспомнил, что со вчерашнего полдня он еще ничего не ел, и сразу почувствовал голод. Он свернул направо, в глубь базара.

В дни голодовок, — а ему приходилось испытывать их неоднократно, — он приходил сюда на базар и на жалкие, с трудом добытые гроши покупал себе хлеба и жареной колбасы. Это бывало чаще всего зимою. Торговка, укутанная во множество одежд, обыкновенно сидела для теплоты на горшке с угольями, а перед нею на железном противне шипела и трещала толстая домашняя колбаса, нарезанная кусками по четверть аршина длиною, обильно сдобренная чесноком. Кусок колбасы обыкновенно стоил десять копеек, хлеб — две копейки.

Сегодня на базаре было очень много народа. Еще издали, протискиваясь к знакомому любимому ларьку, Лихонин услыхал звуки музыки. Пробившись сквозь толпу, окружавшую один из ларьков сплошным кольцом, он увидал наивное и милое зрелище, какое можно увидеть только на благословенном юге России. Десять или пятнадцать торговок, в обыкновенное время злоязычных сплетниц и неудержимых, неистощимых в словесном разнообразии ругательниц, а теперь льстивых и ласковых подруг, очевидно, разгулялись еще с прошлого вечера, прокутили целую ночь и теперь вынесли на базар свое шумное веселье. Наемные музыканты — две скрипки, первая и вторая, и бубен — наяривали однообразный, но живой, залихватский и лукавый мотив. Одни бабы чокались и целовались, поливая друг друга водкой, другие — разливали ее по рюмкам и по столам, следующие, прихлопывая в ладоши в такт музыке, ухали, взвизгивали и приседали на месте. А посредине круга, на камнях мостовой, вертелась и дробно топталась на месте толстая женщина лет сорока пяти, но еще красивая, с красными мясистыми губами, с влажными, пьяными, точно обмасленными глазами, весело сиявшими под высокими дугами черных правильных малорусских бровей. Вся прелесть и все искусство ее танца заключались в том, что она то наклоняла вниз головку и выглядывала задорно исподлобья, то вдруг откидывала ее назад и опускала вниз ресницы и разводила руки в стороны, а также в том, как в размер пляске колыхались и вздрагивали у нее под красной ситцевой кофтой огромные груди. Во время пляски она пела, перебирая то каблуками, то носками козловых башмаков:

На вулицы скрыпка грае,
Бас гуде, вымовляе.
Менэ маты не пускае,
А мий милый дожидае.

Это-то и была знакомая Лихонину баба Грипа, та самая, у которой в крутые времена он не только бывал клиентом, но даже кредитовался. Она вдруг узнала Лихонина, бросилась к нему, обняла, притиснула к груди и поцеловала прямо в губы мокрыми горячими толстыми губами. Потом она размахнула руки, ударила ладонь об ладонь, скрестила пальцы с пальцами и сладко, как умеют это только подольские бабы, заворковала:

— Панычу ж мий, золотко ж мое серебряное, любый мой! Вы ж мене, бабу пьяную, простыте. Ну, що ж? Загуляла! — Она кинулась было целовать ему руку. — Та я же знаю, що вы не гордый, як другие паны. Ну, дайте, рыбонька моя, я ж вам ручку поцелую! Ни, ни, ни! Просю, просю вас!..

— Ну, вот глупости, тетя Грипа! — перебил ее, внезапно оживляясь, Лихонин. — Уж лучше так поцелуемся. Губы у тебя больно сладкие!

— Ах ты, сердынятынько мое! Сонечко мое яснее, яблочко ж мое райское, — разнежилась Грипа, — дай же мне твои бузи! Дай же мне твои бузенятки!..

Она жарко прижала его к своей исполинской груди и опять обслюнявила влажными горячими готтентотскими губами. Потом схватила его за рукав, вывела на середину круга и заходила вокруг него плавно-семенящей походкой, кокетливо изогнув стан и голося:

Ой! хто до кого, а я до Параски,
Бо у мене черт ма в штанив,
А в неи запаски!

И потом вдруг перешла, поддержанная музыкантами, к развеселому малорусскому гопаку:

Ой, чук тай байдуже
Задрипала фартук дуже.
А ты, Прыско, не журысь,
Доки мокро, тай утрысь!
    Траляля, траляля...
Спит Хима, тай не чуе,
Що казак с неи ночуе.
Брешешь, Хима, ты все чуешь,
Тылько так соби мандруешь.
    Тай, тай, тралялляй...

Лихонин, окончательно развеселенный, неожиданно для самого себя, вдруг заскакал козлом около нее, точно спутник вокруг несущейся планеты, длинноногий, длиннорукий, сутуловатый и совершенно нескладный. Его выход приветствовали общим, но довольно дружелюбным ржанием. Его усадили за стол,

107

потчевали водкой и колбасой. Он со своей стороны послал знакомого босяка за пивом и со стаканом в руке произнес три нелепых речи: одну — о самостийности Украины, другую — о достоинстве малорусской колбасы, в связи с красотою и семейственностью малорусских женщин, а третью — почему-то о торговле и промышленности на юге России. Сидя рядом с Грипой, он все пытался обнять ее за талию, и она не противилась этому. Но даже и его длинные руки не могли обхватить ее изумительного стана. Однако она крепко, до боли, тискала под столом его руку своей огромной, горячей, как огонь, мягкой рукою.

В это время между торговками, до сих пор нежно целовавшимися, вдруг промелькнули какие-то старые, неоплаченные ссоры и обиды. Две бабы, наклонившись друг к другу, точно петухи, готовые вступить в бой, подпершись руками в бока, поливали друг дружку самыми посадскими ругательствами.

— Дура, стэрва, собачя дочь! — кричала одна, — ты не достойна меня от сюда поцеловать. — И, обернувшись тылом к противнице, она громко шлепнула себя ниже спины. — От сюда! Ось!

А другая в ответ визжала бешено:

— Брешешь, курва, бо достойна, достойна!

Лихонин воспользовался минутой. Будто что-то вспомнив, он торопливо вскочил с лавки и крикнул:

— Подождите меня, тетя Грипа, я через три минуты приду! — и нырнул сквозь живое кольцо зрителей.

— Панычу! Панычу! — кричала ему вслед его соседка, — вы же скорейше назад идыте! Я вам одно словцо маю сказаты.

Зайдя за угол, он некоторое время мучительно старался вспомнить, что такое ему нужно было непременно сделать сейчас, вот сию минуту. И опять в недрах души он знал о том, что именно надо сделать, но медлил сам себе в этом признаться. Был уже яркий, светлый день, часов около девяти-десяти. Дворники поливали улицы из резиновых рукавов. Цветочницы сидели на площадях и у калиток бульваров, с розами, левкоями и нарциссами. Светлый, южный, веселый, богатый город оживлялся. Продребезжала по мостовой железная клетка, наполненная собаками всевозможных мастей, пород и возрастов. На козлах сидело двое гицелей, — или, как они сами себя называют почтительно, «крулевских гицелей», то есть ловцов бродячих собак, — возвращавшихся домой с сегодняшним утренним уловом.

«Она уже, должно быть, проснулась, — оформил, наконец, свою тайную мысль Лихонин, — а если не проснулась, то я тихонько прилягу на диван и посплю».

В коридоре по-прежнему тускло светила и чадила умирающая керосиновая лампа, и водянисто-грязный полусвет едва проникал в узкий длинный ящик. Дверь номера так и осталась незапертой. Лихонин беззвучно отворил ее и вошел.

Слабый синий полусвет лился из Прозоров между шторами и окном. Лихонин остановился посреди комнаты и с обостренной жадностью услышал тихое, сонное дыхание Любки. Губы у него сделались такими жаркими и сухими, что ему приходилось не переставая их облизывать. Колени задрожали.

«Спросить, не надо ли ей чего-нибудь», — вдруг пронеслось у него в голове.

Как пьяный, тяжело дыша, с открытым ртом, шатаясь на трясущихся ногах, он подошел к кровати.

Люба спала на спине, протянув одну голую руку вдоль тела, а другую положив на грудь. Лихонин наклонился к ней ближе, к самому ее лицу. Она дышала ровно и глубоко. Это дыхание молодого здорового тела было, несмотря на сон, чисто и почти ароматно. Он осторожно провел пальцами по голой руке и погладил грудь немножко ниже ключиц. «Что я делаю?!» — с ужасом крикнул вдруг в нем рассудок, но кто-то другой ответил за Лихонина: «Я же ничего не делаю. Я только хочу спросить, удобно ли ей было спать и не хочет ли она чаю».

Но Любка вдруг проснулась, открыла глаза, зажмурила их на минуту и опять открыла. Потянулась длинно-длинно и с ласковой, еще не осмыслившейся улыбкой окружила жаркой крепкой рукой шею Лихонина.

— Дуся! Милый, — ласково произнесла женщина воркующим, немного хриплым со сна голосом, — а я тебя ждала, ждала и даже рассердилась. А потом заснула и всю ночь тебя во сне видела. Иди ко мне, моя цыпочка, моя ляленька! — Она притянула его к себе, грудь к груди.

Лихонин почти не противился; он весь трясся, как от озноба, и бессмысленно повторял скачущим шепотом, ляская зубами:

— Нет же, Люба, не надо... Право, не надо, Люба, так... Ах, оставим это, Люба... Не мучай меня. Я не ручаюсь за себя... Оставь же меня, Люба, ради бога!..

— Глупенький мо-ой! — воскликнула она смеющимся, веселым голосом. — Иди ко мне, моя радость! — и, преодолевая последнее, совсем незначительное сопротивление, она прижала его рот к своему и поцеловала крепко и горячо, поцеловала искренне, может быть, в первый и последний раз в своей жизни.

«О, подлец! Что я делаю?» — продекламировал в Лихонине кто-то честный, благоразумный и фальшивый.

— Ну, что? Полегшало? — спросила ласково Любка, целуя в последний раз губы Лихонина. — Ах ты, студентик мой!..

XII

С душевной болью, со злостью и с отвращением к себе, и к Любке и, кажется, ко всему миру, бросился Лихонин, не раздеваясь, на деревянный кособокий пролежанный диван и от жгучего стыда даже заскрежетал зубами. Сон не шел к нему, а мысли все время вертелись около этого дурацкого, как он сам называл увоз Любки, поступка, в котором так противно переплелся скверный водевиль с глубокой драмой. «Все равно, — упрямо твердил он сам тебе, — раз я обещался, я доведу дело до конца. И, конечно, то, что было сейчас, никогда-никогда не повторится! Боже мой, кто же не падал, поддаваясь минутной расхлябанности нервов? Глубокую, замечательную истину высказал какой-то философ, который утверждал, что ценность человеческой души можно познавать по глубине ее падения и по высоте взлетов. Но все-таки черт бы побрал весь сегодняшний идиотский день, и этого двусмысленного резонера-репортера Платонова, и его собственный, Лихонина, нелепый рыцарский порыв! Точно, в самом деле, все это

109

было не из действительной жизни, а из романа „Что делать?“ писателя Чернышевского. И как, черт побери, какими глазами погляжу я на нее завтра?»

У него горела голова, жгло веки глаз, сохли губы. Он нервно курил папиросу за папиросой и часто приподымался с дивана, чтобы взять со стола графин с водой и жадно, прямо из горлышка, выпить несколько больших глотков. Потом каким-то случайным усилием воли ему удалось оторвать свои мысли от прошедшей ночи, и сразу тяжелый сон, без всяких видений и образов, точно обволок его черной ватой.

Он проснулся далеко за полдень, часа в два или в три, и сначала долго не мог прийти в себя, чавкал ртом и озирался по комнате мутными отяжелевшими глазами. Все, что случилось ночью, точно вылетело из его памяти. Но когда он увидел Любку, которая тихо и неподвижно сидела на кровати, опустив голову и сложив на коленях руки, он застонал и закряхтел от досады и смущения. Теперь он вспомнил все. И в эту минуту он сам на себе испытал, как тяжело бывает утром воочию увидеть результаты сделанной вчера ночью глупости.

— Проснулся, дусенька? — спросила ласково Любка.

Она встала с кровати, подошла к дивану, села в ногах у Лихонина и осторожно погладила его ногу поверх одеяла.

— А я давно уже проснулась и все сидела: боялась тебя разбудить. Очень уж ты крепко спал.

Она потянулась к нему и поцеловала его в щеку. Лихонин поморщился и слегка отстранил ее от себя.

— Подожди, Любочка! Подожди, этого не надо. Понимаешь, совсем, никогда не надо. То, что вчера было, ну, это случайность. Скажем, моя слабость. Даже более: может быть, мгновенная подлость. Но, ей-богу, поверь мне, я вовсе не хотел сделать из тебя любовницу. Я хотел видеть тебя другом, сестрой, товарищем... Нет, нет ничего: все сладится, стерпится. Не надо только падать духом. А покамест, дорогая моя, подойди и посмотри немножко в окно: я только приведу себя в порядок.

Любка слегка надула губы и отошла к окну, повернувшись спиной к Лихонину. Всех этих слов о дружбе, братстве и товариществе она не могла осмыслить своим куриным мозгом и простой крестьянской душой. Ее воображению гораздо более льстило, что студент, — все-таки не кто-нибудь, а человек образованный, который может на доктора выучиться, или на адвоката, или на судью, — взял ее к себе на содержание... А вот теперь вышло так, что он только исполнил свой каприз, добился, чего ему нужно, и уже на попятный. Все они таковы, мужчины!

Лихонин поспешно поднялся, плеснул себе на лицо несколько пригоршней воды и вытерся старой салфеткой. Потом он поднял шторы и распахнул обе ставни. Золотой солнечный свет, лазоревое небо, грохот города, зелень густых лип и каштанов, звонки конок, сухой запах горячей пыльной улицы — все это сразу вторглось в маленькую чердачную комнатку. Лихонин подошел к Любке и дружелюбно потрепал ее по плечу.

— Ничего, радость моя... Сделанного не поправишь, а вперед наука. Вы еще не спрашивали себе чаю, Любочка?

— Нет, я все вас дожидалась. Да и не знала, кому сказать. И вы тоже хороши. Я ведь слышала, как вы после того, как ушли с товарищем, вернулись назад и постояли у дверей. А со мной даже и не попрощались. Хорошо ли это?

«Первая семейная ссора», — подумал Лихонин, но подумал беззлобно, шутя.

Умывание, прелесть золотого и синего южного неба и наивное, отчасти покорное, отчасти недовольное лицо Любки и сознание того, что он все-таки мужчина и что ему, а не ей надо отвечать за кашу, которую он заварил, — все это вместе взбудоражило его нервы и заставило взять себя в руки. Он отворил дверь и рявкнул во тьму вонючего коридора:

— Ал-лекса-андра! Самова-ар! Две бу-улки, ма-асла и колбасы! И мерзавчик во-одки!

В коридоре послышалось шлепанье туфель, и старческий голос еще издали зашамкал:

— Чего орешь? Чего орешь-то? Го-го-го! Го-го-го! Точно жеребец стоялый. Чай, не маленький: запсовел уж, а держишь себя, как мальчишка уличный! Ну, чего тебе?

В комнату вошла маленькая старушка, с красновекими глазами, узкими, как щелочки, и с удивительно пергаментным лицом, на котором угрюмо и зловеще торчал вниз длинный острый нос. Это была Александра, давнишняя прислуга студенческих скворечников, друг и кредитор всех студентов, женщина лет шестидесяти пяти, резонерка и ворчунья.

Лихонин повторил ей свое распоряжение и дал рублевую бумажку. Но старуха не уходила, толклась на месте, сопела, жевала губами и недружелюбно глядела на девушку, сидевшую спиной к свету.

— Ты что же, Александра, точно окостенела? — смеясь, спросил Лихонин. — Или залюбовалась? Ну, так знай: это моя кузина, то есть двоюродная сестра, Любовь... — он замялся всего лишь на секунду, но тотчас же выпалил, — Любовь Васильевна, а для меня просто Любочка. Я вот такой еще ее знал, — показал он на четверть аршина от стола. — И за уши драл и шлепал за капризы по тому месту, откуда ноги растут. И там... жуков для нее разных ловил... Ну, однако... однако ты иди, иди, египетская мумия, обломок прежних веков! Чтобы одна нога там, другая здесь!

Но старуха медлила. Топчась вокруг себя, она еле-еле поворачивалась к дверям и не спускала острого, ехидного, бокового взгляда с Любки. И в то же время она бормотала запавшим ртом:

— Двоюродная! Знаем мы этих двоюродных! Много их по Каштановой улице ходит. Ишь кобели несытые!

— Ну, ты, старая барка! Живо и не ворчать! — прикрикнул на нее Лихонин. — А то я тебя, как твой друг, студент Трясов, возьму и запру в уборную на двадцать четыре часа!

Александра ушла, и долго еще слышались в коридоре ее старческие шлепающие шаги и невнятное бормотанье. Она склонна была в своей суровой ворчливой доброте многое прощать студенческой молодежи, которую она обслуживала уже около сорока лет. Прощала пьянство, картежную игру, скандалы, громкое пение, долги, но, увы, она была девственницей, и ее целомудренная душа не переносила только одного; разврата.

XIII

— Вот и чудесно... И хорошо, и мило, — говорил Лихонин, суетясь около хромоногого стола и без нужды переставляя чайную посуду. — Давно я, старый крокодил, не пил чайку как следует, по-христиански, в семейной обстановке. Садитесь, Люба, садитесь, милая, вот сюда, на диван, и хозяйничайте. Водки вы, верно, по утрам не пьете, а я, с вашего позволения, выпью... Это сразу подымает нервы. Мне, пожалуйста, покрепче, с кусочком лимона. Ах, что может быть вкуснее стакана горячего чая, налитого милыми женскими руками?

Любка слушала его болтовню, немного слишком шумную, чтобы казаться вполне естественной, и ее сначала недоверчивая, сторожкая улыбка смягчалась и светлела. Но с чаем у нее не особенно ладилось. Дома, в глухой деревне, где этот напиток считался еще почти редкостью, лакомой роскошью зажиточных семейств, и заваривался лишь при почетных гостях и по большим праздникам, — там над разливанием чая священнодействовал старший мужчина семьи. Позднее, когда Любка служила «за все» в маленьком уездном городишке, сначала у попа, а потом у страхового агента, который первый и толкнул ее на путь проституции, то ей обыкновенно оставляла жидкий, спитой, чуть тепловатый чай с обгрызком сахара сама хозяйка, тощая, желчная, ехидная попадья, или агентиха, толстая, старая, обрюзглая, злая, засаленная, ревнивая и скупая бабища. Поэтому теперь простое дело приготовления чая было ей так же трудно, как для всех нас в детстве уменье отличать левую руку от правой или завязывать веревку петелькой. Суетливый Лихонин только мешал ей и конфузил ее.

— Дорогая моя, искусство заваривать чай — великое искусство. Ему надо учиться в Москве. Сначала слегка прогревается сухой чайник. Потом в него всыпается чай и быстро ошпаривается кипятком. Первую жидкость надо сейчас же слить в полоскательную чашку, — от этого чай становится чище и ароматнее, да и, кстати, известно, что китайцы — язычники и приготовляют свою траву очень грязно. Затем надо вновь налить чайник до четверти его объема, оставить на подносе, прикрыть сверху полотенцем и так продержать три с половиной минуты. После долить почти доверху кипятком, опять прикрыть, дать чуточку настояться — и у вас, моя дорогая, готов божественный напиток, благовонный, освежающий и укрепляющий.

Некрасивое, но миловидное лицо Любки, все пестрое от веснушек, как кукушечье яйцо, немного вытянулось и побледнело.

— Вы уж, ради бога, на меня не сердитесь... Ведь вас Василь Василич?.. Не сердитесь, миленький Василь Василич... Я, право же, скоро выучусь, я ловкая. К что же это вы мне всё — вы да вы? Кажется, не чужие теперь?

Она посмотрела на него ласково. И правда, она сегодня утром в первый раз за всю свою небольшую, но исковерканную жизнь отдала мужчине свое тело — хотя и не с наслаждением, а больше из признательности и жалости, но добровольно, не за деньги, не по принуждению, не под угрозой расчета или скандала. И ее женское сердце, всегда неувядаемое, всегда тянущееся к любви, как подсолнечник к свету, было сейчас чисто и разнежено.

Но Лихонин вдруг почувствовал колючую стыдливую неловкость и что-то враждебное против этой, вчера ему незнакомой женщины, теперь — его случайной любовницы. «Начались прелести семейного очага», — подумал он невольно, однако поднялся со стула, подошел к Любке и, взяв ее за руку, притянул к себе и погладил по голове.

— Дорогая моя, милая сестра моя, — сказал он трогательно и фальшиво, — то, что случилось сегодня, не должно никогда больше повторяться. Во всем виноват только один я, и, если хочешь, я готов на коленях просить у тебя прощения. Пойми же, пойми, что все это вышло помимо моей воли, как-то стихийно, вдруг, внезапно. Я и сам не ожидал, что это будет так! Понимаешь, я очень давно… не знал близко женщины… Во мне проснулся зверь, отвратительный, разнузданный зверь… и… я не устоял. Но, господи, разве так уже велика моя вина? Святые люди, отшельники, затворники, схимники, столпники, пустынники, мученики — не чета мне по крепости духа, — и они падали в борьбе с искушением дьявольской плоти. Но зато чем хочешь клянусь, что это больше не повторится… Ведь так?

Любка упрямо вырывала его руку из своей. Губы ее немного отторбучились, и опущенные веки часто заморгали.

— Да-а, — протянула она, как ребенок, который упрямится мириться, — я же вижу, что я вам не нравлюсь. Так что ж, — вы мне лучше прямо скажите и дайте немного на извозчика, и еще там, сколько захотите… Деньги за ночь все равно заплачены, и мне только доехать… туда.

Лихонин схватился за волосы, заметался по комнате и задекламировал:

— Ах, не то, не то, не то! Пойми же меня, Люба! Продолжать то, что случилось утром, — это… это свинство, скотство и недостойно человека, уважающего себя. Любовь! Любовь — это полное слияние умов, мыслей, душ, интересов, а не одних только тел. Любовь — громадное, великое чувство, могучее, как мир, а вовсе не валянье в постели. Такой любви нет между нами, Любочка. Если она придет, это будет чудесным счастьем и для тебя и для меня. А пока — я твой друг, верный товарищ на жизненном пути. И довольно, и баста… Я хотя и не чужд человеческих слабостей, но считаю себя честным человеком.

Любка точно завяла. «Он думает, что я хочу, чтобы он на мне женился. И совсем мне это не надо, — печально думала она. — Можно жить и так. Живут же другие на содержании. И, говорят, — гораздо лучше, чем покрутившись вокруг аналоя. Что тут худого? Мирно, тихо, благородно… Я бы ему чулки штопала, полы мыла бы, стряпала… что попроще. Конечно, ему когда-нибудь выйдет линия жениться на богатой. Ну уж, наверно, он так не выбросит на улицу, в чем мать родила. Хоть и дурачок и болтает много, а видно, человек порядочный. Обеспечит все-таки чем-нибудь. А может быть, и взаправду приглядится, привыкнет? Я девица простая, скромная и на измену никогда не согласная. Ведь, говорят, бывает так-то… Надо только вида ему не показывать. А что он опять придет ко мне в постель и придет сегодня же вечером — это как бог свят».

И Лихонин тоже задумался, замолк и заскучал; он уже чувствовал тяготу взятого на себя непосильного подвига. Поэтому он даже обрадовался, когда в дверь постучали, и на его окрик «войдите» вошли два студента: Соловьев и ночевавший у него Нижерадзе.

Соловьев, рослый и уже тучноватый, с широким румяным волжским лицом и светлой маленькой вьющейся бородкой, принадлежал к тем добрым, веселым и простым малым, которых достаточно много в любом университете. Он делил свои досуги, — а досуга у него было двадцать четыре часа в сутки, — между пивной и шатаньем по бульварам, между бильярдом, винтом, театром, чтением газет и романов и зрелищами цирковой борьбы; короткие же промежутки употреблял на еду, спанье, домашнюю починку туалета, при помощи ниток, картона, булавок и чернил, и на сокращенную, самую реальную любовь к случайной женщине из кухни, передней или с улицы. Как и вся молодежь его круга, он сам считал себя революционером, хотя тяготился политическими спорами, раздорами и взаимными колкостями и, не перенося чтения революционных брошюр и журналов, был в деле почти полным невеждой. Поэтому он не достиг даже самого малого партийного посвящения, хотя иногда ему давались кое-какие поручения вовсе небезопасного свойства, смысл которых ему не уясняли. И не напрасно полагались на его твердую совесть: он все исполнял быстро, точно, со смелой верой в мировую важность дела, с беззаботной улыбкой и с широким презрением к возможной погибели. Он укрывал нелегальных товарищей, хранил запретную литературу и шрифты, передавал паспорта и деньги, В нем было много физической силы, черноземного добродушия и стихийного простосердечия. Он нередко получал из дому, откуда-то из глуши Симбирской или Уфимской губернии, довольно крупные для студента денежные суммы, но в два дня разбрасывал и рассовывал их повсюду с небрежностью французского вельможи XVII столетия, а сам оставался зимою в одной тужурке, с сапогами, реставрированными собственными средствами.

Кроме всех этих наивных, трогательных, смешных, возвышенных и безалаберных качеств старого русского студента, уходящего — и бог весть, к добру ли? — в область исторических воспоминаний, он обладал еще одной изумительной способностью — изобретать деньги и устраивать кредиты в маленьких ресторанах и кухмистерских. Все служащие ломбарда и ссудных касс, тайные и явные ростовщики, старьевщики были с ним в самом тесном знакомстве.

Если же по некоторым причинам нельзя было к ним прибегнуть, то и тут Соловьев оставался на высоте своей находчивости. Предводительствуя кучкой обедневших друзей и удрученный своей обычной деловой ответственностью, он иногда мгновенно озарялся внутренним вдохновением, делал издали, через улицу, таинственный знак проходившему со своим узлом за плечами татарину и на несколько секунд исчезал с ним в ближайших воротах. Он быстро возвращался назад без тужурки, в одной рубахе навыпуск, подпоясанный шнурочком, или зимой без пальто, в легоньком костюмчике, или вместо новой, только что купленной фуражки — в крошечном жокейском картузике, чудом державшемся у него на макушке.

Его все любили: товарищи, прислуга, женщины, дети. И все были с ним фамильярны. Особенным благорасположением пользовался он со стороны своих кунаков татар, которые, кажется, считали его за блаженненького. Они иногда летом приносили ему в подарок крепкий, пьяный кумыс в больших четвертных бутылях, а на байрам приглашали к себе есть молочного жеребенка. Как это ни покажется неправдоподобным, но Соловьев в критические минуты отдавал на хранение татарам некоторые книги и брошюры. Он говорил при этом с самым простым и значительным видом: «То, что я тебе даю, — Великая книга. Она говорит о том, что Аллах Акбар и Магомет его пророк, что много зла и бедности на земле и что люди должны быть милостивы и справедливы друг к другу».

У него были и еще две особенности: он очень хорошо читал вслух и удивительно, мастерски, прямо-таки гениально играл в шахматы, побеждая шутя первоклассных игроков. Его нападение было всегда стремительно и жестоко, защита мудра и осторожна, преимущественно в облическом[10] направлении, уступки противнику исполнены тонкого дальновидного расчета и убийственного коварства. При этом делал он свои ходы точно под влиянием какого-то внутреннего инстинкта или вдохновения, не задумываясь более чем на четыре-пять секунд и решительно презирая почтенные традиции.

С ним неохотно играли, считали его манеру играть дикарской, но все-таки играли иногда на крупные деньги, которые, неизменно выигрывая, Соловьев охотно возлагал на алтарь товарищеских нужд. Но от участия в конкурсах, которые могли бы ему создать положение звезды в шахматном мире, он постоянно отказывался: «У меня нет в натуре ни любви к этой ерунде, ни уважения, — говорил он, — просто я обладаю какой-то механической способностью ума, каким-то психическим уродством. Ну, вот, как бывают левши. И потому у меня нет ни профессионального самолюбия, ни гордости при победе, ни желчи при проигрыше».

Таков был матеро́й студент Соловьев. А Нижерадзе приходился ему самым близким товарищем, что не мешало, однако, обоим с утра до вечера зубоскалить друг над другом, спорить и ругаться. Бог ведает, чем и как существовал грузинский князь. Он сам про себя говорил, что обладает способностью верблюда питаться впрок на несколько недель вперед, а потом месяц ничего не есть. Из дому, из своей благословенной Грузии, он получал очень мало, и то больше съестными припасами. На рождество, на пасху или в день именин (в августе) ему присылали, — и непременно через приезжих земляков, — целые клады из корзин с бараниной, виноградом, чурчхелой, колбасами, сушеной мушмалой, рахат-лукумом, бадриджанами и очень вкусными лепешками, а также бурдюки с отличным домашним вином, крепким и ароматным, но отдававшим чуть-чуть овчиной. Тогда князь сзывал к кому-нибудь из товарищей (у него никогда не было своей квартиры) всех близких друзей и земляков и устраивал такое пышное празднество, — по-кавказски «той», — на котором истреблялись дотла дары плодородной Грузии, на котором пели грузинские песни и, конечно, в первую голову «Мравол-джамием» и «Нам каждый гость ниспослан богом, какой бы ни был он страны», плясали без устали лезгинку, размахивая дико в воздухе столовыми ножами, и говорил свои импровизации тулумбаш (или, кажется, он называется томада?); по большей части говорил сам Нижерадзе.

Говорить он был великий мастер и умел, разгорячась, произносить около трехсот слов в минуту. Слог его отличался пылкостью, пышностью и образностью, и его речи не только не мешал, а даже как-то странно, своеобразно украшал ее кавказский акцент с характерным цоканьем и гортанными звуками, похожими то на харканье вальдшнепа, то на орлиный клекот. И о чем бы он ни говорил, он всегда сводил монолог на самую прекрасную, самую плодородную, самую

---

[10] Обходном (от лат. obliquus).

передовую, самую рыцарскую и в то же время самую обиженную страну — Грузию. И неизменно цитировал он строки из «Барсовой кожи» грузинского поэта Руставели, уверяя, что эта поэма в тысячу раз выше всего Шекспира, умноженного на Гомера.

Он был хотя и вспыльчив, но отходчив и в обращении женственно-мягок, ласков, предупредителен, не теряя природной гордости... Одно в нем не нравилось товарищам — какое-то преувеличенное, экзотическое женолюбие. Он был непоколебимо, до святости или до глупости убежден в том, что он неотразимо прекрасен собою, что все мужчины завидуют ему, все женщины влюблены в него, а мужья ревнуют... Это хвастливое, навязчивое бабничество ни на минуту, должно быть, даже и во сне, не покидало его. Идя по улице, он поминутно толкал локтем в бок Лихонина, Соловьева или другого спутника и говорил, причмокивая и кивая назад головой на прошедшую мимо женщину: «Це, це, це... вай-вай! Зам-мэчатытыльный женшшына! Ка-ак она на меня посмотрела. Захочу — моя будет!..»

За ним этот смешной недостаток знали, высмеивали эту его черту добродушно и бесцеремонно, но охотно прощали ради той независимой товарищеской услужливости и верности слову, данному мужчине (клятвы женщинам были не в счет), которыми он обладал так естественно. Впрочем, надо сказать, что он пользовался в самом деле большим успехом у женщин. Швейки, модистки, хористки, кондитерские и телефонные барышни таяли от пристального взгляда его тяжелых, сладких и томных черно-синих глаз...

— До-ому сему и всем праведно, мирно и непорочно обитающим в нем... — заголосил было по-протодьяконски Соловьев и вдруг осекся. — Отцы-святители, — забормотал он с удивлением, стараясь продолжать неудачную шутку. — Да ведь это... Это же... ах, дьявол... это Соня, нет, виноват, Надя... Ну да! Люба от Анны Марковны...

Любка горячо, до слез, покраснела и закрыла лицо ладонями. Лихонин заметил это, понял, прочувствовал смятенную душу девушки и пришел ей на помощь. Он сурово, почти грубо остановил Соловьева.

— Совершенно верно, Соловьев. Как в адресном столе. Люба из Ямков. Прежде — проститутка. Даже больше, еще вчера — проститутка. А сегодня — мой друг, моя сестра. Так на нее пускай и смотрит всякий, кто хоть сколько-нибудь меня уважает. Иначе...

Грузный Соловьев торопливо, искренно и крепко обнял и помял Лихонина.

— Ну, милый, ну, будет... я впопыхах сделал глупость. Больше не повторится. Здравствуйте, бледнолицая сестра моя. — Он широко через стол протянул руку Любке и стиснул ее безвольные, маленькие и короткие пальцы с обгрызенными крошечными ногтями. — Прекрасно, что вы пришли в наш скромный вигвам. Это освежит нас и внедрит в нашу среду тихие и приличные нравы. — Александра! Пива-а! — закричал он громко. — Мы одичали, огрубели, погрязли в сквернословии, пьянстве, лености и других пороках. И все оттого, что были лишены благотворного, умиротворяющего влияния женского общества. Еще раз жму вашу руку. Милую, маленькую руку. Пива!

— Иду, — послышался за дверью недовольный голос Александры. — Иду я. Чего кричишь? На сколько?

Соловьев пошел в коридор объясниться. Лихонин благодарно улыбнулся ему вслед, а грузин по пути благодушно шлепнул его по спине между лопатками. Оба поняли и оценили запоздалую грубоватую деликатность Соловьева.

— Теперь, — сказал Соловьев, возвратившись в номер и садясь осторожно на древний стул, — теперь приступим к порядку дня. Буду ли я вам чем-нибудь полезен? Если вы мне дадите полчаса сроку, я сбегаю на минутку в кофейную и выпотрошу там самого лучшего шахматиста. Словом — располагайте мною.

— Какой вы смешной! — сказала Любка, стесняясь и смеясь. Она не понимала шутливого и необычного слога студента, но что-то влекло ее простое сердце к нему.

— Этого вовсе и не нужно, — вставил Лихонин. — Я покамест еще зверски богат. Мы, я думаю, пойдем все вместе куда-нибудь в трактирчик. Мне надо будет с вами кое о чем посоветоваться. Все-таки — вы для меня самые близкие люди и, конечно, не так глупы и неопытны, как с первого взгляда кажетесь. Затем я пойду попробую устроиться с ее... с Любиным паспортом. Вы подождете меня. Это недолго... Словом, вы понимаете, в чем заключается все это дело, и не будете расточать лишних шуток. Я, — его голос дрогнул сентиментально и фальшиво, — я хочу, чтобы вы взяли на себя часть моей заботы. Идет?

— Ва! идет! — воскликнул князь (у него вышло «идиот») и почему-то взглянул значительно на Любку и закрутил усы. Лихонин покосился на него. А Соловьев сказал простосердечно:

— И дело. Ты затеял нечто большое и прекрасное, Лихонин. Князь мне ночью говорил. Ну, что же, на то и молодость, чтобы делать святые глупости. Дай мне бутылку, Александра, я сам открою, а то ты надорвешься и у тебя жила лопнет. За новую жизнь, Любочка, виноват... Любовь... Любовь...

— Никоновна. Да зовите, как сказалось... Люба.

— Ну да, Люба. Князь, аллаверды!

— Якши-ол, — ответил Нижерадзе и чокнулся с ним пивом.

— И еще скажу, что я очень за тебя рад, дружище Лихонин, — продолжал Соловьев, поставив стакан и облизывая усы. — Рад и кланяюсь тебе. Именно только ты и способен на такой настоящий русский героизм, выраженный просто, скромно, без лишних слов.

— Оставь... Ну какой героизм, — поморщился Лихонин.

— И правда, — подтвердил Нижерадзе. — Ты все меня упрекаешь, что я много болтаю, а сам какую чепуху развел.

— Все равно! — возразил Соловьев. — Может быть, и витиевато, но все равно! Как староста нашей чердачной коммуны, объявляю Любу равноправным и почетным членом!

Он поднялся, широко простер руку и патетически произнес:

И в дом наш смело и свободно хозяйкой милою войди!

Лихонин ярко вспомнил, что ту же самую фразу он по-актерски сказал сегодня на рассвете, и даже зажмурился от стыда.

— Будет балаганить. Пойдемте, господа. Одевайся, Люба.

XIV

До ресторана «Воробьи» было недалеко, шагов двести. По дороге Любка незаметно взяла Лихонина за рукав и потянула к себе. Таким образом они опоздали на несколько шагов от шедших впереди Соловьева и Нижерадзе.

— Так это вы серьезно, Василь Василич, миленький мой? — спросила она, заглядывая снизу вверх на него своими ласковыми темными глазами. — Вы не шутите надо мной?

— Какие тут шутки, Любочка! Я был бы самым низким человеком, если бы позволял себе такие шутки. Повторяю, что я тебе более чем друг, я тебе брат, товарищ. И не будем об этом больше говорить. А то, что случилось сегодня поутру, это уж, будь покойна, не повторится. И сегодня же я найму тебе отдельную комнату.

Любка вздохнула. Не то, чтобы ее обижало целомудренное решение Лихонина, которому, по правде сказать, она плохо верила, но как-то ее узкий, темный ум не мог даже теоретически представить себе иного отношения мужчины к женщине, кроме чувственного. Кроме того, сказывалось давнишнее, крепко усвоенное в доме Анны Марковны, в виде хвастливого соперничества, а теперь глухое, но искреннее и сердитое недовольство предпочтенной или отвергнутой самки. И Лихонину она почему-то довольно плохо верила, улавливая бессознательно много наигранного, не совсем искреннего в его словах. Вот Соловьев — тот хотя и говорил непонятно, как и прочее большинство знакомых ей студентов, когда они шутили между собой или с девицами в общем зале (отдельно, в комнате, все без исключения мужчины, все, как один, говорили и делали одно и то же), однако Соловьеву она поверила бы скорее и охотнее. Какая-то простота светилась из его широко расставленных, веселых, искристых серых глаз.

Лихонина в «Воробьях» уважали за солидность, добрый нрав и денежную аккуратность. Поэтому ему сейчас же отвели маленький отдельный кабинетик — честь, которой могли похвастаться очень немногие студенты. В этой комнате целый день горел газ, потому что свет проникал только из узенького низа обрезанного потолком окна, из которого можно было видеть только сапоги, ботинки, зонтики и тросточки людей, проходивших по тротуару.

Пришлось присоединить к компании еще одного студента, Симановского, с которым столкнулись у вешалки. «Что это, точно он напоказ меня водит, — подумала Любка, — похоже, что он хвастается перед ними». И, улучив свободную минуту, она шепнула нагнувшемуся над ней Лихонину:

— Миленький, зачем же так много народу? Я ведь такая стеснительная. Совсем не умею компанию поддержать.

— Ничего, ничего, дорогая Любочка, — быстро прошептал Лихонин, задерживаясь в дверях кабинета, — ничего, сестра моя, это всё люди свои, хорошие, добрые товарищи. Они помогут тебе, помогут нам обоим. Ты не гляди, что они иногда шутят и врут глупости. А сердца у них золотые.

— Да уж очень неловко мне, стыдно. Все уж знают, откуда ты меня взял.

— И ничего, ничего! И пусть знают, — горячо возразил Лихонин. — Зачем стесняться своего прошлого, замалчивать его? Через год ты взглянешь смело и прямо в глаза каждому человеку и скажешь: «Кто не падал, тот не поднимался». Идем, идем, Любочка!

Покамест подавали немудреную закуску и заказывали еду, все, кроме Симановского, чувствовали себя неловко и точно связанно. Отчасти причиной этому и был Симановский, бритый человек, в пенсне, длинноволосый, с гордо закинутой назад головою и с презрительным выражением в узких, опущенных вниз углами губах. У него не было близких, сердечных друзей между товарищами, но его мнения и суждения имели среди них значительную авторитетность. Откуда происходила эта его влиятельность, вряд ли кто-нибудь мог бы объяснить себе: от его ли самоуверенной внешности, от умения ли схватить и выразить в общих словах то раздробленное и неясное, что смутно ищется и желается большинством, или оттого, что свои заключения всегда приберегал к самому нужному моменту. Среди всякого общества много такого рода людей: одни из них действуют на среду софизмами, другие — каменной бесповоротной непоколебимостью убеждений, третьи — широкой глоткой, четвертые — злой насмешкой, пятые — просто молчанием, заставляющим предполагать за собою глубокомыслие, шестые — трескучей внешней словесной эрудицией, иные — хлесткой насмешкой надо всем, что говорят... многие — ужасным русским словом «ерунда!». «Ерунда!» — говорят они презрительно на горячее, искреннее, может быть правдивое, но скомканное слово. «Почему же ерунда?» — «Потому что чепуха, вздор», — отвечают они, пожимая плечами, и точно камнем по голове ухлопывают человека. Много еще есть сортов таких людей, главенствующих над робкими, застенчивыми, благородно-скромными и часто даже над большими умами, и к числу их принадлежал Симановский.

Однако к середине обеда языки развязались у всех, кроме Любки, которая молчала, отвечала «да» и «нет» и почти не притрогивалась к еде. Больше всех говорили Лихонин, Соловьев и Нижерадзе. Первый — решительно и деловито, стараясь скрыть под заботливыми словами что-то настоящее, внутреннее, колючее и неудобное. Соловьев — с мальчишеским восторгом, с размашистыми жестами, стуча кулаком по столу. Нижерадзе — с легким сомнением и с недомолвками, точно он знал то, что нужно сказать, но скрывал это. Всех, однако, казалось, захватила, заинтересовала странная судьба девушки, и каждый, высказывая свое мнение, почему-то неизбежно обращался к Симановскому. Он же больше помалкивал и поглядывал на каждого из-под низа стекол пенсне, высоко поднимая для этого голову.

— Так, так, так, — сказал он, наконец, пробарабанив пальцами по столу. — То, что сделал Лихонин, прекрасно и смело. И то, что князь и Соловьев идут ему навстречу, тоже очень хорошо. Я, с своей стороны, готов, чем могу, содействовать вашим начинаниям. Но не лучше ли будет, если мы поведем нашу знакомую по пути, так сказать, естественных ее влечений и способностей. Скажите, дорогая моя, — обратился он к Любке, — что вы знаете, умеете? Ну там работу какую-нибудь или что. Ну там шить, вязать, вышивать.

— Я ничего не знаю, — ответила Любка шепотом, низко опустив глаза, вся красная, тиская под столом свои пальцы. — Я ничего здесь не понимаю.

— А ведь и в самом деле, — вмешался Лихонин, — ведь мы не с того конца начали дело. Разговаривая о ней в ее присутствии, мы только ставим ее в неловкое положение. Ну, посмотрите, у нее от растерянности и язык не шевелится. Пойдем-ка, Люба, я тебя провожу на минутку домой и вернусь через десять минут. А мы покамест здесь без тебя обдумаем, что и как. Хорошо?

— Мне что же, я ничего, — еле слышно ответила Любка. — Я, как вам, Василь Василич, угодно. Только я бы не хотела домой.

— Почему так?

— Мне одной там неудобно. Я уж лучше вас на бульваре подожду, в самом начале, на скамейке.

— Ах, да! — спохватился Лихонин, — это на нее Александра такого страха нагнала. Задам же я перцу этой старой ящерице! Ну, пойдем, Любочка.

Она робко, как-то сбоку, лопаточкой протянула каждому свою руку и вышла в сопровождении Лихонина.

Через несколько минут он вернулся и сел на свое место. Он чувствовал, что без него что-то говорили о нем, и тревожно обежал глазами товарищей. Потом, положив руки на стол, он начал:

— Я знаю вас всех, господа, за хороших, близких друзей, — он быстро и искоса поглядел на Симановского, — и людей отзывчивых. Я сердечно прошу вас прийти мне на помощь. Дело мною сделано впопыхах, — в этом я должен признаться, — но сделано по искреннему, чистому влечению сердца.

— А это главное, — вставил Соловьев.

— Мне решительно все равно, что обо мне станут говорить знакомые и незнакомые, а от своего намерения спасти, — извините за дурацкое слово, которое сорвалось, — от намерения ободрить, поддержать эту девушку я не откажусь. Конечно, я в состоянии нанять ей дешевую комнатку, дать первое время что-нибудь на прокорм, но вот что делать дальше, это меня затрудняет. Дело, конечно, не в деньгах, которые я всегда для нее нашел бы, но ведь заставить ее есть, пить и притом дать ей возможность ничего не делать — это значит осудить ее на лень, равнодушие, апатию, а там известно, какой бывает конец. Стало быть, нужно ей придумать какое-нибудь занятие. Вот эту-то сторону и надо обмозговать. Понатужьтесь, господа, посоветуйте что-нибудь.

— Надо знать, на что она способна, — сказал Симановский. — Ведь делала же она что-нибудь до поступления в дом.

Лихонин с видом безнадежности развел руками.

— Почти что ничего. Чуть-чуть шить, как и всякая крестьянская девчонка. Ведь ей пятнадцати лет не было, когда ее совратил какой-то чиновник. Подмести комнату, постирать, ну, пожалуй, еще сварить щи и кашу. Больше, кажется, ничего.

— Маловато, — сказал Симановский и прищелкнул языком.

— Да к тому же еще и неграмотна.

— Да это и неважно! — горячо вступился Соловьев. — Если бы мы имели дело с девушкой интеллигентной, а еще хуже полуинтеллигентной, то из всего, что мы собираемся сделать, вышел бы вздор, мыльный пузырь, а здесь перед нами девственная почва, непочатая целина.

— Гы-ы! — заржал двусмысленно Нижерадзе.

Соловьев, теперь уже не шутя, а с настоящим гневом, накинулся на него:

— Слушай, князь! Каждую святую мысль, каждое благое дело можно опаскудить и опохабить. В этом нет ничего ни умного, ни достойного. Если ты так по-жеребячьи относишься к тому, что мы собираемся сделать, то вот тебе бог, а вот и порог. Иди от нас!

— Да ведь ты сам только что сейчас в номере... — смущенно возразил князь.

— Да, и я... — Соловьев сразу смягчился и потух, — я выскочил с глупостью и жалею об этом. А теперь я охотно признаю, что Лихонин молодчина и прекрасный человек, и я все готов сделать со своей стороны. И повторяю, что грамотность — дело второстепенное. Ее легко постигнуть шутя. Таким непочатым умом научиться читать, писать, считать, а особенно без школы, в охотку, это как орех разгрызть. А что касается до какого-нибудь ручного ремесла, на которое можно жить и кормиться, то есть сотни ремесл, которым легко выучиться в две недели.

— Например? — спросил князь.

— А например... например... ну вот, например, делать искусственные цветы. Да, а еще лучше поступить в магазин цветочницей. Милое дело, чистое и красивое.

— Нужен вкус, — небрежно уронил Симановский.

— Врожденных вкусов нет, как и способностей. Иначе бы таланты зарождались только среди изысканного высокообразованного общества, а художники, рождались бы только от художников, а певцы от певцов, а этого мы не видим. Впрочем, я не буду спорить. Ну, не цветочница, так что-нибудь другое. Я, например, недавно видал на улице, в магазинной витрине сидит барышня и перед нею какая-то машинка ножная.

— В-ва! Опять машинка! — сказал князь, улыбаясь и поглядывая на Лихонина.

— Перестань, Нижерадзе, — тихо, но сурово ответил Лихонин. — Стыдно.

— Болван! — бросил ему Соловьев и продолжал: — Так вот, машинка движется взад и вперед, а на ней, на квадратной рамке, натянуто тонкое полотно, и уж я, право, не знаю, как это там устроено, я не понял, но только барышня водит по экрану какой-то металлической штучкой, и у нее выходит чудесный рисунок разноцветными шелками. Представьте себе озеро, все поросшее кувшинками с их белыми венчиками и желтыми тычинками, и кругом большие зеленые листья. А по воде плывут друг другу навстречу два белых лебедя, и сзади темный парк с аллеей, и все это тонко, четко, как акварельная живопись. Я так заинтересовался, что нарочно зашел спросить, что стоит. Оказывается, чуть-чуть дороже обыкновенной швейной машины и продается в рассрочку. А научиться этому искусству может в течение часа каждый, кто немножко умеет шить на простой машине. И имеется множество прелестных оригиналов. А главное, что такую работу очень охотно берут для экранов, альбомов, абажуров, занавесок и для прочей дряни, и деньги платят порядочные.

— Что же, и это дело, — согласился Лихонин и задумчиво погладил бороду. — А я, признаться, вот что хотел. Я хотел открыть для нее... открыть небольшую кухмистерскую или столовую, сначала, конечно, самую малюсенькую, но в которой готовилось бы все очень дешево, чисто и вкусно. Ведь многим студентам решительно все равно, где обедать и что есть. В студенческой почти никогда не хватает мест. Так вот, может быть, нам удастся как-нибудь затащить всех знакомых и приятелей.

— Это верно, — согласился князь, — но и непрактично: начнем столоваться в кредит. А ты знаешь, какие мы аккуратные плательщики. В таком деле нужно человека практичного, жоха, а если бабу, то со щучьими зубами, и то непременно за ее спиной должен торчать мужчина. В самом деле, ведь не Лихонину же стоять за выручкой и глядеть, что вдруг кто-нибудь наест, напьет и ускользнет.

Лихонин посмотрел на него прямо и дерзко, но только сжал челюсти и промолчал.

Начал своим размеренным беспрекословным тоном, поигрывая стеклами пенсне, Симановский:

— Намерение ваше прекрасно, господа, нет спору. Но обратили ли вы внимание на одну, так сказать, теневую сторону? Ведь открыть столовую, завести какое-нибудь мастерство — все это требует сначала денег, помощи — так сказать, чужой спины. Денег не жалко — это правда, я согласен с Лихониным, но ведь такое начало трудовой жизни, когда каждый шаг заранее обеспечен, не ведет ли оно к неизбежной распущенности и халатности и в конце, концов к равнодушному пренебрежению к делу. Ведь и ребенок, пока он раз пятьдесят не хлопнется, не научится ходить. Нет, уж если вы действительно хотите помочь этой бедной девушке, то дайте ей возможность сразу стать на ноги, как трудовому человеку, а не как трутню. Правда, тут большой искус, тягость работы, временная нужда, но зато, если она превозможет все это, то она превозможет и остальное.

— Что же ей, по-вашему, в судомойки идти? — спросил с недоверием Соловьев.

— Ну да, — спокойно возразил Симановский, — в судомойки, в прачки, в кухарки. Всякий труд возвышает человека.

Лихонин покачал головой.

— Золотые слова. Сама мудрость вещает вашими устами, Симановский. Судомойкой, кухаркой, горничной, экономкой... но, во-первых, вряд ли она на это способна, во-вторых, она уже была горничной и вкусила все прелести барских окриков при всех и барских щипков за дверями, в коридоре. Скажите, разве вы не знаете, что девяносто процентов проституции вербуется из числа женской прислуги? И, значит, бедная Люба при первой же несправедливости, при первой неудаче легче и охотнее пойдет туда же, откуда я ее извлек, если еще не хуже, потому что это для нее и не так страшно и привычно, а может быть, даже от господского обращения и в охотку покажется. А кроме того, стоит ли мне, то есть, я хочу сказать, стоит ли нам всем, столько хлопотать, стараться, беспокоиться для того, чтобы, избавив человека от одного рабства, ввергнуть в другое?

— Верно, — подтвердил Соловьев.

— Как хотите, — с презрительным видом процедил Симановский.

— А что касается до меня, — заметил князь, — то я готов, как твой приятель и как человек любознательный, присутствовать при этом опыте и участвовать в нем. Но я тебя еще утром предупреждал, что такие опыты бывали и всегда оканчивались позорной неудачей, по крайней мере те, о которых мы знаем лично, а те, о которых мы знаем только понаслышке, сомнительны в смысле достоверности. Но ты начал дело, Лихонин, — и делай. Мы тебе помощники.

Лихонин ударил ладонью по столу.

— Нет! — воскликнул он упрямо. — Симановский отчасти прав насчет того, что большая опасность для человека, если его водить на помочах. Но не вижу другого исхода. На первых порах помогу ей комнатой и столом... найду нетрудную работу, куплю для нее необходимые принадлежности. Будь что будет! И сделаем все, чтобы хоть немного образовать ее ум, а что сердце и душа у нее прекрасные — в этом я уверен. Не имею никаких оснований для веры, но уверен, почти знаю. Нижерадзе! Не паясничай! — резко крикнул он, бледнея. — Я сдерживался уж много раз при твоих дурацких выходках. Я до сих пор считал тебя за человека с совестью и с чувством. Еще одна неуместная острота, и я переменю о тебе мнение, и знай, что это навсегда.

— Да я же ничего... Я же, право... Зачем кирпичиться, душа мой? Тебе не нравится, что я веселый человек, ну, замолчу. Давай твою руку, Лихонин, выпьем!

— Ну, ладно, отвяжись. Будь здоров! Только не веди себя мальчишкой, барашек осетинский. Ну, так я продолжаю, господа. Если мы не отыщем ничего, что удовлетворяло бы справедливому мнению Симановского о достоинстве независимого, ничем не поддержанного труда, тогда я все-таки остаюсь при моей системе: учить Любу чему можно, водить в театр, на выставки, на популярные лекции, в музеи, читать вслух, доставлять ей возможность слушать музыку, конечно, понятную. Одному мне, понятно, не справиться со всем этим. Жду от вас помощи, а там что бог даст.

— Что же, — сказал Симановский, — дело новое, незатасканное, и как знать, чего не знаешь, — может быть, вы, Лихонин, сделаетесь настоящим духовным отцом хорошего человека. Я тоже предлагаю свои услуги.

— И я! И я! — поддержали другие двое, и тут же, не выходя из-за стола, четверо студентов выработали очень широкую и очень диковинную программу образования и просвещения Любки.

Соловьев взял на себя обучить девушку грамматике и письму. Чтобы не утомлять ее скучными уроками и в награду за ее успехи, он будет читать ей вслух доступную художественную беллетристику, русскую и иностранную. Лихонин оставил за собою преподавание арифметики, географии и истории.

Князь же сказал простосердечно, без обычной шутливости на этот раз:

— Я, дети мои, ничего не знаю, а что и знаю, то — очень плохо. Но я ей буду читать замечательное произведение великого грузинского поэта Руставели и переводить строчка за строчкой. Признаюсь вам, что я никакой педагог: я пробовал быть репетитором, но меня вежливо выгоняли после второго же урока. Однако никто лучше меня не сумеет научить играть на гитаре, мандолине и зурне.

Нижерадзе говорил совершенно серьезно, и поэтому Лихонин с Соловьевым добродушно рассмеялись, но совсем неожиданно, ко всеобщему удивлению, его поддержал Симановский.

— Князь говорит дело. Умение владеть инструментом во всяком случае повышает эстетический вкус, да и в жизни иногда бывает подспорьем. Я же, с своей стороны, господа... я предлагаю читать с молодой особой «Капитал» Маркса и историю человеческой культуры. А кроме того, проходить с ней физику и химию.

Если бы не обычный авторитет Симановского и не важность, с которой он говорил, то остальные трое расхохотались бы ему в лицо. Они только поглядели на него выпученными глазами.

— Ну да, — продолжал невозмутимо Симановский, — я покажу ей целый ряд возможных произвести дома химических и физических опытов, которые всегда занимательны и полезны для ума и искореняют предрассудки. Попутно я объясню ей кое-что о строении мира, о свойствах материи. Что же касается до Карла Маркса, то помните, что великие книги одинаково доступны пониманию и ученого и неграмотного крестьянина, лишь бы было понятно изложено. А всякая великая мысль проста.

Лихонин нашел Любку на условленном месте, на бульварной скамеечке. Она очень неохотно шла с ним домой. Как и предполагал Лихонин, ее, давно отвыкшую от будничной, суровой и обильной всякими неприятностями действительности, страшила встреча с ворчливой Александрой, и, кроме того, на нее угнетающе подействовало то, что Лихонин не хотел скрывать ее прошлое. Но она, давно уже потерявшая в учреждении Анны Марковны свою волю, обезличенная, готовая идти вслед за всяким чужим зовом, не сказала ему ни слова и пошла вслед за ним.

Коварная Александра успела уже за это время сбегать к управляющему домом пожаловаться, что вот, мол, приехал Лихонин с какой-то девицей, ночевал с ней в комнате, а кто она, того Александра не знает, что Лихонин говорит, будто двоюродная сестра, а паспорта не предъявил. Пришлось очень долго, пространно и утомительно объясняться с управляющим, человеком грубым и наглым, который обращался со всеми жильцами дома как с обывателями завоеванного города, и только слегка побаивался студентов, дававших ему иногда суровый отпор. Умилостивил его Лихонин лишь только тем, что тут же занял для Любки другой номер через несколько комнат от себя, под самым скосом крыши, так что он представлял из себя внутри круто усеченную, низкую, четырехстороннюю пирамиду с одним окошком.

— А все же вы паспорт, господин Лихонин, непременно завтра же предъявите, — настойчиво сказал управляющий на прощанье. — Как вы человек почтенный, работящий, и мы с вами давно знакомы, также и платите вы аккуратно, то только для вас делаю. Времена, вы сами знаете, какие теперь тяжелые. Донесет кто-нибудь, и меня не то что оштрафуют, а и выселить могут из города. Теперь строго.

Вечером Лихонин с Любкой гуляли по Княжескому саду, слушали музыку, игравшую в Благородном собрании, и рано возвратились домой. Он проводил Любку до дверей ее комнаты и сейчас же простился с ней, впрочем, поцеловав ее нежно, по-отечески, в лоб. Но через десять минут, когда он уже лежал в постели раздетый и читал государственное право, вдруг Любка, точно кошка, поцарапавшись в дверь, вошла к нему.

— Миленький, душенька! Извините, что я вас побеспокоила. Нет ли у вас иголки с ниткой? Да вы не сердитесь на меня: я сейчас уйду.

— Люба! Я тебя прошу не сейчас, а сию секунду уйти. Наконец я требую!

— Голубчик мой, хорошенький мой, — смешно и жалобно запела Любка, — ну что вы всё на меня кричите? — и, мгновенно дунув на свечку, она в темноте приникла к нему, смеясь и плача.

— Нет, так нельзя, Люба! Так невозможно дальше, — говорил десять минут спустя Лихонин, стоя у дверей, укутанный, как испанский гидальго плащом, одеялом. — Завтра же я найму тебе комнату в другом доме. И вообще, чтобы этого не было! Иди с богом, спокойной ночи! Все-таки ты должна дать честное слово, что у нас отношения будут только дружеские.

— Даю, миленький, даю, даю, даю! — залепетала она, улыбаясь, и быстро чмокнула его сначала в губы, а потом в руку.

Последнее было сделано совсем инстинктивно и, пожалуй, неожиданно даже для самой Любки. Никогда еще в жизни она не целовала мужской руки, кроме как у попа. Может быть, она хотела этим выразить признательность Лихонину и преклонение перед ним, как перед существом высшим.

XV

Среди русских интеллигентов, как уже многими замечено, есть порядочное количество диковинных людей, истинных детей русской страны и культуры, которые сумеют героически, не дрогнув ни одним мускулом, глядеть прямо в лицо смерти, которые способны ради идеи терпеливо переносить невообразимые лишения и страдания, равные пытке, но зато эти люди теряются от высокомерности швейцара, съеживаются от окрика прачки, а в полицейский участок входят с томительной и робкой тоской. Вот именно таким-то и был Лихонин. На следующий день (вчера было нельзя из-за праздника и позднего времени), проснувшись очень рано и вспомнив о том, что ему нужно ехать хлопотать о Любкином паспорте, он почувствовал себя так же скверно, как в былое время, когда еще гимназистом шел на экзамен, зная, что наверное провалится. У него болела голова, а руки и ноги казались какими-то чужими, ненужными, к тому же на улице с утра шел мелкий и точно грязный дождь. «Всегда вот, когда предстоит какая-нибудь неприятность, непременно идет дождь», — думал Лихонин, медленно одеваясь.

До Ямской улицы от него было не особенно далеко, не более версты. Он вообще нередко бывал в этих местах, но никогда ему не приходилось идти туда днем, и по дороге ему все казалось, что каждый встречный, каждый извозчик и городовой смотрят на него с любопытством, с укором или с пренебрежением, точно угадывая цель его путешествия. Как и всегда это бывает в ненастное мутное утро, все попадавшиеся ему на глаза лица казались бледными, некрасивыми, с уродливо подчеркнутыми недостатками. Десятки раз он воображал себе все, что он скажет сначала в доме, а потом в полиции, и каждый раз у него выходило по-иному. Сердясь на самого себя за эту преждевременную репетицию, он иногда останавливал себя:

— Ах! Не надо думать, не надо предполагать, что скажешь. Всегда гораздо лучше выходит, когда это делается сразу...

И сейчас же опять в голове у него начинались воображаемые диалоги:

— Вы не имеете права удерживать девушку против ее желания.

— Да, но пускай она сама заявит о своем уходе.

— Я действую по ее поручению.

— Хорошо, но чем вы это можете доказать? — И опять он мысленно обрывал сам себя.

Начался городской выгон, на котором паслись коровы, дощатый тротуар вдоль забора, шаткие мостики через ручейки и канавы. Потом он свернул на Ямскую. В доме Анны Марковны все окна были закрыты ставнями с вырезными посредине отверстиями в форме сердец. Также были закрыты и все остальные дома безлюдной улицы, опустевшей точно после моровой язвы. Со стесненным сердцем Лихонин потянул рукоятку звонка.

На звонок отворила горничная, босая, с подтыканным подолом, с мокрой тряпкой в руке, с лицом, полосатым от грязи, — она только что мыла пол.

— Мне бы Женьку, — попросил Лихонин несмело.

— Так что барышня Женя заняты с гостем. Еще не просыпались.

— Ну, тогда Тамару.

Горничная посмотрела на него недоверчиво.

— Барышня Тамара — не знаю... Кажется, тоже занята. Да вы как, с визитом или что?

— Ах, не все ли равно. Ну, скажем, с визитом.

— Не знаю. Пойду погляжу. Подождите.

Она ушла, оставив Лихонина в полутемной зале. Голубые пыльные столбы, исходившие из отверстий в ставнях, пронизывали прямо и вкось тяжелый сумрак. Безобразными пятнами выступали из серой мути раскрашенная мебель и слащавые олеографии на стенах. Пахло вчерашним табаком, сыростью, кислятиной и еще чем-то особенным, неопределенным, нежилым, чем всегда пахнут по утрам помещения, в которых живут только временно: пустые театры, танцевальные залы, аудитории. Далеко в городе прерывисто дребезжали дрожки. Стенные часы однозвучно тикали за стеной. В странном волнении ходил Лихонин взад и вперед по зале и потирал и мял дрожавшие руки, и почему-то сутулился, и чувствовал холод.

«Не нужно было затевать всю эту фальшивую комедию, — думал он раздраженно. — Нечего уж и говорить о том, что я стал теперь позорной сказкою всего университета. Дернул меня черт! А ведь даже и вчера днем было не поздно, когда она говорила, что готова уехать назад. Дать бы ей только на извозчика и немножко на булавки, и поехала бы, и все было бы прекрасно, и был бы я теперь независим, свободен и не испытывал бы этого мучительного и позорного состояния духа. А теперь уже поздно отступать. Завтра будет еще позднее, а послезавтра — еще. Отколов одну глупость, нужно ее сейчас же прекратить, а если не сделаешь этого вовремя, то она влечет за собою две других, а те — двадцать новых. Или, может быть, и теперь не поздно? Ведь она же глупа, неразвита и, вероятно, как и большинство из них, истеричка. Она — животное, годное только для еды и для постели! О! Черт! — Лихонин крепко стиснул себе руками щеки и лоб и зажмурился. — И хоть бы я устоял от простого, грубого физического соблазна! Вот, сам видишь, это уже случилось дважды, а потом и пойдет, и пойдет...»

Но рядом с этими мыслями бежали другие, противоположные:

«Но ведь я мужчина! Ведь я господин своему слову. Ведь то, что толкнуло меня на этот поступок, было прекрасно, благородно и возвышенно. Я отлично помню

126

восторг, который охватил меня, когда моя мысль перешла в дело! Это было чистое, огромное чувство. Или это просто была блажь ума, подхлестнутого алкоголем, следствие бессонной ночи, курения и длинных отвлеченных разговоров?»

И тотчас же представлялась ему Любка, представлялась издалека, точно из туманной глубины времен, неловкая, робкая, с ее некрасивым и милым лицом, которое стало вдруг казаться бесконечно родственным, давным-давно привычным и в то же время несправедливо, без повода, неприятным.

«Неужели я трус и тряпка?! — внутренне кричал Лихонин и заламывал пальцы. — Чего я боюсь, перед кем стесняюсь? Не гордился ли я всегда тем, что я один хозяин своей жизни? Предположим даже, что мне пришла в голову фантазия, блажь сделать психологический опыт над человеческой душой, опыт редкий, на девяносто девять шансов неудачный. Неужели я должен отдавать кому-нибудь в этом отчет или бояться чьего-либо мнения? Лихонин! Погляди на человечество сверху вниз!»

В комнату вошла Женя, растрепанная, заспанная, в белой ночной кофточке поверх белой нижней юбки.

— А-а! — зевнула она, протягивая Лихонину руку. — Здравствуйте, милый студент! Как ваша Любочка себя чувствует на новоселье? Позовите когда в гости. Или вы справляете свой медовый месяц потихоньку? Без посторонних свидетелей?

— Брось пустое, Женечка. Я насчет паспорта пришел.

— Та-ак. Насчет паспорта, — задумалась Женька. — То есть тут не паспорт, а надо вам взять у экономки бланк. Понимаете, наш обыкновенный проституский бланк, а уж вам его в участке обменят на настоящую книжку. Только, видите, голубчик, в этом деле я вам буду плохая помощница. Они меня, чего доброго, изобьют, если я сунусь к экономке со швейцаром. А вы вот что сделайте. Пошлите-ка лучше горничную за экономкой, скажите, чтобы она передала, что, мол, пришел один гость, постоянный, по делу, что очень нужно видеть лично. А меня вы извините — я отступаюсь, и не сердитесь, пожалуйста. Сами знаете: своя рубашка ближе к телу. Да что вам здесь в темноте шататься одному? Идите лучше в кабинет. Если хотите, я вам пива туда пришлю. Или, может быть, кофе хотите? А то, — и она лукаво заблестела глазами, — а то, может быть, девочку? Тамара занята, так, может быть, Нюру или Верку?

— Перестаньте, Женя! Я пришел по серьезному и важному вопросу, а вы...

— Ну, ну, не буду, не буду! Это я только так. Вижу, что верность соблюдаете. Это очень благородно с вашей стороны. Так идемте же.

Она повела его в кабинет и, открыв внутренний болт ставни, распахнула ее. Дневной свет мягко и скучно расплескался по красным с золотом стенам, по канделябрам, по мягкой красной вельветиновой мебели.

«Вот здесь это началось», — подумал Лихонин с тоскливым сожалением.

— Я ухожу, — сказала Женька. — Вы перед ней не очень-то пасуйте и перед Семеном тоже. Собачьтесь с ними вовсю. Теперь день, и они вам ничего не посмеют сделать. В случае чего, скажите прямо, что, мол, поедете сейчас к губернатору и донесете. Скажите, что их в двадцать четыре часа закроют и выселят из города. Они от окриков шелковыми становятся. Ну-с, желаю успеха!

Она ушла. Спустя десять минут в кабинет вплыла экономка Эмма Эдуардовна в сатиновом голубом пеньюаре, дебелая, с важным лицом, расширявшимся от лба вниз к щекам, точно уродливая тыква, со всеми своими массивными подбородками и грудями, с маленькими, зоркими, черными, безресницыми глазами, с тонкими, злыми, поджатыми губами. Лихонин, привстав, пожал протянутую ему пухлую руку, унизанную кольцами, и вдруг подумал брезгливо:

«Черт возьми! Если бы у этой гадины была душа, если бы эту душу можно было прочитать, то сколько прямых и косвенных убийств таятся в ней скрытыми!»

Надо сказать, что, идя в Ямки, Лихонин, кроме денег, захватил с собою револьвер и часто по дороге, на ходу, лазил рукой в карман и ощущал там холодное прикосновение металла. Он ждал оскорбления, насилия и готовился встретить их надлежащим образом. Но, к его удивлению, все, что он предполагал и чего он боялся, оказалось трусливым, фантастическим вымыслом. Дело обстояло гораздо проще, скучнее, прозаичнее и в то же время неприятнее.

— Ja, mein Herr[11], — сказала равнодушно и немного свысока экономка, усаживаясь в низкое кресло и закуривая папиросу. — Вы заплатиль за одна ночь и вместо этого взяль девушка еще на одна день и еще на одна ночь. Also[12], вы должен еще двадцать пять рублей. Когда мы отпускаем девочка на ночь, мы берем десять рублей, а за сутки двадцать пять. Это, как такса. Не угодно ли вам, молодой человек, курить? — Она протянула ему портсигар, и Лихонин как-то нечаянно взял папиросу.

— Я хотел поговорить с вами совсем о другом.

— О! Не беспокойтесь говорить: я все прекрасно понимаю. Вероятно, молодой человек хочет взять эта девушка, эта Любка, совсем к себе на задержание или чтобы ее, — как это называется по-русску, — чтобы ее спасай? Да, да, да, это бывает. Я двадцать два года живу в публичный дом и всегда в самый лучший, приличный публичный дом, и я знаю, что это случается с очень глупыми молодыми людьми. Но только уверяю вас, что из этого ничего не выйдет.

— Выйдет, не выйдет — это уж мое дело, — глухо ответил Лихонин, глядя вниз, на свои пальцы, подрагивавшие у него на коленях.

— О, конечно, ваше дело, молодой студент, — и дряблые щеки и величественные подбородки Эммы Эдуардовны запрыгали от беззвучного смеха. — От души желаю вам на любовь и дружбу, но только вы потрудитесь сказать этой мерзавке, этой Любке, чтобы она не смела сюда и носа показывать, когда вы ее, как собачонку, выбросите на улицу. Пусть подыхает с голоду под забором или идет в полтинничное заведение для солдат!

— Поверьте, не вернется. Прошу вас только дать мне немедленно ее свидетельство.

— Свидетельство? Ах, пожалуйста! Хоть сию минуту. Только вы потрудитесь сначала заплатить за все, что она брала здесь в кредит. Посмотрите, вот ее расчетная книжка. Я ее нарочно взяла с собой. Уж я знала, чем кончится наш разговор. — Она вынула из разреза пеньюара, показав на минутку Лихонину свою жирную, желтую, огромную грудь, маленькую книжку в черном переплете с заголовком: «Счет девицы Ирины Вощенковой в доме терпимости, содержимом Анной Марковной Шайбес, по Ямской улице, в доме № такой-то», и протянула

---

[11] Да, сударь (нем.).
[12] Стало быть (нем.).

ему, через стол. Лихонин перевернул первую страницу и прочитал три или четыре параграфа печатных правил. Там сухо и кратко говорилось о том, что расчетная книжка имеется в двух экземплярах, из которых один хранится у хозяйки, а другой у проститутки, что в обе книжки заносятся все приходы и расходы, что по уговору проститутка получает стол, квартиру, отопление, освещение, постельное белье, баню и прочее и за это выплачивает хозяйке никак не более двух третей своего заработка, из остальных же денег она обязана одеваться чисто и прилично, имея не менее двух выходных платьев. Дальше упоминалось о том, что расплата производится при помощи марок, которые хозяйка выдает проститутке по получении от нее денег, а счет заключается в конце каждого месяца. И наконец, что проститутка во всякое время может оставить дом терпимости, даже если бы за ней оставался и долг, который, однако, она обязывается погасить на основании общих гражданских законов.

Лихонин ткнул пальцем в последний пункт и, перевернув книжку лицом к экономке, сказал торжествующе.

— Ага! Вот видите: имеет право оставить дом во всякое время. Следовательно, она может во всякое время бросить ваш гнусный вертеп, ваше проклятое гнездо насилия, подлости и разврата, в котором вы... — забарабанил было Лихонин, но экономка спокойно оборвала его:

— О! Я не сомневаюсь в этом. Пускай уходит. Пускай только заплатит деньги.

— А векселя? Она может дать векселя.

— Пст! Векселя! Во-первых, она неграмотна, а во-вторых, что стоят ее векселя? Тьфу! и больше ничего! Пускай она найдет себе поручителя, который бы заслуживал доверие, и тогда я ничего не имею против.

— Но ведь в правилах ничего не сказано о поручителях.

— Мало ли что не сказано! в правилах тоже не сказано, что можно увозить из дому девицу, не предупредив хозяев.

— Но во всяком случае вы должны мне будете отдать ее бланк.

— Никогда не сделаю такой глупости! Явитесь сюда с какой-нибудь почтенной особой и с полицией, и пусть полиция удостоверит, что этот ваш знакомый есть человек состоятельный, и пускай этот человек за вас поручится, и пускай, кроме того, полиция удостоверит, что вы берете девушку не для того, чтобы торговать ею или перепродать в другое заведение, — тогда пожалуйста! С руками и ногами!

— Чертовщина! — воскликнул Лихонин. — Но если этим поручителем буду я, я сам! Если я вам сейчас же подпишу векселя...

— Молодой человек! Я не знаю, чему вас учат в разных ваших университетах, но неужели вы меня считаете за такую уже окончательную дуру? Дай бог, чтобы у вас были, кроме этих, которые на вас, еще какие-нибудь штаны! Дай бог, чтобы вы хоть через день имели на обед обрезки колбасы из колбасной лавки, а вы говорите: вексель! Что вы мне голову морочите?

Лихонин окончательно рассердился. Он вытащил из кармана бумажник и шлепнул его на стол.

— В таком случае я плачу лично и сейчас же!

— Ах, ну это дело другого рода, — сладко, но все-таки с недоверием пропела экономка. — Потрудитесь перевернуть страничку и посмотрите, каков счет вашей возлюбленной.

— Молчи, стерва! — крикнул на нее Лихонин.

— Молчу, дурак, — спокойно отозвалась экономка.

На разграфленных листочках по левой стороне обозначался приход, по правой — расход.

«Получено марками 15-го февраля, — читал Лихонин, — 10 рублей, 16-го — 4 р., 17-го — 12 р., 18-го больна, 19-го больна, 20-го — 6 р., 21-го — 24 р.».

«Боже мой! — с омерзением, с ужасом подумал Лихонин, — двенадцать человек! В одну ночь!»

В конце месяца стояло:

«Итого 330 рублей».

«Господи! Ведь это бред какой-то! Сто шестьдесят пять визитов», — думал, механически подсчитав, Лихонин и все продолжал перелистывать страницы. Потом он перешел на правые столбцы.

«Сделано платье красное шелковое с кружевам 84 р. Портниха Елдокимова. Матине кружевное 35 р. Портниха Елдокимова. Чулки шелковые 6 пар 36 рублей» и т. д. и т. д. «Дано на извозчика, дано на конфеты, куплено духов» и т. д. и т. д. «Итого 205 рублей». Затем из 330 р. вычиталось 220 р. — доля хозяйки за пансион. Получалась цифра 110 р. Конец месячного расчета гласил:

«Итого, за уплатой портнихе и за прочие предметы ста десяти рублей, за Ириной Вощенковой остается долгу девяносто пять (95) рублей, а с оставшимися от прошлого года четыреста восемнадцатью рублями — пятьсот тринадцать (513) рублей».

Лихонин упал духом. Сначала он пробовал было возмущаться дороговизной поставляемых материалов, но экономка хладнокровно возражала, что это ее совсем не касается, что заведение только требует, чтобы девушка одевалась прилично, как подобает девице из порядочного, благородного дома, а до остального ему нет дела. Заведение только оказывает ей кредит, уплачивая ее расходы.

— Но ведь это мегера, это паук в образе человека — эта ваша портниха! — кричал исступленно Лихонин. — Ведь она же в заговоре с вами, кровососная банка вы этакая, черепаха вы гнусная! Каракатица! Где у вас совесть?!

Чем он больше волновался, тем Эмма Эдуардовна становилась спокойнее и насмешливее.

— Опять повторяю: это не мое дело. А вы, молодой человек, не выражайтесь, потому что я позову швейцара, и он вас выкинет из дверей.

Лихонину приходилось долго, озверело, до хрипоты в горле торговаться с жестокой женщиной, пока она, наконец, не согласилась взять двести пятьдесят рублей наличными деньгами и на двести рублей векселями. И то только тогда, когда Лихонин семестровым свидетельством доказал ей, что он в этом году кончает и делается адвокатом...

Экономка пошла за билетом, а Лихонин принялся расхаживать взад и вперед по кабинету. Он пересмотрел уже все картинки на стенах: и Леду с лебедем, и купанье на морском берегу, и одалиску в гареме, и сатира, несущего на руках голую нимфу, но вдруг его внимание привлек полузакрытый портьерой небольшой печатный плакат в рамке и за стеклом. Это был свод правил и постановлений, касающихся обихода публичных домов. Он попался впервые на глаза Лихонину, и студент с удивлением и брезгливостью читал эти строки, изложенные мертвым, казенным языком полицейских участков. Там с постыдной деловою холодностью говорилось о всевозможных мероприятиях и предосторожностях против заражений, об интимном женском туалете, об еженедельных медицинских осмотрах и обо всех приспособлениях для них. Лихонин прочитал также о том, что заведение не должно располагаться ближе чем на сто шагов от церквей, учебных заведений и судебных зданий, что содержать дом терпимости могут только лица женского пола, что селиться при хозяйке могут только ее родственники и то исключительно женского пола и не старше семи лет и что как девушки, так и хозяева дома и прислуга должны в отношениях между собою и также с гостями соблюдать вежливость, тишину, учтивость и благопристойность, отнюдь не позволяя себе пьянства, ругательства и драки. А также и о том, что проститутка не должна позволять себе любовных ласк, будучи в пьяном виде или с пьяным мужчиною, а кроме того, во время известных отправлений. Тут же строжайше воспрещалось проституткам производить искусственные выкидыши. «Какой серьезный и нравственный взгляд на вещи!» — со злобной насмешкой подумал Лихонин.

Наконец дело с Эммой Эдуардовной было покончено. Взяв деньги и написав расписку, она протянула ее вместе с бланком Лихонину, а тот протянул ей деньги, причем во время этой операции оба глядели друг другу в глаза и на руки напряженно и сторожко. Видно было, что оба чувствовали не особенно большое взаимное доверие. Лихонин спрятал документы в бумажник и собирался уходить. Экономка проводила его до самого крыльца, и когда студент уже стоял на улице, она, оставаясь на лестнице, высунулась наружу и окликнула:

— Студент! Эй! Студент!

Он остановился и обернулся.

— Что еще?

— А еще вот что. Теперь я должна вам сказать, что ваша Любка дрянь, воровка и больна сифилисом! У нас никто из хороших гостей не хотел ее брать, и все равно, если бы вы не взяли ее, то завтра мы ее выбросили бы вон! Еще скажу, что она путалась со швейцаром, с городовыми, с дворниками и с воришками. Поздравляю вас с законным браком!

— У-у! Гадина! — зарычал на нее Лихонин.

— Болван зеленый! — крикнула экономка и захлопнула дверь.

В участок Лихонин поехал на извозчике. По дороге он вспомнил, что не успел как следует поглядеть на бланк, на этот пресловутый «желтый билет», о котором он так много слышал. Это был обыкновенный белый листочек не более почтового конверта. На одной стороне в соответствующей графе были прописаны имя, отчество и фамилия Любки и ее профессия — «проститутка», а на другой стороне — краткие извлечения из параграфов того плаката, который он только что прочитал, — позорные, лицемерные правила о приличном поведении и внешней и внутренней чистоте. «Каждый посетитель, — прочитал он, — имеет право требовать от проститутки письменное удостоверение доктора, свидетельствовавшего ее в последний раз». И опять сентиментальная жалость овладела сердцем Лихонина.

131

«Бедные женщины! — подумал он со скорбью. — Чего только с вами не делают, как не издеваются над вами, пока вы не привыкнете ко всему, точно слепые лошади на молотильном приводе!»

В участке его принял околоточный Кербеш. Он провел ночь на дежурстве, не выспался и был сердит. Его роскошная, веерообразная рыжая борода была помята. Правая половина румяного лица еще пунцово рдела от долгого лежания на неудобной клеенчатой подушке. Но удивительные ярко-синие глаза, холодные и светлые, глядели ясно и жестко, как голубой фарфор. Окончив допрашивать, переписывать и ругать скверными словами кучу оборванцев, забранных ночью для вытрезвления и теперь отправляемых по своим участкам, он откинулся на спинку дивана, заложил руки за шею и так крепко потянулся всей своей огромной богатырской фигурой, что у него затрещали все связки и суставы. Поглядел он на Лихонина, точно на вещь, и спросил:

— А вам что, господин студент?

Лихонин вкратце изложил свое дело.

— И вот я хочу, — закончил он, — взять ее к себе... как это у вас полагается?.. в качестве прислуги или, если хотите, родственницы, словом... как это делается?..

— Ну, скажем, содержанки или жены, — равнодушно возразил Кербеш и покрутил в руках серебряный портсигар с монограммами и фигурками. — Я решительно ничего не могу для вас сделать... по крайней мере сейчас. Если вы желаете на ней жениться, представьте соответствующее разрешение своего университетского начальства. Если же вы берете на содержание, то подумайте, какая же тут логика? Вы берете девушку из дома разврата для того, чтобы жить с ней в развратном сожительстве.

— Прислугой, наконец, — вставил Лихонин.

— Да и прислугой тоже. Потрудитесь представить свидетельство от вашего квартирохозяина, — ведь, надеюсь, вы сами не домовладелец?.. Так вот, свидетельство о том, что вы в состоянии держать прислугу, а кроме того, все документы, удостоверяющие, что вы именно та личность, за которую себя выдаете, например, свидетельство из вашего участка и из университета и все такое прочее. Ведь вы, надеюсь, прописаны? Или, может быть, того?.. Из нелегальных?

— Нет, я прописан! — возразил Лихонин, начиная терять терпение.

— И чудесно. А девица, о которой вы хлопочете?

— Нет, она еще не прописана. Но у меня имеется ее бланк, который вы, надеюсь, обмените мне на ее настоящий паспорт, и тогда я сейчас же пропишу ее.

Кербеш развел руками, потом опять заиграл портсигаром.

— Ничего не могу поделать для вас, господин студент, ровно ничего, покамест вы не представите всех требуемых бумаг. Что касается до девицы, то она, как не имеющая жительства, будет немедленно отправлена в полицию и задержана при ней, если только сама лично не пожелает отправиться туда, откуда вы ее взяли. Имею честь кланяться.

Лихонин резко нахлобучил шапку и пошел к дверям. Но вдруг у него в голове мелькнула остроумная мысль, от которой, однако, ему самому стало противно. И, чувствуя под ложечкой тошноту, с мокрыми, холодными руками, испытывая противное щемление в пальцах ног, он опять подошел к столу и сказал, как будто бы небрежно, но срывающимся голосом:

— Виноват, господин околоточный. Я забыл самое главное: один наш общий знакомый поручил мне передать вам его небольшой должок.

— Хм! Знакомый? — спросил Кербеш, широко раскрывая свои прекрасные лазурные глаза. — Это кто же такой?

— Бар... Барбарисов.

— А, Барбарисов? Так, так, так! Помню, помню!

— Так вот, не угодно ли вам принять эти десять рублей?

Кербеш покачал головой, но бумажку не взял.

— Ну и свинья же этот ваш... то есть наш Барбарисов. Он мне должен вовсе не десять рублей, а четвертную. Подлец этакий! Двадцать пять рублей, да еще там мелочь какая-то. Ну, мелочь я ему, конечно, не считаю. Бог с ним! Это, видите ли, бильярдный долг. Я должен сказать, что он, негодяй, играет нечисто... Итак, молодой человек, гоните еще пятнадцать.

— Ну, и жох же вы, господин околоточный! — сказал Лихонин, доставая деньги.

— Помилуйте! — совсем уж добродушно возразил Кербеш. — Жена, дети... Жалованье наше, вы сами знаете, какое... Получайте, молодой человек, паспортишко. Распишитесь в принятии. Желаю...

Странное дело! Сознание того, что паспорт, наконец, у него в кармане, почему-то вдруг успокоило и опять взбодрило и приподняло нервы Лихонина.

«Что же! — думал он, быстро идя по улице, — самое начало положено, самое трудное сделано. Держись крепко теперь, Лихонин, и не падай духом! То, что ты сделал, — прекрасно и возвышенно. Пусть я буду даже жертвой этого поступка — все равно! Стыдно, делая хорошее дело, сейчас же ждать за него награды. Я не цирковая собачка, и не дрессированный верблюд, и не первая ученица института благородных девиц. Напрасно только я вчера разболтался с этими носителями просвещения. Вышло глупо, бестактно и во всяком случае преждевременно. Но все поправимо в жизни. Перетерпишь самое тяжелое, самое позорное, а пройдет время, вспомнишь о нем, как о пустяках...»

К его удивлению, Любка не особенно удивилась и совсем не обрадовалась, когда он торжественно показал ей паспорт. Она была только рада опять увидеть Лихонина. Кажется, эта первобытная, наивная душа успела уже прилепиться к своему покровителю. Она кинулась было к нему на шею, но он остановил ее и тихо, почти на ухо спросил:

— Люба, скажи мне... не бойся говорить правду, что бы ни было... Мне сейчас там, в доме, сказали, что будто ты больна одной болезнью... знаешь, такой, которая называется дурной болезнью. Если ты мне хоть сколько-нибудь веришь, скажи, голубчик, скажи, так это или нет?

Она покраснела, закрыла лицо руками, упала на диван и расплакалась.

— Миленький мой! Василь Василич! Васенька! Ей-богу! Вот, ей-богу, никогда ничего подобного! Я всегда была такая осторожная. Я ужасно этого боялась. Я вас так люблю! Я вам непременно бы сказала. — Она поймала его руки, прижала их к своему мокрому лицу и продолжала уверять его со смешной и трогательной искренностью несправедливо обвиняемого ребенка.

И он тотчас же в душе поверил ей.

— Я тебе верю, дитя мое, — сказал он тихо, поглаживая ее волосы. — Не волнуйся, не плачь. Только не будем опять поддаваться нашим слабостям. Ну, случилось — пусть случилось, и больше не повторим этого.

— Как хотите, — лепетала девушка, целуя то его руки, то сукно его сюртука. — Если я вам так не нравлюсь, то, конечно, как хотите.

Однако и в этот же вечер соблазн опять повторился и до тех пор повторялся, пока моменты грехопадения перестали возбуждать в Лихонине жгучий стыд и не обратились в привычку, поглотив и потушив раскаяние.

XVI

Надо отдать справедливость Лихонину: он сделал все, чтобы устроить Любке спокойное и безбедное существование. Так как он знал, что им все равно придется оставить их мансарду, этот скворечник, возвышавшийся над всем городом, оставить не так из-за тесноты и неудобства, как из-за характера старухи Александры, которая с каждым днем становилась все лютее, придирчивее и бранчивее, то он решился снять на краю города, на Борщаговке, маленькую квартиренку, состоявшую из двух комнат и кухни. Квартира попалась ему недорогая, за девять рублей в месяц, без дров. Правда, Лихонину приходилось бегать оттуда очень далеко по его урокам, но он твердо полагался на свою выносливость и здоровье и часто говаривал:

— У меня ноги свои. Жалеть их нечего.

И правда, ходить пешком он был великий мастер. Однажды, ради шутки, положив себе в жилетный карман шагомер, он к вечеру насчитал двадцать верст, что, принимая во внимание необыкновенную длину его ног, равнялось верстам двадцати пяти. А бегать ему надо было довольно-таки много, потому что хлопоты по Любкиному паспорту и обзаведение кое-какою домашнею рухлядью съели весь его случайный карточный выигрыш. Он пробовал было опять приняться за игру, сначала по маленькой, но вскоре убедился, что теперь его карточная звезда вступила в полосу рокового невезения.

Ни для кого из его товарищей уже, конечно, не был тайной настоящий характер его отношений к Любке, но он еще продолжал в их присутствии разыгрывать с девушкой комедию дружеских и братских отношений. Почему-то он не мог или не хотел сознать того, что было бы гораздо умнее и выгоднее для него не лгать, не фальшивить и не притворяться. Или, может быть, он хотя и знал это, но не умел перевести установившегося тона? А в интимных отношениях он неизбежно играл второстепенную, пассивную роль. Инициатива, в виде нежности, ласки, всегда исходила от Любки (она так и осталась Любкой, и Лихонин как-то совсем позабыл о том, что в паспорте сам же прочитал ее настоящее имя — Ирина). Она, еще так недавно отдававшая безучастно или, наоборот, с имитацией знойной страсти свое тело десяткам людей в день, сотням в месяц, привязалась к Лихонину всем своим женским существом, любящим и ревнивым, приросла к нему телом, чувством, мыслями. Ей был смешон и занимателен князь, близок душевно и интересно-забавен размашистый Соловьев, к подавляющей авторитетности Симановского она чувствовала суеверный ужас, но Лихонин был для нее одновременно и властелином, и божеством, и, что всего ужаснее, ее собственностью, и ее телесной радостью.

Давно наблюдено, что изжившийся, затасканный мужчина, изгрызенный и изжеванный челюстями любовных страстей, никогда уже не полюбит крепкой и единой любовью, одновременно самоотверженной, чистой и страстной. А для женщины в этом отношении нет ни законов, ни пределов. Это наблюдение в особенности подтверждалось на Любке. Она с наслаждением готова была пресмыкаться перед Лихониным, служить ему как раба, но в то же время хотела, чтобы он принадлежал ей больше, чем стол, чем собачка, чем ночная кофта. И он оказывался всегда неустойчивым, всегда падающим под натиском этой внезапной любви, которая из скромного ручейка так быстро превратилась в реку и вышла из берегов. И нередко он с горечью и насмешкой думал про себя:

«Каждый вечер я играю роль прекрасного Иосифа, но тот по крайней мере хоть вырвался, оставив в руках у пылкой дамы свое нижнее белье, а когда же я, наконец, освобожусь от своего ярма?»

И тайная вражда к Любке уже грызла его. Все чаще и чаще приходили ему в голову разные коварные планы освобождения. И иные из них были настолько нечестны, что через несколько часов или на другой день, вспоминая о них, Лихонин внутренне корчился от стыда.

«Я падаю нравственно и умственно! — думал иногда он с ужасом. — Недаром же я где-то читал или от кого-то слышал, что связь культурного человека с малоинтеллигентной женщиной никогда не поднимет ее до уровня мужчины, а наоборот, его пригнет и опустит до умственного и нравственного кругозора женщины».

И через две недели она уже совсем перестала волновать его воображение. Он уступал, как насилию, длительным ласкам, просьбам, а часто и жалости.

А между тем, отдохнувшая и почувствовавшая у себя под ногами живую, настоящую почву, Любка стала хорошеть с необыкновенной быстротою, подобно тому как внезапно развертывается после обильного и теплого дождя цветочный бутон, еще вчера почти умиравший. Веснушки сбежали с ее нежного лица, и в темных глазах исчезло недоумевающее, растерянное, точно у молодого галчонка, выражение, и они посвежели и заблестели. Окрепло и налилось тело, покраснели губы. Но Лихонин, видаясь ежедневно с Любкой, не замечал этого и не верил тем комплиментам, которые ей расточали его приятели. «Дурацкие шутки, — думал он, хмурясь. — Дразнятся мальчишки».

Хозяйкой Любка оказалась менее чем посредственной. Правда, она умела сварить жирные щи, такие густые, что в них ложка стояла торчком, приготовить огромные, неуклюжие, бесформенные котлеты и довольно быстро освоилась под руководством Лихонина с великим искусством заваривания чая (в семьдесят пять копеек фунт), но дальше этого она не шла, потому что, вероятно, каждому искусству и для каждого человека есть свои крайние пределы, которых никак не переступишь. Зато она очень любила мыть полы и исполняла это занятие так часто и с таким усердием, что в квартире скоро завелась сырость и показались мокрицы.

Соблазненный однажды газетной рекламой, Лихонин приобрел для нее в рассрочку чулочно-вязальную машину. Искусство владеть этим инструментом, сулившим, судя по объявлению, три рубля в день чистого заработка его владельцу, оказалось настолько нехитрым, что Лихонин, Соловьев и Нижерадзе легко овладели им в несколько часов, а Лихонин даже ухитрился связать целый чулок необыкновенной прочности и таких размеров, что он оказался бы велик даже для ног Минина и Пожарского, что в Москве, на Красной площади. Одна только Любка никак не могла постигнуть это ремесло. При каждой ошибке или путанице ей приходилось обращаться к содействию мужчин. Но зато делать искусственные цветы она научилась довольно быстро и вопреки мнению Симановского делала их очень изящно и с большим вкусом, так что через месяц шляпные и специальные магазины стали покупать у нее работу. И что самое удивительное, она взяла всего два урока у специалистки, а остальному научилась по самоучителю, руководясь только приложенными к нему рисунками. Она не ухитрялась выработать цветов более чем на рубль в неделю, но и эти деньги были ее гордостью, и на первый же вырученный полтинник она купила Лихонину мундштук для курения.

Несколько лет спустя Лихонин сам в душе сознавался с раскаянием и тихой тоской, что этот период времени был самым тихим, мирным и уютным за всю его университетскую и адвокатскую жизнь. Эта неуклюжая, неловкая, может быть, даже глупая Любка обладала какой-то инстинктивной домовитостью, какой-то незаметной способностью создавать вокруг себя светлую, спокойную и легкую тишину. Это именно она достигла того, что квартира Лихонина очень скоро стала милым, тихим центром, где чувствовали себя как-то просто, по-семейному, и отдыхали душою после тяжелых мытарств, нужды и голодания все товарищи Лихонина, которым, как и большинству студентов того времени, приходилось выдерживать ожесточенную борьбу с суровыми условиями жизни. Вспоминал Лихонин с благодарной грустью об ее дружеской услужливости, об ее скромной и внимательной молчаливости в эти вечера за самоваром, когда так много говорилось, спорилось и мечталось.

С учением дело шло очень туго. Все эти самозванные развиватели, вместе и порознь, говорили о том, что образование человеческого ума и воспитание человеческой души должны исходить из индивидуальных мотивов, но на самом деле они пичкали Любку именно тем, что им самим казалось нужным и необходимым, и старались преодолеть с нею именно те научные препятствия, которые без всякого ущерба можно было бы оставить в стороне.

Так, например, Лихонин ни за что не хотел примириться, обучая ее арифметике, с ее странным, варварским, дикарским или, вернее, детским, самобытным способом считать. Она считала исключительно единицами, двойками, тройками и пятками. Так, например, двенадцать у нее были два раза по две тройки, девятнадцать — три пятерки и две двойки, и надо сказать, что по своей системе она с быстротою счетных костяшек оперировала почти до ста. Дальше идти она не решалась, да, впрочем, ей и не было в этом практической надобности. Тщетно Лихонин старался перевести ее на десятеричную систему. Из этого ничего не получалось, кроме того, что он выходил из себя, кричал на Любку, а она глядела на него молча, изумленными, широко открытыми и виноватыми глазами, на которых ресницы от слез слипались длинными черными стрелами. Так же, по капризному складу ума, она сравнительно легко начала овладевать сложением и умножением, но вычитание и деление было для нее непроницаемой стеной. Зато с удивительной быстротой, легкостью и остроумием она умела решать всевозможные устные шутливые задачи-головоломки, да и сама помнила их еще очень много из деревенского тысячелетнего обихода. К географии она была совершенно тупа. Правда, она в сотни раз лучше, чем Лихонин, умела на улице, в саду и в комнате ориентироваться по странам света, — в ней сказывался древний мужицкий инстинкт, — но она упорно отвергала сферичность земли и не признавала горизонта, а когда ей говорили, что земной шар движется в пространстве, она только фыркала. Географические карты для нее всегда были непонятной мазней в несколько красок, но отдельные фигуры она запоминала точно и быстро. «Где Италия?» — спрашивал ее Лихонин. «Вот он. Сапог», — говорила Любка и торжествующе тыкала в Апеннинский полуостров. «Швеция и Норвегия?» — «Это собака, которая прыгает с крыши». — «Балтийское море?» — «Вдова стоит на коленях». — «Черное море?» — «Башмак». — «Испания?» — «Толстяк в фуражке. Вот он...» и так далее. С историей дело шло не лучше. Лихонин не учитывал того, что она с ее детской душой, жаждущей вымысла, легко освоилась бы с историческими событиями по разным смешным и героически-трогательным анекдотам, а он, привыкший натаскивать к экзаменам и репетировать гимназистов четвертого или пятого класса, морил ее именами и годами. Кроме того, он был очень нетерпелив, несдержан, вспыльчив, скоро утомлялся, и тайная, обыкновенно скрываемая, но все возраставшая ненависть к этой девушке, так внезапно и нелепо перекосившей всю его жизнь, все чаще и несправедливее срывалась во время этих уроков.

Гораздо большим успехом пользовался, как педагог, Нижерадзе. Его гитара и мандолина всегда висели в столовой, прикрепленные лентами к гвоздям. Любку более влекла гитара своими мягкими теплыми звуками, чем раздражающее металлическое блеяние мандолины. Когда Нижерадзе приходил к ним в гости (раза три или четыре в неделю, вечером), она сама снимала гитару со стены, тщательно вытирала ее платком и передавала ему. Он, повозившись некоторое время с настройкой, откашливался, клал ногу на ногу, небрежно отваливался на спинку стула и начинал горловым, немного хриплым, но приятным и верным тенорком:

> Паридетльскай завукэ пацилуя
> Разыдался ва начиной тишинее,
> Он, пылакая серадаца чаруя,
> Дасытупин валюбленной чите.
> За мига савиданья...

И при этом он делал вид, что млеет от собственного пения, зажмуривал глаза, в страстных местах потрясал головою или во время пауз, оторвав правую руку от струн, вдруг на секунду окаменевал и вонзался в глаза Любки томными, влажными, бараньими глазами. Он знал бесконечное множество романсов, песенок и старинных шутливых штучек. Больше всего нравились Любке всем известные армянские куплеты про Карапета:

> У Карапета есть буфет,

137

На буфете есть конфет,
На конфете есть портрет, —
Этот самый Карапет.

Куплетов этих (они на Кавказе называются «кинтоури» — песня разносчиков) князь знал беспредельно много, но нелепый припев был всегда один и тот же:

Браво, браво, Катенька,
Катерин Петровна,
Не целуй меня в щека,
Целуй на затылкам.

Пел эти куплеты Нижерадзе всегда уменьшенным голосом, сохраняя на лице выражение серьезного удивления к Карапету, а Любка смеялась до боли, до слез, до нервных спазм. Однажды, увлеченная, она не удержалась и стала вторить, и у них пение вышло очень согласное. Мало-помалу, когда постепенно она перестала стесняться князя, они все чаще и чаще пели вместе. У Любки оказалось очень мягкое и низкое, хотя и маленькое, контральто, на котором совсем не оставила следов ее прошлая жизнь с простудами, питьем и профессиональными излишествами. А главное — что уже было случайным курьезным даром божиим — она обладала инстинктивною, прирожденною способностью очень точно, красиво и всегда оригинально вести второй голос. Настало уже то время, под конец их знакомства, когда не Любка князя, а, наоборот, князь ее упрашивал спеть какую-нибудь из любимых народных песен, которых она знала множество. И вот, положив локоть на стол и подперев по-бабьи голову ладонью, она заводила под бережный, тщательный тихий аккомпанемент:

Ой, да надоели мне ночи, да наскучили,
Со милым, со дружком, быть разлученной!
Ой, не сама ли я, баба, глупость сделала,
Моего дружка распрогневала:
Назвала его горьким пьяницей!..

— Горьким пьяницей! — повторял князь вместе с ней последние слова и уныло покачивал склоненной набок курчавой головой, и оба они старались окончить песню так, чтобы едва уловимый трепет гитарных струн и голоса постепенно стихали и чтобы нельзя было заметить, когда кончился звук и когда настало молчание.

Зато с «Барсовой кожей», сочинением знаменитого грузинского поэта Руставели, князь Нижерадзе окончательно провалился. Прелесть поэмы, конечно, заключалась для него в том, как она звучала на родном языке, но едва только он начинал нараспев читать свои гортанные, цокающие, харкающие фразы, — Любка сначала долго тряслась от непреодолимого смеха, пока, наконец, не прыскала на всю комнату и разражалась длинным хохотом. Тогда Нижерадзе со злостью захлопывал томик обожаемого писателя и бранил Любку ишаком и верблюдом. Впрочем, они скоро мирились.

Бывали случаи, что на Нижерадзе находили припадки козлиной проказливой веселости. Он делал вид, что хочет обнять Любку, выкатывал на нее преувеличенно страстные глаза и театральным изнывающим шепотом произносил:

— Душя мой! Лучший роза в саду Аллаха! Мед и молоко на устах твоих, а дыхание твое лучше, чем аромат шашлыка. Дай мне испить блаженство нирваны из кубка твоих уст, о ты, моя лучшая тифлисская чурхела!

А она смеялась, сердилась, била его по рукам и угрожала пожаловаться Лихонину.

— Вва! — разводил князь руками. — Что такое Лихонин? Лихонин — мой друг, мой брат и кунак. Но разве он знает, что такое любофф? Разве вы, северные люди, понимаете любофф? Это мы, грузины, созданы для любви. Смотри, Люба! Я тебе покажу сейчас, что такое любофф! — Он сжимал кулаки, выгибался телом вперед и так зверски начинал вращать глазами, так скрежетал зубами и рычал львиным голосом, что Любку, несмотря на то, что она знала, что это шутка, охватывал детский страх, и она бросалась бежать в другую комнату.

Однако, надо сказать, что для этого парня, вообще очень невоздержанного насчет легких случайных романов, существовали особенные твердые моральные запреты, всосанные с молоком матери-грузинки, священные адаты относительно жены друга. Да и, должно быть, он понимал, — а надо сказать, что эти восточные человеки, несмотря на их кажущуюся наивность, а может быть, и благодаря ей, обладают, когда захотят, тонким душевным чутьем, — понимал, что, сделав хотя бы только на одну минуту Любку своей любовницей, он навсегда лишится этого милого, тихого семейного вечернего уюта, к которому он так привык. А он, который был на «ты» почти со всем университетом, тем не менее чувствовал себя таким одиноким в чужом городе и до сих пор чуждой для него стране!

Больше всего удовольствия доставляли эти занятия Соловьеву. Этот большой, сильный и небрежный человек как-то невольно, незаметно для самого себя, стал подчиняться тому скрытому, неуловимому, изящному обаянию женственности, которое нередко таится под самой грубой оболочкой, в самой жесткой, корявой среде. Властвовала ученица, слушался учитель. По свойствам первобытной, но зато свежей, глубокой и оригинальной души Любка была склонна не слушаться чужого метода, а изыскивать свои особенные странные приемы. Так, например, она, как многие, впрочем, дети, раньше выучилась писать, чем читать. Не она сама, кроткая и уступчивая по натуре, а какое-то особенное свойство ее ума упрямо не хотело при чтении пристегивать гласную к согласной или наоборот; в письме же у нее это выходило. К чистописанию по косым линейкам она вопреки общему обыкновению учащихся чувствовала большую склонность: писала, низко склонившись над бумагой, тяжело вздыхала, дула от старания на бумагу, точно сдувая воображаемую пыль, облизывала губы и подпирала изнутри то одну, то другую щеку языком. Соловьев не прекословил ей и шел следом по тем путям, которые пролагал ее инстинкт. И надо сказать, что он за эти полтора месяца успел привязаться всей своей огромной, раскидистой, мощной душой к этому случайному, слабому, временному существу. Это была бережная, смешная, великодушная, немного удивленная любовь и бережная забота доброго слона к хрупкому, беспомощному желтопухому цыпленку.

Чтение для них обоих было лакомством, и опять-таки выбором произведений руководил вкус Любки, а Соловьев шел только по его течению и изгибам. Так, например, Любка не одолела Дон-Кихота, устала и, наконец, отвернувшись от него, с удовольствием прослушала Робинзона и особенно обильно поплакала над сценой свидания с родственниками. Ей нравился Диккенс, и она очень легко схватывала его светлый юмор, но бытовые английские черты были ей чужды и непонятны. Читали они не раз и Чехова, и Любка свободно, без затруднения вникала в красоту его рисунка, в его улыбку и грусть. Детские рассказы ее умиляли, трогали до такой степени, что смешно и радостно было на нее глядеть. Однажды Соловьев прочитал ей чеховский рассказ «Припадок», в котором, как известно, студент впервые попадает в публичный дом и потом, на другой день, бьется, как в припадке, в спазмах острого душевного страдания и сознания общей виновности. Соловьев сам не ожидал того громадного впечатления, которое на нее произведет эта повесть. Она плакала, бранилась, всплескивала руками и все время восклицала:

— Господи! Откуда он все это берет и как ловко! Ведь точь-в-точь как у нас!

Однажды он принес с собою книжку, озаглавленную: «История Манон Леско и кавалера де Грие, сочинение аббата Прево». Надо сказать, что эту замечательную книгу сам Соловьев читал впервые. Но гораздо глубже и тоньше оценила ее все-таки Любка. Отсутствие фабулы, наивность повествования, излишество сентиментальности, старомодность письма — все это вместе взятое расхолаживало Соловьева. Любка же воспринимала не только ушами, но как будто глазами и всем наивно открытым сердцем радостные, печальные, трогательные и легкомысленные детали этого причудливого бессмертного романа.

«Намерение наше обвенчаться было забыто в Сен-Дени, — читал Соловьев, низко склонив свою кудлатую, золотистую, освещенную абажуром голову над книгой, — мы преступили законы церкви и, не подумав о том, стали супругами».

— Что же это они? Самоволкой, значит? Без попа? Так? — спросила тревожно Любка, отрываясь от своих искусственных цветов.

— Конечно. Так что же? Свободная любовь, и больше никаких. Вот, как и вы с Лихониным.

— То я! Это совсем другое дело. Он взял меня, вы сами знаете, откуда. А она — барышня невинная и благородная. Это подлость с его стороны так делать. И, поверьте мне, Соловьев, он ее непременно потом бросит. Ах, бедная девушка! Ну, ну, ну, читайте дальше.

Но уже через несколько страниц все симпатии и сожаления Любки перешли от Манон на сторону обманутого кавалера.

«Впрочем, посещения и уход украдкой г. де Б. приводили меня в смущение. Я вспомнил также небольшие покупки Манон, которые превосходили наши средства. Все это попахивало щедростью нового любовника. Но нет, нет! — повторял я, — невозможно, чтобы Манон изменила мне! Она знает, что я живу только для нее, она прекрасно знает, что я ее обожаю».

— Ах, дурачок, дурачок! — воскликнула Любка. — Да разве же не видно сразу, что она у этого богача на содержании. Ах, она дрянь какая!

И чем дальше развертывался роман, тем более живое и страстное участие принимала в нем Любка. Она ничего не имела против того, что Манон обирала при помощи любовника и брата своих очередных покровителей, а де Грие занимался шулерской игрой в притонах, но каждая ее новая измена приводила Любку в неистовство, а страдания кавалера вызывали у нее слезы. Однажды она спросила:

— Соловьев, милочка, а он кто был, этот сочинитель?

— Это был один французский священник.

— Он был не русский?

— Нет, говорю тебе, француз. Видишь, там у него все: и города французские и люди с французскими именами.

— Так вы говорите, он был священник? Откуда же он все это знал?

— Да так уж, знал. Раньше он был обыкновенным светским человеком, дворянином, а уж потом стал монахом. Он многое видел в своей жизни. Потом он опять вышел из монахов. Да, впрочем, здесь впереди книжки все о нем подробно написано.

Он прочитал ей биографию аббата Прево. Любка внимательно прослушала ее, многозначительно покачала головою, переспросила в некоторых местах о том, что ей было непонятно, и, когда он кончил, она задумчиво протянула:

— Так вот он какой! Ужасно хорошо написал. Только зачем она такая подлая? Ведь он вот как ее любит, на всю жизнь, а она постоянно ему изменяет.

— Что же, Любочка, поделаешь? Ведь и она его любила. Только она пустая девчонка, легкомысленная. Ей бы только тряпки, да собственные лошади, да брильянты.

Любка вспыхнула и крепко ударила кулаком об кулак.

— Я бы ее, подлую, в порошок стерла! Тоже это называется любила! Если ты любишь человека, то тебе все должно быть мило от него. Он в тюрьму, и ты с ним в тюрьму. Он сделался вором, а ты ему помогай. Он нищий, а ты все-таки с ним. Что тут особенного, что корка черного хлеба, когда любовь? Подлая она и подлая! А я бы, на его месте, бросила бы ее или, вместо того чтобы плакать, такую задала ей взбучку, что она бы целый месяц с синяками ходила, гадина!

Конца повести она долго не могла дослушать и все разражалась такими искренними горячими слезами, что приходилось прерывать чтение, и последнюю главу они одолели только в четыре приема. И сам чтец не раз прослезился при этом.

Беды и злоключения любовников в тюрьме, насильственное отправление Манон в Америку и самоотверженность де Грие, добровольно последовавшего за нею, так овладели воображением Любки и потрясли ее душу, что она уже забывала делать свои замечания. Слушая рассказ о тихой, прекрасной смерти Манон среди пустынной равнины, она, не двигаясь, с стиснутыми на груди руками глядела на огонь лампы, и слезы часто-часто бежали из ее раскрытых глаз и падали, как дождик, на стол. Но когда кавалер де Грие, пролежавший двое суток около трупа своей дорогой Манон, не отрывая уст от ее рук и лица, начинает, наконец, обломком шпаги копать могилу, — Любка так разрыдалась, что Соловьев напугался и кинулся за водой. Но и успокоившись немного, она долго еще всхлипывала дрожащими распухшими губами и лепетала:

— Ах! Жизнь их была какая разнесчастная! Вот судьба-то горькая какая! И уже кого мне жалеть больше, я теперь не знаю: его или ее. И неужели это всегда так бывает, милый Соловьев, что как только мужчина и женщина вот так вот влюбятся, как они, то непременно их бог накажет? Голубчик, почему же это? Почему?

XVII

Но если грузин и добродушный Соловьев служили в курьезном образовании ума и души Любки смягчающим началом против острых шипов житейской премудрости и если Любка прощала педантизм Лихонина ради первой искренней и безграничной любви к нему и прощала так же охотно, как простила бы ему брань, побои или тяжелое преступление, — зато для нее искренним мучением и постоянной длительной тяготой были уроки Симановского. А надо сказать, что он, как назло, был в своих уроках гораздо аккуратнее и точнее, чем всякий педагог, отрабатывающий свои недельные поурочные.

Неопровержимостью своих мнений, уверенностью тона, дидактичностью изложения он так же отнимал волю у бедной Любки и парализовал ее душу, как иногда во время университетских собраний или на массовках он влиял на робкие и застенчивые умы новичков. Он бывал оратором на сходках, он был видным членом по устройству студенческих столовых, он участвовал в записывании, литографировании и издании лекций, он бывал выбираем старостой курса и, наконец, принимал очень большое участие в студенческой кассе. Он был из числа тех людей, которые, после того как оставят студенческие аудитории, становятся вожаками партий, безграничными властителями чистой и самоотверженной совести, отбывают свой политический стаж где-нибудь в Чухломе, обращая острое внимание всей России на свое героически-бедственное положение, и затем, прекрасно опираясь на свое прошлое, делают себе карьеру благодаря солидной адвокатуре, депутатству или же женитьбе, сопряженной с хорошим куском черноземной земли и с земской деятельностью. Незаметно для самих себя и совсем уже незаметно для постороннего взгляда они осторожно правеют или, вернее, линяют до тех пор, пока не отрастят себе живот, не наживут подагры и болезни печени. Тогда они ворчат на весь мир, говорят, что их не поняли, что их время было временем святых идеалов. А в семье они деспоты и нередко отдают деньги в рост.

Путь образования Любкиного ума и души был для него ясен, как было ясно и неопровержимо все, что он ни задумывал; он хотел сначала заинтересовать Любку опытами по химии и физике.

«Девственно-женский ум, — размышлял он, — будет поражен, тогда я овладею ее вниманием и от пустяков, от фокусов я перейду к тому, что введет ее в центр всемирного познания, где нет аи суеверия, ни предрассудков, где есть только широкое поле для испытания природы».

Надо сказать, что он был непоследовательным в своих уроках. Он таскал, на удивление Любки, все, что ему попадалось под руки. Однажды приволок к ней большую самодельную шутиху — длинную картонную кишку, наполненную порохом, согнутую в виде гармонии и перевязанную крепко поперек шнуром. Он

142

зажег ее, и шутиха долго с треском прыгала по столовой и по спальне, наполняя комнату дымом и вонью. Любка почти не удивилась и сказала, что это просто фейерверки, и что она это уже видела, и что ее этим не удивишь. Однако попросила позволения открыть окно. Затем он принес большую склянку, свинцовой бумаги, канифоли и кошачий хвост и таким образом устроил лейденскую банку. Разряд, хотя и слабый, но все-таки получился.

— Ну тебя к нечистому, сатана! — закричала Любка, почувствовав сухой щелчок в мизинце.

Затем из нагретой перекиси марганца, смешанного с песком, был добыт при помощи аптекарского пузырька, гуттаперчивого конца от эсмарховой кружки, таза, наполненного водой, и банки из-под варенья — кислород. Разожженная пробка, уголь и проволока горели в банке так ослепительно, что глазам становилось больно. Любка хлопала в ладоши и визжала в восторге:

— Господин профессор, еще! Пожалуйста, еще, еще!..

Но когда, соединив в принесенной пустой бутылке из-под шампанского водород с кислородом и обмотав бутыль для предосторожности полотенцем, Симановский велел Любке направить горлышко на горящую свечу и когда раздался взрыв, точно разом выпалили из четырех пушек, взрыв, от которого посыпалась штукатурка с потолка, тогда Любка струсила и, только с трудом оправившись, произнесла дрожащими губами, но с достоинством:

— Вы уж извините меня, пожалуйста, но так как у меня собственная квартира и теперь я вовсе не девка, а порядочная женщина, то прошу больше у меня не безобразничать. Я думала, что вы, как умный и образованный человек, все чинно и благородно, а вы только глупостями занимаетесь. За это могут и в тюрьму посадить.

Впоследствии, много, много спустя, она рассказывала о том, что у нее был знакомый студент, который делал при ней динамит.

Должно быть, в конце концов Симановский, этот загадочный человек, такой влиятельный в своей юношеской среде, где ему приходилось больше иметь дело с теорией, и такой несуразный, когда ему попался практический опыт над живой душой, был просто-напросто глуп, но только умел искусно скрывать это единственное в нем искреннее качество.

Потерпев неудачу в прикладных науках, он сразу перешел к метафизике. Однажды он очень самоуверенно и таким тоном, после которого не оставалось никаких возражений, заявил Любке, что бога нет и что он берется это доказать в продолжение пяти минут. Тогда Любка вскочила с места и сказала ему твердо, что она, хотя и бывшая проститутка, но верует в бога и не позволит его обижать в своем присутствии и что если он будет продолжать такие глупости, то она пожалуется Василию Васильевичу.

— Я ему тоже скажу, — прибавила она плачущим голосом, — что вы, вместо того чтобы меня учить, только болтаете всякую чушь и тому подобную гадость, а сами все время держите руку у меня на коленях. А это даже совсем неблагородно. — И в первый раз за все их знакомство она, раньше робевшая и стеснявшаяся, резко отодвинулась от своего учителя.

Однако Симановский, потерпев несколько неудач, все-таки упрямо продолжал действовать на ум и воображение Любки. Он пробовал ей объяснить теорию

143

происхождения видов, начиная от амебы и кончая Наполеоном. Любка слушала его внимательно, и в глазах ее при этом было умоляющее выражение: «Когда же ты перестанешь наконец?» Она зевала в платок и потом виновато объясняла: «Извините, это у меня от нервов». Маркс тоже не имел успеха: товар, добавочная стоимость, фабрикант и рабочий, превратившиеся в алгебраические формулы, были для Любки лишь пустыми звуками, сотрясающими воздух, и она, очень искренняя в душе, всегда с радостью вскакивала с места, услышав, что, кажется, борщ вскипел или самовар собирается убежать.

Нельзя сказать, чтобы Симановский не имел успеха у женщин. Его апломб и его веский, решительный тон всегда действовали на простые души, в особенности на свежие, наивно-доверчивые души. От длительных связей он отделывался всегда очень легко: либо на нем лежало громадное ответственное призвание, перед которым семейные любовные отношения — ничто, либо он притворялся сверхчеловеком, которому все позволено (о ты, Ницше, так давно и так позорно перетолкованный для гимназистов!). Пассивное, почти незаметное, но твердо уклончивое сопротивление Любки раздражало и волновало его. Именно раззадоривало его то, что она, прежде всем такая доступная, готовая отдать свою любовь в один день нескольким людям подряд, каждому за два рубля, и вдруг она теперь играет в какую-то чистую и бескорыстную влюбленность!

«Ерунда, — думал он. — Этого не может быть. Она ломается, и, вероятно, я с нею не нахожу настоящего тона».

И с каждым днем он становился требовательнее, придирчивее и суровее. Он вряд ли сознательно, вернее что по привычке, полагался на свое всегдашнее влияние, устрашающее мысль и подавляющее волю, которое ему редко изменяло.

Однажды Любка пожаловалась на него Лихонину.

— Уж очень он, Василий Васильевич, со мной строгий, и ничего я не понимаю, что он говорит, и я больше не хочу с ним учиться.

Лихонин кое-как с грехом пополам успокоил ее, но все-таки объяснился с Симановским. Тот ему ответил хладнокровно:

— Как хотите, дорогой мой, если вам или Любе не нравится мой метод, то я готов и отказаться. Моя задача состоит лишь в том, чтобы в ее образование ввести настоящий элемент дисциплины. Если она чего-нибудь не понимает, то я заставляю ее зубрить наизусть. Со временем это прекратится. Это неизбежно. Вспомните, Лихонин, как нам был труден переход от арифметики к алгебре, когда нас заставляли заменять простые числа буквами, и мы не знали, для чего это делается. Или для чего нас учили грамматике, вместо того чтобы просто рекомендовать нам самим писать повести и стихи?

А на другой же день, склонившись низко под висячим абажуром лампы над телом Любки и обнюхивая ее грудь и под мышками, он говорил ей:

— Нарисуйте треугольник... Ну да, вот так и вот так. Вверху я пишу «Любовь». Напишите просто букву Л, а внизу М и Ж. Это будет: любовь женщины и мужчины.

С видом жреца, непоколебимым и суровым, он говорил всякую эротическую белиберду и почти неожиданно окончил:

— Итак, поглядите, Люба. Желание любить — это то же, что желание есть, пить и дышать воздухом. — Он крепко сжимал ее ляжку гораздо выше колена, и она опять, конфузясь и не желая его обидеть, старалась едва заметно, постепенно отодвинуть ногу.

— Скажите, ну разве будет для вашей сестры, матери или для вашего мужа обидно, что вы случайно не пообедали дома, а зашли в ресторан или в кухмистерскую и там насытили свой голод. Так и любовь. Не больше, не меньше. Физиологическое наслаждение. Может быть, более сильное, более острое, чем всякие другие, но и только. Так, например, сейчас: я хочу вас, как женщину. А вы...

— Да бросьте, господин, — досадливо прервала его Любка. — Ну, что все об одном и том же. Заладила сорока Якова. Сказано вам: нет и нет. Разве я не вижу, к чему вы подбираетесь? А только я на измену никогда не согласна, потому что как Василий Васильевич мой благодетель и я их обожаю всей душой... А вы мне даже довольно противны с вашими глупостями.

Однажды он причинил Любке, — и все из-за своих теоретических начал, — большое и скандальное огорчение. Так как в университете давно уже говорили о том, что Лихонин спас девушку из такого-то дома и теперь занимается ее нравственным возрождением, то этот слух, естественно, дошел и до учащихся девушек, бывавших в студенческих кружках. И вот не кто иной, как Симановский, однажды привел к Любке двух медичек, одну историчку и одну начинающую поэтессу, которая, кстати, писала уже и критические статьи. Он познакомил их самым серьезным и самым дурацким образом.

— Вот, — сказал он, протягивая руки то по направлению к гостям, то к Любке, — вот, товарищи, познакомьтесь. Вы, Люба, увидите в них настоящих друзей, которые помогут вам на вашем светлом пути, а вы, — товарищи Лиза, Надя, Саша я Рахиль, — вы отнеситесь как старшие сестры к человеку, который только что выбился из того ужасного мрака, в который ставит современную женщину социальный строй.

Он говорил, может быть, и не так, но во всяком случае приблизительно в этом роде. Любка краснела, протягивала барышням в цветных кофточках и в кожаных кушаках руку, неуклюже сложенную всеми пальцами вместе, потчевала их чаем с вареньем, поспешно давала им закуривать, но, несмотря на все приглашения, ни за что не хотела сесть. Она говорила: «Да-с, нет-с, как изволите». И когда одна из барышень уронила на пол платок, она кинулась торопливо поднимать его.

Одна из девиц, красная, толстая и басистая, у которой всего-навсего были в лице только пара красных щек, из которых смешно выглядывал намек на вздернутый нос и поблескивала из глубины пара черных изюминок-глазок, все время рассматривала Любку с ног до головы, точно сквозь воображаемый лорнет, водя по ней ничего не говорящим, но презрительным взглядом. «Да ведь я ж никого у ей не отбивала», — подумала виновато Любка. Но другая была настолько бестактна, что, — может быть, для нее в первый раз, а для Любки в сотый, — начала разговор о том, как она попала на путь проституции. Это была барышня суетливая, бледная, очень хорошенькая, воздушная, вся в светлых кудряшках, с видом избалованного котенка и даже с розовым кошачьим бантиком на шее.

— Но скажите, кто же был этот подлец... который первый... ну, вы понимаете?..

В уме Любки быстро мелькнули образы прежних ее подруг — Женьки и Тамары, таких гордых, смелых и находчивых, — о, гораздо умнее, чем эти девицы, — и она почти неожиданно для самой себя вдруг сказала резко:

145

— Их много было. Я уже забыла. Колька, Митька, Володька, Сережка, Жоржик, Трошка, Петька, а еще Кузька да Гуська с компанией. А почему вам интересно?

— Да... нет... то есть я, как человек, который вам вполне сочувствует.

— А у вас любовник есть?

— Простите, я не понимаю, что вы говорите. Господа, нам пора идти.

— То есть как это вы не понимаете? Вы когда-нибудь с мужчиной спали?

— Товарищ Симановский, я не предполагала, что вы нас приведете к такой особе. Благодарю вас. Чрезвычайно мило с вашей стороны!

Любке было только трудно преодолеть первый шаг. Она была из тех натур, которые долго терпят, но быстро срываются, и ее, обыкновенно такую робкую, нельзя было узнать в этот момент.

— А я знаю! — кричала она в озлоблении. — Я знаю, что и вы такие же, как и я! Но у вас папа, мама, вы обеспечены, а если вам нужно, так вы и ребенка вытравите, — многие так делают. А будь вы на моем месте, — когда жрать нечего, и девчонка еще ничего не понимает, потому что неграмотная, а кругом мужчины лезут, как кобели, — то и вы бы были в публичном доме! Стыдно так над бедной девушкой изголяться, — вот что!

Попавший в беду Симановский сказал несколько общих утешительных слов таким рассудительным басом, каким в старинных комедиях говорили благородные отцы, и увел своих дам.

Но ему суждено было сыграть еще одну, очень постыдную, тяжелую и последнюю роль в свободной жизни Любки.

Она давно уже жаловалась Лихонину на то, что ей тяжело присутствие Симановского, но Лихонин не обращал на женские пустяки внимания: был силен в нем пустошный, выдуманный фразерский гипноз этого человека повелений. Есть влияния, от которых освободиться трудно, почти невозможно. С другой стороны, он уже давно тяготился сожительством с Любкой. Часто он думал про себя: «Она заедает мою жизнь, я пошлею, глупею, я растворился в дурацкой добродетели; кончится тем, что я женюсь на ней, поступлю в акциз, или в сиротский суд, или в педагоги, буду брать взятки, сплетничать и сделаюсь провинциальным гнусным сморчком. И где же мои мечты о власти ума, о красоте жизни, общечеловеческой любви и подвигах?» — говорил он иногда даже вслух и теребил свои волосы. И потому, вместо того чтобы внимательно разобраться в жалобах Любки, он выходил из себя, кричал, топал ногами, а терпеливая, кроткая Любка смолкала и удалялась в кухню, чтобы там выплакаться.

Теперь все чаще и чаще, после семейных ссор, в минуты примирения, он говорил Любке:

— Дорогая Люба, мы с тобой не подходим друг к другу, пойми это. Смотри: вот тебе сто рублей, поезжай домой. Родные тебя примут, как свою. Поживи, осмотрись. Я приеду за тобой через полгода, ты отдохнешь, и, конечно, все грязное, скверное, что привито тебе городом, отойдет, отомрет. И ты (начнешь новую жизнь самостоятельно, без всякой поддержки, одинокая и гордая!

Но разве сделаешь что-нибудь с женщиной, которая полюбила в первый и, конечно, как ей кажется, в последний раз? Разве ее убедишь в необходимости разлуки? Разве для нее существует логика?

Благоговея всегда перед твердостью слов и решений Симановского, Лихонин, однако, догадывался и чутьем понимал истинное его отношение к Любке, и в своем желании освободиться, стряхнуть с себя случайный и непосильный груз, он ловил себя на гаденькой мысли: «Она нравится Симановскому, а ей разве не все равно: он, или я, или третий? Объяснюсь-ка я с ним начистоту и уступлю ему Любку по-товарищески. Но ведь не пойдет дура. Визг подымет».

«Или хоть бы застать их как-нибудь вдвоем, — думал он дальше, — в какой-нибудь решительной позе... поднять крик, сделать скандал... Благородный жест... немного денег и... убежать».

Он теперь часто по несколько дней не возвращался домой и потом, придя, переживал мучительные часы женских допросов, сцен, слез, даже истерических припадков. Любка иногда тайком следила за ним, когда он уходил из дома, останавливалась против того подъезда, куда он входил, и часами дожидалась его возвращения для того, чтобы упрекать его и плакать на улице. Не умея читать, она перехватывала его письма и, не решаясь обратиться к помощи князя или Соловьева, копила их у себя в шкафчике вместе с сахаром, чаем, лимоном и всякой другой дрянью. Она уже дошла до того, что в сердитые минуты угрожала ему серной кислотой.

«Черт бы ее побрал, — размышлял Лихонин в минуты „коварных планов". — Все равно, пусть даже между ними ничего нет. А все-таки возьму и сделаю страшную сцену ему и ей».

И он декламировал про себя:

«Ах, так!.. Я тебя пригрел на своей груди, и что же я вижу? Ты платишь мне черной неблагодарностью... А ты, мой лучший товарищ, ты посягнул на мое единственное счастье!.. О нет, нет, оставайтесь вдвоем, я ухожу со слезами на глазах. Я вижу, что я лишний между вами! Я не хочу препятствовать вашей любви, и т. д. и т. д.»

И вот именно эти мечты, затаенные планы, такие мгновенные, случайные и в сущности подлые, — из тех, в которых люди потом самим себе не признаются, — вдруг исполнились. Был очередной урок Соловьева. К его большому счастью, Любка наконец-таки прочитала почти без запинки: «Хороша соха у Михея, хороша и у Сысоя... ласточка... качели... дети любят бога...» И в награду за это Соловьев прочитал ей вслух «О купце Калашникове и опричнике Кирибеевиче». Любка от восторга скакала в кресле, хлопала в ладоши. Ее всю захватила красота этого монументального, героического произведения. Но ей не пришлось высказать полностью своих впечатлений. Соловьев торопился на деловое свидание. И тотчас же навстречу Соловьеву, едва обменявшись с ним в дверях приветствием, пришел Симановский. У Любки печально вытянулось лицо и надулись губы. Уж очень противен стал ей за последнее время этот педантичный учитель и грубый самец.

На этот раз он начал лекцию на тему о том, что для человека не существует ни законов, ни прав, ни обязанностей, ни чести, ни подлости и что человек есть величина самодовлеющая, ни от кого и ни от чего не зависимая.

— Можно быть богом, можно быть и глистом, солитером — это все равно.

Он уже хотел перейти к теории любовных чувств, но, к сожалению, от нетерпения поспешил немного: он обнял Любку, притянул к себе и начал ее грубо тискать. «Она опьянеет от ласки. Отдастся!» — думал расчетливый Симановский.

Он добивался прикоснуться губами к ее рту для поцелуя, но она кричала и фыркала в него слюнями. Вся наигранная деликатность оставила ее.

— Убирайся, черт паршивый, дурак, свинья, сволочь, я тебе морду разобью!..

К ней вернулся весь лексикон заведения, но Симановский, потеряв пенсне, с перекошенным лицом глядел на нее мутными глазами и городил что попало:

— Дорогая моя... все равно... секунда наслаждения!.. Мы сольемся с тобою в блаженстве!.. Никто не узнает!.. Будь моею!..

Как раз в эту минуту и вошел в комнату Лихонин.

Конечно, в душе он сам себе не сознавался в том, что сию минуту сделает гадость, он лишь только как-то сбоку, издали подумал о том, что его лицо бледно и что его слова сейчас будут трагичны и многозначительны.

— Да! — сказал он глухо, точно актер в четвертом действии драмы, и, опустив бессильно руки, закачал упавшим на грудь подбородком. — Я всего ожидал, только не этого. Тебе я извиняю, Люба, — ты пещерный человек, но вы, Симановский... Я считал вас... впрочем, я до сих пор считаю за порядочного человека. Но я знаю, что страсть бывает иногда сильнее доводов рассудка. Вот здесь есть пятьдесят рублей, я их оставляю для Любы, вы мне, конечно, вернете потом, я в этом не сомневаюсь. Устройте ее судьбу... Вы умный, добрый, честный человек, а я («подлец!» — мелькнул у него в голове чей-то явственный голос)... я ухожу, потому что не выдержу больше этой муки. Будьте счастливы.

Он выхватил из кармана и эффектно бросил свой бумажник на стол, потом схватился за волосы и выбежал из комнаты.

Это был все-таки для него наилучший выход. И сцена разыгралась именно так, как он о ней мечтал.

Часть третья

I

Все это очень длинно и сбивчиво рассказала Любка, рыдая на Женькином плече. Конечно, эта трагикомическая история выходила в ее личном освещении совсем не так, как она случилась на самом деле.

Лихонин, по ее словам, взял ее к себе только для того, чтобы увлечь, соблазнить, попользоваться, сколько хватит, ее глупостью, а потом бросить. А она, дура, сделалась и взаправду в него влюбимшись, а так как она его очень ревновала ко всем этим кудлатым в кожаных поясах, то он и сделал подлость: нарочно подослал своего товарища, сговорился с ним, а тот начал обнимать Любку, а Васька вошел, увидел и сделал большой скандал и выгнал Любку на улицу.

Конечно, в ее передаче были почти равные две части правды и неправды, но так по крайней мере все ей представлялось.

Рассказала она также с большими подробностями и о том, как, очутившись внезапно без мужской поддержки или вообще без чьего-то бы ни было крепкого постороннего влияния, она наняла комнату в плохонькой гостинице, в захолустной улице, как с первого же дня коридорный, обстрелянная птица, тертый калач, покушался ею торговать, даже не спрося на это ее разрешения, как она переехала из гостиницы на частную квартиру, но и там ее настигла опытная старуха сводня, которыми кишат дома, обитаемые беднотой.

Значит, даже и при спокойной жизни было в лице, в разговоре и во всей манере Любки что-то особенное, специфическое, для ненаметанного глаза, может быть, и совсем не заметное, но для делового чутья ясное и неопровержимое, как день.

Но случайная, короткая искренняя любовь дала ей силу, которой она сама от себя не ожидала, силу сопротивляться неизбежности вторичного падения. В своем героическом мужестве она дошла до того, что сделала даже несколько публикаций в газетах о том, что ищет место горничной за все. Однако у нее не было никакой рекомендации. К тому же ей приходилось при найме иметь дело исключительно с женщинами, а те тоже каким-то внутренним безошибочным инстинктом угадывали в ней старинного врага — совратительницу их мужей, братьев, отцов и сыновей.

Домой ехать ей не было ни смысла, ни расчета. Ее родной Васильковский уезд отстоит всего в пятнадцати верстах от губернского города, и молва о том, что она поступила в такое заведение, уже давно проникла через земляков в деревню. Об этом писали в письмах и передавали устно те деревенские соседи, которым случалось ее видеть и на улице и у самой Анны Марковны, — швейцары и номерные гостиниц, лакеи маленьких ресторанов, извозчики, мелкие подрядчики. Она знала, чем пахла бы эта слава, если бы она вернулась в родные места. Лучше было повеситься, чем это переносить.

Она была нерасчетлива и непрактична в денежных делах, как пятилетний ребенок, и в скором времени осталась без копейки, а возвращаться назад в публичный дом было страшно и позорно. Но соблазны уличной проституции сами собой подвертывались и на каждом шагу лезли в руки. По вечерам, на главной улице, ее прежнюю профессию сразу безошибочно угадывали старые закоренелые уличные проститутки. То и дело одна из них, поравнявшись с нею, начинала сладким, заискивающим голосом:

— Что это вы, девица, ходите одне? Давайте будем подругами, давайте ходить вместе. Это завсегда удобнее. Которые мужчины хочут провести приятно время с девушками, всегда любят, чтобы завести компанию вчетвером.

И тут же опытная, искусившаяся вербовщица сначала вскользь, а потом уж горячо, от всего сердца, начинала расхваливать все удобства житья у своей хозяйки — вкусную пищу, полную свободу выхода, возможность всегда скрыть от хозяйки квартиры излишек сверх положенной платы. Тут же, кстати, говорилось много злого и обидного по поводу женщин закрытых домов, которых называли «казенными шкурами», «казенными», «благородными девицами». Любка знала цену этим насмешкам, потому что в свою очередь жилицы публичных домов тоже с величайшим презрением относятся к уличным проституткам, обзывая их «босявками» и «венеричками».

Понятно, в конце концов случилось то, что должно было случиться. Видя в перспективе целый ряд голодных дней, а в глубине их — темный ужас неизвестного будущего, Любка согласилась на очень учтивое приглашение какого-то приличного маленького старичка, важного, седенького, хорошо одетого и корректного. За этот позор Любка получила рубль, но не смела протестовать: прежняя жизнь в доме совсем вытравила в ней личную инициативу, подвижность и энергию. Потом несколько раз подряд он и совсем ничего не заплатил.

Один молодой человек, развязный и красивый, в фуражке с приплюснутыми полями, лихо надетой набекрень, в шелковой рубашке, опоясанной шнурком с кисточками, тоже повел ее с собой в номера, спросил вина и закуску, долго врал Любке о том, что он побочный сын графа и что он первый бильярдист во всем городе, что его любят все девки и что он из Любки тоже сделает фартовую «маруху». Потом он вышел из номера на минутку, как бы по своим делам, и исчез навсегда. Суровый косоглазый швейцар довольно долго, молча, с деловым видом, сопя и прикрывая Любкин рот рукой, колотил ее. Но, наконец, убедившись, должно быть, что вина не ее, а гостя, отнял у нее кошелек, в котором было рубль с мелочью, и взял под залог ее дешевенькую шляпку и верхнюю кофточку.

Другой, очень недурно одетый мужчина лет сорока пяти, промучив девушку часа два, заплатил за номер и дал ей восемьдесят копеек; когда же она стала жаловаться, он со зверским лицом приставил к самому ее носу огромный, рыжеволосый кулак и сказал решительно:

— Поскули у меня еще... Я тебе поскулю... Вот вскричу сейчас полицию и скажу, что ты меня обокрала, когда я спал. Хочешь? Давно в части не была?

И ушел.

И таких случаев было много.

В тот день, когда ее квартирные хозяева — лодочник с женой — отказали ей в комнате и просто-напросто выкинули ее вещи на двор и когда она без сна пробродила всю ночь по улицам, под дождем, прячась от городовых, — только тогда с отвращением и стыдом решилась она обратиться к помощи Лихонина. Но Лихонина уже не было в городе: он малодушно уехал в тот же день, когда несправедливо обиженная и опозоренная Любка убежала с квартиры. И вот наутро ей и пришла в голову последняя отчаянная мысль — возвратиться в публичный дом и попросить там прощения.

— Женечка, вы такая умная, такая смелая, такая добрая, попросите за меня Эмму Эдуардовну — экономочка вас послушает, — умоляла она Женьку, и целовала ее голые плечи, и мочила их слезами.

— Никого она не послушает, — мрачно ответила Женька. — И надо тебе было увязаться за таким дураком и подлецом.

— Женечка, ведь вы же сами мне посоветовали, — робко возразила Любка.

— Посоветовала... Ничего я тебе не советовала. Что ты врешь на меня как на мертвую... Ну да ладно — пойдем.

Эмма Эдуардовна уже давно знала о возвращении Любки и даже видела ее в тот момент, когда она проходила, озираясь, через двор дома. В душе она вовсе не была против того, чтобы принять обратно Любку. Надо сказать, что и отпустила она ее только потому, что соблазнилась деньгами, из которых половину присвоила себе. Да к тому же рассчитывала, что при теперешнем сезонном наплыве новых проституток у нее будет большой выбор, в чем, однако, она ошиблась, потому что сезон круто прекратился. Но во всяком случае она твердо решила взять Любку. Только надо было для сохранения и округления престижа как следует напугать ее.

— Что-о? — заорала она на Любку, едва выслушав ее смущенный лепет. — Ты хочешь, чтобы тебя опять приняли?.. Ты там черт знает с кем валялась по улицам, под заборами, и ты опять, сволочь, лезешь в приличное, порядочное заведение!.. Пфуй, русская свинья! Вон!..

Любка ловила ее руки, стремясь поцеловать, но экономка грубо их выдергивала. Потом вдруг побледнев, с перекошенным лицом, закусив наискось дрожащую нижнюю губу, Эмма расчетливо и метко, со всего размаха ударила Любку по щеке, отчего та опустилась на колени, но тотчас же поднялась, задыхаясь и заикаясь от рыданий.

— Миленькая, не бейте... Дорогая же вы моя, не бейте...

И опять упала, на этот раз плашмя, на пол.

И это систематическое, хладнокровное, злобное избиение продолжалось минуты две. Женька, смотревшая сначала молча, со своим обычным злым, презрительным видом, вдруг не выдержала: дико завизжала, кинулась на экономку, вцепилась ей в волосы, сорвала шиньон и заголосила в настоящем истерическом припадке:

— Дура!.. Убийца!.. Подлая сводница!.. Воровка!..

Все три женщины голосили вместе, и тотчас же ожесточенные вопли раздались по всем коридорам и каморкам заведения. Это был тот общий припадок великой истерии, который овладевает иногда заключенными в тюрьмах, или то стихийное безумие (raptus), которое охватывает внезапно и повально весь сумасшедший дом, отчего бледнеют даже опытные психиатры.

Только спустя час порядок был водворен Симеоном и пришедшими к нему на помощь двумя товарищами по профессии. Крепко досталось всем тринадцати девушкам, а больше других Женьке, пришедшей в настоящее исступление. Избитая Любка до тех пор пресмыкалась перед экономкой, покамест ее не приняли обратно. Она знала, что Женькин скандал рано или поздно отзовется на ней жестокой отплатой. Женька же до самой ночи сидела, скрестив по-турецки ноли, на своей постели, отказалась от обеда и выгоняла вон всех подруг, которые заходили к ней. Глаз у нее был ушиблен, и она прикладывала к нему усердно медный пятак. Из-под разорванной сорочки краснела на шее длинная поперечная царапина, точно след от веревки. Это содрал ей кожу в борьбе Симеон. Она сидела так одна, с глазами, которые светились в темноте, как у дикого зверя, с раздутыми ноздрями, с судорожно двигавшимися скулами, и шептала злобно:

— Подождите же... Постойте, проклятые, — я вам покажу... Вы еще увидите... У-у, людоеды...

Но когда зажгли огни и младшая экономка Зося постучала ей в дверь со словами: «Барышня, одеваться!.. В залу!» — она быстро умылась, оделась, припудрила синяк, замазала царапину белилами и розовой пудрой и вышла в залу, жалкая, но гордая, избитая, но с глазами, горевшими нестерпимым озлоблением и нечеловеческой красотой.

Многие люди, которым приходилось видеть самоубийц за несколько часов до их ужасной смерти, рассказывают, что в их облике в эти роковые предсмертные часы они замечали какую-то загадочную, таинственную, непостижимую прелесть. И все, кто видели Женьку в эту ночь и на другой день в немногие часы, подолгу, пристально и удивленно останавливались на ней взглядом.

И всего страннее (это была одна из мрачных проделок судьбы), что косвенным виновником ее смерти, последней песчинкой, которая перетягивает вниз чашу весов, явился не кто иной, как милый, добрейший кадет Коля Гладышев...

II

Коля Гладышев был славный, веселый, застенчивый парнишка, большеголовый, румяный, с белой, смешной, изогнутой, точно молочной, полоской на верхней губе, под первым пробившимся пушком усов, с широко расставленными синими наивными глазами и такой стриженый, что из-под его белокурой щетинки, как у породистого йоркширского поросенка, просвечивала розовая кожа. Это именно с ним прошлой зимой играла Женька не то в материнские отношения, не то как в куклы и совала ему яблочко или пару конфеток на дорогу, когда он уходил из дома терпимости, корчась от стыда.

В этот раз, когда он пришел, в нем сразу, после долгого житья в лагерях, чувствовалась та быстрая перемена возраста, которая так неуловимо и быстро превращает мальчика в юношу. Он уже окончил кадетский корпус и с гордостью считал себя юнкером, хотя с отвращением еще ходил в кадетской форме. Он вырос, стал стройнее и ловче; лагерная жизнь пошла ему в пользу. Говорил он басом, и в эти месяцы к его величайшей гордости нагрубли у него соски грудей, самый главный — он уже знал об этом — и безусловный признак мужской зрелости. Теперь для него покамест, до строевых строгостей военного училища, было время обольстительной полусвободы. Уже дома ему разрешили официально, при взрослых, курить, и даже сам отец подарил ему кожаный портсигар с его монограммой, а также, в подъеме семейной радости, определил ему пятнадцать рублей месячного жалованья.

Именно здесь — у Анны Марковны — он и узнал впервые женщину, ту же Женьку.

Падение невинных душ в домах терпимости или у уличных одиночек совершается гораздо чаще, чем обыкновенно думают. Когда об этом щекотливом деле расспрашивают не только зеленых юношей, но даже и почетных пятидесятилетних мужчин, почти дедушек, они вам наверное скажут древнюю трафаретную ложь о том, как их соблазнила горничная или гувернантка. Но это — одна из тех длительных, идущих назад, в глубину прошедших десятилетий, странных лжей, которые почти не подмечены ни одним из профессиональных наблюдателей и во всяком случае никем не описаны.

Если каждый из нас попробует положить, выражаясь пышно, руку на сердце и смело дать себе отчет в прошлом, то всякий поймает себя на том, что однажды, в детстве, сказав какую-нибудь хвастливую или трогательную выдумку, которая имела успех, и повторив ее поэтому еще два, и пять, и десять раз, он потом не может от нее избавиться во всю свою жизнь и повторяет совсем уже твердо никогда не существовавшую историю, твердо до того, что в конце концов верит в нее. Со временем и Коля рассказывал своим товарищам о том, что его соблазнила его двоюродная тетка — светская молодая дама. Надо, однако, сказать, что интимная близость к этой даме, большой, черноглазой, белолицей, сладко пахнувшей южной женщине, действительно существовала, но существовала только в Колином воображении, в те печальные, трагические и робкие минуты одиноких половых наслаждений, через которые проходят из всех мужчин если не сто процентов, то во всяком случае девяносто девять.

Испытав очень рано механические половые возбуждения, приблизительно с девяти или девяти с половиною лет, Коля совсем не имел ни малейшего понятия о том, что такое из себя представляет тот конец влюбленности и ухаживания, который так ужасен, если на него поглядеть въявь, со стороны, или если его объяснять научно. К несчастью, около него в то время не было ни одной из теперешних прогрессивных и ученых дам, которые, отвернув шею классическому аисту и вырвав с корнем капусту, под которой находят детей, рекомендуют в лекциях, в сравнениях и уподоблениях беспощадно и даже чуть ли не графическим порядком объяснять детям великую тайну любви и зарождения.

Надо сказать, что в то отдаленное время, о котором идет речь, закрытые заведения — мужские пансионы и мужские институты, а также кадетские корпуса — представляли из себя какие-то тепличные рассадники. Попечение об уме и нравственности мальчуганов старались по возможности вверять воспитателям, чиновникам-формалистам, и вдобавок нетерпеливым, вздорным, капризным в своих симпатиях и истеричным, точно старые девы, классным дамам. Теперь иначе. Но в то время мальчики были предоставлены самим себе. Едва оторванные, говоря фигурально, от материнской груди, от ухода преданных нянек, от утренних и вечерних ласк, тихих и сладких, они хотя и стыдились всякого проявления нежности, как «бабства», но их неудержимо и сладостно влекло к поцелуям, прикосновениям, беседам на ушко.

Конечно, внимательное, заботливое отношение, купанье, упражнения на свежем воздухе, — именно не гимнастика, а вольные упражнения, каждому по своей охотке, — всегда могли бы отдалить приход этого опасного периода или смягчить и образумить его.

Повторяю, — тогда этого не было.

Жажда семейной ласки, материнской, сестриной, нянькиной ласки, так грубо и внезапно оборванной, обратилась в уродливые формы ухаживания (точь-в-точь как в женских институтах «обожание») за хорошенькими мальчиками, за «мазочками»; любили шептаться по углам и, ходя под ручку или обнявшись в темных коридорах, говорить друг другу на ухо несбыточные истории о приключениях с женщинами. Это была отчасти и потребность детства в сказочном, а отчасти и просыпавшаяся чувственность. Нередко какой-нибудь пятнадцатилетний пузырь, которому только впору играть в лапту или уписывать жадно гречневую кашу с молоком, рассказывал, начитавшись, конечно, кой-каких романишек, о том, что теперь каждую субботу, когда отпуск, он ходит к одной красивой вдове миллионерше, и о том, как она страстно в него влюблена, и как около их ложа всегда стоят фрукты и драгоценное вино, и как она любит его неистово и страстно.

Тут, кстати, подоспела и неизбежная полоса затяжного запойного чтения, через которую, конечно, проходили каждый мальчик и каждая девочка. Как бы ни был строг в этом отношении классный надзор, все равно юнцы читали, читают и будут читать именно то, что им не позволено. Здесь есть особенный азарт, шик, прелесть запретного. Уже в третьем классе ходили по рукам рукописные списки Баркова, подложного Пушкина, юношеские грехи Лермонтова и других: «Первая ночь», «Вишня», «Лука», «Петергофский праздник», «Уланша», «Горе от ума», «Поп» и т. д.

Но, как это ни может показаться странным, выдуманным или парадоксальным, однако и эти сочинения, и рисунки, и похабные фотографические карточки не возбуждали сладостного любопытства. На них глядели, как на проказу, на шалость и на прелесть контрабандного риска. В кадетской библиотеке были целомудренные выдержки из Пушкина и Лермонтова, весь Островский, который только смешил, и почти весь Тургенев, который и сыграл в жизни Коли главную и жестокую роль. Как известно, у покойного великого Тургенева любовь всегда окружена дразнящей завесой, какой-то дымкой, неуловимой, запретной, но соблазнительной: девушки у него предчувствуют любовь, и волнуются от ее приближения, и стыдятся свыше меры, и дрожат, и краснеют. Замужние женщины или вдовы совершают этот мучительный путь несколько иначе: они долго борются с долгом, или с порядочностью, или с мнением света, и, наконец, — ах! — падают со слезами, или — ах! — начинают бравировать, или, что еще чаще, неумолимый рок прерывает ее или его жизнь в самый — ах! — нужный момент, когда созревшему плоду недостает только легкого дуновения ветра, чтобы упасть. И все его персонажи все-таки жаждут этой постыдной любви, светло плачут и радостно смеются от нее, и она заслоняет для них весь мир. Но так как мальчики думают совершенно иначе, чем мы, взрослые, и так как все запретное, все недосказанное или сказанное по секрету имеет в их глазах громадный, не только сугубый, но трегубый интерес, то, естественно, что из чтения они выводили смутную мысль, что взрослые что-то скрывают от них.

Да и то надо сказать, разве Коля, подобно большинству его сверстников, не видал, как горничная Фрося, такая краснощекая, вечно веселая, с ногами твердости стали (он иногда, развозившись, хлопал ее по спине), как она однажды, когда Коля случайно быстро вошел в папин кабинет, прыснула оттуда во весь дух, закрыв лицо передником, и разве он не видал, что в это время у папы было лицо красное, с сизым, как бы удлинившимся носом, и Коля подумал: «Папа похож на индюка». Разве у того же папы Коля, отчасти по свойственной всем мальчикам проказливости и озорству, отчасти от скуки, не открыл случайно в незапертом ящике папиного письменного стола громадную коллекцию карточек, где было представлено именно то, что приказчики называют увенчанием любви, а светские оболтусы — неземною страстью.

И разве он не видал, что каждый раз перед визитом благоухающего и накрахмаленного Павла Эдуардовича, какого-то балбеса при каком-то посольстве, с которым мама, в подражание модным петербургским прогулкам на Стрелку, ездила на Днепр глядеть на то, как закатывается солнце на другой стороне реки, в Черниговской губернии, — разве он не видел, как ходила мамина грудь и как рдели ее щеки под пудрой, разве он не улавливал в эти моменты много нового и странного, разве он не слышал ее голос, совсем чужой голос, как бы актерский, нервно прерывающийся, беспощадно злой к семейным и прислуге и вдруг нежный, как бархат, как зеленый луг под солнцем, когда приходил Павел Эдуардович. Ах, если бы мы, люди, умудренные опытом, знали о том, как много и даже чересчур много знают окружающие нас мальчуганы и девчонки, о которых мы обыкновенно говорим:

— Ну, что стесняться Володи (или Пети, или Кати)?.. Ведь они маленькие. Они ничего не понимают!..

Также не напрасно прошла для Гладышева и история его старшего брата, который только что вышел из военного училища в один из видных гренадерских полков и, находясь в отпуску до той поры, когда ему можно будет расправить крылья, жил в двух отдельных комнатах в своей семье. В то время у них служила горничная Нюша, которую иногда шутя называли синьорита Анита, прелестная черноволосая девушка, которую, если бы переменять на ней костюмы, можно было бы по наружности принять и за драматическую актрису, и за принцессу крови, и за политическую деятельницу. Мать Коли явно покровительствовала тому, что Колин брат полушутя, полусерьезно увлекался этой девушкой. Конечно, у нее был один только святой материнский расчет: если уже суждено Бореньке пасть, то пускай он отдаст свою чистоту, свою невинность, свое первое физическое влечение не проститутке, не потаскушке, не искательнице приключений, а чистой девушке. Конечно, ею руководило только бескорыстное, безрассудное, истинно материнское чувство. Коля в то время переживал эпоху льяносов, пампасов, апачей, следопытов и вождя по имени «Черная Пантера» и, конечно, внимательно следил за романом брата и делал свои, иногда чересчур верные, иногда фантастические умозаключения. Через шесть месяцев он из-за двери был свидетелем, вернее, слушателем возмутительной сцены. Генеральша, всегда такая приличная и сдержанная, кричала в своем будуаре на синьориту Аниту, топала ногами и ругалась извозчичьими словами: синьорита была беременна на пятом месяце. Если бы она не плакала, то, вероятно, ей просто дали бы отступного и она ушла бы благополучно, но она была влюблена в молодого паныча, ничего не требовала, а только голосила, и потому ее удалили при помощи полиции.

В классе пятом-шестом многие из товарищей Коли уже вкусили от древа познания зла. В эту пору у них в корпусе считалось особенным хвастливым мужским шиком называть все сокровенные вещи своими именами. Аркаша Шкарин заболел не опасной, но все-таки венерической болезнью, и он стал на целых три месяца предметом поклонения всего старшего возраста (тогда еще не было рот). Многие же посещали публичные дома, и, право, о своих кутежах они рассказывали гораздо красивее и шире, чем гусары времен Дениса Давыдова. Эти дебоши считались ими последней точкой молодечества и взрослости.

И вот однажды — не то, что уговорили Гладышева, а, вернее, он сам напросился поехать к Анне Марковне: так слабо он сопротивлялся соблазну. Этот вечер он вспоминал всегда с ужасом, с отвращением и смутно, точно какой-то пьянки сон. С трудом вспоминал он, как для храбрости пил он на извозчике отвратительно пахнувший настоящими постельными клопами ром, как его мутило от этого пойла, как он вошел в большую залу, где огненными колесами вертелись огни люстр и канделябров на стенах, где фантастическими розовыми, синими, фиолетовыми пятнами двигались женщины и ослепительно-пряным, победным блеском сверкала белизна шей, грудей и рук. Кто-то из товарищей прошептал

155

одной из этих фантастических фигур что-то на ухо. Она подбежала к Коле и сказала:

— Послушайте, хорошенький кадетик, товарищи вот говорят, что вы еще невинный... Идем... Я тебя научу всему...

Фраза была сказана ласково, но эту фразу стены заведения Анны Марковны слышали уже несколько тысяч раз. Дальше произошло то, что было настолько трудно и больно вспоминать, что на половине воспоминаний Коля уставал и усилием воли возвращал воображение к чему-нибудь другому. Он только помнил смутно вращающиеся и расплывающиеся круги от света лампы, настойчивые поцелуи, смущающие прикосновения, потом внезапную острую боль, от которой хотелось и умереть в наслаждении, и закричать от ужаса, и потом он сам с удивлением видел свои бледные, трясущиеся руки, которые никак не могли застегнуть одежды.

Конечно, все мужчины испытывали эту первоначальную tristia post coitus, но эта великая нравственная боль, очень серьезная по своему значению и глубине, весьма быстро проходит, оставаясь, однако, у большинства надолго, иногда на всю жизнь, в виде скуки и неловкости после известных моментов. В скором времени Коля свыкся с нею, осмелел, освоился с женщиной и очень радовался тому, что когда он приходил в заведение, то все девушки, а раньше всех Верка, кричат:

— Женечка, твой любовник пришел!

Приятно было, рассказывая об этом товарищам, пощипывать воображаемый ус.

III

Было еще рано — часов девять августовского дождливого вечера. Освещенная зала в доме Анны Марковны почти пустовала. Только у самых дверей сидел, застенчиво и неуклюже поджав под стул ноги, молоденький телеграфный чиновник и старался завести с толстомясой Катькой тот светский, непринужденный разговор, который полагается в приличном обществе за кадрилью, в антрактах между фигурами. Да длинноногий старый Ванька-Встанька блуждал по комнате, присаживаясь то к одной, то к другой девице и занимая их Своей складной болтовней.

Когда Коля Гладышев вошел в переднюю, то первая его узнала круглоглазая Верка, одетая в свой обычный жокейский костюм. Она завертелась вокруг самой себя, запрыгала, захлопала в ладоши и закричала:

— Женька, Женька, иди скорее, к тебе твой любовничек пришел. Кадетик... Да хорошенький какой!

Но Женьки в это время ее было в зале: ее уже успел захватить толстый обер-кондуктор.

Этот пожилой, степенный и величественный человек, тайный продавец казенных свечей, был очень удобным гостем, потому что никогда не задерживался в доме более сорока минут, боясь пропустить свой поезд, да и то все время поглядывал на часы. Он за это время аккуратно выпивал четыре бутылки пива и, уходя, непременно давал полтинник девушке на конфеты и Симеону двадцать копеек на чай.

Коля Гладышев был не один, а вместе с товарищем-одноклассником Петровым, который впервые переступал порог публичного дома, сдавшись на соблазнительные уговоры Гладышева. Вероятно, он в эти минуты находился в том же диком, сумбурном, лихорадочном состоянии, которое переживал полтора года тому назад и сам Коля, когда у него тряслись ноги, пересыхало во рту, а огни ламп плясали перед ним кружащимися колесами.

Симеон принял от них шинели и спрятал отдельно, в сторонку, так, чтобы не было видно погон и пуговиц.

Надо сказать, что этот суровый человек, не одобрявший студентов за их развязную шутливость и непонятный слог в разговоре, не любил также, когда появлялись в заведении вот такие мальчики в форме.

— Ну, что хорошего? — мрачно говорил он порою своим коллегам по профессии. — Придет вот такой шибздик, да и столкнется нос к носу со своим начальством? Трах, и закрыли заведение! Вот как Лупендиху три года тому назад. Это, конечно, ничего, что закрыли — она сейчас же его на другое имя перевела, — а как приговорили ее на полтора месяца в арестный дом на высидку, так стало ей это в ха-арошую копеечку. Одному Кербешу четыреста пришлось отсыпать... А то еще бывает: наварит себе такой подсвинок какую-нибудь болезнь и расхнычется: «Ах, папа! Ах, мама! Умираю!» — «Говори, подлец, где получил?» — «Там-то...» Ну и потянут опять на цугундер: суди меня, судья неправедный!

— Проходите, проходите, — сказал он кадетам сурово.

Кадеты вошли, жмурясь от яркого света. Петров, выпивший для храбрости, пошатывался и был бледен. Они сели под картиной «Боярский пир», и сейчас же к ним присоединились с обеих сторон две девицы — Верка и Тамара.

— Угостите покурить, прекрасный брюнетик! — обратилась Верка к Петрову и точно нечаянно приложила к его ноге свою крепкую, плотно обтянутую белым трико, теплую ляжку. — Какой вы симпатичненький!..

— А где же Женя? — спросил Гладышев Тамару. — Занята с кем-нибудь?

Тамара внимательно поглядела ему в глаза, — поглядела так пристально, что мальчику даже стало не по себе и он отвернулся.

— Нет. Зачем же занята? Только у нее сегодня весь день болела голова: она проходила коридором, а в это время экономка быстро открыла дверь и нечаянно ударила ее в лоб, — ну и разболелась голова. Целый день она, бедняжка, лежит с компрессом. А что? или не терпится? Подождите, минут через пять выйдет. Останетесь ею очень довольны.

Верка приставала к Петрову:

— Дусенька, миленький, какой же вы ляленька! Обожаю таких бледных брунетов: они ревнивые и очень горячие в любви.

И вдруг запела вполголоса:
Не то брунетик,
Не то мой светик,
Он не обманет, не продасть.
Он терпит муки,

Пальто и брюки —

Он все для женщины отдасть.

— Как вас зовут, мусенька?

— Георгием, — ответил сиплым кадетским басом Петров.

— Жоржик! Жорочка! Ах, как очень приятно!

Она приблизилась вдруг к его уху и прошептала с лукавым лицом:

— Жорочка, пойдем ко мне.

Петров потупился и уныло пробасил:

— Я не знаю... Вот как товарищ скажет...

Верка громко расхохоталась:

— Вот так штука! Скажите, младенец какой! Таких, как вы, Жорочка, в деревне давно уж женят, а он: «Как товарищ!» Ты бы еще у нянюшки или у кормилки спросился! Тамара, ангел мой, вообрази себе: я его зову спать, а он говорит: «Как товарищ!» Вы что же, господин товарищ, гувернан ихний?

— Не лезь, черт! — неуклюже, совсем как кадет перед ссорой, пробурчал басом Петров.

К кадетам подошел длинный, вихлястый, еще больше поседевший Ванька-Встанька и, склонив свою длинную узкую голову набок и сделав умильную гримасу, запричитал:

— Господа кадеты, высокообразованные молодые люди, так сказать, цветы интеллигенции, будущие фельцихместеры[13], не одолжите ли старичку, аборигену здешних злачных мест, одну добрую старую папиросу? Нищ есмь. Омниа меа мекум порто[14]. Но табачок обожаю.

И получив папиросу, вдруг сразу встал в развязную, непринужденную позу, отставил вперед согнутую правую ногу, подперся рукою в бок и запел дряблой фистулой:

Бывало, задавал обеды,

Шампанское лилось рекой,

Теперь же нету корки хлеба,

На шкалик нету, братец мой.

Бывало, захожу в «Саратов»,

Швейцар бежит ко мне стрелой,

Теперь же гонят все по шее.

На шкалик дай мне, братец мой.

— Господа! — вдруг патетически воскликнул Ванька-Встанька, прервав пение и ударив себя в грудь. — Вот вижу я вас и знаю, что вы — будущие генералы Скобелев и Гурко, но и я ведь тоже в некотором отношении военная косточка. В мое время, когда я учился на помощника лесничего, все наше лесное ведомство было военное, и потому, стучась в усыпанные брильянтами золотые двери ваших сердец, прошу: пожертвуйте на сооружение прапорщику таксации малой толики Spiritus vini, его же и монаси приемлют.

---

[13] Генералы (от нем. Feldzeugmeister).

[14] Все свое ношу с собой (лат.).

— Ванька! — крикнула с другого конца толстая Катька, — покажи молодым офицерам молнию, а то, гляди, только даром деньги берешь, дармоед верблюжий!

— Сейчас! — весело отозвался Ванька-Встанька. — Ясновельможные благодетели, обратите внимание. Живые картины. Гроза в летний июньский день. Сочинение непризнанного драматурга, скрывшегося под псевдонимом Ваньки-Встаньки. Картина первая.

«Был прекрасный июньский день. Палящие лучи полуденного солнца озаряли цветущие луга и окрестности...»

Ваньки-Встанькина донкихотская образина расплылась в морщинистую сладкую улыбку, и глаза сузились полукругами.

«...Но вот вдали на горизонте показались первые облака. Они росли, громоздились, как скалы, покрывая мало-помалу голубой небосклон...»

Постепенно с Ваньки-Встанькиного лица сходила улыбка, и оно делалось все серьезнее и суровее.

«...Наконец тучи заволокли солнце... Настала зловещая темнота...»

Ванька-Встанька сделал совсем свирепую физиономию.

«...Упали первые капли дождя...»

Ванька забарабанил пальцами по спинке стула.

«...В отдалении блеснула первая молния...»

Правый глаз Ваньки-Встаньки быстро моргнул, и дернулся левый угол рта.

«...Затем дождь полил как из ведра, и сверкнула вдруг ослепительная молния...»

И с необыкновенным искусством и быстротой Ванька-Встанька последовательным движением бровей, глаз, носа, верхней и нижней губы изобразил молниеносный зигзаг.

«...Раздался потрясающий громовой удар — тррру-у-у. Вековой дуб упал на землю, точно хрупкая тростинка...»

И Ванька-Встанька с неожиданной для его лет легкостью и смелостью, не сгибая ни колен, ни спины, только угнув вниз голову, мгновенно упал, прямо как статуя, на пол, но тотчас же ловко вскочил на ноги.

«...Но вот гроза постепенно утихает. Молния блещет все реже. Гром звучит глуше, точно насытившийся зверь, — ууу-ууу... Тучи разбегаются. Проглянули первые лучи солнышка...»

Ванька-Встанька сделал кислую улыбку.

«...И вот, наконец, дневное светило снова засияло над омытой землей...»

И глупейшая блаженная улыбка снова разлилась по старческому лицу Ваньки-Встаньки.

Кадеты дали ему по двугривенному. Он положил их на ладонь, другой рукой сделал в воздухе пасс, сказал: ейн, цвей, дрей, щелкнул двумя пальцами — и монеты исчезли.

— Тамарочка, это нечестно, — сказал он укоризненно. — Как вам не стыдно у бедного отставного почти обер-офицера брать последние деньги? Зачем вы их спрятали сюда?

И, опять щелкнув пальцами, он вытащил монеты из Тамариного уха.

— Сейчас я вернусь, не скучайте без меня, — успокоил он молодых людей, — а ежели вы меня не дождетесь, то я буду не особенно в претензии. Имею честь!..

— Ванька-Встанька! — крикнула ему вдогонку Манька Беленькая, — купи-ка мне на пятнадцать копеек конфет... помадки на пятнадцать копеек. На, держи!

— Ванька-Встанька чисто поймал на лету брошенный пятиалтынный, сделал комический реверанс и, нахлобучив набекрень форменную фуражку с зелеными кантами, исчез.

К кадетам подошла высокая старая Генриетта, тоже попросила покурить и, зевнув, сказала:

— Хоть бы потанцевали вы, молодые люди, а то барышни сидят-сидят, аж от скуки дохнут.

— Пожалуйста, пожалуйста! — согласился Коля. — Сыграйте вальс и там что-нибудь.

Музыканты заиграли. Девушки закружились одна с другой, по обыкновению, церемонно, с вытянутыми прямо спинами и с глазами, стыдливо опущенными вниз.

Коля Гладышев, очень любивший танцевать, не утерпел и пригласил Тамару: он еще с прошлой зимы знал, что она танцует легче и умелее остальных. Когда он вертелся в вальсе, то сквозь залу, изворотливо пробираясь между парами, незаметно проскользнул поездной толстый обер-кондуктор. Коля не успел его заметить.

Как ни приставала Верка к Петрову, его ни за что не удалось стянуть с места. Теперь недавний легкий хмель совсем уже вышел из его головы, и все страшнее, все несбыточнее и все уродливее казалось ему то, для чего он сюда пришел. Он мог бы уйти, сказать, что ему здесь ни одна не нравится, сослаться на головную боль, что ли, но он знал, что Гладышев не выпустит его, а главное — казалось невыносимо тяжелым встать с места и пройти одному несколько шагов. И, кроме того, он чувствовал, что не в силах заговорить с Колей об этом.

Окончили танцевать. Тамара с Гладышевым опять уселись рядом.

— Что же, в самом деле, Женька до сих пор не идет? — спросил нетерпеливо Коля.

Тамара быстро поглядела на Верку с непонятным для непосвященного вопросом в глазах. Верка быстро опустила вниз ресницы. Это означало: да, ушел...

— Я пойду сейчас, позову ее, — сказала Тамара.

— Да что вам ваша Женька так уж полюбилась, — сказала Генриетта. — Взяли бы меня.

— Ладно, в другой раз, — ответил Коля и нервно закурил.

Женька еще не начинала одеваться. Она сидела у зеркала и припудривала лицо.

— Ты что, Тамарочка? — спросила она.

— Пришел к тебе кадет твой. Ждет.

— Ах, это прошлогодний бебешка.. а ну его.

— Да и то правда. А поздоровел как мальчишка, похорошел, вырос... один восторг! Так если не хочешь, я сама пойду.

Тамара увидела в зеркало, как Женька нахмурила брови.

— Нет, ты подожди, Тамара, не надо. Я посмотрю. Пошли мне его сюда. Скажи, что я нездорова, скажи, что голова болит.

— Я уж и так ему сказала, что Зося отворила дверь неудачно и ударила тебя по голове и что ты лежишь с компрессом. Но только стоит ли, Женечка?

— Стоит, не стоит — это дело не твое, Тамара, — грубо ответила Женька.

Тамара спросила осторожно:

— Неужели тебе совсем, совсем-таки не жаль?

— А тебе меня не жаль? — И она провела по красной полосе, перерезавшей ее горло. — А тебе себя не жаль? А эту Любку разнесчастную не жаль? А Пашку не жаль? Кисель ты клюквенный, а не человек!

Тамара улыбнулась лукаво и высокомерно:

— Нет, когда настоящее дело, я не кисель. Ты это, пожалуй, скоро увидишь, Женечка. Только не будем лучше ссориться — и так не больно сладко живется. Хорошо, я сейчас пойду и пришлю его к тебе.

Когда она ушла, Женька уменьшила огонь в висячем голубом фонарике, надела ночную кофту и легла. Минуту спустя вошел Гладышев, а вслед за ним Тамара, тащившая за руку Петрова, который упирался и не поднимал головы от пола. А сзади просовывалась розовая, остренькая, лисья мордочка косоглазой экономки Зоси.

— Вот и прекрасно, — засуетилась экономка. — Прямо глядеть сладко: два красивых паныча и две сличных паненки. Прямо букет. Чем вас угощать, молодые люди? Пива или вина прикажете?

У Гладышева было в кармане много денег, столько, сколько еще ни разу не было за его небольшую жизнь — целых двадцать пять рублей, и он хотел кутнуть. Пиво он пил только из молодечества, но не выносил его горького вкуса и сам удивлялся, как это его пьют другие. И потому брезгливо, точно старый кутила, оттопырив нижнюю губу, он сказал недоверчиво:

— Да ведь у вас, наверное, дрянь какая-нибудь?

— Что вы, что вы, красавчик! Самые лучшие господа одобряют... Из сладких — кагор, церковное, тенериф, а из французских — лафит... Портвейн тоже можно. Лафит с лимонадом девочки очень обожают.

— А почем?

— Не дороже денег. Как всюду водится в хороших заведениях: бутылка лафита — пять рублей, четыре бутылки лимонаду по полтиннику — два рубля, и всего только семь...

— Да будет тебе, Зося, — равнодушно остановила ее Женька, — стыдно мальчиков обижать. Довольно и пяти. Видишь, люди приличные, а не какие-нибудь...

Но Гладышев покраснел и с небрежным видом бросил на стол десятирублевую бумажку.

— Что там еще разговаривать. Хорошо, принесите.

— Я заодно уж и деньги возьму за визит. Вы как, молодые люди — на время или на ночь? Сами знаете таксу: на время — по два рубля, на ночь — по пяти.

— Ладно, ладно. На время, — перебила, вспыхнув, Женька. — Хоть в этом-то поверь.

Принесли вино. Тамара выклянчила, кроме того, пирожных. Женька попросила позволения позвать Маньку Беленькую. Сама Женька не пила, не вставала с постели и все время куталась в серый оренбургский платок, хотя в комнате было жарко. Она пристально глядела, не отрываясь, на красивое, загоревшее, ставшее таким мужественным лицо Гладышева.

— Что с тобою, милочка? — спросил Гладышев, садясь к ней на постель и поглаживая ее руку.

— Ничего особенного... Голова немного болит. Ударилась.

— Да ты не обращай внимания.

— Да вот увидела тебя, и уж мне полегче стало. Что давно не был у нас?

— Никак нельзя было урваться — лагери. Сама знаешь... По двадцать верст приходилось в день отжаривать. Целый день ученье и ученье: полевое, строевое, гарнизонное. С полной выкладкой. Бывало, так измучаешься с утра до ночи, что к вечеру ног под собой не слышишь... На маневрах тоже были... Не сахар...

— Ах вы бедненькие! — всплеснула вдруг руками Манька Беленькая. — И за что это вас, ангелов таких, мучают? Кабы у меня такой брат был, как вы, или сын — у меня бы просто сердце кровью обливалось. За ваше здоровье, кадетик!

Чокнулись. Женька все так же внимательно разглядывала Гладышева.

— А ты, Женечка? — спросил он, протягивая стакан.

— Не хочется, — ответила она лениво, — но, однако, барышни, попили винца, поболтали, — пора и честь знать.

— Может быть, ты останешься у меня на всю ночь? — спросила она Гладышева, когда другие ушли. — Ты, миленький, не бойся: если у тебя денег не хватит, я за тебя доплачу. Вот видишь, какой ты красивый, что для тебя девчонка даже денег не жалеет, — засмеялась она.

Гладышев обернулся к ней: даже и его ненаблюдательное ухо поразил странный тон Женьки, — не то печальный, не то ласковый, не то насмешливый.

— Нет, душенька, я бы очень был рад, мне самому хотелось бы остаться, но никак нельзя: обещал быть дома к десяти часам.

— Ничего, милый, подождут: ты уже совсем взрослый мужчина. Неужели тебе надо слушаться кого-нибудь?.. А впрочем, как хочешь. Может быть, свет совсем потушить, или и так хорошо? Ты как хочешь, — с краю или у стенки?

— Мне безразлично, — ответил он вздрагивающим голосом и, обняв рукой горячее, сухое тело Женьки, потянулся губами к ее лицу. Она слегка отстранила его.

— Подожди, потерпи, голубчик, — успеем еще нацеловаться. Полежи минуточку... так вот... тихо, спокойно... не шевелись...

Эти слова, страстные и повелительные, действовали на Гладышева как гипноз. Он повиновался ей и лег на спину, положив руки под голову. Она приподнялась немного, облокотилась и, положив голову на согнутую руку, молча, в слабом полусвете, разглядывала его тело, такое белое, крепкое, мускулистое, с высокой и широкой грудной клеткой, с стройными ребрами, с узким тазом и с мощными выпуклыми ляжками. Темный загар лица и верхней половины шеи резкой чертой отделялся от белизны плеч и груди.

Гладышев на секунду зажмурился. Ему казалось, что он ощущает на себе, на лице, на всем теле этот напряженно-пристальный взгляд, который как бы касался его кожи и щекотал ее, подобно паутинному прикосновению гребенки, которую сначала потрешь о сукно, — ощущение тонкой невесомой живой материи.

Он открыл глаза и увидел совсем близко от себя большие, темные, жуткие глаза женщины, которая ему показалась теперь совсем незнакомой.

— Что ты смотришь, Женя? — спросил он тихо. — О чем ты думаешь?

— Миленький мой мальчик!.. Ведь правда: тебя Колей звать?

— Да.

— Не сердись на меня, исполни, пожалуйста, один мой каприз: закрой опять глаза... нет, совсем, крепче, крепче... Я хочу прибавить огонь и поглядеть на тебя хорошенько. Ну вот, так... Если бы ты знал, как ты красив теперь... сейчас вот... сию секунду. Потом ты загрубеешь, и от тебя станет пахнуть козлом, а теперь от тебя пахнет мехом и молоком... и немного каким-то диким цветком. Да закрой же, закрой глаза!

Она прибавила свет, вернулась на свое место и села в своей любимой позе — по-турецки. Оба молчали. Слышно было, как далеко, за несколько комнат, тренькало разбитое фортепиано, несясь чей-то вибрирующий смех, а с другой стороны — песенка и быстрый веселый разговор. Слов не было слышно. Извозчик громыхал где-то по отдаленной улице...

«И вот я его сейчас заражу, как и всех других, — думала Женька, скользя глубоким взглядом по его стройным ногам, красивому торсу будущего атлета и по закинутым назад рукам, на которых, выше сгиба локтя, выпукло, твердо напряглись мышцы. — Отчего же мне так жаль его? Или оттого, что он хорошенький? Нет. Я давно уже не знаю этих чувств. Или оттого, что он — мальчик? Ведь еще год тому назад с небольшим я совала ему в карман яблоки, когда он уходил от меня ночью. Зачем я тогда не сказала ему того, что могу и смею сказать теперь? Или все равно он не поверил бы мне? Рассердился бы? Пошел бы к другой? Ведь рано или поздно каждого мужчину ждет эта очередь... А то, что он покупал меня за деньги, — разве это простительно? Или он поступал так, как и все они, сослепу?..»

— Коля! — сказала она тихо, — открой глаза.

Он повиновался, открыл глаза, повернулся к ней, обвил рукой ее шею, притянул немного к себе и хотел поцеловать в вырез рубашки — в грудь. Она опять нежно, но повелительно отстранила его.

— Нет, подожди, подожди, — выслушай меня... еще минутку. Скажи мне, мальчик, зачем ты к нам сюда ходишь, — к женщинам?

Коля тихо и хрипло рассмеялся.

— Какая ты глупая! Ну зачем же все ходят? Разве я тоже не мужчина? Ведь, кажется, я в таком возрасте, когда у каждого мужчины созревает... ну, известная потребность... в женщине... Ведь не заниматься же мне всякой гадостью!

— Потребность? Только потребность? Значит, вот так же, как в той посуде, которая стоит у меня под кроватью?

— Нет, отчего же? — ласково смеясь, возразил Коля. — Ты мне очень нравилась... с самого первого раза. Если хочешь, я даже... немножко влюблен в тебя... по крайней мере ни с кем с другими я не оставался.

— Ну, хорошо! А тогда, в первый раз, неужели потребность?

— Нет, пожалуй, что и не потребность, но как-то смутно хотелось женщины... Товарищи уговорили... Многие уже раньше меня ходили сюда... Вот и я...

— А что, тебе не стыдно было в первый раз?

Коля смутился: весь этот допрос был ему неприятен, тягостен. Он чувствовал, что это не пустой, праздный, постельный разговор, так хорошо ему знакомый из его небольшого опыта, а что-то другое, более важное.

— Положим... не то что стыдно... ну, а все-таки же было неловко. Я тогда выпил для храбрости.

Женя опять легла на бок, оперлась локтем и опять сверху поглядывала на него близко и пристально.

— А скажи, душенька, — спросила она еле слышно, так, что кадет с трудом разбирал ее слова, — скажи еще одно: а то, что ты платил деньги, эти поганые два рубля, — понимаешь? — платил за любовь, за то, чтобы я тебя ласкала, целовала, отдавала бы тебе свое тело, — за это платить тебе не стыдно было? никогда?

— Ах, боже мой! Какие странные вопросы задаешь ты сегодня! Но ведь все же платят деньги! Не я, так другой заплатил бы, — не все ли тебе равно?

— А ты любил кого-нибудь, Коля? Признайся! Ну хоть не по-настоящему, а так... в душе... Ухаживал? Подносил цветочки какие-нибудь... под ручку прогуливался при луне? Было ведь?

— Ну да, — сказал Коля солидным басом. — Мало ли какие глупости бывают в молодости! Понятное дело...

— Какая-нибудь двоюродная сестренка? барышня воспитанная? институтка? гимназисточка?.. Ведь было?

— Ну да, конечно, — у всякого это бывало.

— Ведь ты бы ее не тронул?.. Пощадил бы? Ну, если бы она тебе сказала: возьми меня, но только дай мне два рубля, — что бы ты сказал ей?

— Не понимаю я тебя, Женька! — рассердился вдруг Гладышев. — Что ты ломаешься! Какую-то комедию разыгрываешь! Ей-богу, я сейчас оденусь и уйду.

— Подожди, подожди, Коля! Еще, еще один, последний, самый-самый последний вопрос.

— Ну тебя! — недовольно буркнул Коля.

— А ты никогда не мог себе представить... ну, представь сейчас хоть на секунду... что твоя семья вдруг обеднела, разорилась... Тебе пришлось бы зарабатывать хлеб перепиской или там, скажем, столярным или кузнечным делом, а твоя сестра свихнулась бы, как и все мы... да, да, твоя, твоя родная сестра... соблазнил бы ее какой-нибудь болван, и пошла бы она гулять... по рукам... что бы ты сказал тогда?

— Чушь!.. Этого быть не может!.. — резко оборвал ее Коля. — Ну, однако, довольно, — я ухожу!

— Уходи, сделай милость! У меня там, у зеркала, в коробочке от шоколада, лежат десять рублей, — возьми их себе. Мне все равно не нужно. Купи на них маме пудреницу черепаховую в золотой оправе, а если у тебя есть маленькая сестра, купи ей хорошую куклу. Скажи: на память от одной умершей девки. Ступай, мальчишка!

Коля, нахмурившись, злой, одним толчком ловко сбитого тела соскочил с кровати, почти не касаясь ее. Теперь он стоял на коврике у постели голый, стройный, прекрасный — во всем великолепии своего цветущего юношеского тела.

— Коля! — позвала его тихо, настойчиво и ласково Женька. — Колечка!

Он обернулся на ее зов и коротко, отрывисто вдохнул в себя воздух, точно ахнул: он никогда еще в жизни не встречал нигде, даже на картинах, такого прекрасного выражения нежности, скорби и женственного молчаливого упрека, какое сейчас он видел в глазах Женьки, наполненных слезами. Он присел на край кровати и порывисто обнял ее вокруг обнаженных смуглых рук.

— Не будем же ссориться, Женечка, — сказал он нежно.

И она обвилась вокруг него, положила руки на шею, а голову прижала к его груди. Так они помолчали несколько секунд.

— Коля, — спросила Женя вдруг глухо, — а ты никогда не боялся заразиться?

Коля вздрогнул. Какой-то холодный, омерзительный ужас шевельнулся и прополз у него в душе. Он ответил не сразу.

— Конечно, это было бы страшно... страшно... спаси бог! Да ведь я только к тебе одной хожу, только к тебе! Ты бы, наверное, сказала мне?..

— Да, сказала бы, — произнесла она задумчиво. И тут же прибавила быстро, сознательно, точно взвесив смысл своих слов: — Да, конечно, конечно, сказала бы! А ты не слыхал когда-нибудь, что это за штука болезнь, которая называется сифилисом?

— Конечно, слышал... Нос проваливается...

— Нет, Коля, не только нос! Человек заболевает весь: заболевают его кости, жилы, мозги... Говорят иные доктора такую ерунду, что можно от этой болезни вылечиться. Чушь! Никогда не вылечишься! Человек гниет десять, двадцать, тридцать лет. Каждую секунду его может разбить паралич, так что правая половина лица, правая рука, правая нога умирают, живет не человек, а какая-то половинка. Получеловек-полутруп. Большинство из них сходит с ума. И каждый понимает... каждый человек... каждый такой зараженный понимает, что, если он ест, пьет, целуется, просто даже дышит, — он не может быть уверенным, что не заразит сейчас кого-нибудь из окружающих, самых близких — сестру, жену, сына... У всех сифилитиков дети родятся уродами, недоносками, зобастыми, чахоточными, идиотами. Вот, Коля, что такое из себя представляет эта болезнь! А теперь, — Женька вдруг быстро выпрямилась, крепко схватила Колю за голые плечи, повернула его лицом к себе, так что он был почти ослеплен сверканием ее печальных, мрачных, необыкновенных глаз, — а теперь, Коля, я тебе скажу, что я уже больше месяца больна этой гадостью. Вот оттого-то я тебе и не позволяла поцеловать себя...

— Ты шутишь!.. Ты нарочно дразнишь меня, Женя!.. — бормотал злой, испуганный и растерявшийся Гладышев.

— Шучу?.. Иди сюда!

Она резко заставила его встать на ноги, зажгла спичку и сказала:

— Теперь смотри внимательно, что я тебе покажу...

Она широко открыла рот и поставила огонь так, чтобы он освещал ей гортань. Коля поглядел и отшатнулся.

— Ты видишь эти белые пятна? Это — сифилис, Коля! Понимаешь — сифилис в самой страшной, самой тяжелой степени. Теперь одевайся и благодари бога.

Он, молча и не оглядываясь на Женьку, стал торопливо одеваться, не попадая ногами в одежду. Руки его тряслись, и нижняя челюсть прыгала так, что зубы стучали нижние о верхние, а Женька говорила с поникнутой головой:

165

— Слушай, Коля, это твое счастье, что ты попал на честную женщину, другая бы не пощадила тебя. Слышишь ли ты это? Мы, которых вы лишаете невинности и потом выгоняете из дома, а потом платите нам два рубля за визит, мы всегда — понимаешь ли ты? — она вдруг подняла голову, — мы всегда ненавидим вас и никогда не жалеем!

Полуодетый Коля вдруг бросил свой туалет, сел на кровать около Женьки и, закрыв ладонями лицо, расплакался искренно, совсем по-детски...

— Господи, господи, — шептал он, — ведь это правда!.. Какая же это подлость!.. И у нас, у нас дома было это: была горничная Нюша... горничная... ее еще звали синьоритой Анитой... хорошенькая... и с нею жил брат... мой старший брат... офицер... и когда он уехал, она стала беременная и мать выгнала ее... ну да, — выгнала... вышвырнула из дома, как половую тряпку... Где она теперь? И отец... отец... Он тоже с гор... горничной.

И полуголая Женька, эта Женька-безбожница, ругательница и скандалистка, вдруг поднялась с постели, стала перед кадетом и медленно, почти торжественно перекрестила его.

— Да хранит тебя господь, мой мальчик! — сказала она с выражением глубокой нежности и благодарности.

И тотчас же побежала к двери, открыла ее и крикнула:

— Экономка!

На зов ее пришла Зося.

— Вот что, экономочка, — распорядилась Женька, — подите узнайте, пожалуйста, кто из них свободен — Тамара или Манька Беленькая. И свободную пришлите сюда.

Коля проворчал что-то сзади, но Женька нарочно не слушала его.

— Да поскорее, пожалуйста, экономочка, будь такая добренькая.

— Сейчас, сейчас, барышня.

— Зачем, зачем ты это делаешь, Женя? — спросил Гладышев с тоской. — Ну для чего это?.. Неужели ты хочешь рассказать?..

— Подожди, это не твое дело... Подожди, я ничего не сделаю неприятного для тебя.

Через минуту пришла Манька Беленькая в своем коричневом, гладком, умышленно скромном и умышленно обтянутом коротком платье гимназистки.

— Ты что меня звала, Женя? Или поссорились?

— Нет, не поссорились, Манечка, а у меня очень голова болит, — ответила спокойно Женька, — и поэтому мой дружок находит меня очень холодной! Будь добренькая, Манечка, останься с ним, замени меня!

— Будет, Женя, перестань, милая! — тоном искреннего страдания возразил Коля. — Я все, все понял, не нужно теперь... Не добивай же меня!..

— Ничего не понимаю, что случилось, — развела руками легкомысленная Манька. — Может быть, угостите чем-нибудь бедную девочку?

— Ну, иди, иди! — ласково отправила ее Женька. — Я сейчас приду. Мы пошутили.

Уже одетые, они долго стояли в открытых дверях, между коридором и спальней, и без слов, грустно глядели друг на друга. И Коля не понимал, но чувствовал, что в эту минуту в его душе совершается один из тех громадных переломов, которые властно сказываются на всей жизни.

Потом он крепко пожал Жене руку и сказал:

— Прости!.. Ты простишь меня, Женя? Простишь?..

— Да, мой мальчик!.. Да, мой хороший!.. Да... Да...

Она нежно, тихо, по-матерински погладила его низко стриженную жесткую голову и слегка подтолкнула его в коридор.

— Куда же ты теперь? — спросила она вдогонку, полуоткрыв дверь...

— Я сейчас возьму товарища и домой.

— Как знаешь!.. Будь здоров, миленький!

— Прости меня!.. Прости меня!.. — еще раз повторил Коля, протягивая к ней руки.

— Я уже сказала, мой славный мальчик... И ты меня прости... Больше ведь не увидимся!..

И она, затворив дверь, осталась одна.

В коридоре Гладышев замялся, потому что он не знал, как найти тот номер, куда удалился Петров с Тамарой. Но ему помогла экономка Зося, пробегавшая мимо него очень быстро и с очень озабоченным, встревоженным видом.

— Ах, не до вас тут! — огрызнулась она на вопрос Гладышева. — Третья дверь налево.

Коля подошел к указанной двери и постучался. В комнате послышалась какая-то возня и шепот. Он постучался еще раз.

— Керковиус, отвори! Это я — Солитеров.

Среди кадетов, отправлявшихся в подобного рода экспедиции, всегда было условено называть друг друга вымышленными именами. Это была не так конспирация, или уловка против бдительности начальства, или боязнь скомпрометировать себя перед случайным семейным знакомым, как своего рода игра в таинственность и переодевание, — игра, ведшая свое начало еще с тех времен, когда молодежь увлекается Густавом Эмаром, Майн-Ридом и сыщиком Лекоком.

— Нельзя! — послышался из-за двери голос Тамары. — Нельзя входить. Мы заняты.

Но ее сейчас же перебил басистый голос Петрова:

— Пустяки! Она врет. Входи. Можно!

Коля отворил дверь.

Петров сидел на стуле одетый, но весь красный, суровый, с надутыми по-детски губами, с опущенными глазами.

— Тоже и товарища привели — нечего сказать! — заговорила Тамара насмешливо и сердито. — Я думала, он в самом деле мужчина, а это — девчонка какая-то! Скажите, пожалуйста, жалко ему свою невинность потерять. Тоже нашел сокровище! Да возьми назад, возьми свои два рубля! — закричала она вдруг на Петрова и швырнула на стол две монеты. — Все равно отдашь их горняшке какой-нибудь! А то на перчатки себе прибереги, суслик!

— Да что же вы ругаетесь! — бурчал Петров, не поднимая глаз. — Ведь я вас не ругаю. Зачем же вы первая ругаетесь? Я имею полное право поступать, как я хочу. Но я провел с вами время, и возьмите себе. А насильно я не хочу. И с твоей

167

стороны, Гладышев... то бишь, Солитеров, совсем это нехорошо. Я думал, она порядочная девушка, а она все лезет целоваться и бог знает что делает...

Тамара, несмотря на свою злость, расхохоталась.

— Ах ты, глупыш, глупыш! Ну, не сердись — возьму я твои деньги. Только смотри: сегодня же вечером пожалеешь, плакать будешь. Ну не сердись, не сердись, ангел, давай помиримся. Протяни мне руку, как я тебе.

— Идем, Керковиус, — сказал Гладышев. — До свидания, Тамара!

Тамара опустила деньги, по привычке всех проституток, в чулок и пошла проводить мальчиков.

Еще в то время, когда они проходили коридором, Гладышева поразила странная, молчаливая, напряженная суета в зале, топот ног и какие-то заглушенные, вполголоса, быстрые разговоры.

Около того места, где они только что сидели под картиной, собрались все обитатели дома Анны Марковны и несколько посторонних людей. Они стояли тесной кучкой, наклонившись вниз. Коля с любопытством подошел и, протиснувшись немного, заглянул между головами: на полу, боком, как-то неестественно скорчившись, лежал Ванька-Встанька. Лицо у него было синее, почти черное. Он не двигался и лежал странно маленький, съежившись, с согнутыми ногами. Одна рука была у него поджата под грудь, а другая откинута назад.

— Что с ним? — спросил испуганно Гладышев.

Ему ответила Нюрка, заговорив быстрым, прерывающимся шепотом:

— Ванька-Встанька только что пришел сюда... Отдал Маньке конфеты, а потом стал нам загадывать армянские загадки... «Синего цвета, висит в гостиной и свистит...» Мы никак не могли угадать, а он говорит: «Селедка»... Вдруг засмеялся, закашлялся и начал валиться на бок, а потом — хлоп на землю и не движется... Послали за полицией... Господи, вот страсть-то какая!.. Ужасно я боюсь упокойников!..

— Подожди! — остановил ее Гладышев. — Надо пощупать лоб: может быть, еще жив...

Он сунулся было вперед, но пальцы Симеона, точно железные клещи, схватили его выше локтя и оттащили назад.

— Нечего, нечего разглядывать, — сурово приказал Симеон, — идите-ка, паничи, вон отсюда! Не место вам здесь: придет полиция, позовет вас в свидетели, — тогда вас из военной гимназии — киш, к чертовой матери! Идите-ка подобру-поздорову!

Он проводил их до передней, сунул им в руки шинели и прибавил еще более строго:

— Ну, теперь — гэть бегом!.. Живо! Чтобы духу вашего не было! А другой раз придете, так и вовсе не пустю. Тоже — умницы! Дали старому псу на водку, — вот и околел.

— Ну, ты не больно-то! — ершом налетел на него Гладышев.

— Что не больно?.. — закричал вдруг бешено Симеон, и его черные безбровые и безресницые глаза сделались такими страшными, что кадеты отшатнулись. — Я тебя так съезжу по сусалам, что ты папу-маму говорить разучишься! Ноги из заду выдерну. Ну, мигом! А то козырну по шее!

168

Мальчики спустились с лестницы.

В это время наверх поднимались двое мужчин в суконных картузах набекрень, в пиджаках нараспашку, один в синей, другой в красной рубахах навыпуск под расстегнутыми пиджаками — очевидно, товарищи Симеона по профессии.

— Что, — весело крикнул один из них снизу, обращаясь к Симеону, — каюк Ваньке-Встаньке?

— Да, должно быть, амба, — ответил Симеон. — Надо пока что, хлопцы, выбросить его на улицу, а то пойдут духи цепляться. Черт с ним, пускай думают, что напился пьян и подох на дороге.

— А ты его... не того?.. не пришил?

— Ну вот глупости! Было бы за что. Безвредный был человек. Совсем ягненок. Так, должно быть, пора ему своя пришла.

— И нашел же место, где помереть! Хуже-то не мог придумать? — сказал тот, что был в красной рубахе.

— Это уж верно! — подтвердил другой. — Жил смешно и умер грешно. Ну, идем, что ли, товарищ!

Кадеты бежали, что есть мочи. Теперь в темноте фигура скорчившегося на полу Ваньки-Встаньки с его синим лицом представлялась им такой страшной, какими кажутся покойники в ранней молодости, да если о них еще вспоминать ночью, в темноте.

IV

С утра моросил мелкий, как пыль, дождик, упрямый и скучный. Платонов работал в порту над разгрузкой арбузов. На заводе, где он еще с лета предполагал устроиться, ему не повезло: через неделю уже он поссорился и чуть не подрался со старшим мастером, который был чрезвычайно груб с рабочими. С месяц Сергей Иванович перебивался кое-как, с хлеба на воду, где-то на задворках Темниковской улицы, таская время от времени в редакцию «Отголосков» заметки об уличных происшествиях или смешные сценки из камер мировых судей. Но черное газетное дело давно уже опостылело ему. Его всегда тянуло к приключениям, к физическому труду на свежем воздухе, к жизни, совершенно лишенной хотя бы малейшего намека на комфорт, к беспечному бродяжничеству, в котором человек, отбросив от себя всевозможные внешние условия, сам не знает, что с ним будет завтра. И поэтому, когда с низовьев Днепра потянулись первые баржи с арбузами, он охотно вошел в артель, в которой его знали еще с прошлого года и любили за веселый нрав, за товарищеский дух и за мастерское умение вести счет.

Работа шла дружно и ловко. На каждой барже работало одновременно четыре партии, каждая из пяти человек. Первый номер доставал арбуз из баржи и передавал его второму, стоявшему на борту. Второй бросал его третьему, стоявшему уже на набережной, третий перекидывал четвертому, а четвертый подавал пятому, который стоял на подводе и укладывал арбузы — то темно-зеленые, то белые, то полосатые — в ровные блестящие ряды. Работа эта чистая, веселая и очень спорая. Когда подбирается хорошая партия, то любо смотреть, как арбузы летят из рук в руки, ловятся с цирковой быстротой и удачей и вновь, и вновь, без перерыва, летят, чтобы в конце концов наполнить телегу. Трудно бывает только новичкам, которые еще не наловчились, не вошли в особенное чувство темпа. И не так трудно ловить арбуз, как суметь бросить его.

Платонов хорошо помнил свои первые прошлогодние опыты. Какая ругань, ядовитая, насмешливая, грубая, посыпалась на него, когда на третьем или на четвертом разе он зазевался и замедлил передачу: два арбуза, не брошенные в такт, с сочным хрустом разбились о мостовую, а окончательно растерявшийся Платонов уронил и тот, который держал в руках. На первый раз к нему отнеслись мягко, на второй же день за каждую ошибку стали вычитать с него по пяти копеек за арбуз из общей дележки. В следующий раз, когда это случилось, ему пригрозили без всякого расчета сейчас же вышвырнуть его из партии. Платонов и теперь еще помнил, как внезапная злоба охватила его: «Ах, так? черт вас побери! — подумал он. — Чтобы я еще стал жалеть ваши арбузы! Так вот нате, нате!..» Эта вспышка как будто мгновенно помогла ему. Он небрежно ловил арбузы, так же небрежно их перебрасывал и, к своему удивлению, вдруг почувствовал, что именно теперь-то он весь со своими мускулами, зрением и дыханием вошел в настоящий пульс работы, и понял, что самым главным было вовсе не думать о том, что арбуз представляет собой какую-то стоимость, и тогда все идет хорошо. Когда он, наконец, совсем овладел этим искусством, то долгое время оно служило для него своего рода приятной и занимательной атлетической игрой. Но и это прошло. Он дошел, наконец, до того, что стал чувствовать себя безвольным, механически движущимся колесом общей машины, состоявшей из пяти человек, и бесконечной цепи летящих арбузов.

Теперь он был вторым номером. Наклоняясь ритмически вниз, он, не глядя, принимал в обе руки холодный, упругий, тяжелый арбуз, раскачивал его вправо и, тоже почти не глядя или глядя только краем глаза, швырял его вниз и сейчас же опять нагибался за следующим арбузом. И ухо его улавливало в это время, как чмок-чмок... чмок-чмок... шлепались в руках пойманные арбузы, и тотчас же нагибался вниз и опять бросал, с шумом выдыхая из себя воздух — гхе... гхе...

Сегодняшняя работа была очень выгодной: их артель, состоявшая из сорока человек, взялась благодаря большой спешке за работу не поденно, а сдельно, по-подводно. Старосте — огромному, могучему полтавцу Заворотному — удалось чрезвычайно ловко обойти хозяина, человека молодого и, должно быть, еще не очень опытного. Хозяин, правда, спохватился позднее и хотел переменить условия, но ему вовремя отсоветовали опытные бахчевники. «Бросьте. Убьют», — сказали ему просто и твердо. Вот из-за этой-то удачи каждый член артели зарабатывал теперь до четырех рублей в сутки. Все они работали с необыкновенным усердием, даже с какой-то яростью, и если бы возможно было измерить каким-нибудь прибором работу каждого из них, то, наверно, по количеству сделанных пудо-футов она равнялась бы рабочему дню большого воронежского битюга.

Однако Заворотный и этим был недоволен — он все поторапливал и поторапливал своих хлопцев. В нем говорило профессиональное честолюбие: он хотел довести ежедневный заработок каждого члена артели до пяти рублей на рыло. И весело, с необычайной легкостью мелькали от пристани до подводы, вертясь и сверкая, мокрые зеленые и белые арбузы, и слышались их сочные всплески о привычные ладони.

Но вот в порту на землечерпательной машине раздался длинный гудок. Ему отозвался другой, третий на реке, еще несколько на берегу, и долго они ревели вместе мощным разноголосым хором.

— Ба-а-а-ст-а-а! — хрипло и густо, точь-в-точь как паровозный гудок, заревел Заворотный.

И вот последние чмок-чмок — и работа мгновенно остановилась.

Платонов с наслаждением выпрямил спину и выгнул ее назад и расправил затекшие руки. Он с удовольствием подумал о том, что уже переболел ту первую боль во всех мускулах, которая так сказывается в первые дни, когда с отвычки только что втягиваешься в работу. А до этого дня, просыпаясь по утрам в своем логовище на Темниковской, — тоже по условному звуку фабричного гудка, — он в первые минуты испытывал такие страшные боли в шее, спине, в руках и ногах, что ему казалось, будто только чудо сможет заставить его встать и сделать несколько шагов.

— Иди-и-и обед-а-ть! — завопил опять Заворотный.

Крючники сходили к воде, становились на колени или ложились ничком на сходнях или на плотах и, зачерпывая горстями воду, мыли мокрые разгоревшиеся лица и руки. Тут же на берегу, в стороне, где еще осталось немного травы, расположились они к обеду: положили в круг десяток самых спелых арбузов, черного хлеба и двадцать тараней. Гаврюшка Пуля уже бежал с полуведерной бутылкой в кабак и пел на ходу солдатский сигнал к обеду:

Бери ложку, тащи бак,

Нету хлеба, лопай так.

Босой мальчишка, грязный и такой оборванный, что на нем было гораздо больше голого собственного тела, чем одежды, подбежал к артели.

— Который у вас тут Платонов? — спросил он, быстро бегая вороватыми глазами.

Сергей Иванович назвал себя:

— Я — Платонов, а тебя как дразнят?

— Тут за углом, за церковью, тебя барышня какая-то ждет... На́ записку тебе.

Артель густо заржала.

— Чего рты-то порасстегивали, дурачье! — сказал спокойно Платонов. — Давай сюда записку.

Это было письмо от Женьки, написанное круглым, наивным, катящимся детским почерком и не очень грамотное.

«Сергей Иваныч. Простите, что я вас без — покою. Мне нужно с вами поговорить по очень, очень важному делу. Не стала бы тревожить, если бы Пустяки. Всего только на 10 минут. Известная вам Женька от Анны Марковны».

Платонов встал.

— Я пойду ненадолго, — сказал он Заворотному. — Как начнете, буду на месте.

— Тоже дело нашел, — лениво и презрительно отозвался староста. — На это дело ночь есть... Иди, иди, кто ж тебя держит. А только как начнем работать, тебя

171

не будет, то нонешний день не в счет. Возьму любого босяка. А сколько он наколотит кавунов, — тоже с тебя... Не думал я, Платонов, про тебя, что ты такой кобель...

Женька ждала его в маленьком сквере, приютившемся между церковью и набережной и состоявшем из десятка жалких тополей. На ней было серое цельное выходное платье, простая круглая соломенная шляпа с черной ленточкой. «А все-таки, хоть и скромно оделась, — подумал Платонов, глядя на нее издали своими привычно прищуренными глазами, — а все-таки каждый мужчина пройдет мимо, посмотрит и непременно три-четыре раза оглянется: сразу почувствует особенный тон».

— Здравствуй, Женька! Очень рад тебя видеть, — приветливо сказал он, пожимая руку девушки. — Вот уж не ждал-то!

Женька была скромна, печальна и, видимо, чем-то озабочена. Платонов это сразу понял и почувствовал.

— Ты меня извини, Женечка, я сейчас должен обедать, — сказал он, — так, может быть, ты пойдешь вместе со мной и расскажешь, в чем дело, а я заодно успею поесть. Тут неподалеку есть скромный кабачишко. В это время там совсем нет народа, и даже имеется маленькое стойлице вроде отдельного кабинета, — там нам с тобой будет чудесно. Пойдем! Может быть, и ты что-нибудь скушаешь.

— Нет, я есть не буду, — ответила Женька хрипло, — и я недолго тебя задержу... несколько минут. Надо посоветоваться, поговорить, а мне не с кем.

— Очень хорошо... Идем же! Чем только могу, готов всем служить. Я тебя очень люблю, Женька!

Она поглядела на него грустно и благодарно.

— Я это знаю, Сергей Иванович, оттого и пришла.

— Может быть, денег нужно? Говори прямо. У меня у самого немного, но артель мне поверит вперед.

— Нет, спасибо... Совсем не то. Я уж там, куда пойдем, все разом расскажу.

В темноватом низеньком кабачке, обычном притоне мелких воров, где торговля производилась только вечером, до самой глубокой ночи, Платонов занял маленькую полутемную каморку.

— Дай мне мяса вареного, огурцов, большую рюмку водки и хлеба, — приказал он половому.

Половой — молодой малый с грязным лицом, курносый, весь такой засаленный и грязный, как будто его только что вытащили из помойной ямы, — вытер губы и сипло спросил:

— На сколько копеек хлеба?

— На сколько выйдет.

Потом он рассмеялся:

— Неси как можно больше, — потом посчитаемся... И квасу!..

— Ну, Женя, говори, какая у тебя беда... Я уж по лицу вижу, что беда или вообще что-то кислое... Рассказывай!

Женька долго теребила свой носовой платок и глядела себе на кончики туфель, точно собираясь с силами. Ею овладела робость — никак не приходили на ум нужные, важные слова. Платонов пришел ей на помощь:

— Не стесняйся, милая Женя, говори все, что есть! Ты ведь знаешь, что я

172

человек свой и никогда не выдам. А может быть, и впрямь что-нибудь хорошее посоветую. Ну, бух с моста в воду — начинай!

— Вот я именно и не знаю, как начать-то, — сказала Женька нерешительно. — Вот что, Сергей Иванович, больная я... Понимаете? — нехорошо больна... Самою гадкою болезнью... Вы знаете, — какой?

— Дальше! — сказал Платонов, кивнув головой.

— И давно это у меня... больше месяца... может быть, полтора... Да, больше чем месяц, потому что я только на троицу узнала об этом...

Платонов быстро потер лоб рукой.

— Подожди, я вспомнил... Это в тот день, когда я там был вместе со студентами... Не так ли?

— Верно, Сергей Иванович, так...

— Ах, Женька, — сказал Платонов укоризненно и с сожалением. — А ведь знаешь, что после этого двое студентов заболели... Не от тебя ли?

Женька гневно и презрительно сверкнула глазами.

— Может быть, и от меня... Почем я знаю? Их много было... Помню, вот этот был, который еще все лез с вами подраться... Высокий такой, белокурый, в пенсне...

— Да, да... Это — Собашников. Мне передавали... Это — он... Ну, этот еще ничего — фатишка! А вот другой, — того мне жаль. Я хоть давно его знаю, но как-то никогда не справлялся толком об его фамилии... Помню только, что фамилия происходит от какого-то города — Полянска... Звенигородска... Товарищи его звали Рамзес... Когда врачи, — он к нескольким врачам обращался, — когда они сказали ему бесповоротно, что он болен люэсом, он пошел домой и застрелился... И в записке, которую он написал, были удивительные слова, приблизительно такие: «Я полагал весь смысл жизни в торжестве ума, красоты и добра; с этой же болезнью я не человек, а рухлядь, гниль, падаль, кандидат в прогрессивные паралитики. С этим не мирится мое человеческое достоинство. Виноват же во всем случившемся, а значит, и в моей смерти, только один я, потому что, повинуясь минутному скотскому влечению, взял женщину без любви, за деньги. Потому я и заслужил наказание, которое сам на себя налагаю...» Мне его очень жаль... — прибавил Платонов тихо.

Женька раздула ноздри.

— А мне вот ни чуточки.

— Напрасно... Ты теперь, малый, уйди. Когда нужно будет, я тебя покричу, — сказал Платонов услужающему. — Совсем напрасно, Женечка! Это был необыкновенно крупный и сильный человек. Такие попадаются один на сотни тысяч. Я не уважаю самоубийц. Чаще всего это — мальчишки, которые стреляются и вешаются по пустякам, подобно ребенку, которому не дали конфетку, и он бьется назло окружающим об стену. Но перед его смертью я благоговейно и с горечью склоняю голову. Он был умный, щедрый, ласковый человек, внимательный ко всем и, как видишь, слишком строгий к себе.

— А мне это решительно все равно, — упрямо возразила Женька, — умный или глупый, честный или нечестный, старый или молодой, — я их всех возненавидела! Потому что, — погляди на меня, — что я такое? Какая-то всемирная плевательница, помойная яма, отхожее место. Подумай, Платонов, ведь тысячи, тысячи человек брали меня, хватали, хрюкали, сопели надо мной, и всех тех, которые были, и тех, которые могли бы еще быть на моей постели, — ах! как ненавижу я их всех! Если бы могла, я осудила бы их на пытку огнем и железом!.. Я велела бы...

— Ты злая и гордая, Женя, — тихо сказал Платонов.

— Я была и не злая и не гордая... Это только теперь. Мне не было десяти лет, когда меня продала родная мать, и с тех пор я пошла гулять по рукам... Хоть бы кто-нибудь во мне увидел человека! Нет!.. Гадина, отребье, хуже нищего, хуже вора, хуже убийцы!.. Даже палач... — у нас и такие бывают в заведении, — и тот отнесся бы ко мне свысока, с омерзением: я — ничто, я — публичная девка! Понимаете ли вы, Сергей Иванович, какое это ужасное слово? Пу-бли-чная!.. Это значит ничья: ни своя, ни папина, ни мамина, ни русская, ни рязанская, а просто — публичная! И никому ни разу в голову не пришло подойти ко мне и подумать: а ведь это тоже человек, у него сердце и мозг, он о чем-то думает, что-то чувствует, ведь он сделан не из дерева и набит не соломой, трухой или мочалкой! И все-таки это чувствую только я. Я, может быть, одна из всех, которая чувствует ужас своего положения, эту черную, вонючую, грязную яму. Но ведь все девушки, с которыми я встречалась и с которыми вот теперь живу, — поймите, Платонов, поймите меня! — ведь они ничего не сознают!.. Говорящие, ходящие куски мяса! И это еще хуже, чем моя злоба!..

— Ты права! — тихо сказал Платонов, — и вопрос этот такой, что с ним всегда упрешься в стену. Вам никто не поможет...

— Никто, никто!.. — страстно воскликнула Женька. — Помнишь ли, — при тебе это было: увез студент нашу Любку...

— Как же, хорошо помню!.. Ну и что же?

— А то, что вчера она вернулась обтрепанная, мокрая... Плачет... Бросил, подлец!.. Поиграл в доброту, да и за щеку! Ты, говорит, — сестра! Я, говорит, тебя спасу, я тебя сделаю человеком...

— Неужели так?

— Так!.. Одного человека я видела, ласкового и снисходительного, без всяких кобелиных расчетов, — это тебя. Но ведь ты совсем другой. Ты какой-то странный. Ты все где-то бродишь, ищешь чего-то... Вы простите меня, Сергей Иванович, вы блаженненький какой-то!.. Вот потому-то я к вам и пришла, к вам одному!..

— Говори, Женечка...

— И вот, когда я узнала, что больна, я чуть с ума не сошла от злобы, задохлась от злобы... Я подумала: вот и конец, стало быть, нечего жалеть больше, не о чем печалиться, нечего ждать... Крышка!.. Но за все, что я перенесла, — неужели нет отплаты? Неужели нет справедливости на свете? Неужели я не могу наслаждаться хоть местью? — за то, что я никогда не знала любви, о семье знаю только понаслышке, что меня, как паскудную собачонку, подзовут, погладят и потом сапогом по голове — пошла прочь! — что меня сделали из человека, равного всем им, не глупее всех, кого я встречала, сделали половую тряпку, какую-то сточную трубу для их пакостных удовольствий? Тьфу!.. Неужели за все за это я должна еще принять и такую болезнь с благодарностью?.. Или я раба? Бессловесный предмет?..

174

Вьючная кляча?.. И вот, Платонов, тогда-то я решила заражать их всех — молодых, старых, бедных, богатых, красивых, уродливых, — всех, всех, всех!..

Платонов, давно уже отставивший от себя тарелку, глядел на нее с изумлением и даже больше — почти с ужасом. Ему, видевшему в жизни много тяжелого, грязного, порою даже кровавого, — ему стало страшно животным страхом перед этим напряжением громадной неизлившейся ненависти. Очнувшись, он сказал:

— Один великий французский писатель рассказывает о таком случае. Пруссаки завоевали французов и всячески издевались над ними: расстреливали мужчин, насиловали женщин, грабили дома, поля сжигали... И вот одна красивая женщина — француженка — очень красивая, заразившись, стала назло заражать всех немцев, которые попадали к ней в объятья. Она сделала больными целые сотни, может быть даже тысячи... И когда она умирала в госпитале, она с радостью и с гордостью вспоминала об этом... Но ведь то были враги, попиравшие ее отечество и избивавшие ее братьев... Но ты, ты, Женечка?..

— А я всех, именно всех! Скажите мне, Сергей Иванович, по совести только скажите, если бы вы нашли на улице ребенка, которого кто-то обесчестил, надругался над ним... ну, скажем, выколол бы ему глаза, отрезал уши, — и вот вы бы узнали, что этот человек сейчас проходит мимо вас и что только один бог, если только он есть, смотрит на вас в эту минуту с небеси, — что бы вы сделали?

— Не знаю, — ответил глухо и потупившись Платонов, но он побледнел, и пальцы его под столом судорожно сжались в кулаки. — Может быть, убил бы его...

— Не «может быть», а наверно! Я вас знаю, я вас чувствую. Ну, а теперь подумайте: ведь над каждой из нас так надругались, когда мы были детьми!.. Детьми! — страстно простонала Женька и закрыла на мгновение глаза ладонью. — Об этом ведь, помнится, и вы как-то говорили у нас, чуть ли не в тот самый вечер, на троицу... Да, детьми, глупыми, доверчивыми, слепыми, жадными, пустыми... И не можем мы вырваться из своей лямки... куда пойдешь? что сделаешь?.. И вы не думайте, пожалуйста, Сергей Иванович, что во мне сильна злоба только к тем, кто именно меня, лично меня обижали... Нет, вообще ко всем нашим гостям, к этим кавалерам, от мала до велика... Ну и вот я решилась мстить за себя и за своих сестер. Хорошо это или нет?..

— Женечка, я, право, не знаю... Я не могу... я ничего не смею сказать... Я не понимаю.

— Но и не в этом главное... А главное вот в чем... Я их заражала и не чувствовала ничего — ни жалости, ни раскаяния, ни вины перед богом или перед отечеством. Во мне была только радость, как у голодного волка, который дорвался до крови... Но вчера случилось что-то, чего и я не могу понять. Ко мне пришел кадет, совсем мальчишка, глупый, желторотый... Он ко мне ходил еще с прошлой зимы... И вот вдруг я пожалела его... Не оттого, что он был очень красив и очень молод, и не оттого, что он всегда был очень вежлив, пожалуй, даже нежен... Нет, у меня бывали и такие и такие, но я не щадила их: я с наслаждением отмечала их, точно скотину, раскаленным клеймом... А этого я вдруг пожалела... Я сама не понимаю — почему? Я не могу разобраться. Мне казалось, что это все равно, что украсть деньги у дурачка, у идиотика, или ударить слепого, или зарезать спящего... Если бы он был какой-нибудь заморыш, худосочный или поганенький, блудливый старикашка, я не остановилась бы. Но он был здоровый, крепкий, с

175

грудью и с руками, как у статуи... и я не могла... Я отдала ему деньги, показала ему свою болезнь, словом, была дура дурой. Он ушел от меня... расплакался... И вот со вчерашнего вечера я не спала. Хожу как в тумане... Стало быть, — думаю я вот теперь, — стало быть, то, что я задумала — моя мечта заразить их всех, заразить их отцов, матерей, сестер, невест, — хоть весь мир, — стало быть, это все было глупостью, пустой фантазией, раз я остановилась?.. Опять-таки я ничего не понимаю... Сергей Иванович, вы такой умный, вы так много видели в жизни, — помогите же мне найти теперь себя!..

— Не знаю, Женечка! — тихо произнес Платонов. — Не то, что я боюсь говорить тебе или советовать, но я совсем ничего не знаю. Это выше моего рассудка... выше совести...

Женя скрестила пальцы с пальцами и нервно хрустнула ими.

— И я не знаю... Стало быть, то, что я думала, — неправда?.. Стало быть, мне остается только одно... Эта мысль сегодня утром пришла мне в голову...

— Не делай, не делай этого, Женечка!.. Женя!.. — быстро перебил ее Платонов.

—...Одно: повеситься...

— Нет, нет, Женя, только не это!.. Будь другие обстоятельства, непреоборимые, я бы, поверь, смело сказал тебе: ну что же, Женя, пора кончить базар... Но тебе вовсе не это нужно... Если хочешь, я подскажу тебе один выход, не менее злой и беспощадный, но который, может быть, во сто раз больше насытит твой гнев...

— Какой это? — устало спросила Женя, сразу точно увядшая после своей вспышки.

— А вот какой... Ты еще молода, и, по правде я тебе окажу, ты очень красива, то есть ты можешь быть, если захочешь, необыкновенно эффектной... Это даже больше, чем красота. Но ты еще никогда не знала размеров и власти своей наружности, а главное, ты не знаешь, до какой степени обаятельны такие натуры, как ты, и как они властно приковывают к себе мужчин и делают из них больше чем рабов и скотов... Ты гордая, ты смелая, ты независимая, ты умница... Я знаю: ты много читала, предположим даже дрянных книжек, но все-таки читала, у тебя язык совсем другой, чем у других. При удачном обороте жизни ты можешь вылечиться, ты можешь уйти из этих «Ямков» на свободу. Тебе стоит только пальцем пошевельнуть, чтобы видеть у своих ног сотни мужчин, покорных, готовых для тебя на подлость, на воровство, на растрату... Владей ими на тугих поводьях, с жестоким хлыстом в руках!.. Разоряй их, своди с ума, пока у тебя хватит желания и энергии!.. Посмотри, милая Женя, кто ворочает теперь жизнью, как не женщины! Вчерашняя горничная, прачка, хористка раскусывают миллионные состояния, как тверская баба подсолнушки. Женщина, едва умеющая подписать свое имя, влияет иногда через мужчину на судьбу целого королевства. Наследные принцы женятся на вчерашних потаскушках, содержанках... Женечка, вот тебе простор для твоей необузданной мести, а я полюбуюсь тобою издали... А ты, — ты замешана именно из этого теста — хищницы, разорительницы... Может быть, не в таком размахе, но ты бросишь их себе под ноги.

— Нет, — слабо улыбнулась Женька. — Я думала об этом раньше... Но выгорело во мне что-то главное. Нет у меня сил, нет у меня воли, нет желаний... Я вся какая-то пустая внутри, трухлявая... Да вот, знаешь, бывает гриб такой — белый, круглый, — сожмешь его, а оттуда нюхательный порошок сыплется. Так и я. Все во мне эта жизнь выела, кроме злости. Да и вялая я, и злость моя вялая... Опять увижу какого-нибудь мальчишку, пожалею, опять буду казниться. Нет, уж лучше так...

Она замолчала. И Платонов не знал, что сказать. Стало обоим тяжело и неловко. Наконец Женька встала и, не глядя на Платонова, протянула ему холодную, слабую руку.

— Прощайте, Сергей Иванович! Простите, что я отняла у вас время... Что же, я сама вижу, что вы помогли бы мне, если бы сумели... Но уж, видно, тут ничего не попишешь. Прощайте!..

— Только глупости не делай, Женечка! Умоляю тебя!..

— Ладно уж! — сказала она и устало махнула рукой.

Выйдя из сквера, они разошлись, но, пройдя несколько шагов, Женька вдруг окликнула его:

— Сергей Иванович, а Сергей Иванович!..

Он остановился, обернулся, подошел к ней.

— Ванька-Встанька у нас вчера подох в зале. Прыгал-прыгал, а потом вдруг и окочурился... Что ж, по крайней мере легкая смерть! И еще я забыла вас спросить, Сергей Иванович... Это уж последнее... Есть бог или нет?

Платонов нахмурился.

— Что я тебе отвечу? Не знаю. Думаю, что есть, но не такой, как мы его воображаем. Он — больше, мудрее, справедливее...

— А будущая жизнь? Там, после смерти? Вот, говорят, рай есть или ад? Правда это? Или ровно ничего? Пустышка? Сон без сна? Темный подвал?

Платонов молчал, стараясь не глядеть на Женьку.

Ему было тяжело и страшно.

— Не знаю, — сказал он, наконец, с усилием. — Не хочу тебе врать.

Женька вздохнула и улыбнулась жалкой, кривой улыбкой.

— Ну, спасибо, мой милый. И на том спасибо... Желаю вам счастья. От души. Ну, прощайте...

Она отвернулась от него и стала медленно, колеблющейся походкой взбираться в гору.

Платонов как раз вернулся на работу вовремя. Босячня, почесываясь, позевывая, разминая свои привычные вывихи, становилась по местам. Заворотный издали своими зоркими глазами увидал Платонова и закричал на весь порт:

— Поспел-таки, сутулый черт!.. А я уж хотел тебя за хвост и из компании вон... Ну, становись!..

— И кобель же ты у меня, Сережка!.. — прибавил он ласково. — Хоша бы ночью, а то, — гляди-ка, среди бела дня захороводил...

177

V

Суббота была обычным днем докторского осмотра, к которому во всех домах готовились очень тщательно и с трепетом, как, впрочем, готовятся и дамы из общества, собираясь с визитом к врачу-специалисту: старательно делали свой интимный туалет и непременно надевали чистое нижнее белье, даже по возможности более нарядное. Окна на улицу были закрыты ставнями, а у одного из тех окон, что выходили во двор, поставили стол с твердым валиком под спину.

Все девушки волновались... «А вдруг болезнь, которую сама не заметила?.. А там — отправка в больницу, позор, скука больничной жизни, плохая пища, тяжелое лечение...»

Только Манька Большая, или иначе Манька Крокодил, Зоя и Генриетта — тридцатилетние, значит уже старые по ямскому счету, проститутки, все видевшие, ко всему притерпевшиеся, равнодушные в своем деле, как белые жирные цирковые лошади, оставались невозмутимо спокойными. Манька Крокодил даже часто говорила о самой себе:

— Я огонь и воду прошла и медные трубы... Ничто уже больше ко мне не прилипнет.

Женька с утра была кротка и задумчива. Подарила Маньке Беленькой золотой браслет, медальон на тоненькой цепочке со своей фотографией и серебряный нашейный крестик. Тамару упросила взять на память два кольца: одно — серебряное раздвижное о трех обручах, в средине — сердце, а под ним две руки, которые сжимали одна другую, когда все три части кольца соединялись, а другое — из золотой тонкой проволоки с альмандином.

— А мое белье, Тамарочка, отдай Аннушке, горничной. Пусть выстирает хорошенько и носит на здоровье, на память обо мне.

Они были вдвоем в комнате Тамары. Женька с утра еще послала за коньяком и теперь медленно, точно лениво, тянула рюмку за рюмкой, закусывая лимоном с кусочком сахара. В первый раз это наблюдала Тамара и удивлялась, потому что всегда Женька была не охотница до вина и пила очень редко и то только по принуждению гостей.

— Что это ты сегодня так раздарилась? — спросила Тамара. — Точно умирать собралась или в монастырь идти?..

— Да я и уйду, — ответила вяло Женька. — Скучно мне, Тамарочка!..

— Кому же весело из нас?

— Да нет!.. Не то что скучно, а как-то мне все — все равно... Гляжу вот я на тебя, на стол, на бутылку, на свои руки, ноги и думаю, что все это одинаково и все ни к чему... Нет ни в чем смысла... Точно на какой-то старой-престарой картине. Вот смотри: идет по улице солдат, а мне все равно, как будто завели куклу и она двигается... И что мокро ему под дождем, мне тоже все равно... И что он умрет, и я умру, и ты, Тамара, умрешь, — тоже в этом я не вижу ничего ни страшного, ни удивительного... Так все для меня просто и скучно...

Женька помолчала, выпила еще рюмку, пососала сахар и, все еще глядя на улицу, вдруг спросила:

— Скажи мне, пожалуйста, Тамара, я вот никогда еще тебя об этом не спрашивала, откуда ты к нам поступила сюда, в дом? Ты совсем не похожа на всех нас, ты все знаешь, у тебя на всякий случай есть хорошее, умное слово... Вон и по-французски как ты тогда говорила хорошо! А никто из нас о тебе ровно ничего не знает... Кто ты?

— Милая Женечка, право не стоит... Жизнь как жизнь... Была институткой, гувернанткой была, в хоре пела, потом тир в летнем саду держала, а потом спуталась с одним шарлатаном и сама научилась стрелять из винчестера... По циркам ездила, — американскую амазонку изображала. Я прекрасно стреляла... Потом в монастырь попала. Там пробыла года два... Много было у меня... Всего не упомнишь... Воровала.

— Много ты пожила... пестро...

— Мне и лет-то немало. Ну, как ты думаешь, — сколько?

— Двадцать два, двадцать четыре?..

— Нет, ангел мой! Тридцать два ровно стукнуло неделю тому назад. Я, пожалуй что, старше всех вас здесь у Анны Марковны. Но только ничему я не удивлялась, ничего не принимала близко к сердцу. Как видишь, не пью никогда... Занимаюсь очень бережно уходом за своим телом, а главное — самое главное — не позволяю себе никогда увлекаться мужчинами...

— Ну, а Сенька твой?..

— Сенька — это особая статья: сердце бабье глупое, нелепое... Разве оно может жить без любви? Да и не люблю я его, а так... самообман... А впрочем, Сенька мне скоро очень понадобится.

Женька вдруг оживилась и с любопытством поглядела на подругу:

— Но здесь-то, в этой дыре, как ты застряла? — умница, красивая, обходительная такая...

— Долго рассказывать... Да и лень... Попала я сюда из-за любви: спуталась с одним молодым человеком и делала с ним вместе революцию. Ведь мы всегда так поступаем, женщины: куда милый смотрит, туда и мы, что милый видит, то и мы... Не верила я душой-то в его дело, а пошла. Льстивый был человек, умный, говорун, красавец... Только оказался он потом подлецом и предателем. Играл в революцию, а сам товарищей выдавал жандармам. Провокатором был. Как его убили и разоблачили, так с меня и вся дурь соскочила. Однако пришлось скрываться... Паспорт переменила. Тут мне посоветовали, что легче всего прикрыться желтым билетом... А там и пошло!.. Да и здесь я вроде как на подножном корму: придет время, удастся у меня минутка — уйду!

— Куда? с нетерпением спросила Женя.

— Свет велик... А я жизнь люблю!.. Вот я так же и в монастыре: жила, жила, пела антифоны и задостойники, пока не отдохнула, не соскучилась вконец, а потом сразу — хоп! и в кафешантан... Хорош скачок? Так и отсюда... В театр пойду, в цирк, в кордебалет... а больше, знаешь, тянет меня, Женечка, все таки воровское дело... Смелое, опасное, жуткое и какое-то пьяное... Тянет!.. Ты не гляди на меня, что я такая приличная и скромная и могу казаться воспитанной девицей. Я совсем-совсем другая.

У нее вдруг ярко и весело вспыхнули глаза.

— Во мне дьявол живет!

— Хорошо тебе! — задумчиво и с тоской произнесла Женя, — ты хоть хочешь чего-нибудь, а у меня душа дохлая какая-то... Вот мне двадцать лет, а душа у меня старушечья, сморщенная, землей пахнет... И хоть пожила бы толком!.. Тьфу!.. Только слякоть какая-то была.

— Брось, Женя, ты говоришь глупости. Ты умна, ты оригинальна, у тебя есть та особенная сила, перед которой так охотно ползают и пресмыкаются мужчины. Уходи отсюда и ты. Не со мной, конечно, — я всегда одна, — а уйди сама по себе.

Женька покачала головой и тихо, без слез, спрятала свое лицо в ладонях.

— Нет, — отозвалась она глухо после долгого молчания, — нет, у меня это не выходит: изжевала меня судьба!.. Не человек я больше, а какая-то поганая жвачка... Эх! — вдруг махнула она рукой. — Выпьем-ка, Женечка, лучше коньячку, — обратилась она сама к себе, — и пососем лимончик!.. Брр... гадость какая!.. И где это Аннушка всегда такую мерзость достанет? Собаке шерсть, если помазать, так облиняет... И всегда, подлая, полтинник лишний возьмет. Раз я как-то спрашиваю ее: «Зачем деньги копишь?» — «А я, говорит, на свадьбу коплю. Что ж, говорит, будет мужу моему за радость, что я ему одну свою невинность преподнесу! Надо еще сколько-нибудь сотен приработать». Счастливая она!.. Тут у меня, Тамара, денег немножко есть, в ящичке под зеркалом, ты ей передай, пожалуйста...

— Да что ты, дура, помирать, что ли, хочешь? — резко, с упреком сказала Тамара.

— Нет, я так, на всякий случай... Возьми-ка, возьми деньги! Может быть, меня в больницу заберут... А там, как знать, что произойдет? Я мелочь себе оставила на всякий случай... А что же, если и в самом деле, Тамарочка, я захотела бы что-нибудь над собой сделать, неужели ты стала бы мешать мне?

Тамара поглядела на нее пристально, глубоко и спокойно. Глаза Женьки были печальны и точно пусты. Живой огонь погас в них, и они казались мутными, точно выцветшими, с белками, как лунный камень.

— Нет, — сказала, наконец, тихо, но твердо Тамара. — Если бы из-за любви — помешала бы, если бы из-за денег — отговорила бы, но есть случаи, когда мешать нельзя. Способствовать, конечно, не стала бы, но и цепляться за тебя и мешать тебе тоже не стала бы.

В это время по коридору пронеслась с криком быстроногая экономка Зося:

— Барышни, одеваться! — доктор приехал... Барышни, одеваться!.. Барышни, живо!..

— Ну, иди, Тамара, иди! — ласково сказала Женька, вставая. — Я к себе зайду на минутку, — я еще не переодевалась, хоть, правда, это тоже все равно. Когда будут меня вызывать, и если я не поспею, крикни, сбегай за мной.

И, уходя из Тамариной комнаты, она как будто невзначай обняла ее за плечо и ласково погладила.

Доктор Клименко — городской врач — приготовлял в зале все необходимое для осмотра: раствор сулемы, вазелин и другие вещи, и все это расставлял на отдельном маленьком столике. Здесь же у него лежали и белые бланки девушек, заменявшие им паспорта, и общий алфавитный список. Девушки, одетые только в сорочки, чулки и туфли, стояли и сидели в отдалении. Ближе к столу стояла сама хозяйка — Анна Марковна, а немножко сзади ее — Эмма Эдуардовна и Зося.

Доктор, старый, опустившийся, грязноватый, ко всему равнодушный человек, надел криво на нос пенсне, поглядел в список и выкрикнул:

— Александра Будзинская!..

Вышла нахмуренная, маленькая, курносая Нина. Сохраняя на лице сердитое выражение и сопя от стыда, от сознания своей собственной неловкости и от усилий, она неуклюже взлезла на стол. Доктор, щурясь через пенсне и поминутно роняя его, произвел осмотр.

— Иди!.. Здорова.

И на оборотной стороне бланка отметил: «Двадцать восьмого августа, здорова» — и поставил каракульку. И, когда еще не кончил писать, крикнул:

— Вощенкова Ирина!..

Теперь была очередь Любки. Она за эти прошедшие полтора месяца своей сравнительной свободы успела уже отвыкнуть от еженедельных осмотров, и когда доктор завернул ей на грудь рубашку, она вдруг покраснела так, как умеют краснеть только очень стыдливые женщины, — даже спиной и грудью.

За нею была очередь Зои, потом Маньки Беленькой, затем Тамары и Нюрки, у которой Клименко нашел гонорею и велел отправить ее в больницу.

Доктор производил осмотр с удивительной быстротой. Вот уже около двадцати лет как ему приходилось каждую неделю по субботам осматривать таким образом несколько сотен девушек, и у него выработалась та привычная техническая ловкость и быстрота, спокойная небрежность в движениях, которая бывает часто у цирковых артистов, у карточных шулеров, у носильщиков и упаковщиков мебели и у других профессионалов. И производил он свои манипуляции с таким же спокойствием, с каким гуртовщик или ветеринар осматривают в день несколько сотен голов скота, с тем хладнокровием, какое не изменило ему дважды во время обязательного присутствия при смертной казни.

Думал ли он когда-нибудь о том, что перед ним живые люди, или о том, что он является последним и самым главным звеном той страшной цепи, которая называется узаконенной проституцией?..

Нет! Если и испытывал, то, должно быть, в самом начале своей карьеры. Теперь перед ним были только голые животы, голые спины и открытые рты. Ни одного экземпляра из этого ежесубботнего безликого стада он не узнал бы впоследствии на улице. Главное, надо было как можно скорее окончить осмотр в одном заведении, чтобы перейти в другое, третье, десятое, двадцатое...

— Сусанна Райцына! — выкрикнул, наконец, доктор.

Никто не подходил к столу.

Все обитательницы дома переглянулись и зашептались.

— Женька... Где Женька?..

Но ее не было среди девушек.

Тогда Тамара, только что отпущенная доктором, выдвинулась немного вперед и сказала:

— Ее нет. Она не успела еще приготовиться. Извините, господин доктор. Я сейчас пойду позову ее.

Она побежала в коридор и долго не возвращалась. Следом за нею пошла сначала Эмма Эдуардовна, потом Зося, несколько девушек и даже сама Анна Марковна.

— Пфуй! Что за безобразие!.. — говорила в коридоре величественная Эмма

181

Эдуардовна, делая негодующее лицо. — И вечно эта Женька!.. Постоянно эта Женька!.. Кажется, мое терпение уже лопнуло...

Но Женьки нигде не было — ни в ее комнате, ни в Тамариной. Заглянули в другие каморки, во все закоулки... Но и там ее не оказалось.

— Надо поглядеть в ватере... Может быть, она там? — догадалась Зоя.

Но это учреждение было заперто изнутри на задвижку. Эмма Эдуардовна постучалась в дверь кулаком.

— Женя, да выходите же вы! Что это за глупости?!

И, возвысив голос, крикнула нетерпеливо и с угрозой:

— Слышишь, ты, свинья?.. Сейчас же иди — доктор ждет.

Не было никакого ответа.

Все переглянулись со страхом в глазах, с одной и той же мыслью в уме.

Эмма Эдуардовна потрясла дверь за медную ручку, но дверь не поддалась.

— Сходите за Симеоном! — распорядилась Анна Марковна.

Позвали Симеона... Он пришел, по обыкновению, заспанный и хмурый. По растерянным лицам девушек и экономок он уже видел, что случилось какое-то недоразумение, в котором требуется его профессиональная жестокость и сила. Когда ему объяснили в чем дело, он молча взялся своими длинными обезьяньими руками за дверную ручку, уперся в стену ногами и рванул.

Ручка осталась у него в руках, а сам он, отшатнувшись назад, едва не упал спиной на пол.

— А-а, черт! — глухо заворчал он. — Дайте мне столовый ножик.

Сквозь щель двери столовым ножом он прощупал внутреннюю задвижку, обстругал немного лезвием края щели и расширил ее так, что мог просунуть, наконец, туда кончик ножа, и стал понемногу отскребать назад задвижку. Все следили за его руками, не двигаясь, почти не дыша. Слышался только скрип металла о металл.

Наконец Симеон распахнул дверь.

Женька висела посреди ватерклозета на шнурке от корсета, прикрепленном к лампповому крюку. Тело ее, уже неподвижное после недолгой агонии, медленно раскачивалось в воздухе и описывало вокруг своей вертикальной оси едва заметные обороты влево и вправо. Лицо ее было сине-багрово, и кончик языка высовывался между прикушенных и обнаженных зубов. Снятая лампа валялась здесь же на полу.

Кто-то истерически завизжал, и все девушки, как испуганное стадо, толпясь и толкая друг друга в узком коридоре, голося к давясь истерическими рыданиями, кинулись бежать.

На крики пришел доктор... Именно, пришел, а не прибежал. Увидев, в чем дело, он не удивился и не взволновался: за свою практику городского врача он насмотрелся таких вещей, что уже совсем одеревенел и окаменел к человеческим страданиям, ранам и смерти. Он приказал Симеону приподнять немного вверх труп Женьки и сам, забравшись на сиденье, перерезал шнурок. Для проформы он приказал отнести Женьку в ее бывшую комнату и пробовал при помощи того же Симеона произвести искусственное дыхание, но минут через пять махнул рукой, поправил свое скривившееся на носу пенсне и сказал:

— Позовите полицию составить протокол.

Опять пришел Кербеш, опять долго шептался с хозяйкой в ее маленьком кабинетике и опять захрустел в кармане новой сторублевкой.

Протокол был составлен в пять минут, и Женьку, такую же полуголую, какой она повесилась, отвезли в наемной телеге в анатомический театр, окутав и прикрыв ее двумя рогожами.

Эмма Эдуардовна первая нашла записку, которую оставила Женька у себя на ночном столике. На листке, вырванном из приходо-расходной книжки, обязательной для каждой проститутки, карандашом, наивным круглым детским почерком, по которому, однако, можно было судить, что руки самоубийцы не дрожали в последние минуты, было написано:

«В смерти моей прошу никого не винить. Умираю оттого, что заразилась, и еще оттого, что все люди подлецы и что жить очень гадко. Как разделить мои вещи, об этом знает Тамара. Я ей сказала подробно».

Эмма Эдуардовна обернулась назад к Тамаре, которая в числе других девушек была здесь же, и с глазами, полными холодной зеленой ненависти, прошипела:

— Так ты знала, подлая, что она собиралась сделать?.. Знала, гадина?.. Знала и не сказала?..

Она уже замахнулась, чтобы, по своему обыкновению, жестко и расчетливо ударить Тамару, но вдруг так и остановилась с разинутым ртом и с широко раскрывшимися глазами. Она точно в первый раз увидела Тамару, которая глядела на нее твердым, гневным, непереносимо-презрительным взглядом и медленно, медленно подымала снизу и, наконец, подняла в уровень с лицом экономки маленький, блестящий белым металлом предмет.

VI

В тот же день вечером совершилось в доме Анны Марковны очень важное событие: все учреждение — с землей и с домом, с живым и мертвым инвентарем и со всеми человеческими душами — перешло в руки Эммы Эдуардовны.

Об этом уже давно поговаривали в заведении, но, когда слухи так неожиданно, тотчас же после смерти Женьки, превратились в явь, девицы долго не могли прийти в себя от изумления и страха. Они хорошо знали, испытав на себе власть немки, ее жестокий, неумолимый педантизм, ее жадность, высокомерие и, наконец, ее извращенную, требовательную, отвратительную любовь то к одной, то к другой фаворитке. Кроме того, ни для кого не было тайной, что из шестидесяти тысяч, которые Эмма Эдуардовна должна была уплатить прежней хозяйке за фирму и за имущество, треть принадлежала Кербешу, который давно уже вел с толстой экономкой полудружеские, полуделовые отношения. От соединения двух таких людей, бесстыдных, безжалостных и алчных, девушки могли ожидать для себя всяких напастей.

Анна Марковна так дешево уступила дом не только потому, что Кербеш, если бы даже и не знал за нею некоторых темных делишек, все-таки мог в любое время подставить ей ножку и съесть без остатка. Предлогов и зацепок к этому можно было найти хоть по сту каждый день, и иные из них грозили бы не одним только закрытием дома, а, пожалуй, и судом.

Но, притворяясь, охая и вздыхая, плачась на свою бедность, болезни и сиротство, Анна Марковна в душе была рада и такой сделке. Да и то сказать: она давно уже чувствовала приближение старческой немощи вместе со всякими недугами и жаждала полного, ничем не смущаемого добродетельного покоя. Все, о чем Анна Марковна не смела и мечтать в ранней молодости, когда она сама еще была рядовой проституткой, — все пришло к ней теперь своим чередом, одно к одному: почтенная старость, дом — полная чаша на одной из уютных, тихих улиц, почти в центре города, обожаемая дочь Берточка, которая не сегодня-завтра должна выйти замуж за почтенного человека, инженера, домовладельца и гласного городской думы, обеспеченная солидным приданым и прекрасными драгоценностями... Теперь можно спокойно, не торопясь, со вкусом, сладко обедать и ужинать, к чему Анна Марковна всегда питала большую слабость, выпить после обеда хорошей домашней крепкой вишневки, а по вечерам поиграть в преферанс по копейке с уважаемыми знакомыми пожилыми дамами, которые хоть никогда и не показывали вида, что знают настоящее ремесло старушки, но на самом деле отлично его знали и не только не осуждали ее дела, но даже относились с уважением к тем громадным процентам, которые она зарабатывала на капитал. И этими милыми знакомыми, радостью и утешением безмятежной старости, были: одна — содержательница ссудной кассы, другая — хозяйка бойкой гостиницы около железной дороги, третья — владелица небольшого, но очень ходкого, хорошо известного между крупными ворами ювелирного магазина и так далее. И про них в свою очередь Анна Марковна знала и могла бы рассказать несколько темных и не особенно лестных анекдотов, но в их среде было не принято говорить об источниках семейного благополучия — ценились только ловкость, смелость, удача и приличные манеры.

Но и, кроме того, у Анны Марковны, довольно ограниченной умом и не особенно развитой, было какое-то удивительное внутреннее чутье, которое всю жизнь позволяло ей инстинктивно, но безукоризненно избегать неприятностей и вовремя находить разумные пути. Так и теперь, после скоропостижной смерти Ваньки-Встаньки и последовавшего на другой день самоубийства Женьки, она своей бессознательно-проницательной душой предугадала, что судьба, до сих пор благоволившая к ее публичному дому, посылавшая удачи, отводившая всякие подводные мели, теперь собирается повернуться спиною. И она первая отступила.

Говорят, что незадолго до пожара в доме или до крушения корабля умные, нервные крысы стаями перебираются в другое место. Анной Марковной руководило то же крысиное, звериное пророческое чутье. И она была права: тотчас же после смерти Женьки над домом, бывшим Анны Марковны Шайбес, а теперь Эммы Эдуардовны Тицнер, точно нависло какое-то роковое проклятие: смерти, несчастия, скандалы так и падали на него беспрестанно, все учащаясь, подобно кровавым событиям в шекспировских трагедиях, как, впрочем, это было и во всех остальных домах Ям.

И одной из первых, через неделю после ликвидации дела, умерла сама Анна Марковна. Впрочем, это часто случается с людьми, выбитыми из привычной тридцатилетней колеи: так умирают военные герои, вышедшие в отставку, —

люди несокрушимого здоровья и железной воли; так сходят быстро со сцены бывшие биржевые дельцы, ушедшие счастливо на покой, но лишенные жгучей прелести риска и азарта; так быстро стареют, опускаются и дряхлеют покинувшие сцену большие артисты... Смерть ее была смертью праведницы. Однажды за преферансом она почувствовала себя дурно, просила подождать, сказала, что вернется через минутку, прилегла в спальне на кровать, вздохнула глубоко и перешла в иной мир, со спокойным лицом, с мирной старческой улыбкой на устах. Исай Саввич — верный товарищ на ее жизненном пути, немного забитый, всегда игравший второстепенную, подчиненную роль, — пережил ее только на месяц.

Берточка осталась единственной наследницей. Она обратила очень удачно в деньги уютный дом и также и землю где-то на окраине города, вышла, как и предполагалось, очень счастливо замуж и до сих пор убеждена, что ее отец вел крупное коммерческое дело по экспорту пшеницы через Одессу и Новороссийск в Малую Азию.

Вечером того дня, когда труп Жени увезли в анатомический театр, в час, когда ни один даже случайный гость еще не появлялся на Ямской улице, все девушки, по настоянию Эммы Эдуардовны, собрались в зале. Никто из них не осмелился роптать на то, что в этот тяжелый день их, еще не оправившихся от впечатлений ужасной Женькиной смерти, заставят одеться, по обыкновению, в дико-праздничные наряды и идти в ярко освещенную залу, чтобы танцевать, петь и заманивать своим обнаженным телом похотливых мужчин.

Наконец в залу вошла и сама Эмма Эдуардовна. Она была величественнее, чем когда бы то ни было, — одетая в черное шелковое платье, из которого, точно боевые башни, выступали ее огромные груди, на которые ниспадали два жирных подбородка, в черных шелковых митенках, с огромной золотой цепью, трижды обмотанной вокруг шеи и кончавшейся тяжелым медальоном, висевшим на самом животе.

— Барышни!.. — начала она внушительно, — я должна... Встать! — вдруг крикнула она повелительно. — Когда я говорю, вы должны стоя выслушивать меня.

Все переглянулись с недоумением: такой приказ был новостью в заведении. Однако девушки встали одна за другой, нерешительно, с открытыми глазами и ртами.

— Sie sollen[15]... вы должны с этого дня оказывать мне то уважение, которое вы обязаны оказывать вашей хозяйке, — важно и веско начала Эмма Эдуардовна. — Начиная от сегодня, заведение перешло законным порядком от нашей доброй и почтенной Анны Марковны ко мне, Эмме Эдуардовне Тицнер. Я надеюсь, что мы не будем ссориться и вы будете вести себя, как разумные, послушные и благовоспитанные девицы. Я вам буду вместо родная мать, но только помните, что я не потерплю ни лености, ни пьянства, ни каких-нибудь фантазий или какой-нибудь беспорядок. Добрая мадам Шайбес, надо сказать, держала вас слишком на мягких вожжах. О-о, я буду гораздо строже. Дисциплина über alles[16]... раньше

---

[15] Вы должны... (нем.).

[16] Выше всего... (нем.).

всего. Очень жаль, что русский народ, ленивый, грязный и глюпий, не понимает этого правила, но не беспокойтесь, я вас научу к вашей же пользе. Я говорю «к вашей пользе» потому, что моя главная мысль — убить конкуренцию Треппеля. Я хочу, чтобы мой клиент был положительный мужчина, а не какой-нибудь шарлатан и оборванец, какой-нибудь там студент или актерщик. Я хочу, чтобы мои барышни были самые красивые, самые благовоспитанные, самые здоровые и самые веселые во всем городе. Я не пожалею никаких денег, чтобы завести шикарную обстановку, и у вас будут комнаты с шелковой мебелью и с настоящими прекрасными коврами. Гости у вас не будут уже требовать пива, а только благородные бордоские и бургундские вина и шампанское. Помните, что богатый, солидный, пожилой клиент никогда не любит вашей простой, обыкновенной, грубой любви. Ему нужен кайенский перец, ему нужно не ремесло, а искусство, и этому вы скоро научитесь. У Треппеля берут три рубля за визит и десять рублей за ночь... Я поставлю так, что вы будете получать пять рублей за визит и двадцать пять за ночь. Вам будут дарить золото и брильянты. Я устрою так, что вам не нужно будет переходить в заведения низшего сорта und so weiter[17]... З вплоть до солдатского грязного притона. Нет! У каждой из вас будут откладываться и храниться у меня ежемесячные взносы и откладываться на ваше имя в банкирскую контору, где на них будут расти проценты и проценты на проценты. И тогда, если девушка почувствует себя усталой или захочет выйти замуж за порядочного человека, в ее распоряжении всегда будет небольшой, но верный капитал. Так делается в лучших заведениях Риги и повсюду за границей. Пускай никто не скажет про меня, что Эмма Эдуардовна — паук, мегера, кровососная банка. Но за непослушание, за леность, за фантазии, за любовников на стороне я буду жестоко наказывать и, как гадкую сорную траву, выброшу вон на улицу или еще хуже. Теперь я все сказала, что мне нужно. Нина, подойди ко мне. И вы все остальные подходите по очереди.

Нинка нерешительно подошла вплотную к Эмме Эдуардовне и даже отшатнулась от изумления: Эмма Эдуардовна протягивала ей правую руку с опущенными вниз пальцами и медленно приближала ее к Нинкиным губам.

— Целуй!.. — внушительно и твердо произнесла Эмма Эдуардовна, прищурившись и откинув голову назад в великолепной позе принцессы, вступающей на престол.

Нинка была так растеряна, что правая рука ее дернулась, чтобы сделать крестное знамение, но она исправилась, громко чмокнула протянутую руку и отошла в сторону. Следом за нею также подошли Зоя, Генриетта, Ванда и другие. Одна Тамара продолжала стоять у стены спиной к зеркалу, к тому зеркалу, в которое так любила, бывало, прохаживаясь взад и вперед по зале, заглядывать, любуясь собой, Женька.

Эмма Эдуардовна остановила на ней повелительный, упорный взгляд удава, но гипноз не действовал. Тамара выдержала этот взгляд, не отворачиваясь, не мигая, но без всякого выражения на лице. Тогда новая хозяйка опустила руку, сделала на лице нечто похожее на улыбку и сказала хрипло:

---

[17] И так далее... (нем.).

— А с вами, Тамара, мне нужно поговорить немножко отдельно, с глазу на глаз. Пойдемте!

— Слушаю, Эмма Эдуардовна! — спокойно ответила Тамара.

Эмма Эдуардовна пришла в маленький кабинетик, где когда-то любила пить кофе с топлеными сливками Анна Марковна, села на диван и указала Тамаре место напротив себя. Некоторое время женщины молчали, испытующе, недоверчиво оглядывая друг друга.

— Вы правильно поступили, Тамара, — сказала, наконец, Эмма Эдуардовна. — Вы умно сделали, что не подошли, подобно этим овцам, поцеловать у меня руку. Но все равно я вас до этого не допустила бы. Я тут же при всех хотела, когда вы подойдете ко мне, пожать вам руку и предложить вам место первой экономки, — вы понимаете? — моей главной помощницы — и на очень выгодных для вас условиях.

— Благодарю вас...

— Нет, подождите, не перебивайте меня. Я выскажусь до конца, а потом вы выскажете ваши за и против. Но объясните вы мне, пожалуйста, когда вы утром прицеливались в меня из револьвера, что вы хотели? Неужели убить меня?

— Наоборот, Эмма Эдуардовна, — почтительно возразила Тамара, — наоборот: мне показалось, что вы хотели ударить меня.

— Пфуй! Что вы, Тамарочка!.. Разве вы не обращали внимания, что за все время нашего знакомства я никогда не позволила себе не то что ударить вас, но даже обратиться к вам с грубым словом... Что вы, что вы?.. Я вас не смешиваю с этим русским быдлом... Слава богу, я — человек опытный и хорошо знающий людей. Я отлично вижу, что вы по-настоящему воспитанная барышня, гораздо образованнее, например, чем я сама. Вы тонкая, изящная, умная. Вы знаете иностранные языки. Я убеждена в том, что вы даже недурно знаете музыку. Наконец, если признаться, я немножко... как бы вам сказать... всегда была немножко влюблена в вас. И вот вы меня хотели застрелить! Меня, человека, который мог бы быть вам отличным другом! Ну что вы на это скажете?

— Но... ровно ничего, Эмма Эдуардовна, — возразила Тамара самым кротким и правдоподобным тоном. — Все было очень просто. Я еще раньше нашла под подушкой у Женьки револьвер и принесла, чтобы вам передать его. Я не хотела вам мешать, когда вы читали письмо, но вот вы обернулись ко мне, и я протянула вам револьвер и хотела сказать: поглядите, Эмма Эдуардовна, что я нашла, — потому что, видите ли, меня ужасно поразило, как это покойная Женя, имея в распоряжении револьвер, предпочла такую ужасную смерть, как повешение? Вот и все!

Густые, страшные брови Эммы Эдуардовны поднялись кверху, глаза весело расширились, и по ее щекам бегемота расплылась настоящая, неподдельная улыбка. Она быстро протянула обе руки Тамаре.

— И только это? О, mein Kind![18] А я думал... мне бог знает что представилось! Дайте мне ваши руки, Тамара, ваши милые белые ручки и позвольте вас прижать auf mein Herz, на мое сердце, и поцеловать вас.

---

[18] О, мое дитя! (нем.).

Поцелуй был так долог, что Тамара с большим трудом и с отвращением едва высвободилась из объятий Эммы Эдуардовны.

— Ну, а теперь о деле. Итак, вот мои условия: вы будете экономкой, я вам даю пятнадцать процентов из чистой прибыли. Обратите внимание, Тамара: пятнадцать процентов. И, кроме того, небольшое жалованье — тридцать, сорок, ну, пожалуй, пятьдесят рублей в месяц. Прекрасные условия — не правда ли? Я глубоко уверена, что не кто другой, как именно вы поможете мне поднять дом на настоящую высоту и сделать его самым шикарным не то что в нашем городе, но и во всем юге России. У вас вкус, понимание вещей!.. Кроме того, вы всегда сумеете занять и расшевелить самого требовательного, самого неподатливого гостя. В редких случаях, когда очень богатый и знатный господин — по-русски это называется один «карась», а у нас Freier, — когда он увлечется вами, — ведь вы такая красивая, Тамарочка, (хозяйка поглядела на нее туманными, увлажненными глазами), — то я вовсе не запрещаю вам провести с ним весело время, только упирать всегда на то, что вы не имеете права по своему долгу, положению und so weiter, und so weiter... Aber sagen Sie bitte[19] объясняетесь ли вы легко по-немецки?

— Die deutsche Sprache beherrsche ich in geringerem Grade, als die französische; indes kann ich stets in einer Salon-Plauderei mitmachen.

— O, wunderbar!.. Sie haben eine entzückende Rigaer Aussprache, die beste aller deutschen Aussprachen. Und also, — fahren wir in unserer Sprache fort. Sie klingt viel süsser meinem Ohr, die Muttersprache, Schön?

— Schön.

— Am Ende werden Sie nachgeben, dem Anschein nach ungern, unwillkürlich, von der Laune des Augenblicks hingerissen, — und, was die Hauptsache ist, lautlos, heimlich vor mir. Sie verstehen? Dafür zahlen Narren ein schweres Geld. Übrigens brauche ich Sie wohl nicht zu lehren.

— Ja, gnädige Frau. Sie sprechen gar kluge Dinge. Doch das ist schön keine Plauderei mehr, sondern eine ernste Unterhaltung[20]... И поэтому мне удобнее, если вы перейдете на русский язык... Я готова вас слушаться.

— Дальше!.. Я только что говорила насчет любовника. Я вам не смею запрещать этого удовольствия, но будем благоразумными: пусть он не появляется сюда или появляется как можно реже. Я вам дам выходные дни, когда вы будете совершенно свободны. Но лучше, если бы вы совсем обошлись без него. Это послужит к вашей же пользе. Это только тормоз и ярмо. Говорю вам по своему

личному опыту. Подождите, через три-четыре года мы так расширим дело, что у вас уже будут солидные деньги, и тогда я возьму вас в дело полноправным товарищем. Через десять лет вы еще будете молоды и красивы и тогда берите и покупайте мужчин сколько угодно. К этому времени романтические глупости совсем выйдут из вашей головы, и уже не вас будут выбирать, а вы будете выбирать с толком и с чувством, как знаток выбирает драгоценные камни. Вы согласны со мной?

Тамара опустила глаза и чуть-чуть улыбнулась.

— Вы говорите золотые истины, Эмма Эдуардовна. Я брошу моего, но не сразу. На это мне нужно будет недели две. Я постараюсь, чтобы он не являлся сюда. Я принимаю ваше предложение.

— И прекрасно! — сказала Эмма Эдуардовна, вставая. — Теперь заключим наш договор одним хорошим, сладким поцелуем.

И она опять обняла и принялась взасос целовать Тамару, которая со своими опущенными глазами и наивным нежным лицом казалась теперь совсем девочкой. Но, освободившись, наконец, от хозяйки, она спросила по-русски:

— Вы видите, Эмма Эдуардовна, что я во всем согласна с вами, но за это прошу вас исполнить одну мою просьбу. Она вам ничего не будет стоить. Именно, надеюсь, вы позволите мне и другим девицам проводить покойную Женю на кладбище.

Эмма Эдуардовна сморщилась.

— О, если хотите, милая Тамара, я ничего не имею против вашей прихоть. Только для чего? Мертвому человеку это не поможет и не сделает его живым. Выйдет только одна лишь сентиментальность... Но хорошо! Только ведь вы сами знаете, что по вашему закону самоубийц не хоронят или, — я не знаю наверное, — кажется, бросают в какую-то грязную яму за кладбищем.

— Нет, уж позвольте мне сделать самой, как я хочу. Пусть это будет моя прихоть, но уступите ее мне, милая, дорогая, прелестная Эмма Эдуардовна! Зато я обещаю вам, что это будет последняя моя прихоть. После этого я буду как умный и послушный солдат в распоряжении талантливого генерала.

— Is'gut![21] — сдалась со вздохом Эмма Эдуардовна. — Я вам, дитя мое, ни в чем не могу отказать. Дайте я пожму вашу руку. Будем вместе трудиться и работать для общего блага.

И, отворив дверь, она крикнула через залу в переднюю: «Симеон!» Когда же Симеон появился в комнате, она приказала ему веско и торжественно:

— Принесите нам сюда полбутылки шампанского, только настоящего — Rederer demi sec и похолоднее. Ступай живо! — приказала она швейцару, вытаращившему на нее глаза. — Мы выпьем с вами, Тамара, за новое дело, за наше прекрасное и блестящее будущее.

Говорят, что мертвецы приносят счастье. Если в этом суеверии есть какое-нибудь основание, то в эту субботу оно сказалось как нельзя яснее: наплыв посетителей был необычайный даже и для субботнего времени. Правда, девицы, проходя коридором мимо бывшей Женькиной комнаты, учащали шаги, боязливо косились туда краем глаза, а иные даже крестились. Но к глубокой ночи страх

---

[21] Ну хорошо! (нем.)

смерти как-то улегся, обтерпелся. Все комнаты были заняты, а в зале не переставая заливался новый скрипач — молодой, развязный, бритый человек, которого где-то отыскал и привел с собой бельмистый тапер.

Назначение Тамары в экономки было принято с холодным недоумением, с молчаливой сухостью. Но, выждав время, Тамара успела шепнуть Маньке Беленькой:

— Послушай, Маня! Ты скажи им всем, чтобы они не обращали внимания на то, что меня выбрали экономкой. Это так нужно. А они пусть делают что хотят, только бы не подводили меня. Я им по-прежнему — друг и заступница... А дальше видно будет.

VII

На другой день, в воскресенье, у Тамары было множество хлопот. Ею овладела твердая и непреклонная мысль похоронить покойного друга наперекор всем обстоятельствам так, как хоронят самых близких людей — по-христиански, со всем печальным торжеством чина погребения мирских человек.

Она принадлежала к числу тех странных натур, которые под внешним ленивым спокойствием, небрежной молчаливостью и эгоистичной замкнутостью таят в себе необычайную энергию, всегда точно дремлющую в полглаза, берегущую себя от напрасного расходования, но готовую в один момент оживиться и устремиться вперед, не считаясь с препятствиями.

В двенадцать часов она на извозчике спустилась вниз, в старый город, проехала в узенькую улицу, выходящую на ярмарочную площадь, и остановилась около довольно грязной чайной, велев извозчику подождать. В чайной она справилась у рыжего, остриженного в скобку, с масленым пробором на голове мальчика, не приходил ли сюда Сенька Вокзал? Услужающий мальчишка, судя по его изысканной и галантной готовности, давно уже знавший Тамару, ответил, что «никак нет-с; он — Семен Игнатич — еще не были и, должно быть, не скоро еще будут, потому как он вчера в „Трансвале“ изволили кутить, играли на бильярде до шести часов утра, и что теперь оне, по всем вероятиям, дома, в номерах „Перепутье“, и что ежели барышня прикажут, то к ним можно сей минуту спорхнуть».

Тамара попросила бумаги и карандаш и тут же написала несколько слов. Затем отдала половому записку вместе с полтинником на чай и уехала.

Следующий визит был к артистке Ровинской, жившей, как еще раньше знала Тамара, в самой аристократической гостинице города — «Европе», где она занимала несколько номеров подряд.

Добиться свидания с певицей было не очень-то легко: швейцар внизу сказал, что Елены Викторовны, кажется, нет дома, а личная горничная, вышедшая на стук Тамары, объявила, что у барыни болит голова и что она никого не принимает. Пришлось опять Тамаре написать на клочке бумаги:

«Я к Вам являюсь от той, которая однажды в доме, неназываемом громко,

190

плакала, стоя перед Вами на коленях, после того, как Вы спели романс Даргомыжского. Тогда Вы так чудесно приласкали ее. Помните? Не бойтесь, — ей теперь не нужна ничья помощь: она вчера умерла. Но Вы можете сделать в ее память одно очень серьезное дело, которое Вас почти совсем не затруднит. Я же — именно та особа, которая позволила сказать несколько горьких истин бывшей с Вами тогда баронессе Т., в чем до сих пор раскаиваюсь и извиняюсь».

— Передайте! — приказала она горничной.

Та вернулась через две минуты:

— Барыня просит вас. Очень извиняются, что им нездоровится и что оне примут вас не совсем одетые.

Она проводила Тамару, открыла перед нею дверь и тихо затворила ее.

Великая артистка лежала на огромной тахте, покрытой прекрасным текинским ковром и множеством шелковых подушечек и цилиндрических мягких ковровых валиков. Ноги ее были укутаны серебристым нежным мехом. Пальцы рук, по обыкновению, были украшены множеством колец с изумрудами, притягивавшими глаза своей глубокой и нежной зеленью.

У артистки был сегодня один из ее нехороших, черных дней. Вчера утром вышли какие-то нелады с дирекцией, а вечером публика приняла ее не так восторженно, как бы ей хотелось, или, может быть, это ей просто показалось, а сегодня в газетах дурак рецензент, который столько же понимал в искусстве, сколько корова в астрономии, расхвалил в большой заметке ее соперницу Титанову. И вот Елена Викторовна уверила себя в том, что у нее болит голова, что в висках у нее нервный тик, а сердце нет-нет и вдруг точно упадет куда-то.

— Здравствуйте, моя дорогая! — сказала она немножко в нос, слабым, бледным голосом, с расстановкой, как говорят на сцене героини, умирающие от любви и от чахотки. — Присядьте здесь... Я рада вас видеть... Только не сердитесь, — я почти умираю от мигрени и от моего несчастного сердца. Извините, что говорю с трудом. Кажется, я перепела и утомила голос...

Ровинская, конечно, вспомнила и безумную эскападу[22] того вечера и оригинальное, незабываемое лицо Тамары, но теперь, в дурном настроении, при скучном прозаическом свете осеннего дня, это приключение показалось ей ненужной бравадой, чем-то искусственным, придуманным и колюче-постыдным. Но она была одинаково искренней как в тот странный, кошмарный вечер, когда она властью таланта повергла к своим ногам гордую Женьку, так и теперь, когда вспомнила об этом с усталостью, ленью и артистическим пренебрежением. Она, как и многие отличные артисты, всегда играла роль, всегда была не самой собой и всегда смотрела на свои слова, движения, поступки, как бы глядя на самое себя издали, глазами и чувствами зрителей.

Она томно подняла с подушки свою узкую, худую, прекрасную руку и приложила ее ко лбу, и таинственные, глубокие изумруды зашевелились, как живые, и засверкали теплым, глубоким блеском.

— Я сейчас прочитала в вашей записке, что эта бедная... простите, имя у меня исчезло из головы...

— Женя.

---

[22] Выходку (от франц. escapade).

— Да-да, благодарю вас! Я теперь вспомнила. Она умерла? От чего же?

— Она повесилась... вчера утром, во время докторского осмотра...

Глаза артистки, такие вялые, точно выцветшие, вдруг раскрылись и чудом ожили и стали блестящими и зелеными, точно ее изумруды, и в них отразилось любопытство, страх и брезгливость.

— О, боже мой! Такая милая, такая своеобразная, красивая, такая пылкая!.. Ах, несчастная, несчастная!.. И причиной этому было?..

— Вы знаете... болезнь. Она говорила вам.

— Да, да... Помню, помню... Но повеситься!.. Какой ужас!.. Ведь я советовала ей тогда лечиться. Теперь медицина делает чудеса. Я сама знаю нескольких людей, которые совсем... ну, совсем излечились. Это знают все в обществе и принимают их... Ах, бедняжка, бедняжка!..

— Вот я и пришла к вам, Елена Викторовна. Я бы не посмела вас беспокоить, но я как в лесу, и мне не к кому обратиться. Вы тогда были так добры, так трогательно внимательны, так нежны к нам... Мне нужен только ваш совет и, может быть, немножко ваше влияние, ваша протекция...

— Ах, пожалуйста, голубушка!.. Что могу, я все... Ах, моя бедная голова! И потом это ужасное известие... Скажите же, чем я могу помочь вам?

— Признаться, я и сама еще не знаю, — ответила Тамара. — Видите ли, ее отвезли в анатомический театр... Но пока составили протокол, пока дорога, да там еще прошло время для приема, — вообще, я думаю, что ее не успели еще вскрыть... Мне бы хотелось, если только это возможно, чтобы ее не трогали. Сегодня — воскресенье, может быть, отложат до завтра, а покамест можно что-нибудь сделать для нее...

— Не умею вам сказать, милая... Подождите!.. Нет ли у меня кого-нибудь знакомого из профессоров, из медицинского мира?.. Подождите, — я потом посмотрю в своих записных книжках. Может быть, удастся что-нибудь сделать.

— Кроме того, — продолжала Тамара, — я хочу ее похоронить... На свой счет... Я к ней была при ее жизни привязана всем сердцем.

— Я с удовольствием помогу вам в этом материально...

— Нет, нет!.. Тысячи раз благодарю вас!.. Я все сделаю сама. Я бы не постеснялась прибегнуть к вашему доброму сердцу, но это... вы поймете меня... это нечто вроде обета, который дает человек самому себе и памяти друга. Главное затруднение в том, — как бы нам похоронить ее по христианскому обряду. Она была, кажется, неверующая или совсем плохо веровала. И я тоже разве только случайно иногда перекрещу лоб. Но я не хочу, чтобы ее зарывали, точно собаку, где-то за оградой кладбища, молча, без слов, без пения... Я не знаю, разрешат ли ее похоронить как следует — с певчими, с попами? Потому-то я прошу у вас помощи советом. Или, может, вы направите меня куда-нибудь?..

Теперь артистка мало-помалу заинтересовалась и уже забывала о своей усталости, и о мигрени, и о чахоточной героине, умирающей в четвертом акте. Ей уже рисовалась роль заступницы, прекрасная фигура гения, милостивого к падшей женщине. Это оригинально, экстравагантно и в то же время так театрально-трогательно! Ровинская, подобно многим своим собратьям, не пропускала ни одного дня, и если бы возможно было, то не пропускала бы даже ни одного часа без того, чтобы не выделяться из толпы, не заставлять о себе говорить: сегодня она участвовала в лжепатриотической манифестации, а завтра читала с эстрады в пользу ссыльных революционеров возбуждающие стихи, полные пламени и мести. Она любила продавать цветы на гуляньях, в манежах и торговать шампанским на больших балах. Она заранее придумывала острые словечки, которые на другой же день подхватывались всем городом. Она хотела, чтобы повсюду и всегда толпа глядела бы только на нее, повторяла ее имя, любила ее египетские зеленые глаза, хищный и чувственный рот, ее изумруды на худых и нервных руках.

— Я не могу сейчас всего сообразить как следует, — сказала она, помолчав. — Но если человек чего-нибудь сильно хочет, он достигнет, а я хочу всей душой исполнить ваше желание. Постойте, постойте!.. Кажется, мне приходит в голову великолепная мысль... Ведь тогда, в тот вечер, если не ошибаюсь, с нами были, кроме меня и баронессы...

— Я их не знаю... Один из них вышел из кабинета позднее вас всех. Он поцеловал мою руку и сказал, что если он когда-нибудь понадобится, то всегда к моим услугам, и дал мне свою карточку, но просил ее никому не показывать из посторонних... А потом все это как-то прошло и забылось. Я как-то никогда не удосужилась справиться, кто был этот человек, а вчера искала карточку и не могла найти...

— Позвольте, позвольте!.. Я вспомнила! — оживилась вдруг артистка. — Ага, — воскликнула она, быстро поднимаясь с тахты, — это был Рязанов... Да, да, да... Присяжный поверенный Эраст Андреевич Рязанов. Сейчас мы все устроим. Чудесная мысль!

Она повернулась к маленькому столику, на котором стоял телефонный аппарат, и позвонила:

— Барышня, пожалуйста, тринадцать восемьдесят пять... Благодарю вас... Алло!.. Попросите Эраста Андреевича к телефону... Артистка Ровинская... Благодарю вас... Алло!.. Это вы, Эраст Андреевич? Хорошо, хорошо, но теперь дело не в ручках. Свободны ли вы?.. Бросьте глупости!.. Дело серьезное. Не можете ли вы ко мне приехать на четверть часа?.. Нет, нет... Да... Только как доброго и умного человека. Вы клевещете на себя... Ну и прекрасно!.. Я не особенно одета, но у меня оправдание — страшная головная боль... Нет, — дама, девушка... Сами увидите, приезжайте скорее... Спасибо! До свидания!..

— Он сейчас приедет, — сказала Ровинская, вешая трубку. — Он милый и ужасно умный человек. Ему возможно все, даже почти невозможное для человека... А покамест... простите — ваше имя?

Тамара замялась, но потом сама улыбнулась над собой:

— Да не стоит вам беспокоиться, Елена Викторовна. Mon nom de geurre[23] Тамара, а так — Анастасия Николаевна. Все равно, — зовите хоть Тамарой... Я больше привыкла...

— Тамара!.. Это так красиво!.. Так вот, mademoiselle Тамара, может быть, вы не откажетесь со мной позавтракать? Может быть, и Рязанов с нами...

— Некогда, простите.

— Это очень жаль!.. Надеюсь, в другой раз когда-нибудь... А может быть, вы

---

[23] Мой псевдоним (франц.).

курите? — и она подвинула к ней золотой портсигар, украшенный громадной буквой Е из тех же обожаемых ею изумрудов.

Очень скоро приехал Рязанов.

Тамара, не разглядевшая его как следует в тот вечер, была поражена его наружностью. Высокого роста, почти атлетического сложения, с широким, как у Бетховена, лбом, опутанным небрежно-художественно черными с проседью волосами, с большим мясистым ртом страстного оратора, с ясными, выразительными, умными, насмешливыми глазами, он имел такую наружность, которая среди тысяч бросается в глаза — наружность покорителя душ и победителя сердец, глубоко-честолюбивого, еще не пресыщенного жизнью, еще пламенного в любви и никогда не отступающего перед красивым безрассудством... «Если бы меня судьба не изломала так жестоко, — подумала Тамара, с удовольствием следя за его движениями, — то вот человек, которому я бросила бы свою жизнь шутя, с наслаждением, с улыбкой, как бросают возлюбленному сорванную розу...»

Рязанов поцеловал руку Ровинской, потом с непринужденной простотой поздоровался с Тамарой и сказал:

— Мы знакомы еще с того шального вечера, когда вы поразили нас всех знанием французского языка и когда вы говорили. То, что вы говорили, было — между нами — парадоксально, но зато как это было сказано!.. До сих пор я помню тон вашего голоса, такой горячий, выразительный... Итак... Елена Викторовна, — обратился он опять к Ровинской, садясь на маленькое низкое кресло без спинки, — чем я могу быть вам полезен? Располагайте мною.

Ровинская опять с томным видом приложила концы пальцев к вискам.

— Ах, право, я так расстроена, дорогой мой Рязанов, — сказала она, умышленно погашая блеск своих прекрасных глаз, — потом моя несчастная голова... Потрудитесь передать мне с того столика пирамидон... Пусть mademoiselle Тамара вам все расскажет. Я не могу, не умею... Это так ужасно!..

Тамара коротко, толково передала Рязанову всю печальную историю Женькиной смерти, упомянула и о карточке, оставленной адвокатом, и о том, как она благоговейно хранила эту карточку, и — вскользь — о его обещании помочь в случае нужды.

— Конечно, конечно, — вскричал Рязанов, когда она закончила, и тотчас же заходил взад и вперед по комнате большими шагами, ероша по привычке и отбрасывая назад свои живописные волосы. — Вы совершаете великолепный, сердечный, товарищеский поступок! Это хорошо!.. Это очень хорошо!.. Я ваш... Вы говорите — разрешение о похоронах... Гм!.. Дай бог памяти!..

Он потер лоб рукой.

— Гм... гм... Если не ошибаюсь — Номоканон, правило сто семьдесят... сто семьдесят... сто семьдесят... восьмое... Позвольте, я его, кажется, помню наизусть... Позвольте!.. Да, так! «Аще убиет сам себя человек, не поют над ним, ниже поминают его, разве аще бяше изумлен, сиречь вне ума своего»... Гм... Смотри святого Тимофея Александрийского... Итак, милая барышня, первым делом... Вы, говорите, что с петли она была снята вашим доктором, то есть городским врачом... Фамилия?..

— Клименко.

194

— Кажется, я с ним встречался где-то... Хорошо!.. Кто в вашем участке околоточный надзиратель?

— Кербеш.

— Ага, знаю... Такой крепкий, мужественный малый, с рыжей бородой веером... Да?

— Да, это — он.

— Прекрасно знаю! Вот уж по кому каторга давно тоскует!.. Раз десять он мне попадался в руки и всегда, подлец, как-то увертывался. Скользкий, точно налим... Придется дать ему барашка в бумажке. Ну-с! И затем анатомический театр... Вы когда хотите ее похоронить?

— Правда, я не знаю... Хотелось бы поскорее... Если возможно, сегодня.

— Гм... Сегодня... Не ручаюсь — вряд ли успеем... Но вот вам моя памятная книжка. Вот хотя бы на этой странице, где у меня знакомые на букву Т., — так и напишите: Тамара и ваш адрес. Часа через два я вам дам ответ. Это вас устраивает? Но опять повторяю, что, должно быть, вам придется отложить похороны до завтра... Потом, — простите меня за бесцеремонность, — нужны, может быть, деньги?

— Нет, благодарю вас! — отказалась Тамара. — Деньги есть. Спасибо за участие!.. Мне пора. Благодарю вас сердечно, Елена Викторовна!..

— Так ждите же через два часа, — повторил Рязанов, провожая ее до дверей.

Тамара не сразу поехала в дом. Она по дороге завернула в маленькую кофейную на Католической улице. Там дожидался ее Сенька Вокзал — веселый малый с наружностью красивого цыгана, не черно, а синеволосый, черноглазый с желтыми белками, решительный и смелый в своей работе, гордость местных воров, большая знаменитость в их мире, изобретатель, вдохновитель и вождь.

Он протянул ей руку, не поднимаясь с места. Но в том, как бережно, с некоторым насилием усадил ее на место, видна была широкая добродушная ласка.

— Здравствуй, Тамарка! Давно тебя не видал, — соскучился... Хочешь кофе?

— Нет! Дело... Завтра хороним Женьку... Повесилась она...

— Да, я читал в газете, — небрежно процедил Сенька. — Все равно!..

— Достань мне сейчас пятьдесят рублей.

— Тамарочка, марушка моя, — ни копейки!..

— Я тебе говорю — достань! — повелительно, но не сердясь, приказала Тамара.

— Ах ты господи!.. Твоих-то я не трогал, как обещался, но ведь — воскресенье... Сберегательные кассы закрыты...

— Пускай!.. Заложи книжку! Вообще делай что хочешь!..

— Зачем тебе это, душенька ты моя?

— Не все ли равно, дурак?.. На похороны.

— Ах! Ну, ладно уж! — вздохнул Сенька. — Так я лучше тебе вечером бы сам привез. Право, Тамарочка?.. Очень мне невтерпеж без тебя жить! Уж так-то бы я тебя, мою милую, расцеловал, глаз бы тебе сомкнуть не дал!.. Или прийти?..

— Нет, нет!.. Ты сделай, Сенечка, как я тебя прошу!.. Уступи мне. А приходить тебе нельзя — я теперь экономка.

— Вот так штука!.. — протянул изумленный Сенька и даже свистнул.

— Да. И ты покамест ко мне не ходи... Но потом, потом, голубчик, что хочешь... Скоро всему конец!

— Ах, не томила бы ты меня! Развязывай скорей!

— И развяжу! Подожди недельку еще, милый! Порошки достал?

— Порошки — пустяк! — недовольно ответил Сенька. — Да и не порошки, а пилюли.

— И ты верно говоришь, что в воде они сразу распустятся?

— Верно. Сам видал.

— Но он не умрет? Послушай, Сеня, не умрет? Это верно?..

— Ничего ему не сделается... Подрыхает только... Ах, Тамарка! — воскликнул он страстным шепотом и даже вдруг крепко, так, что суставы затрещали, потянулся от нестерпимого чувства, — кончай, ради бога, скорей!.. Сделаем дело и — айда! Куда хочешь, голубка! Весь в твоей воле: хочешь — на Одессу подадимся, хочешь — за границу. Кончай скорей!..

— Скоро, скоро...

— Ты только мигни мне, и я уж готов... с порошками, с инструментами, с паспортами... А там — угуу-у! поехала машина! Тамарочка! Ангел мой!.. Золотая, брильянтовая!..

И он, всегда сдержанный, забыв, что его могут увидеть посторонние, хотел уже обнять и прижать к себе Тамару.

— Но, но!.. — быстро и ловко, как кошка, вскочила со стула Тамара. — Потом... потом, Сенечка, потом, миленький!.. Вся твоя буду — ни отказу, ни запрету. Сама надоем тебе... Прощай, дурачок мой!

И, быстрым движением руки взъерошив ему черные кудри, она поспешно вышла из кофейни.

VIII

На другой день, в понедельник, к десяти часам утра, почти все жильцы дома бывшего мадам Шайбес, а теперь Эммы Эдуардовны Тицнер, поехали на извозчиках в центр города, к анатомическому театру, — все, кроме дальновидной, многоопытной Генриетты, трусливой и бесчувственной Нинки и слабоумной Пашки, которая вот уже два дня как не вставала с постели, молчала и на обращенные к ней вопросы отвечала блаженной, идиотской улыбкой и каким-то невнятным животным мычанием. Если ей не давали есть, она и не спрашивала, но если приносили, то ела с жадностью, прямо руками. Она стала такой неряшливой и забывчивой, что ей приходилось напоминать о некоторых естественных отправлениях во избежание неприятностей. Эмма Эдуардовна не высылала Пашку к ее постоянным гостям, которые Пашку спрашивали каждый день. С нею и раньше бывали такие периоды ущерба сознания, однако они продолжались недолго, и Эмма Эдуардовна решила на всякий случай переждать. Пашка была настоящим кладом для заведения и его поистине ужасной жертвой.

Анатомический театр представлял из себя длинное, одноэтажное темно-серое

196

здание, с белыми обрамками вокруг окон и дверей. Было в самой внешности его что-то низкое, придавленное, уходящее в землю, почти жуткое. Девушки одна за другой останавливались у ворот и робко проходили через двор в часовню, приютившуюся на другом конце двора, в углу, окрашенную в такой же темно-серый цвет с белыми обводами.

Дверь была заперта. Пришлось идти за сторожем. Тамара с трудом разыскала плешивого, древнего старика, заросшего, точно болотным мхом, сваляной серой щетиной, с маленькими слезящимися глазами и огромным, в виде лепешки, бугорчатым красно-сизым носом.

Он отворил огромный висячий замок, отодвинул болт и открыл ржавую, поющую дверь. Холодный влажный воздух вместе со смешанным запахом каменной сырости, ладана и мертвечины дохнул на девушек. Они попятились назад, тесно сбившись в робкое стадо. Одна Тамара пошла, не колеблясь, за сторожем.

В часовне было почти темно. Осенний свет скупо проникал сквозь узенькое, как бы тюремное окошко, загороженное решеткой. Два-три образа без риз, темные и безликие, висели на стенах. Несколько простых дощатых гробов стояли прямо на полу, на деревянных переносных дрогах. Один посредине был пуст, и открытая крышка лежала рядом.

— Кака-така ваша-то? — спросил сипло сторож и понюхал табаку. — В лицо-то знаете, ай нет?

— Знаю.

— Ну, так мотри! Я тебе их всех покажу. Может быть, эта?..

И он снял с одного из гробов крышку, еще не заколоченную гвоздями. Там лежала одетая кое-как в отребья морщинистая старуха с отекшим синим лицом. Левый глаз у нее был закрыт, а правый таращился и глядел неподвижно и страшно, уже потерявши свой блеск и похожий на залежавшуюся слюду.

— Говоришь — не эта? Ну, мотри... На тебе еще! — сказал сторож и одного за другим показывал, открывая крышки, покойников, — все, должно быть, голытьбу: подобранных на улице, пьяных, раздавленных, изувеченных и исковерканных, начавших разлагаться. У некоторых уже пошли по рукам и лицам сине-зеленые пятна, похожие на плесень, — признаки гниения. У одного мужчины, безносого, с раздвоенной пополам верхней заячьей губой, копошились на лице, изъеденном язвами, как маленькие, белые точки, черви. Женщина, умершая от водянки, целой горой возвышалась из своего дощатого ложа, выпирая крышку.

Все они наскоро после вскрытия были зашиты, починены и обмыты замшелым сторожем и его товарищами. Что им было за дело, если порою мозг попадал в желудок, а печенью начиняли череп и грубо соединяли его при помощи липкого пластыря с головой?! Сторожа ко всему привыкли за свою кошмарную, неправдоподобную пьяную жизнь, да и, кстати, у их безгласных клиентов почти никогда не оказывалось ни родных, ни знакомых...

Тяжелый дух падали, густой, сытный и такой липкий, что Тамаре казалось, будто он, точно клей, покрывает все живые поры ее тела, стоял в часовне.

— Слушайте, сторож, — спросила Тамара, — что это у меня все трещит под ногами?

— Трыш-шит? — переспросил сторож и почесался. — А вши, должно быть, —

сказал он равнодушно. — На мертвяках этого зверья всегда страсть сколько распложается!.. Да ты кого ищешь-то — мужика аль бабу?

— Женщину, — ответила Тамара.

— И эти все, значит, не твои?

— Нет, все чужие.

— Ишь ты!.. Значит, мне в мертвецкую иттить. Когда привезли-то ее?

— В субботу, дедушка, — и Тамара при этом достала портмоне. — В субботу днем. На-ко тебе, почтенный, на табачок!

— Это дело! В субботу, говоришь, днем? А что на ей было?

— Да почти ничего: ночная кофточка, юбка нижняя... и то и то белое.

— Та-ак! Должно, двести семнадцатый номер... Звать-то как?..

— Сусанна Райцына.

— Пойду погляжу, — может и есть. Ну-ко вы, мамзели, — обратился он к девицам, которые тупо жались в дверях, загораживая свет. — Кто из вас похрабрее? Коли третьего дня ваша знакомая приехала, то, значит, теперича она лежит в том виде, как господь бог сотворил всех человеков — значит, без никого... Ну, кто из вас побойчее будет? Кто из вас две пойдут? Одеть ее треба...

— Иди, что ли, ты, Манька, — приказала Тамара подруге, которая, похолодев и побледнев от ужаса и отвращения, глядела на покойников широко открытыми светлыми глазами. — Не бойся, дура, — я с тобой пойду! Кому ж идти, как не тебе?!

— Я что ж?.. я что ж? — пролепетала Манька Беленькая едва двигавшимися губами. — Пойдем. Мне все равно...

Мертвецкая была здесь же, за часовней, — низкий, уже совсем темный подвал, в который приходилось спускаться по шести ступенькам.

Сторож сбегал куда-то и вернулся с огарком и затрепанной книгой. Когда он зажег свечку, то девушки увидели десятка два трупов, которые лежали прямо на каменном полу правильными рядами — вытянутые, желтые, с лицами, искривленными предсмертными судорогами, с раскроенными черепами, со сгустками крови на лицах, с оскаленными зубами.

— Сейчас... сейчас... говорил сторож, водя пальцем по рубрикам. — Третьего дня... стало быть, в субботу... в субботу... Как говоришь, фамилия-то?

— Райцына, Сусанна, — ответила Тамара.

— Рай-цына, Сусанна... — точно пропел сторож. — Райцына, Сусанна. Так и есть. Двести семнадцать.

— Нагибаясь над покойниками и освещая их оплывшим и каплющим огарком, он переходил от одного к другому. Наконец он остановился около трупа, на ноге которого было написано чернилами большими черными цифрами: 217.

— Вот эта самая! Давайте-ка я ее вынесу в колидорчик да сбегаю за ее барахлом... Подождите!..

Он, кряхтя, но все-таки с легкостью, удивительною для его возраста, поднял труп Женьки за ноги и взвалил его на спину головой вниз, точно это была мясная туша или мешок с картофелем.

В коридоре было чуть посветлее, и когда сторож опустил свою ужасную ношу на пол, то Тамара на мгновение закрыла лицо руками, а Манька отвернулась и заплакала.

198

— Коли что надо, вы скажите, — поучал сторож. — Ежели обряжать как следует покойницу желаете, то можем все достать, что полагается, — парчу, венчик, образок, саван, кисею, — все держим... Из одежды можно купить что... Туфли вот тоже...

Тамара дала ему денег и вышла на воздух, пропустив вперед себя Маньку.

Через несколько времени принесли два венка: один от Тамары из астр и георгинов с надписью на белой ленте черными буквами: «Жене — от подруги», другой был от Рязанова, весь из красных цветов; на его красной ленте золотыми литерами стояло: «Страданием очистимся». От него же пришла и коротенькая записка с выражением соболезнования и с извинением, что он не может приехать, так как занят неотложным деловым свиданием.

Потом пришли приглашенные Тамарой певчие, пятнадцать человек из самого лучшего в городе хора.

Регент в сером пальто и в серой шляпе, весь какой-то серый, точно запыленный, но с длинными прямыми усами, как у военного, узнал Верку, сделал широкие, удивленные глаза, слегка улыбнулся и подмигнул ей. Раза два-три в месяц, а то и чаще посещал он с знакомыми духовными академиками, с такими же регентами, как и он, и с псаломщиками Ямскую улицу и, по обыкновению, сделав полную ревизию всем заведениям, всегда заканчивал домом Анны Марковны, где выбирал неизменно Верку.

Был он веселый и подвижной человек, танцевал оживленно, с исступлением, и вывертывал такие фигуры во время танцев, что все присутствующие кисли от смеха.

Вслед за певчими приехал нанятый Тамарой катафалк о двух лошадях, черный, с белыми султанами, и при нем пять факельщиков. Они же привезли с собой глазетовый белый гроб и пьедестал для него, обтянутый черным коленкором. Не спеша, привычно-ловкими движениями, они уложили покойницу в гроб, покрыли ее лицо кисеей, занавесили труп парчой и зажгли свечи: одну в изголовье и две в ногах.

Теперь, при желтом колеблющемся свете свечей, стало яснее видно лицо Женьки. Синева почти сошла с него, оставшись только кое-где на висках, на носу и между глаз пестрыми, неровными, змеистыми пятнами. Между раздвинутыми темными губами слегка сверкала белизна зубов и еще виднелся кончик прикушенного языка. Из раскрытого ворота на шее, принявшей цвет старого пергамента, виднелись две полосы: одна темная — след веревки, другая красная — знак царапины, нанесенной во время схватки Симеоном, — точно два страшных ожерелья. Тамара подошла и английской булавкой зашпилила кружева воротничка у самого подбородка.

Пришло духовенство: маленький седенький священник в золотых очках, в скуфейке; длинный, высокий, жидковолосый дьякон с болезненным, странно-темным и желтым лицом, точно из терракоты, и юркий длиннополый псаломщик, оживленно обменявшийся на ходу какими-то веселыми, таинственными знаками со своими знакомыми из певчих.

Тамара подошла к священнику.

— Батюшка, — спросила она, — как вы будете отпевать: всех вместе или порознь?

— Отпеваем всех купно, — ответил священник, целуя епитрахиль и выпрастывая из ее прорезей бороду и волосы. — Это обыкновенно. Но по особому желанию и по особому соглашению можно и отдельно. Какою смертью преставилась почившая?

— Самоубийца она, батюшка.

— Гм... самоубийца?.. А знаете ли, молодая особа, что по церковным канонам самоубийцам отпевания не полагается... не надлежит? Конечно, исключения бывают — по особому ходатайству...

— Вот здесь, батюшка, у меня есть свидетельство из полиции и от доктора... Не в своем она уме была... В припадке безумия...

Тамара протянула священнику две бумаги, присланные ей накануне Рязановым, и сверх них три кредитных билета по десять рублей. — Я вас попрошу, батюшка, все как следует, по-христиански. Она была прекрасный человек и очень много страдала. И уж будьте так добры, вы и на кладбище ее проводите и там еще панихидку...

— До кладбища проводить можно, а на самом кладбище не имею права служить, — там свое духовенство... А также вот что, молодая особа: ввиду того, что мне еще раз придется возвращаться за остальными, так вы уж того... еще десяточку прибавьте.

И, приняв из рук Тамары деньги, священник благословил кадило, подаваемое псаломщиком, и стал обходить с каждением тело покойницы. Потом, остановившись у нее в головах, он кротким, привычно-печальным голосом возгласил:

— Благословен бог наш всегда, ныне и присно!

Псаломщик зачастил: «Святый боже», «Пресвятую троицу» и «Отче наш», как горох просыпал.

Тихо, точно поверяя какую-то глубокую, печальную, сокровенную тайну, начали певчие быстрым сладостным речитативом: «Со духи праведных скончавшихся душу рабы твоея, спасе, упокой, сохраняя ю во блаженной жизни, яже у тебе человеко-любче».

Псаломщик разнес свечи, и они теплыми, мягкими, живыми огоньками, одна за другой, зажглись в тяжелом, мутном воздухе, нежно и прозрачно освещая женские лица.

Согласно лилась скорбная мелодия и, точно вздохи опечаленных ангелов, звучали великие слова:

«Упокой, боже, рабу твою и учини ее в раи, идеже лицы святых господи и праведницы сияют, яко светила, усопшую рабу твою упокой, презирая ея вся согреше-е-ения».

Тамара вслушивалась в давно знакомые, но давно уже слышанные слова и горько улыбалась. Вспомнились ей страстные, безумные слова Женьки, полные такого безысходного отчаяния и неверия... Простит ей или не простит всемилостивый, всеблагий господь ее грязную, угарную, озлобленную, поганую жизнь? Всезнающий, неужели отринешь ты ее — жалкую бунтовщицу, невольную развратницу, ребенка, произносившего хулы на светлое, святое имя твое? Ты — доброта, ты — утешение наше!

Глухой, сдержанный плач, вдруг перешедший в крик, раздался в часовне: «Ох,

Женечка!» Это, стоя на коленях и зажимая себе рот платком, билась в слезах Манька Беленькая. И остальные подруги тоже вслед за нею опустились на колени, и часовня наполнилась вздохами, сдавленными рыданиями и всхлипываниями...

«Сам един еси бессмертный, сотворивый и создавый человека, земнии убо от земли создахомся и в землю туюжде пойдем, яко же повелел еси, создавый мя и рекий ми, яко земля еси и в землю отыдеши».

Тамара стояла неподвижно с суровым, точно окаменевшим лицом. Свет свечки тонкими золотыми спиралями сиял в ее бронзово-каштановых волосах, а глаза не отрывались от очертаний Женькиного влажно-желтого лба и кончика носа, которые были видны Тамаре с ее места.

«Земля еси и в землю отыдеши...» — повторила она в уме слова песнопения. — Неужели только и будет, что одна земля и ничего больше? И что лучше: ничто или хоть бы что-нибудь, даже хоть самое плохонькое, но только чтобы существовать?

А хор, точно подтверждая ее мысли, точно отнимая у нее последнее утешение, говорил безнадежно: «А може вси человецы пойдем...»

Пропели «Вечную память», задули свечи, и синие струйки растянулись в голубом от ладана воздухе. Священник прочитал прощальную молитву и затем, при общем молчании, зачерпнул лопаточкой песок, поданный ему псаломщиком, и посыпал крестообразно на труп сверх кисеи. И говорил он при этом великие слова, полные суровой, печальной неизбежности таинственного мирового закона: «Господня земля и исполнение ее вселенная и вси живущий на ней».

До самого кладбища проводили девушки свою умершую подругу. Дорога туда шла как раз пересекая въезд на Ямскую улицу. Можно было бы свернуть по ней налево, и это вышло бы почти вдвое короче, но по Ямской обыкновенно покойников не возили.

Тем не менее почти из всех дверей повысыпали на перекресток их обитательницы, в чем были: в туфлях на босу ногу, в ночных сорочках, с платочками на головах; крестились, вздыхали, утирали глаза платками и краями кофточек.

Погода разошлась... Ярко светило холодное солнце с холодного, блестевшего голубой эмалью неба, зеленела последняя трава, золотились, розовели и рдели увядшие листья на деревьях... И в хрустально-чистом холодном воздухе торжественно, величаво и скорбно разносились стройные звуки: «Святый боже, святый крепкий, святый бессмертный, помилуй нас!» И какой жаркой, ничем ненасытимой жаждой жизни, какой тоской по мгновенной, уходящей, подобно сну, радости и красоте бытия, каким ужасом перед вечным молчанием смерти звучал древний напев Иоанна Дамаскина!

Потом короткая лития на могиле, глухой стук земли о крышку гроба... небольшой свежий холмик...

— Вот и конец! — сказала Тамара подругам, когда они остались одни. — Что ж, девушки, — часом позже, часом раньше!.. Жаль мне Женьку!.. Страх как жаль!.. Другой такой мы уже не найдем. А все-таки, дети мои, ей в ее яме гораздо лучше, чем нам в нашей... Ну, последний крест — и пойдем домой!..

И, когда они уже все приближались к своему дому, Тамара вдруг задумчиво произнесла странные, зловещие слова:

— Да и недолго нам быть вместе без нее: скоро всех нас разнесет ветром куда попало. Жизнь хороша!.. Посмотрите: вон солнце, голубое небо... Воздух какой чистый... Паутинки летают — бабье лето... Как на свете хорошо!.. Одни только мы — девки — мусор придорожный.

Девушки тронулись в путь. Но вдруг откуда-то сбоку, из-за памятников, отделился рослый, крепкий студент. Он догнал Любку и тихо притронулся к ее рукаву. Она обернулась и увидела Соловьева. Лицо ее мгновенно побледнело, глаза расширились и губы задрожали.

— Уйди! — сказала она тихо с беспредельной ненавистью.

— Люба... Любочка... — забормотал Соловьев. — Я тебя искал... искал... Я... ей-богу, я не как тот... как Лихонин... Я с чистым сердцем... хоть сейчас, хоть сегодня...

— Уйди! — еще тише произнесла Любка.

— Я серьезно... я серьезно... Я не с глупостями, я жениться...

— Ах, тварь! — вдруг взвизгнула Любка и быстро, крепко, по-мужски ударила Соловьева по щеке ладонью.

Соловьев постоял немного, слегка пошатываясь. Глаза у него были мученические... Рот полуоткрыт, со скорбными складками по бокам.

— Уйди! Уйди! Не могу вас всех видеть! — кричала с бешенством Любка. — Палачи! Свиньи!

Соловьев внезапно закрыл лицо ладонями, круто повернулся и пошел назад, без дороги, нетвердыми шагами, точно пьяный.

IX

И в самом деле, слова Тамары оказались пророческими: прошло со дня похорон Жени не больше двух недель, но за этот короткий срок разразилось столько событий над домом Эммы Эдуардовны, сколько их не приходилось иногда и на целое пятилетие.

На другой же день пришлось отправить в богоугодное заведение — в сумасшедший дом — несчастную Пашку, которая окончательно впала в слабоумие. Доктора сказали, что никакой нет надежды на то, чтобы она когда-нибудь поправилась. И в самом деле, она, как ее положили в больнице на полу, на соломенный матрац, так и не вставала с него до самой смерти, все более и более погружаясь в черную, бездонную пропасть тихого слабоумия, но умерла она только через полгода от пролежней и заражения крови.

Следующая очередь была за Тамарой.

С полмесяца она исправляла свои обязанности экономки, была все время необыкновенно подвижна, энергична и необычно взвинчена чем-то своим, внутренним, что крепко бродило в ней. В один из вечеров она исчезла и совсем не возвратилась в заведение...

Дело в том, что у нее был в городе длительный роман с одним нотариусом — пожилым, довольно богатым, но весьма скаредным человеком. Знакомство у них завязалось еще год тому назад, когда они вместе случайно ехали на пароходе в загородный монастырь и разговорились. Нотариуса пленила умная, красивая Тамара, ее загадочная, развратная улыбка, ее занимательный разговор, ее скромная манера держать себя. Она тогда же наметила для себя этого пожилого человека с живописными сединами, с барскими манерами, бывшего правоведа и человека хорошей семьи. Она не сказала ему о своей профессии — ей больше нравилось мистифицировать его. Она лишь туманно, в немногих словах намекнула на то, что она — замужняя дама из среднего общества, что она несчастна в семейной жизни, так как муж ее — игрок и деспот, и что даже судьбою ей отказано в таком утешении, как дети. На прощание она отказалась провести вечер с нотариусом и не хотела встречаться с ним, но зато позволила писать ей в почтамт до востребования, на вымышленное имя. Между ними завязалась переписка, в которой нотариус щеголял слогом и пылкостью чувств, достойными героев Поля Бурже. Она держалась все того же замкнутого, таинственного тона.

Потом, тронувшись просьбами нотариуса о встрече, она назначила ему свидание в Княжеском саду, была мила, остроумна и томна, но поехать с ним куда-нибудь отказалась.

Так она мучила своего поклонника и умело разжигала в нем последнюю страсть, которая иногда бывает сильнее и опаснее первой любви. Наконец, этим летом, когда семья нотариуса уехала за границу, она решилась посетить его квартиру и тут в первый раз отдалась ему со слезами, с угрызениями совести и в то же время с такой пылкостью и нежностью, что бедный нотариус совершенно потерял голову: он весь погрузился в ту старческую любовь, которая уже не знает ни разума, ни оглядки, которая заставляет человека терять последнее — боязнь казаться смешным.

Тамара была очень скупа на свидания. Это еще больше разжигало ее нетерпеливого друга. Она соглашалась принять от него букет цветов, скромный завтрак в загородном ресторане, но возмущенно отказывалась от всяких дорогих подарков и вела себя так умело и тонко, что нотариус никогда не осмеливался предложить ей денег. Когда он однажды заикнулся об отдельной квартире и о других удобствах, она поглядела ему в глаза так пристально, надменно и сурово, что он, как мальчик, покраснел в своих живописных сединах и целовал ее руки, лепеча несвязные извинения.

Так играла с ним Тамара и все более и более нащупывала под собой почву. Она уже знала теперь, в какие дни хранятся у нотариуса в его несгораемом железном шкафу особенно крупные деньги. Однако она не торопилась, боясь испортить дело неловкостью или преждевременностью.

И вот как раз теперь этот давно ожидаемый срок подошел: только что кончилась большая контрактовая ярмарка, и все нотариальные конторы совершали ежедневно сделки на громадные суммы. Тамара знала, что нотариус отвозил обычно залоговые и иные деньги в банк по субботам, чтобы в воскресенье быть совершенно свободным. И вот потому-то в пятницу днем нотариус получил от Тамары следующее письмо:

«Милый мой, обожаемый царь Соломон! Твоя Суламифь, твоя девочка из виноградника, приветствует тебя жгучими поцелуями... Милый, сегодня у меня праздник, и я бесконечно счастлива. Сегодня я свободна так же, как и ты. Он

203

уехал в Гомель на сутки по делам, и я хочу сегодня провести у тебя весь вечер и всю ночь. Ах, мой возлюбленный! Всю жизнь я готова провести на коленях перед тобой! Я не хочу ехать никуда. Мне давно надоели загородные кабачки и кафешантаны. Я хочу тебя, только тебя... тебя... тебя одного! Жди же меня вечером, моя радость, часов около десяти — одиннадцати! Приготовь очень много холодного белого вина, дыню и засахаренных каштанов. Я сгораю, я умираю от желания! Мне кажется, я измучаю тебя! Я не могу ждать! У меня кружится голова, горит лицо и руки холодные, как лед. Обнимаю. Твоя Валентина».

В тот же вечер, часов около одиннадцати, она искусно навела в разговоре нотариуса на то, чтобы он показал ей его несгораемый ящик, играя на его своеобразном денежном честолюбии. Быстро скользнув глазами по полкам и по выдвижным ящикам, Тамара отвернулась с ловко сделанным зевком и сказала:

— Фу, скука какая!

И, обняв руками шею нотариуса, прошептала ему губами в самые губы, обжигая горячим дыханием:

— Запри, мое сокровище, эту гадость! Пойдем!.. Пойдем!..

И вышла первая в столовую.

— Иди же сюда, Володя! — крикнула она оттуда. — Иди скорей! Я хочу вина и потом любви, любви, любви без конца!.. Нет! Пей все, до самого дна! Так же, как мы выпьем сегодня до дна нашу любовь!

Нотариус чокнулся с нею и залпом выпил свой стакан. Потом он пожевал губами и заметил:

— Странно... Вино сегодня как будто горчит.

— Да! — согласилась Тамара и внимательно посмотрела на любовника. — Это вино всегда чуть-чуть горьковато. Это уж такое свойство рейнских вин...

— Но сегодня особенно сильно, — сказал нотариус. — Нет спасибо, милая, — я не хочу больше!

Через пять минут он заснул, сидя в кресле, откинувшись на его спинку головой и отвесив нижнюю челюсть. Тамара выждала некоторое время и принялась его будить. Он был недвижим. Тогда она взяла зажженную свечу и, поставив ее на подоконник окна, выходившего на улицу, вышла в переднюю и стала прислушиваться, пока не услышала легких шагов на лестнице. Почти беззвучно отворила она дверь и пропустила Сеньку, одетого настоящим барином, с новеньким кожаным саквояжем в руках.

— Готово? — спросил вор шепотом.

— Спит, — ответила так же тихо Тамара. — Смотри, вот и ключи.

Они вместе прошли в кабинет к несгораемому шкафу. Осмотрев замок при помощи ручного фонарика, Сенька вполголоса выругался:

— Черт бы его побрал, старую скотину!.. Я так и знал, что замок с секретом. Тут надо знать буквы... Придется плавить электричеством, а это черт знает сколько времени займет.

— Не надо, — возразила торопливо Тамара. — Я знаю слово... подсмотрела. Подбирай: з-е-н-и-т. Без твердого знака.

Через десять минут они вдвоем спустились с лестницы, прошли нарочно по ломаным линиям несколько улиц и только в старом городе наняли извозчика на вокзал и уехали из города с безукоризненными паспортами помещика и помещицы дворян Ставницких. О них долго не было ничего слышно, пока, спустя год, Сенька не попался в Москве на крупной краже и не выдал на допросе Тамару. Их обоих судили и приговорили к тюремному заключению.

Вслед за Тамарой настала очередь наивной, доверчивой и влюбчивой Верки. Она давно уже была влюблена в полувоенного человека, который сам себя называл гражданским чиновником военного ведомства. Фамилия его была — Дилекторский. В их отношениях Верка была обожающей стороной, а он, как важный идол, снисходительно принимал поклонение и приносимые дары. Еще с конца лета Верка заметила, что ее возлюбленный становится все холоднее и небрежнее и, говоря с нею, живет мыслями где-то далеко-далеко... Она терзалась, ревновала, расспрашивала, но всегда получала в ответ какие-то неопределенные фразы, какие-то зловещие намеки на близкое несчастие, на преждевременную могилу...

В начале сентября он, наконец, признался ей, что растратил казенные деньги, большие, что-то около трех тысяч, и что его дней через пять будут ревизовать, и ему, Дилекторскому, грозит позор, суд и, наконец, каторжные работы... Тут гражданский чиновник военного ведомства зарыдал, схватившись за голову, и воскликнул:

— Моя бедная мать!.. Что с нею будет? Она не перенесет этого унижения... Нет! Во сто тысяч раз лучше смерть, чем эти адские мучения ни в чем неповинного человека.

Хотя он и выражался, как и всегда, стилем бульварных романов (чем главным образом и прельстил доверчивую Верку), но театральная мысль о самоубийстве, однажды возникшая, уже не покидала его.

Как-то днем он долго гулял с Веркой по Княжескому саду. Уже сильно опустошенный осенью, этот чудесный старинный парк блистал и переливался пышными тонами расцветившейся листвы: багряным, пурпуровым, лимонным, оранжевым и густым вишневым цветом старого устоявшегося вина, и казалось, что холодный воздух благоухал, как драгоценное вино. И все-таки тонкий отпечаток, нежный аромат смерти веял от кустов, от травы, от деревьев.

Дилекторский разнежился, расчувствовался, умилился над собой и заплакал. Поплакала с ним и Верка.

— Сегодня я убью себя! — сказал, наконец, Дилекторский. — Кончено!..

— Родной мой, не надо!.. Золото мое, не надо!..

— Нельзя, — ответил мрачно Дилекторский. — Проклятые деньги!.. Что дороже — честь или жизнь?!

— Дорогой мой...

— Не говори, не говори, Анета! (Он почему-то предпочитал простому имени Верки — аристократическое, им самим придуманное, Анета). Не говори. Это решено!

— Ах, если бы я могла помочь тебе! — воскликнула горестно Верка. — Я бы жизнь отдала!.. Каждую каплю крови!..

— Что жизнь?! — с актерским унынием покачал головой Дилекторский. — Прощай, Анета!.. Прощай!..

Девушка отчаянно закачала головой:

— Не хочу!.. Не хочу!.. Не хочу!.. Возьми меня!.. И я с тобой!..

Поздно вечером Дилекторский занял номер дорогой гостиницы. Он знал, что через несколько часов, может быть, минут, и он и Верка будут трупами, и потому, хотя у него в кармане было всего-навсего одиннадцать копеек, распоряжался широко, как привычный, заправский кутила: он заказал стерляжью уху, дупелей и фрукты и ко всему этому кофе, ликеров и две бутылки замороженного шампанского. Он и в самом деле был убежден, что застрелится, но думал как-то наигранно, точно немножко любуясь со стороны своей трагической ролью и наслаждаясь заранее отчаянием родни и удивлением сослуживцев. А Верка как сказала внезапно, что пойдет на самоубийство вместе со своим возлюбленным, так сразу и укрепилась в этой мысли. И ничего не было для Верки страшного в грядущей смерти. «Что ж, разве лучше так подохнуть, под забором?! А тут с милым вместе! По крайней мере сладкая смерть!..» И она неистово целовала своего чиновника, смеялась и с растрепанными курчавыми волосами, с блестящими глазами была хороша, как никогда.

Наступил, наконец, последний торжественный момент.

— Мы с тобой насладились, Анета... Выпили чашу до дна и теперь, по выражению Пушкина, должны разбить кубок! — сказал Дилекторский. — Ты не раскаиваешься, о моя дорогая?..

— Нет, нет!..

— Ты готова?

— Да! — прошептала она и улыбнулась.

— Тогда отвернись к стене и закрой глаза!

— Нет, нет, милый, не хочу так!.. Не хочу! Иди ко мне! Вот так! Ближе, ближе!.. Дай мне твои глаза, я буду смотреть в них. Дай мне твои губы — я буду тебя целовать, а ты... Я не боюсь!.. Смелей!.. Целуй крепче!..

Он убил ее, и когда посмотрел на ужасное дело своих рук, то вдруг почувствовал омерзительный, гнусный, подлый страх. Полуобнаженное тело Верки еще трепетало на постели. Ноги у Дилекторского подогнулись от ужаса, но рассудок притворщика, труса и мерзавца бодрствовал: у него хватило все-таки настолько мужества, чтобы оттянуть у себя на боку кожу над ребрами и прострелить ее. И когда он падал, неистово закричав от боли, от испуга и от грома выстрела, то по телу Верки пробежала последняя судорога.

А через две недели после смерти Верки погибла и наивная, смешливая, кроткая, скандальная Манька Беленькая. Во время одной из обычных на Ямках общих крикливых свалок, в громадной драке, кто-то убил ее, ударив пустой тяжелой бутылкой по голове. Убийца так и остался неразысканным.

Так быстро совершались события на Ямках, в доме Эммы Эдуардовны, и почти ни одна из его жилиц не избегла кровавой, грязной или постыдной участи.

Последним, самым грандиозным и в то же время самым кровавым несчастием был разгром, учиненный на Ямках солдатами.

Двух драгунов обсчитали в рублевом заведении, избили и выкинули ночью на улицу. Те, растерзанные, в крови, вернулись в казармы, где их товарищи, начав с утра, еще догуливали свой полковой праздник. И вот не прошло и получаса, как сотня солдат ворвалась в Ямки и стала сокрушать дом за домом. К ним присоединилась сбежавшаяся откуда-то несметная толпа золоторотцев, оборванцев, босяков, жуликов, сутенеров. Во всех домах были разбиты стекла и искрошены рояли. Перины распарывали и выбрасывали пух на улицу, и еще долго потом — дня два — летали и кружились над Ямками, как хлопья снега, бесчисленные пушинки. Девок, простоволосых, совершенно голых, выгоняли на улицу. Трех швейцаров избили до смерти. Растрясли, запакостили и растерзали на куски всю шелковую и плюшевую обстановку Треппеля. Разбили, кстати, и все соседние трактиры и пивные.

Пьяное, кровавое, безобразное побоище продолжалось часа три, до тех пор, пока наряженным воинским частям вместе с пожарной командой не удалось, наконец, оттеснить и рассеять озверевшую толпу. Два полтинничных заведения были подожжены, но пожар скоро затушили. Однако на другой же день волнение вновь вспыхнуло, на этот раз уже во всем городе и окрестностях. Совсем неожиданно оно приняло характер еврейского погрома, который длился дня три, со всеми его ужасами и бедствиями.

А через неделю последовал указ генерал-губернатора о немедленном закрытии домов терпимости как на Ямках, так и на других улицах города. Хозяйкам дали только недельный срок для устроения своих имущественных дел.

Уничтоженные, подавленные, разграбленные, потерявшие все обаяние прежнего величия, смешные и жалкие — спешно укладывались старые, поблекшие хозяйки и жирнолицые силлые экономки. И через месяц только название напоминало о веселой Ямской улице, о буйных, скандальных, ужасных Ямках.

Впрочем, и название улицы скоро заменилось другим, более приличным, дабы загладить и самую память о прежних беспардонных временах.

И все эти Генриетты Лошади, Катьки Толстые, Лельки Хорьки и другие женщины, всегда наивные и глупые, часто трогательные и забавные, в большинстве случаев обманутые и исковерканные дети, разошлись в большом городе, рассосались в нем. Из них народился новый слой общества — слой гулящих уличных проституток-одиночек. И об их жизни, такой же жалкой и нелепой, но окрашенной другими интересами и обычаями, расскажет когда-нибудь автор этой повести, которую он все-таки посвящает юношеству и матерям.

www.ingramcontent.com/pod-product-compliance
Lightning Source LLC
Chambersburg PA
CBHW050529260626
47157CB00004B/1533